一棵树给人的荣耀

秦直道 著

陕西新华出版传媒集团
太白文艺出版社

图书在版编目（CIP）数据

一棵树给人的荣耀 / 秦直道著. — 2版. — 西安：太白文艺出版社，2017.9（2022.3重印）

ISBN 978-7-5513-1253-0

Ⅰ. ①一… Ⅱ. ①秦… Ⅲ. ①散文集—中国—当代 Ⅳ. ①I267

中国版本图书馆CIP数据核字（2017）第185367号

一棵树给人的荣耀

YIKESHU GEI REN DE RONGYAO

作　　者	秦直道
责任编辑	耿　瑞
整体设计	汇丰印务
出版发行	陕西新华出版传媒集团 太白文艺出版社
经　　销	新华书店
印　　刷	三河市腾飞印务有限公司
开　　本	787mm×1092mm　1/16
字　　数	250千字
印　　张	25
版　　次	2016年1月第1版 2017年9月第2版
印　　次	2022年3月第2次印刷
书　　号	ISBN 978-7-5513-1253-0
定　　价	89.00元

版权所有　翻印必究

如有印装质量问题，可寄出版社印制部调换

联系电话：029-81206800

出版社地址：西安市曲江新区登高路1388号（邮编：710061）

营销中心电话：029-87277748

目录
Contents

人

我们当初是这样被人们欢迎的 / 3

那时,哭声是我们唯一的语言 / 5

回 / 9

阔儿 / 16

黄莲 / 21

毛婆 / 30

日子 / 38

妓一样的库淑兰 / 42

人都是自己生命的歌者 / 47

事

孤灯下的一个夜晚,孤独中的一次想象 / 55

1988,和大涝池的几条鱼 / 59

那个夜晚时间的表情 / 66

上大学前的那几天 / 82

十二年前的那个下午 / 92

因为秦腔…… / 99

腊月二十八这个集日 / 107

一个人病危的时候 / 111

父亲的离去 / 113

今天,我又路过那家饭馆 / 118

家住医院旁 / 123

对面岁月的梦走过来 / 130

物

废墟 / 137

和一只狗的相遇 / 141

一棵树给人的荣耀 / 144

无题三则 / 146

阳光的馈赠 / 150

我

一生有梦 / 155

那些曾经闪耀着幸福光芒的词 / 163

普通话这种话 / 167

看我老实，所以…… / 173

当我发现这个世界上只剩下了我一个人 / 178

夜梦朝拾 / 180

我存在的意义就是为你提供经验 / 185

当我老了，应该是叶子的样子 / 190

风

炕·床 / 197

与麦子有关的那些记忆 / 206

『丢』 / 220

知客 / 224

苹果园房子 / 230

嘴里 / 240

和苜蓿邂逅在它的故乡 / 244

赤道还有一扇坡 / 249

梦里泰塔 / 254

离别的花，在故乡的这个季节绽放 / 263

故乡，难道只是一个记忆？ / 269

历史的脚步正在生活的大地上前行 / 274

大佛寺外 / 278

在天唐，公共汽车和时间恋爱 / 285

眼神 / 291

人间烟火 / 295

风的心情 / 298

逝

- 黎明的模样 / 301
- 一个这样的城市 / 306
- 人与雪之间…… / 312
- 频婆街上那个金黄色的中午 / 318
- 我在天黑时想象你那里深夜的样子 / 322
- 讣告和纸讣 / 327
- 人长眠的那张床 / 333
- 人生的最后一张照片 / 339
- 唢呐声里的人生最后一程 / 343
- 长精神,短精神 / 350
- 坟上笼 / 359

味

- 人与书 / 365
- 人把时间哄高兴了 / 369
- 人与时间的关系 / 372
- 人和渐变的时空 / 376
- 我们为什么要坚持 / 379
- 心『动』 / 383
- 野草不感叹 / 385
- 人的境遇·人的精神·人的中心 / 387
- 这也是一种人生 / 390

人

我们当初是这样被人们欢迎的

在医院妇产科洗婴室关闭的大门前，贴着门上的玻璃站着好几个人。站在前面的人的脸已经被玻璃压得平平的，后面还有几个人，他们近得几乎可以闻见彼此的呼吸，可是这个时候他们不在乎这些，他们就是想透过洗婴室门上的玻璃，看看两位护士是怎样忙着给一个刚出生的孩子进行清洗和护理的。

护士当然知道门外的人在看她们专业的动作。她们心里可能很得意，因为这事不是谁都能干得了的。当然，她们虽然高兴，也要极力掩饰自己的这种得意，这种得意要用一种冷漠的表情表现出来似乎才显得恰当，否则就会让别人觉得不是一个专业人士所应该表现出来的表情。她们认为只有这种表情才是一个有特殊的专业技能的人所应该表现出来的表情。

贴着门上的玻璃在观望的那些人，他们是在为以后同别人闲聊积累谈资。这时他们就当这里是以后有人称赞他们人生经验丰富时的历史现场。

什么地方都能碰见围观的人。这次他们围观的是一个刚刚降临的婴儿。

没有技能的人常常围观有技能的人，就像在大街上看见有人吹糖人、画像，虽然他不想买，可是他就想看人家的绝活。捏糖人的人也自豪，也许他希望围观他的人能买一个糖人；画像

的人也自豪,也许他想围观的人也会让他给自己画个像。

在那一刻,围观的人的神情都很专注,甚至忘记了自己是来医院干什么来了。他可能是一个病人,而他的病还没有好;她可能是来伺候病人的,可能她都忘记了病房的病人正在焦急地找她,不知她去了什么地方。

他们现在不管这些,可能当护士将婴儿从洗婴室里推出来了,他们才会回过神来!

楼道里还有走来走去的人,他们可能已经看过了,也可能已经习惯了大人的肉体,他们不想去看一个婴儿的肌肤。而且婴儿的肌肤不像幼儿的肌肤那么白嫩。

人们与洗婴室里的这个孩子有关系或者根本没有什么关系,这只有他们自己知道。可是,人们以这样的方式欢迎一个与自己有关或者无关的生命的降临。

欢迎你,孩子!我们都记得你刚来到这个世界时的模样。我们可以做证。

一个中年人看着看着,脸上不知不觉地露出了浅浅的笑容。不知他笑什么,也许只有这个还不明白这个世界到底是怎么一回事的婴儿才有幸得到他的笑容。人在平时生活中的笑容实在是如此的稀缺,而这个婴儿竟然就那么轻而易举地引出了大人的笑容。大人与婴儿之间的关系竟然是如此的和谐。人在这个时候,才显得像个人。

我也欢迎你,孩子。

这样的礼遇,可能你的一生大概只能享受一次。

那时,哭声是我们唯一的语言

我们来到这个世界的标志便是我们的第一声啼哭,那是一个新生命向这个未知的世界报到。就像刀郎的《爱是你我》这首歌中所唱的:这世界,我来了。我们降临这个世界的方式本身就显得有点奇特。我们的第一声呐喊,也成为我们人生的一种象征。因为我们以后的人生里有着太多的哭声,所以这一声啼哭,只是我们人生的揭幕。因为这一声啼哭,我们的父母或兴奋,或忧虑,但我们的降临已经成为一种客观的存在。

从那一声啼哭开始,属于我们自己的生命便开始了。

在我们还根本无法清楚地表达自己的意思时,哭声是我们唯一的语言,也是我们的武器。

经常在不经意间,童年的情形闪现于眼前。

清晨,当睁开眼睛看见四周无人时,我用哭声唤回了厨房中的母亲。那意思是说:"快来,我睡醒了。"那时哭声成为一道急切的命令,母亲即使再忙也要从厨房赶到我的床前,扶我起床,给我穿衣,并将我抱下床。我的一天开始了。

饭桌上,因为好动,我的手常常不由自主地横冲直撞,好端端的一盘菜被弄得满桌子汤汤水水,结果迎来父亲的一声吓唬,我便被吓哭了,一副十分委屈的样子。为此祖母责怪父亲说:"孩子还小,那么大声,会吓着孩子的。"

吃完饭了，我被母亲抱着去邻居家。邻居家的阿姨说："长得这么乖，来，阿姨抱抱。"谁知还没等阿姨抱过去，我便哇的一声哭起来。好像别人身上长了钉子一样。没办法，阿姨只好还给母亲来抱。"去，让你妈抱，小毛头。"阿姨嗔怪地盯着我，对母亲说。我一副好像逃离魔掌的样子。我的哭声好像被母亲遥控着一样，母亲抱上，也便戛然而止了。

邻居乐乐拿了一个玩具熊，被我看见了，我伸手去要。他不给我。我就哭，用哭来吓唬他。母亲就劝乐乐："乐乐乖啊！让弟弟玩一会儿你的熊宝宝，好吗？"乐乐也真听话，就把那个胖乎乎的玩具熊给了我。我拿着玩具熊，旁若无人地来回摇晃着，一副霸道而自得其乐的样子。

母亲不得不去一个很远的地方，让祖母照看我。我哭天喊地地不愿母亲离去。母亲一步三回头，依依不舍地离去了。后来，母亲说离去的那一幕永远刻在了她的心中。想象中祖母也无奈地叹息着。时间一天天地过去，渐渐地，我已忘记了母亲的存在。我的生活中只剩下了祖母。

有一天，母亲回来了，远远地叫着我的名字。我用陌生的眼神看了母亲一眼，又自顾玩去了。祖母在旁边劝说着："看，妈妈回来了，快，快叫妈妈。"没用，我自顾自地去玩，好像母亲不存在似的。母亲和祖母对视了一下，尴尬地笑了。祖母嘴里嗔怪着长叹一声："唉……这孩子！"

有一次，我生病了，母亲抱着我去打针。打针前，母亲安慰我说："不要哭，过一会儿就好了。"可是那个尖尖的东西刚一碰到我的小屁股，我便呼天抢地地哭起来，那哭声似乎让所有的声音都能停下来。和着我的哭声，注射器里的药水被护士注进我那胖乎乎的小屁股里。母亲在旁边不断地安慰着："完了完了,不要哭了啊！完了!"直到护士拔出针头,母亲抱起我,来回地摇着,安慰着。那哭声的余波还在持续。那时,我还无法理解,母亲所有的希望都融进了护士的针头和我的哭声中。我现在想,当年给我打针的那位护士真有耐心,换我的话,早都改行了。自从有被护士打针这种经历开始,小时候在我眼里害怕的东西有两个：一个是黑夜里母亲故事中的大灰狼,另一个便是医院里护士的针头。

吃药和打针情同手足,须臾不可分离。如果要理解什么叫为难,问一问喂小孩吃过药的母亲就知道了。那真是一场吃药与反吃药的曲折抗争。那时是父亲抱着我,母亲将好不容易和好的药端在我的嘴前,冷不防便被我晃动的身子和手打掉了一半。然后,母亲趁机将剩下的药灌进我的嘴里。然而这并不等于成功了一半,药又被我毫不配合地吐了出来。这样不知道经过了多少回合,好不容易才把一顿药吃完。"好了,好了,不吃了。"我听见母亲和父亲都深深地呼出了一口气。我不知道父亲和母亲呼了多少次这样的气。

…………

我们有着多少上面的记忆。

那时,哭声是我们唯一的语言。

随着岁月的流逝,那个充满哭声的日子渐行渐远。那个充满哭声的日子也变成了一种遥远的记忆。

在以后的生活里,除了寂静,还是寂静。偶尔听到邻居家小孩的哭声,但觉得那仿佛与自己无关似的。也真的无关。

我们都是在哭声里长大的孩子。

哭,成为上帝赐予我们刚刚来到这个世界的一种幸福的权利。通过这种权利,我们命令,我们撒娇,我们抗争,我们成长。

不管有理没理，我们都用这种武器扩展着自己的地盘。

　　长大后，我们偶尔还会哭。这时我们哭出的泪水中包含着痛苦、忧伤、挣扎、绝望、激动、思念等太多的东西。人生所有的沉重都融入了我们的泪水。

　　哭，成为一种涤荡，涤荡去所有的沉重，让人昂起头来重新开始我们的生活。我们，不哭，迎接明天。我们已开始面对生活，开始理解生活。人们说我们成熟了。渐渐地，我们才明白成熟的一种含义就是默默承担与忍受。从此我们开始了真正属于我们理解了的人生。偶尔想起那个哭声里的童年，真的变得像童话一样遥远。

走进西边的厦屋的时候,第一眼我就看见了一个十六七岁的女孩,她静静地坐在贴着白瓷砖的炕沿上看电视。她看上去像一个高中生的样子。就在看到她的那个瞬间,我感到了那是一种在县城中学上学的农村孩子身上所弥散的美,一种纯朴的美。我心里想,你只要看到了她,你就明白了什么叫作纯朴的美,它的含义在任何词典上都查不到。我知道,那种美是天然形成的。

那种美,我能感觉到。

我不知道这个女孩子叫什么名字,我以前根本没有见过她。

这一天,是刚过完春节后不久的正月初六,大地上的一切还沉浸在过年的气氛中。天虽然有点阴沉,但一缕一缕的春风似乎拂动得这阴沉的大地也变得活动起来了,让人觉得不再像刚刚过去的腊月那样的凝重。

久违了!这样的感觉!

我好像已经有好多年没有感受过频婆街上的春天了。这样的天气,似乎不是要发生什么大事的天气,而是一种让人感到似乎一定要记住一点什么的天气。

我常想,春节的意义,已经不再是让人吃好玩美,而是能够把春天的感觉带进每个人的心里。就这一层意义来说,它就已

经变得让人期盼不已了。

我走进去的,是我的姑姑家的厦屋。我去看我的姑姑一家。

这一天,姑姑的大女儿云雁和她的女婿——我还不知道他叫什么名字——初二来看望姑姑姑夫后,还没有回家。其实不是他们两人不回家,而是姑姑姑夫特意把他们留下来再待上一段时间。云雁虽然已经结婚了,但待在自己的爸妈家也没有觉得有什么难堪的,相反倒是真正属于自己的那个新家倒有点不习惯。这不像过去的或者其他的人家,家里有结了婚的哥哥或者弟弟,待得时间长了,就是哥哥弟弟不说什么,当嫂子的或者当弟媳妇的背后也会说句什么。现在,像云雁这样年龄的女孩子,最多前面或者后面有一个兄、姐或者弟、妹,兄弟姐妹之间有什么不能容纳的呢?云雁一直觉得这一点难以理解。

云雁去年刚结了婚,她的女婿听说在秦城市汉武区的一个镇政府给领导开车。亲戚们都说:云雁,你这回嫁给了一个有前途的小伙子。云雁则对亲戚们说:就是一个开车的,能有什么前途?现在谁不会开车呀!亲戚们则说:那可不一定!不信你等着看。云雁嘴上虽然这么说,但听到亲戚们如此说,心里当然乐滋滋的。

云雁现在的身子有点重,听说在这个正月就要生了。所以,她其实在自己的爸妈家也住不了多长时间就要回去了。对于很快就要到来的孩子,女婿一家说,将来无论生下男娃女娃都一样,我们都一样喜欢。云雁知道这是老公一家人给自己宽心。云雁则对人说:"我还是希望要个男孩。"但随后又说了一句:"哎!不过,这事谁能做得了主呢!"

云雁的下面有一个妹妹,叫云莺。妹妹的下面有一个弟弟,叫云龙。

云雁的妹妹云莺，看上去总是一副嘻嘻哈哈、无忧无虑的样子，从不像同龄的女孩子那样，呈现出那种心事重重的样子，她总是那样快乐。她的脸上总是流溢着灿烂的笑容，无论谁一见到她，都会觉得很喜欢。这也许就是天性吧！去年，她刚从秦城市财会学校毕业，现在正在一家化工厂当会计。这个时候，她和姐夫并排坐在靠墙的沙发上，嘴里一边咯吧咯吧嗑着瓜子，一边眉开眼笑地听着姐夫说话。姐夫讲的是他当年当兵时的故事。云雁的女婿原来还当过兵。姐夫讲得很神奇，云莺听得很神往。云莺想知道得越多，姐夫谈得就越起劲。女孩子对军人似乎有一种天生的神往与崇拜。姑姑在厨房里喊："云莺，你过来帮我择一下菜。"云莺说："等一会儿，马上就来了。"可是，三会儿都过去了，云莺还是没有来。姑姑气得说："这死女子！"

　　厦屋里，靠着南墙打开着的电视里，播放的《还珠格格》的电视剧好像只给炕沿上那个十六七岁的女孩看一样。她静静地坐在炕沿上看着，偶尔往嘴里塞一颗糖进去。

　　院子里，云雁的弟弟云龙正在给一只黑色的小长毛狗剥着一个橘子，小长毛狗蹲在云龙前面，目不转睛地盯着他手里的橘子。云龙说："小黑，别着急，马上就剥好了。"小黑看上去很可爱，云龙的样子看上去更可爱。云龙现在已经长成一个又高又胖的小伙子了。那一年我在频婆街上的药材公司门前见到他的时候，他还是一个穿着开裆裤、流着鼻涕的小孩子。面对他现在的样子，不认识的人远远地望着他，一定会想象着他要是发起火来，那可是躲都躲不及的，你看他那副身板就够吓人的。可是，跟他说起话来，你听他说话的声音和语调，却和他的身材又极不协调。他的声音就像柔软的棉花一样，他的语调又是那样慢条斯理,这时你才知道,他其实还是一个孩子,一个刚上高一的学生。孩子就是孩子,不管他表面上看上去多么像个大人,或者他自己装得多么像个大人,而后者只是让真正的大人觉得可笑罢了。而云龙却一点儿也不让人觉得可笑。你只是会对另一个人说:哎,他其实还是个孩子。但他似乎又不是一个一般的孩子。出乎我的意料的是,他居然对古今中外的历史那样感兴趣,听着他说起历史上的那些人物和事件,竟然是那样的烂熟于心,侃侃而谈。那你就不难想象到,平时他一个人的时候是怎样津津有味地浸沉于历史书当中的。云龙确实长大了!

还没有到吃饭时间,姑姑已经开始在厨房里准备晌午的饭菜了,案板的前方的墙上贴着一张在频婆街腊月最后的几个集上请的灶爷,红脸绿衣的灶爷是一副娃娃脸,看上去相当可爱,一点儿也不严肃。灶爷的两边有一副对联:上天言好事,下地降吉祥。灶爷前面的案板上摆着一个香炉,燃尽的香灰掉了一香炉。案板上,大大小小的白瓷碗碟里,盛放着切好的辣椒丝、葱丝、芫荽、豆腐。这时候,姑姑正在脸盆里用一把刀子刮鱼鳞,洗过鱼的脸盆里,水变得红红的。靠门的大锅边,热气腾腾,云雁正在帮着姑姑往锅边的水壶里灌水。

北边的上房里,炉子里的火苗正在扑腾扑腾地跳跃着,一股暖气,扑满了房子的每一个角落。暗红色的方桌两边的太师椅上,姑夫和一个说话夹杂着南方口音的人正在交谈着什么。方桌的上方是一副年代久远的画像,远远望去,有点像历史书上那些清代的皇帝的画像。听说这是姑夫的爷爷的爷爷。那时,他是一位饮誉乡村的先生,人称陆夫子。那个南方人虽然普通话不是很标准,但谈锋甚健。姑夫认真地听着,有节制地笑着。

云雁的爷爷,今年已经八十岁了,身子骨硬朗,脸色红润,整天笑呵呵的。现在不在家里,吃了早饭以后就出去了。他是去找村上的几个老伙伴,过年这几天他们的活动是早上吃了饭后,就在村委会的老年活动室打牌和下棋。村委会的大门前有一棵需要五六个人才能合抱的老槐树,已经有五百多年的历史了。现在,村上已经在它的周围修起了钢筋围栏,围栏被漆成了白色。云雁的爷爷对周围的老伙伴们说,这棵槐树的年龄有多大,我们老陆家的历史就有多长。说这个话的时候,他很自豪,听的人也很羡慕。

…………

吃饭前的这段时间,在厦屋里外,姑姑家的每个人都以不同的方式在度过着眼前的时光。

吃饭时,人都到了桌子边。上房里,大人们安排了一桌,有那位听说从湖南来的客人、云雁的爷爷、姑夫,还有就是云雁的女婿了。东边的厦屋里,云雁、云莺、云龙和那个坐在炕沿上的女孩,他们几个人一桌。他们几个围坐在厦屋里靠墙的沙发前的桌子旁。他们吃着,喝着,笑着,闹着。

大人们在饭桌上谈论着大人的话题。斟酒,敬酒,回敬。风俗,生意,升迁。云雁他们那一桌,就没有这么多的礼节和话题了,只见筷子起起落落,酒杯绕来转去,一副热热火火的样子。同云莺云龙相比,云雁毕竟是结了婚的人了,就假装生气地对他们两个说:"云龙,云莺,你们两个餐桌上绅士淑女一点好不好!"云龙、云莺说:"我的好姐姐,您看我们这样多有气氛啊!"云雁也就不知道该说什么好了。在云龙、云莺看来,只有这样,才显得热闹,才能够留下关于过年、关于兄弟姐妹之间的记忆。

跟他们几个坐在一起吃饭的,只有那个饭前坐在炕沿上看

电视的女孩显得有点拘束,不紧不慢地吃着菜,好像很少说话。

············

午饭结束后,姑夫和那个湖南人坐在上房里的太师椅上一边喝着茶,一边说着话。

和姑姑说了一会儿话以后,留下东西,我说我要回家了。姑姑说:"急啥?"我说:"回去还有点事。"于是,就拿上包,出门推起停放在门口的自行车。姑姑跟着送我出来。

到今天为止,要走的亲戚就算都走完了。我长长地舒了一口气。

回到家里后,母亲问:"今天你姑姑家都来了哪些亲戚?"

我说:"有云雁和她女婿,还有一个湖南人。再有一个比云莺小一点的女孩,十六七岁的样子,个子不高,我不知道她是谁,我看着也不像是我姑姑姑夫他们的亲戚家的孩子。妈,你知道她是谁吗?"

"你说的就是你姑姑姑夫送给别人的那个女儿。现在你姑姑姑夫已经认下了这个孩子。这个孩子现在在三水县城上高中,你姑夫每周把她接到家里来。"听了我的描述后,母亲说。

"那孩子的养父母为什么愿意让她认我姑姑姑夫?"我问。

"其实,当年你姑夫姑姑把这个女儿给的也不完全是外人,说起来孩子的养父母也和你姑夫他们家有点亲戚关系。再说,现在你姑姑家的生活条件也好,孩子的养父母让孩子认自己的亲生父母也没有什么不好。"母亲说。

"既然这样,那一年我姑夫姑姑他们为什么要把这个孩子送出去呢?"我问。

"你姑夫姑姑的前三个孩子都是女儿,他们一直想要一个男孩。你知道,在农村没有个男孩子,父母老了日子真的不好过啊！那时的人还不像现在这样想得开,谁能想得到自己老了以后国家会给你养老金呢？那时,有的人家全是女儿想要儿子要不上,而有的人家又全是儿子想要一个女儿。人们觉得有儿有女,一个家里才显得齐整。这样,有的人家就托人到处打听谁家刚出生的女儿有想往外抱的。在周围人们的托说下,你姑姑姑夫就将刚生下没几天的那个三女儿抱给了清风街上的一户人家。后来,他们又生下了云龙。"母亲说。

我突然想起来了,二十多年前,在农村这种现象确实很普遍。

"其实,当年你奶奶你爷爷他们看你姨妈(姨奶)没有孩子,就把你姑姑送给了他们。"母亲又说。母亲说的这些,我都知道。

"那么这样的话,那个女孩就有了两个母亲:一个养母,一个生母。可是,毕竟这么多年了,回到姑姑姑夫的家里以后,她能适应吗？我看她今天一天在姑姑家都挺拘束的。"我说。

"虽然过去了这么多年,但毕竟是自己的亲生父母,慢慢就适应了。"母亲说。

我不再说什么了,只是静静地听母亲说。

我想,也许,那个女孩和姑姑姑夫一家人没有我想得那样生疏,虽然一整天我没有见到他们和她说几句话。然而,毕竟他们都是她的亲生父母、同胞姐弟。那么,他们之间一定会慢慢地亲近起来的,这只是需要时间。

我又想起来了,不是在吃饭的时候,云雁不停地劝那个女孩吃菜,并不停地往那个女孩的碗里夹菜嘛。

阔儿

如果你是频婆街上的人，你一定知道阔儿。频婆街上有许多人物，一直被人们在茶余饭后谈论着，而且总是高频率地出现在人们的谈话中。不像有的人和事只是在极短的一段时间内被人们狂轰滥炸般地谈论着，过了那一段时间便销声匿迹了。显然前者的影响力要远远高于后者的知名度。而阔儿绝对算一个一直高频率地出现在人们茶余饭后的谈论中的人物。

阔儿是频婆街丰登村的人，他的祖籍在哪儿，我不太清楚。也许他的祖上就是丰登村的人。

阔儿其实并不阔。叫这样的名字，在有尊严的人或者特别敏感的人看来，对于阔儿本人绝对是一种侮辱。但是阔儿似乎已经习惯了这样的称呼。之所以说对阔儿是一种侮辱，因为阔儿实在并不阔，恰恰相反，可能在频婆街再没有比阔儿更可怜的人了。因为他的生活就是连拮据也算不上——频婆街人说一个人过得拮据，其光景就相当可怜了——阔儿比过得拮据还可怜。

阔儿的可怜，和他的身体有绝大的关系。阔儿是一个侏儒，同时他又是罗圈腿。你不难想象他的身高。人很瘦，一双白多黑少的小眼睛。在频婆街这块土地上像阔儿这样的人零星地撒着几个。有人说，侏儒症与水土有关系，不过我觉得可能跟遗传关系更大。

听人说,阔儿是单身一人,住在一孔漆黑的破窑洞里。窑洞里盘着一个土炕,炕上铺着一张破席,席上铺着一张又薄又脏的褥子,夜晚在阔儿身上盖着一张又黑又烂的被子。不知道阔儿结过婚没有。总之有两种可能,第一,就根本没有结过婚;第二,结婚以后,老婆又跑了。无论是哪一种可能性,人们都不难理解。也不知道阔儿有没有弟兄。也许,阔儿就是一个孤儿。

无论在频婆街上,还是在丰登村人的眼里,阔儿绝对是一个可怜人。生活在丰登村,阔儿常常到村里领国家照顾的钱呀、粮食呀、衣服呀、被子呀什么的。

不过对于阔儿来说,虽然国家照顾的钱粮衣被基本上每年都有他的份儿,可这毕竟不像自己家里的东西,说拿就拿,说用就用,毕竟还有个发放时间。甚至每年到时间了,未必有份儿。频婆街上的人不是说了嘛,你的嘴要是对不端的话,吃鸟儿屙下的都没有。

可是阔儿总要活下来。阔儿也是人,只不过是一个身体有残疾的人。

可怜人有可怜人的活法。像阔儿这样的人,在频婆街还有几个,但是他们都有自己的活法,比如他们在二、五、八逢集的日子,给人看自行车或者给人修鞋。这样一个集日下来也能挣几个钱。靠山吃山,靠水吃水,频婆街的人靠着街,许许多多的人就吃街了。

阔儿好像也明白这道理,不知是别人提醒他的,还是阔儿想到的。但是他走的是另一条道。

他既没有给人看自行车,也没有给人修鞋。他干什么呢?说出来,你可能想都想不到。每到频婆街上二、五、八逢集的日

子,阔儿胳肢窝夹一个又脏又旧的白布袋子,好像一个赶集的人一样,专门将瞅准的一个货摊上的东西往自己的布袋子里装。说白了,阔儿这就是明着拿,还不是偷。在频婆街,据说活跃着一群从另一个大镇上来的职业小偷,专门在过年的集上偷赶集的人的钱——过年的时候频婆街上人的口袋都鼓鼓囊囊的。于是后来许多女人都不敢在口袋里装钱,而是把钱塞在鞋垫下或是袜子里。

阔儿不像这一群外镇来的小偷,其实人们也从来没有把阔儿叫过小偷。阔儿就靠这生活。这就是他的职业。

阔儿背着布袋子,走到一个卖杂货的摊子前,看见摊子上的一双鞋,好像摊子后面没有人一样就往口袋里装。当然,他也瞅机会,就是看到摊主不注意的时候。虽然摊主不注意,但是周围的人都知道。频婆街上的一些大小闲人,没事的时候就喜欢撑着看阔儿怎样拿别人的东西,而且常常不怀好意地怂恿阔儿去拿别人的东西。阔儿的举动有时当然还是被摊主发现了,摊主就厉喝一声。阔儿害怕了,也就放下了,引得周围的人哈哈一笑。这些摊主都是从外乡外镇来的人,不是频婆街上的人,在他们眼里阔儿就是一个小偷。但是有时,阔儿拿了就拿了,无论摊主怎样厉喝,阔儿还是拿了东西掮着他那个又脏又旧的白布袋子,挪着两条罗圈腿走人了。周围的人就打圆场,对摊主说,就一双袜子,也不值几个钱,拿去就拿去了,跟阔儿这样的人上什么计较。摊主也只能自认倒霉,因为实在不好和这样一个两条腿围成一个圈挪着走路的人计较。要是换成一个西装革履、人模人样的小伙子,非揍死他不可。按做生意的人的本性来说就该这样。根据阿Q老前辈的精神胜利法的教诲,就当一双袜子自己穿了吧。哲人说:"跟疯子吵架,你自己就是疯子。"不知道阔儿的脑子正常不正常,好像没人说起过这个话题。不管阔儿的脑子怎么样,人们都不会把阔儿的脑子和正常人来进行比较和讨论。阔儿的脑子就是独一无二的阔儿的脑子。这句话才是有意义的。

不过也就是通过东西被阔儿一分钱不掏地白白地装进自己的口袋,这些外地来的摊主,也就知道了频婆街还有这么样的一个人物。这绝对是他们晚上赶集回家后吃饭时说起的一个话题或者以后在亲戚朋友之间谝闲传时的绝好谈资。阔儿的知名度可是更大了。

阔儿什么都拿,凡是他能用得上的、吃得上的。阔儿装了别人的东西,还常常死不认账,有时还对摊主骂骂咧咧的。摊主气得直瞪眼。不过阔儿好像也知道兔子不吃窝边草的道理,他倒不会目中无人地去拿一些乡里人的东西。一个集日下来,他的口袋里不说装满,也是五花八门了。不过,他用不着一整天都在每个摊点前挪来挪去,大概一两个小时后,他就满载胜利的果实凯旋了。

阔儿就这样过活着。

那几年频婆街上的人每一个集日都能看到阔儿的身影,而且清晨集市刚起来的时候他就上来了。阔儿每个集日都从丰登村上频婆街来——丰登村在频婆街的下面。但是上一趟街对于阔儿来说,并不容易。因为从丰登村到频婆街的那条路,虽然很宽,但路面却是坑坑洼洼,走起路来高一脚低一脚的,实在让人觉得不舒服。

二十年前,我见到阔儿的时候,阔儿的头发好像就已经白了。

我已经有好多年没有见到阔儿了。不知道阔儿现在怎么

样?也许他年纪大了走不动了,已经不再夹个又旧又脏的白布袋子上街去拿别人的东西了吧?也许他已经死了吧?因为阔儿的生活实在让人很难和福如东海、寿比南山这样吉祥如意的词联系起来。这些我都不知道。但愿他还活着吧!

不知道为什么那一天我突然想起了阔儿,他在我的记忆中已经被一天天流逝的日子厚厚地掩埋了起来,我甚至忘记了他的存在。

也就是在那一天我才想到,阔儿不仅被国家养活着,也被频婆街上做生意的人养活着。频婆街上做生意的人早已习惯了阔儿的存在了。虽然他们第一次被阔儿拿了东西后,都会恶狠狠地向阔儿瞪瞪眼睛。可是,后来他们自己也说,在频婆街上,阔儿是恓惶人中的恓惶人。

黄莲

一

上回,我带你认识了阔儿。这回我想带你认识黄莲。

就像频婆街上没有人不知道阔儿一样,频婆街上也没有人不知道黄莲。

在频婆街上,他们都算"名人"。尽管他们出名的原因与我们通常的想象差距有点远。

阔儿是频婆街上一个在逢集的日子里硬从别人的货摊上"拿"东西的人——"拿"在频婆街人的嘴里含有"偷"的意思,但阔儿确实又不像暗偷,而就是大模大样地拿。

同阔儿比起来,黄莲在频婆街上就平凡得多了,平凡得没有人会将这个人当作茶余饭后的一个话题。因为黄莲就是频婆街上一个在逢集的日子里给四面八方赶集的人看自行车的人。

我之所以能将黄莲和阔儿联系起来,是因为他们两个人都患有先天的侏儒症。因为水土的原因,一个地方患这种病的人常常攒聚在一起,就像田野里的某一处常常会长出同一种草一样。不过他们两人的区别还是很明显:阔儿人显得更清瘦一些,脸色更黑一些,背驼得很厉害,整个身体看上去就像个半圆。黄莲人显得更直更胖一些,脸色更红润一些。我常想:如

果黄莲个头很高的话，一定是一个走起路来气宇轩昂的人。很可惜，上天没有给他这一切。

黄莲所生活的黄家村属于与三水县相邻的泾水县，与频婆街相邻的煤店乡。黄家村的人，除了像看病住院、打官司、给娃结婚买家具这样的大事去泾水县城以外，其余像柴米油盐酱醋茶这样的生活日用品一般都会在每逢农历二、五、八逢集的日子来频婆街上购买。

黄家村在频婆街人的心目中是一个有点远也有点落后的山村。尤其是对于那些没有去过黄家村的人来说，好像那个地方随处都能见到狼一样。但是，如果你去过黄家村，你会发现那里的人也像频婆街上的人一样有苦有乐，有忙有闲，而且他们似乎比频婆街上的人显得更乐观。

黄莲就是一个从小生活在黄家村的人，人很老实。不像生活在频婆街下边的丰登村的阔儿，有点可怜，但也多多少少沾了点街溜子的习气。当然平心而论，其实阔儿也和黄莲一样可怜。

不知黄莲现在有个家了没有？听说黄莲一直是一个单身汉。也许他的老婆跟人跑了，或者他一辈子就没有见过老婆。所谓没见过老婆，就是没娶过媳妇。像黄莲这样的条件，娶不上媳妇，人们大概也不难理解。他的生活，已经不是平日里人们常说的一个人家里贫穷时的"拮据"所能够形容的。

只有当命运常常像一块无形的巨石压在一个人的身上的时候，掀掉这块巨石对于一个人来说才显得具体而急迫。黄莲的人生就面临着这样的任务。

每逢农历二、五、八，是频婆街的集日，本县、外县操着各种口音的人都会来这里赶集或者做生意。赶集的人多半骑自行车。有亲戚家在频婆街上的,就把车子放在亲戚家里,顺便传递一下某个亲戚的那些或令人自在或让人颇烦的事情。可没有亲戚在频婆街上的,在哪里存放自行车就成了一个问题。把自行车存放在一个地方总比来回推着方便吧?可是这么大的频婆街,人生地不熟的,总不能把自行车随便放在大街边上吧?

只有推自行车的人才能够体会到来回推着自行车是多么辛苦,也才能够想象得来要是有一个安全的地方存放着自行车,逛起街来该是多么的放心和自在。他们太需要这样一个存放自行车的地方和看自行车的人了。

谁能给他们看自行车呢?

也许在遥远的20世纪80年代,就有人发现了看自行车这个"商机",可是他们抹不下来脸干这样的差事。他们觉得这是婆娘娃娃整天没事才会去干的事,男人谁靠这个来养家糊口呢?

有人想到了黄莲。像黄莲这样可怜的人,他大概不会挑剔这个差事。命运的安排常常让这个世界上的一些人失去了挑剔的权利。他那么小的身材,行动起来也不方便,给人看自行车也不用到处跑来跑去,这件事对他来说正合适。只要给寄放自行车的人看好车子就行了。频婆街上的人常常说,有智吃智,无智吃力。对于黄莲这样一个人,给别人看自行车可能是连老天也因为怜念他而留给他的一种生活方式了。

总之,不知从什么时候起,黄莲开始给人看自行车了。

从此,风里来,雨里去。黄莲他不怕风,也不怕雨,因为风和雨不管他的生活。他就怕街上没人。

二

说起来,黄莲虽然也是一个外乡人,但是频婆街上许许多多

的男女老少都认识他。有人虽然常常欺生,但却不欺负那些一眼看上去就很可怜的人,就像黄莲。频婆街上无论多么恶煞的人,对于黄莲和阔儿这样的人,似乎根本没有一点欺负他们的想法。当然,他们两人的性格不同,人们对他们的态度也就不一样。对于黄莲,人们就是觉得他可怜,似乎没有同他开玩笑的心情;对于阔儿,人们的态度就不一样了。人们常常逗阔儿玩,拿他寻开心,或者干脆说是怂恿他去明目张胆地拿别人货摊上的东西,然后幸灾乐祸地从旁边看着摊主气得直瞪眼。

一年三百六十五天,频婆街上的集没有断过,黄莲就没有离开过频婆街。当然他看车的地方也不断地从频婆街中学门口,到医院门口,到税务所门口,也不知道以后还会到什么地方。当然随着他挪的地方越多,他看车的历史也越悠久,认识他的人也越多。其实一个人被其他人认识,除了财富、权力、美色或者能力外,还有就是命运。黄莲被来频婆街上赶集的人认识,就是因为后者的原因。黄莲不是频婆街人,但他用自己的眼睛见证着频婆街的每一个集日。他为频婆街的和谐做出了常常被人们忽略的贡献。黄莲其实已经成为频婆街的"荣誉街民"。假如频婆街的官员们愿意授予他的话。

频婆街上的人认识了黄莲,黄莲也认识了频婆街上的人,包括阔儿。

不知道黄莲和阔儿是咋认识的。不过可以想象,肯定是阔儿先和黄莲搭话的。这符合阔儿的本性。总之,他们一个认识一个。

一天,当集上的人正稠的时候,阔儿背着个布袋子,挪着他那双弯成一个半圆的腿从黄莲寄放自行车的地方走过。黄莲一看见阔儿,就笑着叫道:"老哥,来,过来歇一歇,抽根烟"。也不知道他们两人谁比谁大,黄莲反正就这么称呼阔儿。

"黄莲,这么热的天,还在看自行车呢?像你这样,一集能萨几个钱?"阔儿斜着眼睛对黄莲说。

"唉,不看自行车咱再干啥去。不看自行车人家谁给你一分钱。能萨几个是几个,有总比没有强。像咱这种人,再能干啥?"频婆街上的人说的"萨"字也不知道是谁首先创造出来的。在最古老的字典里,我也没有找到能够表达频婆街人的意思并和他们的发音相同的字,这里就姑且用"萨"这个字代替吧!所谓"萨",就是能够不太费力地捡到点便宜的意思或者是捡到别人扔了的而对自己有用的东西的意思。

"你今天都萨了些什么值钱的东西吗?"黄莲问阔儿。

"这可不能告诉你,反正都拿回家了。这不,又从家里上来了。"阔儿诡秘地望着黄莲笑笑。

"要不,你也来,给我当学徒。怎么样?保证你每个集日口袋里都装得满满的。"阔儿又说。

"我可学不来你。我怕被人扭送到派出所去,进去待上几十天。"黄莲说。

"唉,一看你就挣不了什么大钱。"阔儿鄙夷地望着黄莲。"好了,不跟你多说了。小心把自行车给人家看丢了。我还忙着呢。"阔儿说。

"别操你的闲心。倒是现在街上假东西多,小心拿到那些过期的东西,吃了对身体不好。"黄莲笑着对阔儿说。

"不怕,我命硬。我问过算命先生。"阔儿说,"好了,我走了,再见。"

"那能由你说了算吗?"望着阔儿很快又混入人流中的身影,黄莲低声说。

三

黄莲在频婆街上看自行车已经有些历史了。这历史有多长,只有他清楚。来频婆街赶集的人的自行车,也从原来笨重的"飞鸽""红旗""凤凰"等发展到现在的那些人们已经叫不上来名字的既时尚又轻巧的各款车型。当然除了自行车,还有让人觉得富得流油的摩托车。

现在的频婆街,已经不再是频婆街人的频婆街。现在的频婆街,已经是来频婆街人的频婆街。来频婆街的人,带来的不仅有各种各样的面孔,也有各种各样的面具。在频婆街上,常常听到有人转了个身车子就被人推走的事。这样的事,已经让人听得都不爱听了。可是,丢车子的人仿佛个个都是祥林嫂,他们都爱给人说,不说心里憋得慌。

这样,找一个放心的地方寄放自行车、摩托车就更重要了。

当然,寄放自行车和摩托车的收费也变了,从过去的五分、一毛,涨到现在的五毛、一块。这些钱,其实人们都不在乎。

经常来频婆街赶集的人都知道有一个看自行车的黄莲。他们知道黄莲人厚道可靠,他们想把车子存放在他那儿。他们相信存放在他那儿车子丢不了。

确实丢不了。黄莲不敢把车子给人看丢了。丢了,一是影响他的信誉,二是丢了他也赔不起。

黄莲没有告诉过人们,一个集日下来,他能挣多钱,但别人能算来。至少这些钱可以够他一个人大大小小的零用开销。人们光说,钱花出去的时候像消雪,可是,钱攒起来的时候却像滚雪球。

证据是,有人开始有点眼红黄莲干的这个差事了。

终于,这些人也开始看起自行车来了。只是,他们看不上黄莲那样一副形象,他们要靠自己的西装革履或者妖艳妩媚的形象吸引存放自行车的人。可是,一个集日下来,没有几个人敢在他们那儿存放自行车。知道的人知道他们是看自行车的,不知道的人还以为他们是借看自行车偷车的。和其他地方一样,频婆街上这几年这样的事太多了。现在,人相信人太难了。

最后,他们都不看自行车了。其中的原因,他们有点想不通。可是存放自行车的人明白,虽然他们明白得都没有任何根据。

看来,看自行车这碗饭是该黄莲吃的。有的饭,天生是与一些人无关的。

四

腊月二十二、二十五和二十八是频婆街年前的最后三个大集。与其说这是三个大集,不如说这是三大块每个商贩都垂涎欲滴的肥肉。他们为一块好地方常常是连祖宗八辈都挖出来又打又骂。

这样的集日对于黄莲来说也是千万不可错过的日子。

这几个集日,黄莲骑着他的那辆有点破旧的三轮车早早就从黄家村上来了。这样的心情谁能不理解呢。黄莲见了频婆街两边的熟人就打招呼,街两边的熟人也笑着问:"这么早就从家里来了?"这样的情景,让人觉得频婆街是那样的和谐。尽管黄莲和他认识的人所说的都是一些无关痛痒的废话。可是,生活有时需要废话,废话多多少少也表征着一种和谐。我们不是有时连这样的废话也不愿意跟别人多说吗?

在临街的一块空地前停下后,黄莲开始在四周拉绳子。这

时"贵如油"作坊的老冯过来了。"年货办得怎么样了,冯老哥?"黄莲问。

"不急,不急,咱就在街上住着,到腊月二十八办年货都来得及。"老冯笑着说,一副很悠闲的样子。

"看,你们住在街上的人到底跟我们乡里人不一样。"黄莲有点羡慕的样子。

"咦,怎么最近再没见到你们街上的阔儿,他现在干啥呢?"过了一会儿,黄莲好像突然想起了什么,问老冯。

"阔儿呀,你现在才想起。人都殁了快一年了。"老冯说。他的语气就像嘲笑一个人竟然不知道勺子在新疆就是傻子的意思一样。

"是得病殁的吗?"黄莲问。

"谁知道呢!唉,像阔儿那样整天饥一顿饱一顿的,身体能好吗!"老冯说。"黄莲,我看你现在精神越来越好了。你今年有四十了吧?"老冯问。

"唉,阔儿一辈子也是一个命苦人。我……我呀,四十里面已经没有我了,今年我都五十了。"黄莲笑着说。年龄对于那些家境殷实、儿女孝顺的人来说是一种值得向人炫耀的资本。而对于像黄莲这样不幸的人来说却像一个巨大的深坑,里面不知道装进去了多少艰难。

"我记得那一年我来频婆街上开始榨油的时候,你就给人看自行车了。你在频婆街上给人看车也都看了有二十年了吧?"老冯问。

"早有了。"黄莲回答。这回轮着黄莲开始嘲笑老冯了。语气就像嘲笑一个人竟然不知道母鸽每次总是产下一雌一雄两个蛋一样。

"现在还是你一个人?"老冯关切地问。

"也算有个家了。去年别人给我介绍了一个四川过来的女人,在地震中失去了丈夫,带着一个孩子。"黄莲回答。

"唉,这就对了,总算有个家了。现在你看完车子回去,总有人给你做一碗热汤饭,再也不会看上去那么冰锅冷灶的。"老冯说。

"好——好——好。"最后老冯连声说了三个好。

"也对,依咱现在这个条件,还能再图什么呢?我这就满足了。"黄莲边在树上绑绳子边说。

其实,黄莲再能求什么呢?

毛婆

长期生活在频婆街上的人一定知道毛婆这个人。像阔儿一样,毛婆也是频婆街上的名人。如果我们世俗化一点定义名人,就是不管一个人从事的是高贵的工作还是卑贱的营生,只要许许多多的人知道他(她)的名字,那就算名人了。毛婆是频婆街上一个摆杂货摊的老太太。这应该很卑微了吧!但她的出名,正是因为她摆了一辈子——人们不常这样在别人面前炫耀自己的资历吗,那就说一辈子吧——的杂货摊。如果说每个人在自己一生的某一天发现了值得自己一生追求的事业的话,那么毛婆的那个杂货摊就是她一生所经营的事业。虽然在许许多多有着更高尚的追求的人们看来,这实在算不上什么事业。但是,毕竟人各有志,我们不能拿锯子来把生活锯平。不过,与其说毛婆一辈子守护着自己位于频婆街中心东南角位置的小杂货摊,还不如说她一辈子守护着频婆街。

毛婆的那个位置是频婆街上的黄金地段。每年腊月二十二、二十五、二十八,年前最后三个集,许多摆摊设点的人为了占一席之地打得头破血流,骂得对方在地底下的祖宗也不得安宁,但却从来没有人敢占毛婆的那个位置。在频婆街上,有多少小商小贩能够体验到这种生意境界呢?没几个!这也许是毛婆一辈子最大的成就吧!有人这么说。

我不知道毛婆今年高寿,不过我想即使没有七十离七十也不远了吧!毛婆的个子不高,人很胖。如果她从远处走来,老远你就会听到她不停地喘气的声音。频婆街的人们似乎很少听到她几十年来生过什么病,也许正因为这一点原因,一年四季,除非天真的塌下来,不管刮风下雨,她都每天天不亮就起来准备好自己的小推车朝街中心推去。而那个时候许多频婆街人还在睡梦里,黑魆魆的街道里只有偶尔去学校的中小学生,以及从三水县上塬的指田街上开下来的长途汽车,从街中心缓慢而又焦急地按着喇叭叫人。

如果是下雨天——频婆街秋天时的雨水就像淌不完的眼泪,毛婆就将她的杂货摊挪到黑牛家的"能不发"商店那高高的长长的几级台阶上。对于毛婆这位频婆街杂货界的元老,黑牛一家这些面子还是给的。论辈分毛婆的年龄和黑牛的爹是一辈人,年龄比他爹的年龄可能还要大一些。但是对于从乡里来的人,黑牛家就不会这么慷慨了。原因是"挡"了他们的生意。要我说,频婆街上的人霸道就霸道在这些地方。黑牛家说不行,那就真不行。

这个时候,毛婆就和频婆街上那些没事的闲人一样在台阶上无聊地看着滴滴的雨点中来来往往的行人,并且心里在默默地等待能够光顾她的杂货摊的大大小小的顾客的出现。她这时显得有点无聊——和她晴好的天气里的忙碌比起来,原来她也有无聊的时候——也有点无奈。

其实,毛婆的杂货摊上摆的就是瓜子、花生、豌豆和麻子之类的炒货。其他的东西并不鲜见,这里要特别说一说麻子这种东西。麻子可以说是三水县一带的特产,证据是在其他地方几乎就见不到这种东西。它产于县境内指田、牛栏等山区。这东西，三水县境内的人不太喜欢用它来榨油，倒是大人小孩都喜欢嗑。来频婆街上赶集的人，回家去的时候常常会称上几两甚至一斤麻子带回家去给全家的男女老少嗑。这东西的好处是小不压秤，不像花生，一斤称不了几颗，也不像瓜子，一斤称不了几把，所以耐吃。再比如，当你走到人伙当中去的时候，你会发现一些人要么一只手从另一只手里捏上几粒麻子或是从口袋里抓上一把麻子往嘴里一撂，然后就像榨油机一样，很快从嘴里吐出来的麻子皮便像一颗颗黑痣一样镶嵌在嘴角上，从而成为人群当中的一景。虽然这种情景看着有点大煞风景，但只是对于有些人而言吧。吃麻子的人谁会把这当回事呢？也许因为是特产吧，频婆街上那些远嫁的女子熬娘家回去的时候甚至带上一两斤麻子，回到家里后没事的时候嗑。这是她们的夫家人特别要求回来时记得带上的。麻子再长也长不过瓜子的个头，所以这东西嗑起来更需要耐心，也更能对付人们闲得需要磨牙的时间。所以如果你去邻居家串门，主人可能会抓一把麻子给你吃，说是磨时间。其实，哪是磨时间呀，是时间在磨人。在三水县，无论是县城还是各个乡镇随处都可以看到专门堆着一个长筒口袋卖麻子的小摊贩，他们的称谓就叫作卖麻子的。既然有人上街专门买麻子嗑，那就专门有人卖麻子。现在的麻子可不是一分钱一勺了，那是三十年前的老皇历了。现在，一两麻子至少也需要一块钱。有人就是靠卖麻子发了。对于具有商业眼光的毛婆来说，麻子当然就是她的杂货摊上必不可少的零食。

扯远了！

不知多少年过去了，当年像毛婆这样摆杂货摊的人要么早已作古了，要么生意经过"原始积累"已经"产业升级"，从小杂货摊变成现在的大商店,当上了不大不小的老板了。要么早已不干了,成为孙子都十多岁的爷爷奶奶了。可是毛婆,她仍然在摆她的货摊。她的执着让人想不通。对于毛婆的杂货摊来说,也不能说没有升级换代,但确实和三十多年前并没有太大的差别。这让三十多年的时光觉得毛婆对不住自己,而时间自己也认为这是一个无法解开的秘密。

毛婆的生意虽然不大,但手底下绝对不缺零花钱。不缺零花钱,这不过是一个隐语或者委婉的说法,就是说毛婆手底下有钱哩!如果人们说一个人手底下有钱哩,那就不是一般的有钱,而是相当有钱,随便拿出个十万八万不成问题。你不知道说这话的人眼有多红!有人就说,毛婆现在在频婆街信用社的存款至少有二十万元以上,比一般人不知有钱到哪儿去了。频婆街上再勤快的庄稼人也没有她那么多存款。一个人有多少存款,对于许多人来讲似乎是一个永远都无法解开的秘密,但有人就知道这个秘密。其实这个世界上就没有不为人知的秘密,只被某几个人知道,那秘密对于其他人来说才想知道。如果大家都不知道,那守住那个秘密又有什么意义呢?就像毛婆,虽然她的存款就是她老头子生前都不知道,但频婆街上却有人知道。于是这个秘密就成了频婆街上公开的秘密。其实,毛婆有这样的一笔巨款似乎也没有什么奇怪的。但是总有一些势利的人认为,像毛婆这样一个根本上不了台面的人,能有这么多存款,真让人有点眼红而又不可思议。之所以这么说,其中最直接的证据是毛婆似乎一辈子没有穿过几件正经的衣服,她的形象实在是难登大雅之堂。关于这一点有人形象的说法是,她穿的是连民国时的人都不穿的衣服——其实民国时人们穿的衣服也是很时髦的。这实在让人看不出来她是一个存款达二十万元的人。只是有钱人也分档次,有的人一看就是真有钱的人,而且不是频婆街能培养起来的有钱人。如果放在一堆城市人当中,绝对比城市人还像城市人。就像频婆街的首富王志文,要个头有个头,要气质有气质。可是,毛婆……可是,毛婆就是有钱,这一点,你不得不承认。哲学上讲,客观存在不以人的意志为转移。毛婆有那么多的存款就叫作不以人的意志为转移的客观存在。哲学确实来源于生活。

  毛婆的老汉叫吴掌印。听到这名字,人们似乎也不难理解当年他的父母给他取这个名字时的心思。但是他一辈子不但没有掌过印,而且简直就是给人下了一辈子的苦力。说起来,他的名字和他一生的经历之间似乎形成了一种极大的反讽关系。这样说吧,就是在频婆街上,别人不愿干的重活、累活、脏活,人们第一个想到的就是吴掌印。吴掌印也从来不拒绝,而且他最怕没有人来找他干活。因为这在他看来是对他的打工资质的一种否定和羞辱。吴掌印每天的活动规律是,不管早饭后还是午饭后总要去王志文的儿子开的海鲜店门前待一会儿,那是频婆街上第一家海鲜店。去那儿对于吴掌印来说就好像城里人饭后去广场上散步一样。那里是频婆村上的闲人聚集点。频婆街、频婆村,乃至三水县大大小小的新闻都是从那儿发布的。吴掌印的打工广告就是在那儿一天天发布出去而且产生效力的。说起来也奇怪,毛婆一辈子爱摆杂货摊,吴掌印却喜欢给人出力下苦。至于他们之间的关系,有人说,他们就像花生壳里的两粒花生,住在一个房子里,却一个不粘另一个。不过这么说也有点夸张。虽然吴掌印似乎和毛婆从来就没有在一起出现过,但去席家洼的老亲戚家行情的时候绝对是两个人在一起。

吴掌印终于到了干不动的那一天,他一跤跌下去就再也没有爬起来。这是在一个大雾弥漫的夏日的清晨,他给频婆村的林医师家的豆子地锄草。去的时候,人还很精神。快到吃早饭的时候,林医师的老婆跑到地里去喊他吃饭,也顺便看看他锄到哪儿了。可就是看不见人影。当她顺着一长畛子地快走到头的时候,发现好像有一个人。待走到跟前一看原来是吴掌印已经身体僵硬地躺在豆苗上。吓得她失魂落魄地拔腿就往外跑去叫人。这一件事成了那一天频婆村里最大的新闻。

　　吴掌印殁了。

　　关于毛婆和吴掌印,人们知道的是,他们一辈子一直没有自己的孩子。不知道他们是早年没要,还是要了没成,反正是他们没有自己的孩子。频婆街上的人们说,炕上没有屙屎的,坟前就没有烧纸的。毛婆和吴掌印当然知道这个道理。听说经人介绍他们曾经给自己认养了一个"儿子",一个憨厚的小伙子。可是没过两年,那个小伙子还是跑回自己的家里去了,至于原因人们不大清楚。不过,有人说其中的原因是,那个小伙子看着憨厚,却好吃懒做,而且手脚不太好。他们不要了。至于到底是什么原因,谁知道呢?!

　　可是吴掌印走的那一天,他们的那个曾经的"儿子"听说后也来送了他一程。来的时候在杨守财的纸活店里买了一个花圈,花了三十块钱。他对其他的亲戚说,我叔这一辈子挺不容易的。他已经不将吴掌印叫大了,叫叔。亲戚们听后说,娃算说了一句揭底子的实话。而且,亲戚们说,这娃怎么看都不像一个手脚不好的娃。手脚不好是什么意思呀,不是残疾的意思,小伙子不少鼻子不少眼。手脚不好,就是有偷偷摸摸的毛病。这,你不知道,走在哪儿都不招人待见的。不过,我真不希望那个小伙子是因为这个原因而离开毛婆一家的。再说,这话毕竟来无踪去无影的。

  吴掌印已经殁了好多年了。
  毛婆还在。
  毛婆还在摆她的杂货摊。
  吴掌印走了以后,就剩下了毛婆和一座三间的土坯房。毛婆本来在街上待惯了,现在剩下她一个人就更不爱在家里待了。夜晚,当人们从她家路过的时候,透过大门就可以看见土坯房里昏黄的电灯。毛婆可能刚从街上回来,不知道她在屋子里来来回回忙什么,也许是数钱吧!反正她不是在做饭,因为她从来就不做饭,她每天的两顿饭都是在街上的食堂里解决的。那三间土坯房,好像毛婆长期租住的一家旅馆一样。那三间土坯房和她的感情还没有频婆街上来来往往的行人同她的感情深。
  吴掌印已经殁了好多年了。
  毛婆还在。
  除了摆她的杂货摊,毛婆还在说媒。
  毛婆在频婆街上见识过各种各样的人,所以也就不难理解,不知道从什么时候开始,毛婆开始给人说媒。这也是几十年的杂货摊生涯之外她所从事的第二份职业。说来也奇怪,经毛婆撮合的姻缘,还真个个家庭幸福美满。在离婚率这么高的今天,还没有听说有两口子闹离婚的。这不能不说是个奇迹。于是,人们送了毛婆一个称号——媒神。"媒神"的称号就像被联合国授予"世界民间工艺大师"的库淑兰的称号"剪花娘子"一样,虽然一个是官方的,一个是民间的。应该像中国的其他地方一样,在频婆街上,在婚姻大事中,媒婆的地位是很高的。最能说明这一点的是,在结婚的那一天,在许多人家的婚宴上,毛婆就和娘家人、外家人坐在一起。那个位置在过事搭的棚席的正中央,知客给席面上端菜的时候,首先上菜的就是那一席。这待遇就相当的高,不是谁都能享受的。而且,还有礼档,一盘旋子馍,一条桃红背面,一瓶西凤酒。这些礼档都是第一棚的席上,大家停下来吃喝,在傧相的主持下,主家当着大家的面端到席面前的东西。

毛婆的故事还有很多很多,她常常能够成为频婆街人们口中的一个话题。这很不容易。毛婆是名人,但并不难见到。如果明天你去频婆街,你就会遇见毛婆;如果明年你去频婆街,你还会遇见毛婆。

日子

女人被男人喝醉酒后打了。她一气之下,领着女儿离家出走,来到了妹妹家。

几年前,女人的丈夫因肝病去世了。她的丈夫去世时他们的孩子还没有生下来。后来,她带着一个两岁的女孩儿又找了另一个男人,就是现在打她的这个男人。

女人的老家在一个很遥远很干旱也很贫穷的地方。现在她和自己的妹妹家都在同一个镇上。从小,她们姊妹俩就在这个镇上的姑姑家长大。父母让她们在姑姑家长大,是想让她们姐妹俩长大后能过上好一点的生活,而不是再像他们那样一辈子因为那种望不到头的穷日子而整天唉声叹气。她们俩在这个镇上长大,也就慢慢地爱上了这个镇。然后,就经人介绍顺理成章地嫁给了这个镇上的两个男人。那个她们曾经出生的家乡在她们的心目中只是变成了一个模糊的概念而已。虽然她们偶尔也会给在家乡的父母兄弟打个电话问候一下。

女人来到妹妹家已经几天了。

此前,那个男人因为喝醉酒已打过她几次。她都忍了。而这次她已经忍无可忍了。

男人自知理亏,等酒醒了之后,发现女人好几天都没有回来,就去所能想到的亲戚家找女人。他首先想到的是女人的妹妹家,这当然是再自然不过的事情了。其实女人再能去别的哪个亲戚家呢?

男人去女人的妹妹家时随身拿了一把刀子。他不是去行凶,他也没有理由去行凶,而是他想通过割伤自己以此向女人以及女人的妹妹表示自己的决心,从此不再打女人。既然都拿刀这样残害自己了,你们还不相信我吗?

在一间屋子里,当男人见到女人时,男人扑通一声跪在了女人面前,当着女人妹妹的面,男人脱下了自己外面的裤子,又当着女人和女人妹妹的面,向自己的大腿上划去。女人的妹妹见状赶紧去夺他手里的刀,可是鲜血已经流出来了。男人一面痛哭流涕地表达着自己的内疚和决心,一面任鲜血汩汩地从腿上流到地下。

男人只能想到通过这样的让别人会觉得不好意思的方式来感化女人了。

女人也只有流不完的眼泪,她仿佛天生就是一个爱哭的人。女人的妹妹一面生气地望着眼前的这个男人——一个这样的姐夫,一面很气愤地责备着他对姐姐是那样的无情。

屋子里灯火昏黄,聚集起来的暖流好像也凝固起来了一样。屋子外面天寒地冻,凛冽的寒风好像要将人的耳朵撕掉一样。这个地方的土地是这样的辽阔,那些星星点点地镶嵌在这块土地上的家庭里不知发生着什么样的故事。可是现在,在这个屋子里发生着的就是这样的故事。目睹着这个故事的,除了屋子里的几个人,就只有时间了。

另一间屋子里,那个头上扎着蝴蝶结的小女孩和一个比她小两岁的穿得鼓鼓囊囊的小男孩一起玩。小男孩是女人的妹妹的孩子。两个小孩一起冲冲撞撞地跑进跑出。他们自有他们的快乐。大人不是小孩,当然不知小孩的快乐。小孩不是大人,当然也不明白大人的烦恼。屋子外面,放眼望去白茫茫一片,目力所及的世界已经被轻轻洒洒的白雪所覆盖。整个世界好像睡着了一样,人就像雪地上偶尔看到的一只哀号的小鸟一样。而静止的世界里是更容易发生许多真实的故事的。这个冰冷的冬天,对于小孩子来说,似乎只是一种若干年后回忆中的童话,寒冷似乎与冬天没有关系一样。两个小孩快乐地玩耍。然而,当小女孩一个人的时候,她的脸色看上去仿佛很凝重。

有时她会一个人捂着脸趴在床上。她想什么呢?正是这样的脸色与举动使她与小男孩有了区别。每个小孩的童年都应该是幸福的。不幸的是未必每位父母都能给他们这样的幸福。只有和小男孩在一起的时候,小女孩才显得那么欢乐。

男人做给女人的表演不知在什么时候结束了。女人的眼泪不知什么时候停止了。最后,女人决定回家去。一方面她就是那样一个心软的人,另一方面她已经出来几天了,她觉得自己应该回去了。男人也跟在她后面一瘸一拐地回去了。他们并没有走在一起,而是一前一后。只有小女孩没有回去。妹妹想让小女孩在自己家里再多待几天,而且两个小孩也玩得挺好。

时间容纳了太多的故事。当太阳再次升起的时候,女人的妹妹家又恢复了往日的宁静。昨天傍晚,这里曾经跪过一个大腿鲜血淋漓的男人。

新年在一天一天靠近。人们期盼的心情也在一天一天升温。新年里面仿佛添加了那么多让人向往的东西。

有一天中午,女人提着一大袋零食来看小女孩了,她想接小女孩回去。毕竟快过年了,她想让孩子在自己家里过年。女儿不在家的这几天,她总觉得屋子里空得慌。其实,小女孩已经在她的姨家待了七八天了。

这七八天里,和小男孩在一起的打闹嬉戏让小女孩似乎忘记了她还有个家。而妈妈的出现,则让她忽然想起自己的家以及她的爸爸殴打自己的妈妈时那惊心动魄的一幕。那时她是那样的孤独无助。

女人的心情似乎比几天前平静了许多,表情看上去也舒坦多了。这时她在小女孩面前仿佛是一位坚强的母亲。而几天前,她还是一位无助的受害者。

吃完午饭后,她开始劝小女孩回家。小女孩固执地不肯回家。女人的妹妹、妹妹的婆婆站在旁边说:"小孩不想回家,就让她待在这里玩吧。小孩在这里也有个伴,回去小孩一个人也怪急的。"可是女人还是执意要将女孩接走,回到那个属于女孩自己的家。女人好说歹说,小女孩终于同意了

临走的时候,女人的妹妹,还有妹妹的婆婆说:"如果小孩回家后想要来,一定带小孩来。"

女人给小女孩穿上厚厚的红色棉衣,女人也穿上自己那件蓝色的棉衣,在午后的寒风中,在大家的叮嘱声中向自己家的方向走去。

远处,白雪一片。她们母女俩的脚下发出咯吱咯吱的声音。

娘一样的库淑兰

我常常总是想起库淑兰。娘一样的库淑兰。

库淑兰已经去世了。在她生前,我没有见过她。

这是我——一个和她生前相距并不遥远的后生——的遗憾。她的家属于赤道乡,赤道乡下面就是我的家所在的张洪街。这两个地方都属于张洪塬。

但我很早就知道库淑兰了。

我不知道她从什么时候起就已经成为旬邑的一张名片。

但我记得,大约在1990年的时候,在陕西电视台播放的《可爱的旬邑》专题片里,库淑兰就作为旬邑大地上的名人出现了。从那以后,我所看到的几乎所有关于旬邑的宣传,都有库淑兰剪纸的照片、作品和文字介绍。至于那本由三秦出版社2000年出版的厚重的《旬邑县志》就更不用说了。至于以后出版的《旬邑县志》,怎么可能少了她的名字呢!这一点不用多想。

在古豳大地上,库淑兰的名字,妇孺皆知。

我一直认为,在世的时候,她就是一个神话;去世以后,她将成为一个传说。

我相信,她将和古豳历史上那些永垂史册的人物一样,永远活在旬邑人的记忆之中。显而易见的证据是旬邑县图书馆有她的作品展览馆,同时她的作品也永久地矗立在了旬邑县城泰塔脚下的豳风园里。而她的作品的左前方,则是包括她在内的古豳历史上的名人纪念柱,诸如第五伦、范祥、许才升等。这些名字都在一代又一代的旬邑人口中不断被传颂。

库淑兰,常常和两种具有天壤之别的身份联系在一起。不熟悉她的人,只知道她是黄土高原上的一位剪纸艺术家,是被联合国教科文组织授予"中国民间工艺美术大师"称号的一位传奇人物,是"剪花娘子"。但是,对于古豳大地上许许多多普普通通的人们来说,她则是一位生活在孤苦清寒的境遇中的农村老太太。她是像我的母亲一样年龄的妇女们眼中的姨,她是像我一样年龄的人眼中的一个妪。库淑兰的传奇,就是这两种身份在她身上的天然组合。"妪"是旬邑的方言,就是奶奶的意思。按辈分,我应该叫她妪。一声声的"妪"里,有着多少的亲切与慈爱呀,这一点也许只有在叫"妪"的古豳大地上的人能够体会到。

妪一样的库淑兰,我只能理解。

库淑兰的生活,与古豳大地上的其他农村老太太一样并没有多少区别,甚至比她们还清苦。但是其他农村老太太却无法和库淑兰相比。就剪纸来说,大凡农村老太太多多少少都会剪纸,逢年过节的时候将它们贴在窗纸上、玻璃上或者墙上,以给清寒平淡的生活带来一点点喜庆的色彩。可是能够像库淑兰那样痴情地忘我地剪纸的人却寥寥无几。剪纸似乎成了她一生的职业。我想她一定曾因为剪纸入迷而忘记家里诸如做饭、烧炕等这些在别的女人们看来天经地义的其他正事。而她所痴迷的剪纸,则被男人们看来是做一些闲事。我记得在一次采访中,当年发现库淑兰的文为群先生说:"库淑兰从她丈夫那里一生挨到的拳头比说给她的话多。"这真是无意中说出的一句让人回味无穷的话。这足以说明,库淑兰夫妇两人就生活在两个不同的世界中。在妇女根本没有多少地位的昔日旬邑农村,妻子因为小事而被男人大打出手的,并不鲜见。但像库淑兰这样的遭遇,却实在罕见。所以当记者提出要为他们老两口照一张相时,也就不难理解库淑兰所说的不愿意的深层内涵了。他们的婚姻,如果用我们今天对于婚姻的要求来看,其实是没有什么幸福可言的。然而,许许多多男男女女的一辈子,就像库淑兰那样,糊里糊涂地走过来的。他们是为了家庭,也为了儿女。

但是如果我们换另外一个角度看,库淑兰的丈夫为什么对她如此狠毒呢?我想是否有一个重要的原因就是在她的丈夫看来,她整天所进行的剪纸是不是净干一些没名堂的闲事呢?对于一个妇道人家来说这是不是就显得有点"不务正业"呢?对于根本不谙剪纸艺术的粗笨的庄稼汉来说,这些事情哪能抵得上针线茶饭、持家养子这样的事情重要呢!但是,这要看对谁而言,对于人类的艺术园地而言,库淑兰所做的这一切贡献将是无法估量的。自然,她无法在她的丈夫那里获得知遇之感。这一点并不难理解。

库淑兰生活在极端的痛苦中。这种痛苦也许就是生活本质上的痛苦,而痛苦是生活的常态。每一个人的痛苦都需要借助一定的方式得到发泄。许多妇女,当她们说起自己所受的委屈和痛苦时,她们会本能地使用一种作为修辞方式的排比,一件件地倒出来,让听的人为之动容和落泪。而库淑兰说给谁听呢?说给她的邻居吗?!说给她的丈夫吗?!这些都意义不大或者根本没有意义。也许,只有剪纸以及伴随着剪纸时的吟唱才是她最好的倾诉方式。她通过她的剪纸和吟唱所创造的世界来表达她人生的喜怒哀乐。这是她证明自己生命存在的方式。也许她并不能从理论上说出她痴迷剪纸的意义,但从精神上来讲,何尝不可以做这样的理解呢?

库淑兰最令人叹为观止的本领是她能够边剪边唱。吟唱让她的创作有了一种灵动和深邃。她的吟唱可以说是她对自己的作品的阐释,也可以说是对人的生活和生命的歌唱。也许人们无法理解她的作品,但从她的吟唱中却可以感受到她的生活和生命的酸甜苦辣。在歌谣中,库淑兰说她自己的一生是:黑了明了,阴了晴了,吃了饱了,活了老了。其实这何尝不是我们每个人的生命的总结。细细想来,人生不就是这么一回事吗?只是,库淑兰把它说透了。库淑兰的吟唱用的是地地道道的旬邑方言。一种语言需要在一种语境中去理解。如果脱离了这种语境,作为旁听者来说是无法理解这种情感的。因为对于旁听者来讲,他(她)无法将自己的情感融入吟唱者的情感,二者之间的情感难以达成一种水乳交融般的和谐一致。我常想,也许许多旬邑大地以外的人不一定能够完全理解库淑兰的吟唱,但像我一样曾经生活在古豳大地上的人们一定能够理解库淑兰的吟唱中所表现的人生。

在一次电视采访中,年迈的库淑兰说她不愿意和儿子生活在一起。她说,那样的话,把她自己贱的。作为共同生活在古豳大地上的人,我多少次从人们的口中听到这样的说法。我能深深地体味到这句话的含义。我明白那是库淑兰在维护自己作为一个人的尊严。虽然她只是一个农村老太太,虽然她面对的是她自己的儿子。在一个人的尊严并没有得到真正的保护的时代,有多少人在自觉或不自觉地丧失了他们做人的尊严?

但也有人依然在微弱的生命气息中顽强地维护着自己的尊严，像库淑兰，即使是面对自己的儿子。

晚年，离开了曾经居住的破烂坍塌的窑洞的库淑兰说她想回曾经的艺术天堂看看。在电视上我听到的这句话瞬间令我动容。就是在那孔破烂坍塌的窑洞里，她创造了一个天堂般的世界。她说剪花娘子一个人在这里恓惶。剪花娘子就是她自己，她让自己的作品具有了神性。一位记者在采访中说："迈进库淑兰的土窑洞，仿佛闯进了一个陌生的世界。满窑满墙贴的都是彩色剪纸：生命树、鹿头花、大牡丹、五毒动物、太阳妹妹、月亮哥哥。艳丽的牡丹花枝上长出了大灯泡，灯泡里又生出了花儿的心，花心中盘腿而坐的是剪花娘子。"库淑兰说："这就是哦（我）！"说这句话时，我能够想象到库淑兰该是多么的自豪。在这里，库淑兰获得了精神的寄托。而这种来自精神的慰藉祛除了现实中她所有的物质上的贫困与屈辱。

2004年，八十四岁高龄的库淑兰离开了这个世界。带着她所有的屈辱、贫困与荣耀。

库淑兰所遭遇的屈辱和贫困都已成为人们传说中的回忆，而她所创造的荣耀和辉煌却成为历史的永恒。我相信，她将永远活在熟识或不熟识她的人们的记忆中。

谨以我微薄的文字，纪念妣一样的库淑兰。

人都是自己生命的歌者

　　一直以来,对于唱歌这样的事情,在我的意识与无意识中我认为它都是与我无缘的。我那时认为这是我的成长经历所决定的。

　　从我成长的家庭环境来说,我的父母都是生活在中国农村中的那种天生十分沉默寡言的人——事实上在农村像我的父母这样的人还有很多很多。当然在我知道的家庭中,有那种父母子女之间轻松愉悦的关系的存在,但这似乎都属于树顶上的苹果——没有几个。在我的观察中,我的父母他们之间一辈子似乎连玩笑也没有开过,剩下的似乎只有因为贫困艰难的生活所发出的叹息声了,就更别提什么唱歌了。在我看来,唱歌对于我的家庭而言,简直是不可思议的事情,而且长期以来我也因此觉得不好意思,所以从来就没有想过唱歌这样的事情。我知道在中国的农村,还有许多像我这样的孩子。

　　从我上学的经历来说,虽然我在家没有唱过歌,也不好意思唱歌,但在学校还是有机会唱歌的。比如,在小学每节课上课前都会由班里的一位同学领歌,全班同学一起唱,直到老师走进课堂开始上课。再比如,学校里一学期可能会举行一次歌咏比赛,要求全班同学都得参加。这些活动都给了我唱歌的机会。但我唱歌的自尊心却遭到了一个人毁灭性的打击。记得大概是上小学五年级的一次歌咏比赛的节目彩排活动中,我的一位同学挖苦我说,我唱歌就跟说歌一样。现在想起来,这对于我来说的确是一次毁灭性的打击。从那以后我基本上就不敢在公众场合唱歌了。当然我明白我那时为什么会自卑到那么弱不禁风的程度。回想起来,那位挖苦我的同学,身体胖胖的,带着一副宽边的黑框眼镜。他大概小学毕业后就再没有上学,也许很快就结婚了。因为我在上高中的时候在频婆街上经常看见他,他和一个女的摆了一个卖瓜子、花生的杂货摊,那个女的应该是他的媳妇吧!但是在频婆街上一见到他的时候,我想起的就是他说给我的那句话。我们对于一个人的记忆,常常是因为一句话。这奇怪而正确。所以从那个时候起,我觉得自己基本上与唱歌这样的事情是绝缘的。

到上大学时,学校里每年都会举行校园歌手大赛。但对于我来说,我认为这是与我无缘的。它好像是另一个世界里的事情。我的意思是各种晚会中我从来没有报名参加过唱歌这样的节目。简直连舞台也没有上去过。那个舞台对于我来说简直是一块禁地,那是我自己给自己圈定的。

但是,尽管如此,这些因素似乎并没有影响我对于音乐发自内心的热爱。这也跟我的周围的环境有密切的关系。在我家的后面,傲然地挺立着频婆村里第一座两层的楼房。他的主人,在我的眼中,我以为大概是频婆村里最有文化的人了。让我得出这样的结论的原因在于他能够写一手相当好的毛笔字。其人是一个正直坦荡而又让人如沐春风的人。他会拉一手婉转悠扬、荡气回肠的二胡。他会以满面的春风来迎接买建材的熟人和陌生人。他也会以智巧的手段让从他家的地里挖走橘子树的人又将那些树栽回到他家的地里。总之,在我的心目中,他是频婆村一位贤达的人,是频婆街上乃至三水县的一位儒商。他有一个女儿,叫云娜,长得灵秀聪慧。云娜有一架电子琴,也许她从小就有了吧!我相信那是频婆村里独一无二的一架电子琴。在我的记忆中,每天傍晚的时候,那悠扬的琴声就从她家的二层楼上飘出来,就像可口的饭菜从厨房的窗子里飘出来一样。那琴声越过了厚厚的胡基墙,一直弥漫进了我的耳朵里。我想我家周围的邻居们也听到了她悠扬的琴声。我想象不来云娜弹琴时的情景和心情,我只知道那琴音婉转悠扬,触动了我那颗迟钝而僵硬的心。正是在那琴音里,在我的心中幻化出了一个美丽的女孩。那是我能够想到的和无法想到的美丽的结合。她人美,心美。如果和她能够待在一起则更美。对于人的命运是什么这一个问题,我那时还无法想明白但却只能无奈地接受。在冥冥之中,我似乎明白了住在我家房子后面二层楼上弹琴的云娜和趴在煤油灯下写作业的我好像就在说明着什么叫命运。后来,听母亲说云娜考上了秦城师范学院音乐系,而她的哥哥飞龙上的是秦城师范学院美术系。我知道,这都不是一般的农民的孩子能够上得起的专业。因为他们上大学时,我大学已经毕业了。有一年暑假时,我记得云娜把我们那条街上的孩子们——我已经叫不出那些孩子们的名字了——组织起来弹琴、跳舞。也许就像我在城市所见到的英语、美术培训一样进行培训吧!到了会演的那一天下午,他们家的商店门前围满了观看的男女老少。大家指指点点,说说笑笑,显得很新鲜的样子。那绝对是那一天下午频婆街上的一道风景。我以为在频婆街这样并不封闭和落后的地方,举行这样的活动也需要很大的勇气。也许对在她的爸爸影响下的云娜来说,并没有什么。只是我自己自以为是而已。

不过，还有一件令我终生难忘的事是，我听到与唱歌有关的关于我的声音的评价的另一句话。那是来自天唐市的一个我们同专业的女生对我说的。我认为那是一个相当傲慢的女生，并不会轻易将每个人放在眼里。一开始我觉得这是我自己的感觉，但是后来证明这并不是我一个人的看法。在一个很偶然的机会里，她说我的声音听起来很有磁性。天哪！这是我第一次听见有人这么夸奖我。对于这句夸奖，我有点不相信，就想她是不是看我同其他男生相比，不爱说话，显得有点自卑，就用这种夸奖来安慰我。但很快我又否定了这一点。因为这对于她来说大概没有必要吧，而且她是一位在大家的眼里很瞧不起人的人。那么，对于这句赞美，我就接受了吧！其实，我实在都不知道磁性的声音到底是什么样的声音。也许从那一刻起我知道了我的声音很有磁性。我居然还有这么一个优点！以前从来没有人对我说过。

能够证明我的声音确实具有磁性这一点的是，之后我居然又听到一些人特别是女生——难道女生也喜欢恭维男生吗？——说我的声音很有磁性。这样几次以后，我确信我的声音是有磁性的。只是这样的声音对我来说能干什么呢？难道仅仅是用来朗读英语课文吗？

再说，即使有这样富有磁性的声音，我依然不敢在大庭广众面前唱歌。就像因为一次痛苦的记忆而不敢跳舞一样。而正是在上大学的时候，许多同学因为自己的歌声而成为大学校园里的"名人"。

唱歌真的与我无缘了吗？我那"富有磁性"的声音对于我来说难道就成了一种可有可无的东西？或者干脆说，难道就是一种浪费吗？我觉得我需要寻找我的"富有磁性的声音"与唱歌之间的联系。

我又开始反思我的与唱歌有关的元素。

我记得在有线电视出现以前,人们对于只有一两个频道的电视节目常常看得是那样的津津有味,回味无穷。其中,电视剧就是最主要的欣赏内容之一。而电视剧里一般都有主题歌曲。具体的表现常常是,随着一部电视连续剧的播放,它的主题歌也就在大街小巷男女老少的口中流传开来了。现在想起来,这真是一种令人难忘的美丽回忆。对我而言,我也是从过去的电视连续剧的主题歌里学会了许多歌曲,虽然我并没有刻意去学习。这些歌曲,我自己唱,也给我的妹妹唱,也和大家一起唱。

随着我的生命一天天沉潜于生活的深处,不知道从什么时候开始,我发现自己在梦里唱歌。梦境都是一些多情的地方,多情得让人幸福,让人流连,让人忧伤,让人呐喊。我常常能够意识到梦中的自己不亚于一个天才的吟游诗人。梦中的我,因为歌声而仿佛发现了自己的存在。在梦里我觉得生活就是歌声,歌声就是生活。这样的梦,常常是我最幸福的梦境之一。因为这样的梦,醒来后,我一整天的时间都很怀念,很留恋,也很想流泪,也觉得很幸福。因此,我想感谢上帝给我创造了这样的精神抚慰,从而让我弥补了精神上的缺憾。

后来,我去过几次卡拉OK。那是一个人人都在抒情的地方。我发现,在那里许多人与其说是抒情,不如说是在呐喊——在撕心裂肺地呐喊,在鬼哭狼嚎地呐喊。在这个时代,人们太需要通过这样一种方式进行自我的情感宣泄了。在那里,我觉得自己突然想唱歌,而且我觉得我也可以唱。那里似乎是一个大家都很平等的地方,没有谁说谁唱得难听,更没有谁说谁唱

歌和说歌一样。也许唱歌就需要这样的一种环境。也许正因为这一点让我对 KTV 这样的地方留下了一点好感。因为在那里我发现了另一个我。我觉得我也可以唱歌！但仅此而已！

我现在想，也许，我本来就可以唱歌。只是，只是……我只是被各种各样的东西蒙蔽了。现在，生活又揭去了蒙蔽在我身上的这些东西。就唱歌这一点来说，我呈现了一个更加澄明的自己。我想，人的成长的过程也许就是一个被遮蔽，被扭曲，而又不断发现自己、还原自己的过程。从这一点上来说，成长对于人又恢复了快乐的意义。

当然，我知道我这一辈子绝对不会成为一个歌唱家了，或者简直说绝对不会成为随口就唱的人了。但是，我喜欢听别人唱歌，看别人跳舞。因为别人的歌声和舞姿，我觉得快乐。正是在这些歌声和舞姿中，我感到了生命的飞扬，人的自信。艺术带有让人解放的性质，我觉得我自己也被解放了。因为在倾听别人的歌声和观看别人的舞姿的过程中，我思绪飞扬，文思泉涌，有一种写作的冲动。对于我来说，我只能写，再写，一直写。写，大概是在我的现实生活中对于唱歌的弥补或者替代吧！

今天是一个人人都需要抒情，也在通过各种各样的方式抒情的时代。在这样的时代里，我也是通过笔下的文字来再现我的世界。我以为，这些文字就是从我的心底放飞的歌声。我相信，人——都是自己生命的歌者。

事

孤灯下的一个夜晚，孤独中的一次想象

我在炕上睡着。鼻孔里发出一阵阵的呼吸声。它如同细小的流水一样均匀。

这是三十年前的我，那时我还是一个小孩子。

那一回，我生病了。我病得不轻也不重。白天，我的母亲抱着我出了胡同，去街上的张医师那儿打了一针，然后开了一些药拿回来了。

药，早上和中午我已经吃了两顿了。晚上的那一顿我刚吃过。吃完后，就静静地躺在炕上了。

糊着报纸的窗台上是一盏豆点一样的昏黄的煤油灯，装煤油的桶子是一个刚用完的油漆桶，它的上面浸透着遍身的油渍。这点光只能照见炕上的一小块地方。更具体地说，只能照见我的脸庞和我的身上随着呼吸起伏的小被子。这点光照出的是一个漂亮的圆。在这个圆的周围，还有窑洞里其他所有的地方，全是一片黑暗。那些黑暗里不知正在发生着什么。只有黑暗知道自己所隐藏的秘密，但我相信这种秘密像静静而浅浅的流水，对于我并没有什么伤害。这时，我能听见外面漆黑的夜里各种秋虫的鸣叫，但我叫不出来它们的名字。窑洞里面，偶尔能够听见老鼠在黑暗中跑动的声音，这时的它们，就像大人出去了留在家里的孩子，疯玩疯闹。这团巨大的黑暗在包围

着那豆点一样的光明,也在一旁静静地观看着那豆点一样的光明,黑暗的眼光里透露出一种邪恶的威胁,仿佛要用自己的黑暗覆盖那一点光。可是它又不能将那一团圆圆的光明吞噬掉。也许它们只是彼此对峙着,互相生着对方的气而已。谁也无法将谁灭掉。

我的父亲母亲去生产队里开会去了。天快黑以前,村里的大喇叭响了,开始唱着秦腔戏,嗨嗨闹闹。后来秦腔戏不唱了,传来了村长一个人的声音。村长的声音让每个人都停下了自己手中的活。大家都提着耳朵听村长说有什么重要的事。

我没有听清,我的母亲听清了。是关于前一段时间下霖雨,村上的饲养室塌了,塌死了几十只牛和羊,关于怎样处理这些牛和羊的事。这确实是一件大事,的确需要开会。

我的母亲是邻居亚娟她妈一起叫去的。生产队里开会的时候,她常常和我妈一起去,一起回来。

现在,只有我一个人,在这个窑洞里。

一切都寂然无声。只有那一盏豆点一样的黑色的煤油灯陪伴在我的头上方。虽然我的年纪极小,但我居然已经能够听见时间的声音,因此我觉得自己看到了时间的模样。我听见,时间在一丝一丝地经过,就像沙子流过的声音,难道古代的沙漏就是根据像我这样的体验制成的?时间好像默默地向我所在的窑洞——这片黑暗所包围着的空间——诉说着什么。而我相信其他地方的时间和空间的关系根本不是这样的。在其他地方,时间和空间各忙各的,它们根本没有倾诉和倾听的心情。而我所躺的这段时间和这个空间就不一样了。难道它们也像我一样,在等待母亲的归来吗?我想是的。这时的时间和空间的关系,就像我的心情。

这时，一个人进来了。我睁开眼睛一看，他是我的三叔。那时他还年轻，因为他还没有结婚，还没有孩子。

他问我："你怎么了？"

我有气无力地说："我咳嗽了。"

他说："没事，你死不了。"

我不知道自己是怎么回答的。

那时我并不知道死是什么意思。我也不知道死有着直到现在我才理解的这么丰富的含义。死离我还有那么遥远的距离，我也知道我毕竟还是个孩子。

三叔的这一句话应该让我很生气，但我却一点也不知道生气。也许是因为我生病了，也许是因为我还没有想到这句话有什么意义，从而我不知道该气我的三叔什么。但是，这一句话在我的心中不知怎么却装了几十年。我常常能想起这句话。

那一天晚上，我的母亲回来后，我就把我的三叔的这句话告诉了她。后来，她似乎生了很长时间的气，但她并没有表现出来。

从三叔说那一句话的那一刻起到现在，时间已经长到三十年这么高了。这么高了的三十年，就像一个要多长有多长的大口袋，这样的大口袋里要装多少事情啊！在这个口袋里要找这件事情一时实在也找不到。这一点就像要在我所有的文字里寻找我年轻时的一封情书一样。

三十多年来，我们家发生了多少事情啊！我已经记不清了，但三叔总是出现在我们家需要的时候。无论是我们家盖房的时候，还是我的父亲遇上一些死里逃生的灾难的时候。无论是我家过事的时候，还是我们家国庆节跟前采摘苹果的时候。

我的三叔说那一句话的时候，他还很年轻。具体地说，他还没有结婚,当然还没有孩子。那么我就应该原谅他在没有结婚和没有孩子之前所说的一切不应该说的话。

而我的母亲也仅仅只是一时生气罢了,我知道那是她爱我的表现,谁希望别人对自己的孩子说这样的话呢!不过,很快她也就忘了。不知她现在还记着没有?不过,我和母亲一直记着的却是,当我们家里遇到许多大大小小的事情的时候,我们想到的,除了二叔、四叔,就是三叔。

现在我的三叔就像当年我的父亲一样,也老了。农村的人好像老得都很快。

现在,他也快要抱孙子了。这是我听我的二叔说的。

1988，和大涝池的几条鱼

2012年，壬辰龙年。这一年，被人们寄予了许许多多美好的愿望。人们似乎常常将未来与美好天然地联系起来。但到底这一年能带给人们什么，只有到这一年即将结束的那一天，人们也许才能发现这一年里用三百六十五天厚厚地掩藏起来的所有秘密。这些秘密，让日子一天天去证明吧！我不想想象2012，因为2012还看不清。但因为2012年，我的思绪却总是光滑地回忆起那个按公元计数排列到的1988年。在我的生命中，无论是过去，还是将来，大概没有比2012年能够带给我对1988年的深情回忆的那份内心冲动了。

一个显而易见的事实是，1988年和2012年一样，也是一个龙年，那一年曾经是戊辰龙年。

1988年这一年的故事，和频婆街联系在一起。这一年，整个中国还没有"网吧"这样一个地方，也没有这样的一个词。可是这一年里发生的故事却和这些年来发生在网吧里的故事有点相像。

这一年的秋天，频婆街上的各个角落好像都被覆盖上了一层薄薄的白霜。这层薄薄的白霜落在青黑的屋瓦上，落在靠在墙边的枯黄的玉米秆上，落在窗子的已经不再被人们贴上窗花的玻璃上……所有的地方都能看到白霜的身影。

一层寒霜,给人一种沁入心脾的凉凉的感觉。上天要用这一层薄霜来祭奠什么吗?

在频婆街上,铺上白纸的供桌上常常放着为逝者所做的一种供品,就是敷上面粉的枯草。铺上了一层薄薄的寒霜的频婆街的颜色,就是这种敷上面粉的枯草的颜色。它们被人们看作是那些心灵手巧而人数越来越少的会做花馍的老奶奶的杰作。

当1988年结束的时候,我终于明白,频婆街上各个角落的寒霜,是为了祭奠两位年壮的父亲,还有两位年幼的孩子。

这一年的秋天里,频婆街上两位孩子在同一天差不多同一时刻失去了他们的父亲。两位父亲都支撑着各自家中的一片天空。吞噬两位父亲生命的是频婆街上一户人家的在一瞬间就坍塌下来的窑洞。当时那孔窑洞正在被一镢头一镢头地挖着。当一个生命离去的时候,人们的内心已经不易承受这种悲痛;而当两个生命一起离去的时候,人们的悲伤已经无法承受这种悲痛。可是,频婆街的天,频婆街的地,频婆街上的人,不承受又能怎么样呢?天、地、人,他们都认了。这次事故是频婆街历史上的一起灾难。以后当人们说起这次事故时,一定会这么说。

安葬两位父亲的那一天,白色的天空从他们起灵的那一刻起就飘起了沉默的雪花。频婆街上的男男女女老老少少都在路边目送着他们向另一个世界走去。

然而,两位罹难的父亲尸骨未寒,更痛心的灾难紧接着又发生了。

这一次,是两个活泼可爱的孩子。

频婆街上的两位母亲在同一天差不多同一时刻失去了她们的孩子。两个孩子是她们生命中所有的希望和寄托。吞噬两条年幼生命的地方是频婆街上的一个大涝池。从人们知道这个消息的那一刻起,频婆街上空的空气,顿时变成了黑漆一样的颜色,再也听不到大人和小孩的欢声笑语了。因为,前一次灾难的阴影还没有从人们的心中离去!

1988年的频婆街,到底怎么了?有人问。

大涝池,那个春天柳絮飞扬,夏夜蛙声阵阵,洗衣的母亲们谈笑风生,嬉戏的孩子追逐打闹的地方,怎么一瞬间却变成了一个无情的人们没有时间躲避的黑暗而幽深的魔窟。

大涝池,多么令人充满美好想象的地方啊!

小时候,我常常问母亲,我是从哪儿来的?母亲总会说,是她和祖母一起从大涝池里捞来的。那时我常想,原来小孩子在出生以前,都生活在像大涝池这样的地方。那么大涝池下面一定生活着像鱼儿、蝌蚪一样的一群小小的孩子。那是一个多么令人快乐而又神往的世界啊!对于母亲的话,那时的我常常信以为真。我想母亲和祖母去捞我的时候,一定是在一个寒风刺骨的早晨。母亲和祖母在结了厚厚一层冰的大涝池上敲开一个大窟窿,将笊篱放下去,然后静静地而又着急地等待着我从大涝池的某一个地方游进那个笊篱里,而后她们小心翼翼地将我打捞上来,并迅速用小棉被紧紧地包裹好后,于是祖母抱着我,母亲手里拿着笊篱跟在后面,一前一后回家去向家人报告我到来的喜讯了。

多少年来,我的脑海中常常挥之不去的就是这样一种情景。后来,我知道这样的情景是我想象出来的,但却像真的存在过一样。

而直到发生在频婆街的这场灾难和这个大涝池联系在一起时为止,我终于发现,大涝池不但没有给我生命,相反它却像张

牙舞爪的恶魔一样吞噬了别人的性命。

发生在大涝池的灾难与几条鱼联系在一起。

不知从什么时候开始，也不知是谁开始在大涝池里撒了一些鱼苗。对于养鱼这样的话题，说起来就让频婆街上的大人、小孩感到很新鲜。不知从哪一天开始，在大人、小孩们中间又传开了另外一个话题，大涝池可以钓鱼了。这个话题后来成为整个频婆街上的人都在谈论的话题。可以为此做注释的一个例子是，到晚上放学的时间了，做母亲的眼看天快黑了还看不到自己孩子的身影，于是就焦急地去问邻家的嫂子看见自己的孩子没有。邻家的嫂子自信地告诉做母亲的，你去大涝池那儿，你们家的孩子一定在那儿。现在学生放学后都爱在大涝池那儿钓鱼。果然，母亲到大涝池那儿一看，孩子果真在那儿。大涝池的周围挤满了黑压压的人群，大涝池好像正在发生着什么有趣的故事！很快，孩子被母亲训斥着回家了。母亲给孩子说在这么深的大涝池钓鱼万一出个什么事，那可不得了。对于母亲的话，小孩不信也不服气，嘴里嘟嘟囔囔的。

大人教训起小孩来头头是道，可是，一次、两次后，大人发现自己也迷上了钓鱼。

对于养鱼来进行娱乐观赏，在频婆街上的人们看来，其地位已经远非家里养的鸡呀、狗呀、兔子呀可以相比。有的人家里，在鱼缸里就养着身着彩衣、自在游玩的鱼。在整天为吃喝而忙碌的人们看来，那已经是非同一般的人家，而是具有相当的生活品位了。事实上，频婆街根本就不是水网密集的鱼米之乡，人们从来就没有进行渔业生产的传统。不进行渔业生产，也就几乎很难吃到鱼。如果不是偶尔在那些有钱人家的红白酒宴上见到鱼并吃上几口，恐怕一辈子都想不到吃鱼。提到鱼，许多人会认为那是南方人的事情。当然这已经是二十多年前的情况了,现在则另当别论了。可是正因为没有人进行渔业生产,所以当养鱼这样的事情出现时,就不能不引起频婆街上的大人小孩的好奇心了。

于是每到周末,大涝池的旁边总是挤满了大堆小堆的人群。人群里,既有大人,也有小孩。他们拿着渔网、鱼钩、罐头瓶,甚至脸盆。他们钓上来的,都是不到小拇指长的鱼子。可是,这已经让他们很快乐。就连在大涝池四周高高的悬崖上也站满了大人、小孩。大涝池的鱼对于人们就是这么有吸引力。

这样的日子好像持续了很长一段时间。从1987年的春天一直到1988年的秋天。

有一天,人们突然在传递着一条消息,就像当初人们在传递着大涝池有鱼的消息一样:丰登村两个小孩在大涝池钓鱼时溺水身亡了。当人们找来会游泳的人将他们救上来时,他们已经没有一点知觉了。很快,这条消息像一颗炸弹一样在频婆街上炸开了。大人之间谈论着,小孩之间也谈论着。大人拿这件事教训小孩的时候,小孩开始变得默不作声了。小孩有时似乎天不怕地不怕,但当死亡真的发生在他们身边时,他们终于发现死亡离自己原来这么近。他们已经有点害怕了。

那两个溺水身亡的小孩的哥哥是我们班上的一个同学。在那以后很长的一段时间里,我发现他像变了一个人一样,沉默寡言。只是他每天来学校的时候都会带上许许多多的零食,那应该是他们家的亲朋好友、左邻右舍来看望他的父母时带来的慰问品。看见他那样的状态,令人羡慕而又感到恐惧。

从此,再也没有小孩敢去频婆街中心的大涝池钓鱼去了。大涝池似乎成了一个不祥之地。它已变得风光不再。也许它根本就无所谓风光,就像罂粟花一样,外表娇艳而内心邪恶。

慢慢地,大涝池的水一天天干涸下去了,它终于露出自己丑陋的池底。池底里沉下去了许许多多的废旧垃圾,像啤酒瓶、塑料袋、废电池之类的东西。后来,人们似乎已经害怕了它,于是就不断地往里面倾倒垃圾,大涝池又变成了一个垃圾场。人们似乎希望赶紧用垃圾将这个不祥之地填埋起来。再后来,频婆街政府的人说,今年频婆街上附近的几个村子不去坳子嘴、官道嘴这些地方修水利了,今年大家的任务就是用架子车拉土把频婆街西边的这个大涝池给填了。镇政府打算在这儿盖一排门面房。现在各个地方都在发展经济,处于街中心的这么一块当向的地方,怎么能让它闲着呢。

这几个村子里的人们似乎也特别高兴,他们终于不用带着干粮,提着水壶,一家老小去那么远的地方干那么重的苦力活了,而在自己家门前就可以轻松地完成村上布置的水利任务了。再说,他们觉得也该把这个大涝池填平了。凡是稍微有点审美能力的人都觉得,位于频婆街中心不远的这个大涝池就像人脸上一块被烫伤的疤。谁愿意把这个伤疤永远留在自己的脸上呢?

这几个村子里的大人小孩们用一架子车又一架子车的黄土填埋着发生在大涝池的故事。

很快大涝池被人们填平了。一排两层楼的门面房盖起来了,吸引了频婆街内外很多善于做生意的人。他们在底层开起了各种各样的生意铺面。时间一天天从人们的眼前流走,人们似乎渐渐忘记了发生在大涝池里的故事,而许多新到频婆街的客商根本就不知道发生在大涝池里的故事。人们更热心于每天晚上在灯下数自己这一个集日到底赚了多少钞票。

可是总还有人没有忘记发生在大涝池里的故事。住在大涝池旁边的老秦平日里坐下来和人聊天时,总会告诉别人说他晚上常能听到两个孩子的哭声从原来大涝池的方向传来。于是就有人说,你是做梦了吧。老秦说,真的。于是人们更加坚定地说,你真的是在做梦。哪有小孩子的哭声,那是常在频婆街上跑来跑去的一只被人们遗弃的野猫的叫声。老秦说,我活了这么多年了,难道还分不来小孩的哭声和猫的叫声吗?

于是,周围的人们都笑了,也不再和老秦争论了。他们转过脸去,又和别人讨论起了与做生意挣钱有关的话题。老秦也就把满肚子要说的关于大涝池的往事咽下去了,然后就找个话题岔开,一个人回家去了。

那个夜晚时间的表情

二十年后,当秦梦飞坐着那辆白色的"村村通"公交车,从那条新修的宽阔笔直的公路——那是又一条从县城通往塬上一些乡镇的公路——回家的时候,透过车窗玻璃望出去,烟雨朦胧、云雾缭绕的三水县城如诗如画,仿佛真的就是他不久前的一个梦中的仙境。不知为什么,这时他忽然回想起了二十年前的那个周末,还有那个周末的夜晚。

车在行驶的这条路就是他二十年前走过的那条路。二十年了,一切都像梦一样过去了,而一切又都真真切切地留在了他的记忆里。那时他正在县中学上高中二年级,眼看就要参加高考了。

时间是一个星期六。中午十二点上完课后,秦梦飞便迫不及待地收拾好课桌上的书本,从教室后面的车棚里推出挤在其他自行车中间的那辆有点破旧的自行车。出了校门,一路骑过县城宽阔平坦的柏油路面。而过了小塔村不远,就需要开始费力地推着自行车沿着那条不说十分陡峭却也十分悠长而且坑坑洼洼的山间小道回家取馍了。他盼望着,只要上了坡,到了和姑姑家属于一个乡的义井村,就可以不用这么费劲了。那时他骑上自行车不到一节课的时间就会到家了。

这一条悠长而坑坑洼洼的山道,像一条绳索一样一圈圈紧紧地捆绑着苍茫厚重的黄土高原,同时似乎也捆绑着秦梦飞的生命。他已经在这条山道上走了两年了,他似乎已经习惯了这种坡路平路平路坡路相互交替的日子。他梦想着有一天,他会解开、扔掉这条捆绑着自己年轻生命的绳索。

初冬的渭北高原,北风阵阵,寒气袭人。

秦梦飞已经有两周没有回家了。虽然他知道在这两周的时间里家里不会发生多大的变化,但他还是希望家里在他能够看到的地方发生一些哪怕是极其微小的变化,比如父亲在街上买了一本新年的日历,或者墙上贴着父亲从街上要来的怎样给苹果施肥打药的宣传画等。这些变化会让他觉得家里还是在发生变化,而且以后还会发生更大的变化。

路两边的地里,已经摘完苹果的树枝光秃秃的,就像一个干完了活的庄稼人,一身轻松的样子,在冬日的空气里显得沉静而疏阔。偶尔可以看到远处的一个树枝上垂下来一个干瘪的已经变成黑色的小苹果,引得一只小鸟欢天喜地啾啾地鸣叫着朝它飞过去。公路上,一辆铺了一层灰土的蓝色大卡车迎面从身边疾驰而过,车厢里几乎装满了印有"三水红富士"的充满着喜气的苹果箱子。车厢里最后面空出来的一点位置上坐着几个装苹果的人。秦梦飞知道,这是一辆又要到哪个村子去装苹果的车。他快速地看了一眼,并没有发现父亲坐在车上。这时,又有一辆蓝色的"时风"牌三轮车顺着他骑车的方向像大声地咳喘着一样开过来了。车上坐着几个妇女和一个小伙子。那几个妇女有年轻的,也有年龄大一点的,一个个的头发在风中就像田野里一束束飘摇而凌乱的枯草。一个女的一只手里拿着一个绿色的辣椒,另一只手里拿着一块花卷馍吃着。

像这样大大小小的车辆在公路上不时过来一辆,过去一辆。

秦梦飞很自豪地想,这就是频婆塬上这个季节的风景和味道。他太熟悉这样的风景和味道了。他也早已习惯了这样的风景和味道。他似乎很长时间都没有见过这样的风景和味道了。这一切让他感到是多么的亲切啊,和人来人往的县城里完全不一样的味道。

回到家里时,已是快吃晌午饭的时候了。天空里的阳光这时好像变得比在县城里时柔软而平淡了许多。家里只有妹妹在,她正趴在那张深红色的杌子上写作业。看到哥哥回来了,她立刻高兴地从小凳子上站起来跑到哥哥面前问这问那。听妹妹说,母亲一大早就和隔壁的雪莲婶一起出去包苹果了,这两天她们去的是上塬,也就是人们叫作太峪的唐家村,可能到晚上才能回来。妹妹说:"哥,饭,妈给你在锅里热着,你赶紧去吃吧!"秦梦飞知道,饭是母亲早上出门的时候就已经做好了的。来到厨房里,揭开锅盖,他看见笼箅上热着豆腐汤、饸饹和旋子馍,锅底是红豆熬的稀饭——那红豆是今年秋天刚从地里摘下来的。秦梦飞知道,母亲每次出去包苹果之前,都要早早地起来做好一家人的饭。有时要蒸馍的话,她夜里三四点钟就起来了。母亲想着他今天可能要回来取馍了,这些饭菜都是她特意做的。想一想学校食堂里的饭菜,那一盘盘表面上看起来美味可口、令人垂涎欲滴的饭菜,当最后舀到了每个学生的碗里时已经没有几块肉和几块鸡蛋了,也让人没有多少食欲了。现在他觉得母亲做的饭就是一顿既亲切又可口的美味佳肴。虽然没有肉和蛋,可他觉得这些饭菜里面盛满了母亲对他深深的爱。在这些饭菜的味道里有着他所熟悉的土地的味道。这就够了!

秦梦飞立即盛了一碗豆腐汤饸饹,拿起一个旋子馍,狼吞虎咽地吃起来。然后,他又舀了一碗稀饭喝了。这一顿饭,他才觉得自己吃饱了,也吃好了!用过去爷爷的话来说,这一顿终于咥美了。

吃完饭后不一会儿,秦梦飞听见了一阵阵的咳嗽声。他知道这是父亲装完苹果车回来了。父亲从嘴里抽出吸着的一支烟,烟没有剩下多少了,他就扔在了院子里,然后用脚踩灭了。妹妹听见父亲的咳嗽声,赶紧拿了一只扫炕的笤帚跑出去,她想给父亲扫一下身上的灰土。秦梦飞则赶紧拿起靠在门边洗脸架子上的脸盆,去给父亲端洗脸的水。扫完灰土后,妹妹又赶紧去给父亲盛饭。

天已经黑尽的时候,母亲也从唐家村包苹果回来了。远远地看见母亲从大门里进来了,秦梦飞和妹妹立刻从房子里跑到母亲跟前去。母亲回来了,家里似乎一下子亮堂了许多,也活跃了许多。

"妈,你这两天去唐家包苹果了,怎么样?"秦梦飞关切地问母亲。

"这两天我们包苹果的那一家人还不错。他们晌午给我们吃的是煎汤饸饹,从外面买的锅盔馍。"母亲说。

"那你们就没顺便到唐家地主庄园去看一看?"妹妹笑着问母亲。妹妹已经知道了唐家地主庄园。

"我们还真去了。苹果今天吃完晌午饭后早早就包完了,我们后晌去的。晌午包苹果的时候,你雪莲婶对主家说,娃他叔,你看我们这么远的路到了你们唐家,唐家地主庄园就在我们跟前,你就带我们到你们唐家地主庄园去看一看,我们还没去过呢!主家说,娃他姨,好,没问题。只要你们给咱把苹果包好就行。拉苹果的老板听到这儿,接过来说,好,我和你们一起去看,我给大家买门票。听到这儿,所有包苹果的人、主家、老板都笑了。"

"还有更有意思的。以前我们出去包苹果,都是静悄悄地各忙各的。今天,这家主人看我们没人说话,就说,娃他姨们,你们好好给咱包苹果吧!我给你们吹咱们三水的唢呐。你们想听什么歌就点什么歌,我一分钱都不收。大家高兴地笑着说,好!一个女的,我不认识,站起来说,他叔,你可千万不要吹埋人时的那些曲子啊!主家说,娃他姨,看你说的。吹那你们哪还有心情给我包苹果!"

妹妹听着,笑着说:"妈,你这一回苹果包得还真有意思,我都想和你一起包苹果去了。"

母亲笑着说:"我们也没想到主人会给我们吹唢呐,老板真会带我们去唐家地主庄园看一看。只是这一回碰上了。这是多少回才碰上一回这样的主家和老板。好娃哩,咋可能经常会有这样的事呀!"母亲一边说着,一边捋起袖子准备到厨房起面,家里馍已经不多了。

秦梦飞说:"妈,不管怎么样,这一次你是值了!"

正坐在桌子边抽烟喝茶的父亲接过来说了一句:"只要每次老板能够痛里痛快地把钱给你结了就行了。咱是去给人家干活挣钱,又不是去旅游。"

母亲看了一眼父亲说:"看你说的!人心都是肉长的,都是下苦的人,都不容易。我就不信所有的主家和老板就都那么不通人情。"

…………

秦梦飞想,这个周末的晚上,他和父母、妹妹终于又团聚在一起了。

晚上,没有月亮,天空黑魆魆的,沉沉的天幕上仿佛只留下了几颗明灭闪烁的星星在敷衍着夜空一样。街道另一边那每隔几十米一盏的昏黄的路灯,就像炉子里大火熄灭后留下的渐渐暗去的橘红色的炭块一样,让人觉得频婆街在这个繁忙而热闹的季节倒显得更土气了,也让人觉得频婆街在这个寒冷的初冬夜晚显得似乎更寒冷了。在频婆街上的人们看来,这路边新安装的路灯不但没有扮靓这个千年古镇,反而让它显得有点不伦不类——频婆街似乎既失去了以前的宁静,也没有带来不要说像大城市就是连三水县城也不如的喧闹。毕竟,频婆街是一个主要生活着在黄土里刨食的农民的古镇。虽然白天有像邻居老李这样专门的清洁工在打扫每一家堆在路沿前的垃圾,但频婆街上的土似乎永远也是扫不完的。

　　白天忙了一天,十点多钟以后,父亲和母亲都躺下休息了。父亲很快传来他打雷般的鼾声。家里有一台去年过年时父亲在街上李虎开的五金店里买的黑白电视机。这台黑白电视机在去年过年那一段时间里给秦梦飞带来了充实的新年生活,以致他在开学后觉得自己同宿舍里的同学关于电视上直播的春节联欢晚会和像《年轮》这样的电视剧似乎有说不完的话题。他觉得从那时起在看电视这一点上他同别人平等了。今天回来的路上,秦梦飞想,趁着周末一定要好好看一看电视,在学校根本没有时间和机会看电视。但一想到父亲和母亲他们已经累了一天了,就翻了一下今天回家的时候从县邮局买回来的《读者》后也躺下睡了。《读者》已经是他高中生活的一部分了,每一期他都用自己节省下来的钱来买,然后一篇不落地津津有味地去品读。令他高兴的是,才刚到十一月份,十一月份的《读者》就到了。这时,秦梦飞虽然并不特别瞌睡,但也渐渐地有了睡意。毕竟今天推着自行车上了那么长的坡。虽然这一点同父母干的活比起来实在算不了什么。

　　就在这种蒙蒙眬眬的睡意中，突然传来大门外有人敲门的声音。那个人在使劲地用门环敲打着大门的同时，大声地喊着父亲的名字。沉静的深夜，大门外的声音听起来是那么的大，仿佛整个频婆街西边的人家都能听得到。母亲曾对秦梦飞说，夜深了的敲门声常常让人感到害怕。秦梦飞觉得也是。但是，尽管如此，父亲和母亲在一年中这样的季节里，对于夜晚的大门外的敲门声也习惯了。父亲和母亲都知道，那是装苹果车或者卸苹果箱子的车来了。

　　仔细一听，那声音是邻居富权的声音。富权是个孤儿，结婚后一直没有孩子，后来他的媳妇和他离婚了。富权靠给人打工为生，他常常和父亲一起去装卸各种货车。

　　母亲靠墙睡着。敲门声将她惊醒了，她赶紧拉开灯。她说她刚才还在做梦。她对父亲说："快起来，富权在外面敲门，肯定又是去装车。"父亲一边大声答应着"来了"，一边掀开被子，从炕上沉沉地爬起来，然后快快地穿着衣服，急急地走了出去。

　　过了一会儿，父亲回来了，他对母亲说："富权叫去坞子嘴装一车苹果，现在还得一个人，我已经给富权说了，梦飞今天刚从学校回来，让他去。"母亲说："那就让梦飞去吧！"

　　以前父亲出去给全国各地来的果商装苹果车，或者去卸从礼泉、兴平一带拉到频婆街上来的苹果箱子，也偶尔叫过秦梦飞去，但更多的时候是在寒暑假期间的大白天里。秦梦飞似乎也忘记了干过的这些活。到了学校以后，秦梦飞也似乎不太想这些事情，他只想着怎样去对付即将到来的化学、物理、生物这些他一上课就瞌睡的课程的高中会考。在家里的时候，如果看见父亲装卸完苹果车、纸箱车、面粉车、瓷砖车、水泥车等回来后,他或者妹妹便赶紧给他打来一脸盆水,让他洗一洗,等他洗完了,再帮他擦擦脊背,或者扫一扫身上的灰尘。这回父亲既然让他也一块去装苹果车,他想无论如何也不能因为自己贪图热炕上一时的舒服而让父亲在别人面前感到尴尬。虽然他心里并没有想到这个周末的晚上回家后要和父亲一起去装一辆苹果车。想到这里,他赶紧起来穿上衣服,便和父亲一块出去了。

从屋子里出去的时候,母亲对秦梦飞叮咛说:"你坐在车上小心。"他嗯了一声。等他和父亲走出了大门,母亲便关了屋子里的灯。顿时整个院子里一片漆黑。

院子外面的大街上,原来仅有的几颗星星似乎也因为不停地眨眼累了而闭上眼睛休息了,空气清冽而干燥,只有一阵一阵的冷风不时吹来,偶尔从远处传来一阵阵的狗叫声。整个频婆街似乎都入睡了,只有他家前面的频婆街医院临街病房里的灯有几盏还在亮着。一辆蓝色的十几米长的大卡车就停在富权家门口,车厢上方搭着又黑又厚的篷布。秦梦飞发现车上已经坐了好几个人,听声音有邻居建斌哥、民乾叔、书坤叔、养民叔和富权。父亲抓着车后门上了车厢,然后伸出一只手把秦梦飞也拉了上来。民乾叔见秦梦飞和父亲一块来了,就笑着对父亲说:"怎么,让你们家未来的大学生也来干这么重的活了?!"秦梦飞笑着回答道:"平时没有时间锻炼,趁今晚我好好锻炼锻炼!"大家都笑了。父亲没有说话,只是靠着车帮,静静地坐着,不时地咳嗽着。

大卡车很快就被发动起来了。本来,去坳子嘴的路,秦梦飞还是很清楚的。可是随着大卡车飞快地开起来,秦梦飞很快就分不清车朝哪个方向走了。他觉得自己被裹在了一片黑暗中,并在这一片黑暗中被随意地摆布着。后来,他感到车轮下的路面由原来的平平坦坦变得有点坑坑洼洼起来,他猜想大卡车肯定已经开出了频婆街中心十字,然后朝南顺着中街村和庆丰村那条疙里疙瘩的土路一颠一簸地开下去了。这一点他虽然不清楚,但司机一定知道。到了深夜,天似乎特别冷,每个人的头上戴着一顶厚厚的棉帽子,养民叔给大家一人散了一根烟,每个人的手指里或嘴里都夹着或叼着一根烟,烟头微弱的火星在漆黑的车厢里一明一灭,根本看不见人影。黑暗中不时传来父亲的咳嗽声。建斌哥他们在黑暗的空气里低声地谈论着他们今天下午装的那一车苹果,说那一车苹果装得好,都是一些八〇以上的苹果,拉到广州、深圳去一定卖个好价钱。秦梦飞在一边静静地听着。

　　十几分钟后,到坳子嘴了,卡车停在了一户看上去大门装修得很气派的人家门前。秦梦飞定睛看了看,门楼上方镶嵌的瓷砖上是"勤俭持家"几个大字,苍劲而有力。大家决定,由民乾叔和养民叔两人留在车上,负责装箱。民乾叔和养民叔两个人常常负责装车,他们有经验。秦梦飞和父亲、富权、建斌哥、书坤叔他们几个人一块下去到主人家的果库里负责扛苹果箱子。装车需要经验,如果装不好,苹果箱子斜了倒下来,那一车苹果就完了!记得去年秋天的一天,那一天天下着眼泪一样的小雨,秦梦飞坐车从北门坡去学校。当他从车窗里伸出头去,他突然发现村里的百焕叔正在路边的雨地里扛着苹果箱子往车上装,雨水从他的头顶流下来,他的头发湿成了一绺一绺。而路边土崖下的小树林里,全是横七竖八的红色的苹果箱子。秦梦飞永远也忘不了那一幕。

坳子嘴的这家主人把封装好的苹果箱子堆放在一个深约十五米左右的果库里。果库不是建在平地上,而在建在地下,果库的上面立着一根粗壮的烟囱,果库的脊背上铺着厚厚的土层,一些没精打采的青色的萝卜叶子贴在上面。果库的门楣上挂着一盏昏黄的电灯,门是两扇破旧的木门。秦梦飞沿着通往木门的台阶走下去进到果库里面的时候,冰冷的果库里顿时飘来一阵阵扑鼻的酒精似的果香味。这是多么熟悉的味道啊!他似乎有一种久违了的感觉。

　　空手下到果库的时候,秦梦飞显得很轻松的样子。他想着很快就会把果库里的苹果箱子扛完,然后就可以回家睡觉了。他想,对于扛苹果箱子的这段时间,就像他每顿饭吃馒头一样,就像春天里的阳光消融冰雪一样,很快就会把它吃完,消完。

　　一开始的来回几趟,秦梦飞似乎没有一点感到很累的样子。然而,慢慢地,当扛着一箱子苹果从果库里踩着不到一脚宽的台阶——那些砖铺的台阶已经被磨得失去了棱角,甚至有的砖已经被踩掉了——走上来的时候,他渐渐感到肩膀上有点沉甸甸的了,他感到好像有一种力量在将他朝相反的方向往回拉一样,甚至他就想倒下去再也不起来了。可是他知道,无论如何,他只能扛着苹果箱子上去,然后空手下来,再扛着苹果箱子上去,而不能停下来,更不能说什么胡话倒下去。

　　这时他看看父亲、书坤叔、建斌哥、富权他们几个,可能是因为装卸苹果车的时间长了吧,好像没有一点气喘吁吁的样子。每一箱苹果有十五公斤重,他们每个人把两个箱子摞在一起,搭在右肩上,左手绕过头顶按着上面的那个箱子,右手扶着两个箱子的右侧,好像显得很轻松的样子。秦梦飞也想学着像他们那样扛,可是刚一放上肩膀,两个箱子就东倒西歪仿佛要掉下来一样。他的心里顿时一阵紧张,赶紧慢慢地放下两个箱子来,只好先扛上一个。他感到不好意思。正在这时,建斌哥从外面下到果库里来了,他看着秦梦飞的样子说:"你还没扛惯,就先扛上一个箱子吧!"秦梦飞更感到不好意思了,赶紧出门朝台阶上走去。

大卡车下的人来来回回不停地向车上的人举着苹果箱子,在车上接和装苹果箱子的民乾叔和养民叔两个人也忙得似乎连唾口唾沫的时间也没有。秦梦飞心里想,原以为装车很轻松,不用多跑路,可是现在看来,装车虽然不用来回跑路,可如果没有经验,那么装车的速度就会跟不上,那也不行啊!再说要是箱子装斜倒了掉到地上,那不仅得重装,而且箱子里面的苹果掉在地上就会被砸伤,那可不是闹着玩儿的。没有谁愿意赔上一车苹果。再说也赔不起。

时间一秒钟一秒钟地变成一分钟一分钟地过去,刚来时空荡荡的车厢的前部慢慢地被箱子填满了。大家似乎并没有一种成就感,只是在不停地来回扛着,接着,装着。

这时,秦梦飞感到棉袄下穿的背心已经汗津津的,仿佛和身体贴在了一起。在寒冷的冬季里,人们需要来自厚厚的棉袄和贴身的背心的温暖。可是现在,他不但感觉不到它们的温暖,感到的只是难受,甚至是一种累赘,就跟身上被抹了一层黏黏的胶水一样。他真想脱掉这层贴身的背心和外面的棉袄,然后好好地洗一洗擦一擦。可这怎么可能呢!他只好忍着。他一遍遍地告诉自己,坚持,坚持,再坚持。他明白,停在大门口的那辆大卡车毕竟不是神话中的无底洞,总有装满的时候。装满了,他就可以回家休息了。

秦梦飞感到越来越没有劲了,他甚至想停下来,不想扛这越来越重而且越来越单调的苹果箱子了。可是，当他看到父亲和其他几个人一次又一次地那样来回跑上跑下，他怎么好意思停下来。如果那样的话，将会让父亲在这么多人面前显得多么尴尬，也让自己显得多么尴尬！毕竟，他已经是一个即将要考大学的人了，一个已经在翠屏山上的烈士陵园参加过十八岁成人仪式的成年人了。今天晚上，他不是跟着父亲来这儿玩来了，不能说不想搬了就不搬了。而且，老板是要按人头给他装卸费的。如果他停下来，其他的人又会怎么想？这时，秦梦飞的脑海中似乎闪现出了"责任"一词。他想，也许责任的意思就是你做也得做，不做也得做。想到这些，他默默地告诉自己坚持，坚持，再坚持——咬着牙坚持。这时，他似乎明白了，所谓坚持就是让他那奄奄一息的力气服从时间那无声而蛮横的命令，而他一句抱怨也不能有。

　　时间由一秒钟变成一分钟，一分钟变成十分钟，十分钟变成一小时，似乎是那样的举步维艰。时间也好像走累了一样，每一步都要喘好大的一口气。秦梦飞在心里一遍又一遍地抱怨着时间。时间呀，你怎么反倒越走越慢呢？！但时间似乎并不想听他的话，或者说根本就不想理他。

　　主人家的院子里，靠着那面已经变得斑驳不堪的厦子的墙上，钉着一个黑色的长长的钉子，挂着一盏瓦数很小的昏黄的电灯。女主人和孩子——如果他们还有很小的孩子的话——已经睡了，只有男主人偶尔从厦子里出来面无表情地看看，然后又进去了。静悄悄的院子里，只有一个个黑色的影子在灯光照耀下的土黄色的墙面上、地面上不停地飞奔着，晃动着。那影子也仿佛极有节奏，似乎只有那默默地缓缓地流淌的夜晚，还有每个人脚下的泥土才能够听明白这节奏。

坳子嘴是一个偏僻的小山村,周围被大山所包围。在秦梦飞的心目中,它似乎十分的遥远偏僻也就显得愚昧落后。然而,他怎么也没有想到,就在今天晚上他和这个村子的这一户人家建立了联系。这也许是命中注定的,就像他命中注定的贫困的家境一样。可是就是在这样一个山村,这家的主人也在通过种植苹果这一充满希望而又无比辛苦的劳动改变着他们的生活。忽然,秦梦飞又想到一个问题,对于这个山村,对于这户人家他真的又了解多少呢?!听父母讲,这几年,嘴里的人通过种苹果比街面上的人日子好多了。根本的原因是嘴里的人每家每户的地都很多,这一点是每人只有不到一亩地的街面上的人无法和他们相比的。事实上,居住在街面上的他们这一群装卸工——秦梦飞将自己已经看成了和父亲他们一样的装卸工——和比如像坳子嘴的这家人在改变境遇上不正是一样的在劳作着努力着吗!那么,他又有什么优越感可言呢!这种优越感只让人觉得可笑罢了。这么说来,对于坳子嘴的想象,就是他的心里生长着的一种顽固的偏见了,或者是一种藏在心底的"小"了,就必须毫不留情地除去了。在大门外漆黑的夜空里,秦梦飞偶然抬头看了一下远方,只有巨兽一般的大山隐没在死一般的夜里,偶尔传来几声让整个山村都可以听见的狗吠声。大地沉睡了。整个山村都进入了叹息的、微笑的、凄凉的、哭叫的等各种各样的梦乡。他感到自己似乎听见了山村的鼾声。这一天夜里,他觉得自己见证了也守候了坳子嘴这个山村的夜晚和它的梦乡。

慢慢地,秦梦飞感到自己想喊,可是他又不敢喊出声来。他感觉到自己已经快麻木了,麻木到仿佛只会从果库里抱起一个苹果箱子,放在肩上,跷上台阶,举给车上接装的人,然后又返回果库,又扛起一箱苹果,再重复着同样的动作。这时,他突然发现,原来生活中还有着比学校里三点一线的生活更单调的生活,还有人在过着比他的学校生活更单调的生活,而且是在默默地或者说认命地过着这种生活。比如说像他父亲一样的这样一群人。只是,秦梦飞,他自己今天接触到的这种真实的生活,就像一个小孩子不小心把手伸向了燃烧着的火苗一样,一下子尖叫着发出了自己的声音,声音是那样大,大到撕破了自己的心底,而别人却没有听见。当然,他也不想让别人听见。他只是想让时间和大地听见他的这种声音。

时间呀!你听到秦梦飞他的呼喊声了吗?

大地啊!你听到秦梦飞他的呼喊声了吗?

…………

后来,他似乎已经忘记了停在昏黄的电灯下的大卡车整个一个车厢是怎样装起来的。但是,车厢真的装起来了,这一点谁也无法怀疑。装得满满的,有棱有角的,然后用粗壮的绳索捆绑得结结实实,绝对不会倒了掉下来。只是,当整个车厢装满这些即将踏上中国的万水千山的一箱箱苹果的时候,他已经没有什么感觉了。这时,开始时想象中的最向往的家里的热炕,以及回家美美地睡上一觉的想法,对他来说,似乎已经都无所谓了。

秦梦飞不知道自己是怎样坚持下来的。他也不知道自己身上的背心和他的身体之间是怎样渐渐地各自冷却下来的。他感到自己的整个身体已经有点麻木了。而这些只有这个夜晚的时间知道。这时,他发现他的脑海中闪现出了一道亮光,仿佛照亮了他那混沌的生活感觉。他觉得就是在那一刻他看到了时间的表情。他看到时间的表情是那样凝重,又是那样决绝,让人感觉不到一点的轻松。就像婚礼上在上席正襟危坐的娘家人一样。

那一夜,他也不知道最后是什么时候和怎样回家去的。但他确实回到了家里,躺在了家里温暖的炕上。

对于秦梦飞来说,那个夜晚就是那样过去的。

第二天早晨,当他醒来的时候,转过身朝炕上看了看,父亲不知什么时候已经起来到外面去了。他知道可能又有人叫父亲去装苹果车去了。想起昨天晚上装苹果车的情景,他觉得简直就像做了一个梦一样。但那不是一个梦,那是他这个周末回到家里后所经历的一次真实的体验。

下午,拿着母亲准备好的馍和菜,秦梦飞又骑上自行车,去过学校里的那种三点一线的生活了。对于学校里的生活,他似乎已经没有勇气抱怨它的单调和忙碌,他觉得再这样说已经有点无法开口了。因为就在昨天夜里,他觉得自己看见了时间的模样。路过胖子双喜家门前的时候,他又看见民乾叔背上扛着一麻袋玉米,沿着搭在一辆汽车车厢后沿的长长的、窄窄的一块木板,艰难地小心翼翼地挪上去。

…………

生活在岁月的悲欢离合中一天天地流逝。二十年后,秦梦飞终于发现,他再也没有任何机会和父亲一起去给别人装卸各种各样的苹果车了。这过去的二十年,就像一条宽宽的河,将那一个夜晚发生的故事和现在的他隔在了河的两岸,再也无法跨越。五年前,父亲已经去世了。父亲去世前,就已经看起来很老很老了。

秦梦飞常常想,在那些年那样的一个个夜晚,不知道忙碌了整整一个白天,晚上刚刚躺下去休息的父亲需要多么顽强的意志才能从炕上坐起来又去装一车苹果箱子。那些年,父亲常常是一整天都没有坐下来喘息的机会。对于父亲来说,这是再自然不过的事情了。他想,父亲后来的因病去世,与那些年的这种没黑没明的劳累不无关系。后来,他似乎想明白了,是生活,只有生活才能让父亲那样的无比艰辛。从父亲的身上,他似乎也明白了人与生活之间到底应该建立一种什么样的关系。

　　后来,他经常和别人说起那个夜晚。他说在那一个夜晚,他看见了时间的表情,他也看见了许许多多的人在时间面前的样子。

上大学前的那几天

若干年后,我突然发现,我们家和频婆街上的张家两次发生的故事,竟然都和钱联系在一起。这些故事想起来,竟然那样令人回味悠长。它们让我再一次发现,钱虽然一开始常常捆住了人,而人却可以解开捆住自己的绳子,然后有尊严地站立起来。

1997年,当我高考被录取的喜悦逐渐退去后,紧接着关于大学学费的问题变得越来越清晰而迫切。根据随同录取通知书一块寄来的上学交费单上的各个项目,一共加起来,在报名那一天需要我向学校交四千五百元左右,加上平时的生活费,以及需要准备的一些零碎东西,总共需要六千块钱。六千块钱,对于我的家庭来说,那确实不是随随便便就可以拿得出来的。有多少次,我看见我的父亲和他的那一群"卸"友们坐在我家的炕沿上怎样将老板们给的十块钱五块钱换成一角二角五角钱来平均给每个人的。他靠每天在频婆街上给开建材店、粮油店的人装卸水泥、瓷片、面粉等挣钱。对于他来说,能够维持一家人的生活就已经是竭尽全力了。

好在上学这件事情上有二叔的帮助。我常想,二叔是上天赐给我们这个家族的中流砥柱。

二叔说话了。

他让我的大姑、二姑每人给我准备一千块钱。同时,他也给我准备了一千块钱。然后他建议我的母亲去向我的六外公借一千块钱。在我们家所有的亲戚当中,我的二姑、六外公家条件是最好的,他相信他们在我上学这件事情上一定能够帮助我。我二叔坚持的原则是:我是我们陈家第一个大学生,也是频婆街这一年考上的仅有的两个大学生之一。他的哥哥——我的父亲,供不起儿子——他的侄儿上学,他想办法。好不容易考上大学了不能因为没钱上学而让村里人笑话。当他对我说这些话的时候,顿时有一种悲壮的感觉在我的心中弥漫开来。

最后还差两千块钱!

二叔说:"村里你乾义叔跟前还有我两千块钱。你去他家说一下,就说我让你来的。因为你上大学快开学了,希望他能给你准备一下所欠的这些钱。"

在这个世界上,向人借钱不好张口,向人要钱也一样不好张口。特别是当你是一个心底特别善良的人的时候,你总希望是别人能够将借你的钱主动给你拿来,而不是上门去向人要钱。然而,事实是人们总是迫于无奈,借钱的是你自己,要钱的可能还是你自己。特别是在像子女上学、年末岁尾这样的时节。这样的时节里,在每个家庭的大门里都传出了许许多多与钱有关的故事。

乾义叔姓廖,说起来,我们两家还有点干亲关系。乾义叔的娘是我父亲的干娘。也许是因为我的父亲前面的一个哥哥早年夭折的原因吧,所以我的爷爷奶奶为我的父亲认了许多的干爹、干娘。于是我的父亲,还有几个叔叔和姑姑都称他乾义哥,虽然按年龄我可以称乾义叔为爷爷。既然我的父亲他们称他为哥,那我自然就该叫叔了。当一个人被别人称为哥的时候,

那是一种信任,更是一种依靠。

我相信两千块钱对于乾义叔家来说,根本不成什么问题。小时候,乾义叔和村上的长娃、来福、满盆等人在频婆街东边一字儿排开开着饭馆,在我的记忆中,那可能是频婆街仅有的几家饭馆。那时,频婆街上的人家给儿子娶媳妇、说媒,成事时都是在他们几家的饭馆里进行的。每到农历二五八逢集的日子里,他们的饭馆里人都快挤破头了。所以,在方圆几十里的频婆塬上,没有人不知道他们的饭馆,更是没有人不知道他们的大名。他们是频婆塬上的"四大巨头"。虽然那时我还不知道"巨头"到底是什么意思。但是,绝对没人相信他们家没钱。

水流一样的日子真经不起计算。算起来,到现在我已经有将近十年时间没有踏进过廖乾义家的大门了。虽然我们两家相隔也就十来户人家,每天我可能会从他们家门前经过好几次。但在这十年里,我从没有踏进过他家的大门。因为那个大门里有我终生难忘的惨痛记忆。我想让时间把它静静地封存起来。

然而现在,生活让我在十年后又要踏进他家的大门了。推开了他家的大门,就打开了十年前发生在他们家、我们家、频婆村、频婆街、频婆塬上的故事。

时间是1988年深秋的一天晚上,父亲从地里回来正在油灯下吃饭,母亲正在烧炕。这时,廖乾义的儿子廖智诚来了,问父亲这几天有没有时间,想找父亲和另外一个人去他们家把原来的那孔旧窑洞挖掉,把土腾出来。他们想在原来的窑址上盖一座一砖到顶的上房。谁都知道,廖家在频婆街是既有钱又有声望的人家。他们要盖新房,这也是在情理之中的事情。父亲前两天刚和村上的李松林给中卫村的一家人打完井回来。母亲说:"那你就去吧,反正也没有事。"父亲说:"好吧,那我明天早上就过去。"

父亲拥有的是他一身的力气,他从来没有让自己的这一身力气闲过。频婆村、频婆街,乃至三水县,许许多多的人都使用过他的力气,许许多多的地方都留下过他的力气。他靠自己的力气养活自己,养活我们一家。多少年后,当我想到父亲和他一生所付出的力气,我不知道他为了养家糊口,曾经无怨无悔地给人下了多少苦。这,也许只有他自己心里清楚。

父亲第二天一大早就扛着镢头和铁锨去廖乾义家了。廖乾义家离我们家很近,两三分钟就可以走到。每天早饭和晌午饭的时候父亲回家吃饭。和父亲一块给廖智诚家挖窑腾土的还有我们老屋的邻居唐建设。廖智诚也帮着父亲、唐建设他们一起挖窑腾土。

父亲去廖乾义家干了有好几天活了。整个窑洞挖完土腾干净估计得十几天的时间。这种活,苦重,劳动量大。每一天从廖乾义家回来,他看上去总是很疲倦的样子。吃完晚饭后,倒头就睡着了。

又是一个周末。

那一天,当我在家里另一间放着杂物的屋子里做作业时,突然隔壁的林婶跑过来说:"志飞,你咋还在屋子里?廖乾义家出事了,听说他家的窑腿子塌了,把人埋在下面了。"

"什么?"我已经顾不上再说什么了,我的脑子里顿时一片空白。我一个人丢了魂似的往廖家跑。

妹妹还没有满月,母亲在门窗用纸糊起来的另一间房子里,不能出来。

当我快跑到廖乾义家门口时,他家门口的路上已经被挤得人都走不过去,车也因为走不动而停下来了。廖乾义家的里里外外已经围满了人,他家的崖背上也站满了一堆堆小声议论着什么的大人小孩。

当我挤到廖乾义家的院子时,我惊呆了!我看见一个人已经被从土里刨出来,被放在了一块门板上,身上苦着一张白色的床单。我已经明白点什么了。在我的生命中,这是我第一次亲眼见到死亡现场。院子里还有许多人在土堆里用手刨着。我焦急地寻找着父亲的身影,但我始终没有见到父亲。我真害怕躺在门板上的那个人就是父亲。想到再也见不到父亲了,我感到自己已经不会说话了。

周围的人们议论纷纷,但我却听不见他们在说什么。

后来从人们的谈话声中,我才知道事发时的一些情况。父亲、唐建设、廖智诚他们正在挖窑根时,父亲一抬头发现窑洞上面的土快要掉下来,立即大声对唐建设他们两个人喊:"快跑,土下来了。"然而,他们三个人逃亡时的速度远远赶不上死神的速度。当父亲抽出被压在一大块胡基下面的双腿,回过头来时,唐建设和廖智诚已经被窑背上塌下来的土埋在了下面。

当人们从土堆里刨出唐建设、廖智诚他们两人时,他们已经咽气了。

那一天,是频婆村几十年来最大的一个灾难日。那一段时间里,整个频婆塬上的人都在谈论着发生在廖乾义家的事。

唐建设殁了,廖智诚也殁了。多少年来,我总不想听到"殁"这个字。在我的心中,这是一个听起来多么让人觉得凄凉的字啊!可是,生活中的每一天,又有多少人与这个字相遇呀!

那一天晚上,父亲回来了。在屋子里昏黄的油灯下,父亲坐在靠墙的三斗桌旁的椅子上低声地向母亲讲述着白天里发生的一切。我在一边静静地听着,想象着窑面子塌下来时父亲向唐建设、廖智诚他们两人声嘶力竭地大喊的情景。我感到很害怕,我想父亲的心里一定还很不平静。许多事情,当它正在发生的时候,人们似乎忘记了恐惧的存在,只有发自本能地面对。而当事情发生以后,你再去想象当时的情景时,才让人越想越害怕。恐惧比恐惧本身更令人恐惧。

昏暗的油灯下,父亲默默地坐在桌子旁边,母亲怀里抱着熟睡的妹妹——她知道今天发生的一切吗——静静地坐着,一句话也不说。院子里一片漆黑,大街上一片寂静。漆黑的夜晚里,天空只有冷寂的寒星。频婆街笼罩在漆黑的忧伤里。

廖智诚、唐建设他们两人下葬的那一天,天空飘起了雪花,纷纷扬扬,一会儿工夫整个天地都白了。

廖智诚、唐建设安葬后不久的一天晚上,廖智诚的二哥廖智信来了,他把父亲干了活的那几天的工钱拿来了。

这很出乎父亲和母亲的预料。廖家遇到了这么大的事,谁还有心思去想工钱的事。

廖智信说明来意,根据父亲干活的天数,从口袋里掏出钱来,朝父亲递过来。

父亲一边用手挡着钱,一边说:"钱你拿上吧,遇上这么大的事了,这钱我无论如何也不能要。"

炕上,母亲一边给妹妹喂奶,一边说:"智信,现在还说什么钱,你快把钱拿上吧!"

廖智信说:"虽然这回遇上这事了,可是你下了苦的钱我们无论如何都得给你。你也不容易。"

说着,廖智信又把钱紧紧地塞在了父亲的手里。最后,父亲只好把钱接上。

刚刚满月的妹妹一边吃奶,一边瞪着乌黑的大眼睛看着大人们。她明白什么了吗?

处理完这次事故以后,廖乾义和他的老婆一下子苍老了许多。丧子之痛对于他们的精神打击太大。他们家再也不开饭馆了。小儿子智诚去世后,他们就劝智诚的媳妇再找一个人。后来智诚的媳妇走到了第五伦村。智诚的女儿丽丽留下和爷爷奶奶一块生活。

廖乾义家的院子很宁静,似乎很少有邻居来他们家串门。当年的窑址上最终没有盖房子,已经被平整成了一块菜园,旁边是一个鸡棚。尽管我竭力不想让自己的记忆回到十年前,但我觉得我的大脑还是已经被十年前的记忆充溢了。记忆这种东西太容易让人失控。

廖乾义和他的老伴就住在东边的厦屋里。屋子里的陈设就像风烛残年的两位老人一样,有点凌乱而落寞。他们已经苍老了许多。见到我后,廖乾义和他的老婆都很热情。廖乾义的双齿已经有些脱落,说起话来不是很连贯,显得很费力的样子。丧子之痛已经改变了廖乾义老两口。我想要不是那次事故的话,他们的心境一定像频婆街上的其他老人们一样,过着颐养天年的生活。知道了我的来意后,廖乾义说:"娃,你先回去。前几天云龙他爸刚从我这儿拿去了五千块钱准备买一辆三轮车,秋季卸苹果时用。你上学这是件大事情,我一定赶你上学前给你把钱凑到。"云龙是他的大孙子,我们曾经是小学同学。

我说:"叔叔,那就麻烦您了!真不好意思,因为我的学费需要六千块钱,我爸我妈他们一时实在拿不出来那么多钱,能借到的亲戚都借到了,还是凑不够,所以就只好过来给您说一说。"

"这娃,看你说的!上学是件大事情。你爸你妈已经挺不容易了。你先回家,我一定给你尽快想办法。"廖乾义安慰着我说。

"叔,那我就先回去了。"我说。廖乾义站起来执意要送我到大门口,我请他坐下歇着,不要出来了。

我以为对于廖乾义来说,比起我们家来,他们家拿出两千块钱应该不会费什么劲的。他们那几年因为开饭馆应该有些积蓄吧!

时间一天天过去,离我上学还有两天的时间,我再一次去廖乾义家,看钱准备得怎么样了。然而,令我失望的是,廖乾义对我说:"娃呀,这几天我跑了好几家,现在学生刚开学,苹果这时候还没有下来,我托了几个人给你凑钱,也才凑了不到一千块钱。"

我有点失望。我想除了安慰,我再能说什么呢。

这时,我似乎又一次明白了父亲经常对我说的话:钱是个硬头货,没有钱谁也不会一下子变出钱来。这是真的。廖乾义和他的两个儿子智勇、智信各自分开过了,除了向他们两个借,还能向谁去借呢?依他们两位老人现在这么大的年龄,周围的人即使有钱谁还愿意借给他们呢?现实生活中,当你如日中天的时候,有人舔着来给你借钱、帮忙。他们就怕你不向他们借钱,他们觉得你向他们借钱才是看得起他们。而当你走下坡路的时候,他们觉得你已经没有可以利用的价值的时候,他们就会离你远远的,怕你来求他们。生活就是这样势利。

我说:"乾义叔叔,你也不要太着急。如果你实在凑不够这么多钱,那就算了。我们再去想想别的办法。"

说句实在话,我劝廖乾义不要着急,可是我的心里已经有点着急了。这个时候,除了亲戚,周围的邻居谁会给我借这么多钱呢?而我的亲戚里面,就算我六外公条件好一点。我当初说是借一千元,那天逢集的时候,雪莲姨已经拿来了一千五。我还能向他们说再借给我两千元吗?我家有钱的亲戚除了我六外公,就是我二姑,其他的亲戚,在这个时候也是青黄不接。况且家里也有学生。两千块钱,对于谁来说,如果不是平时一点一滴攒下来,谁一时能拿出来呀?

我去向二叔说了向廖乾义要钱的情况。二叔说:"那,不行的话,我给你去向门口你云林叔那儿拿些钱吧。"云林叔叔是我二叔的好朋友,他们过去一块当过兵,现在在频婆街上开了一家装潢店,生意挺红火。

终于,把所有的钱加起来,凑够了六千块钱。我的学费凑够了。

对于廖乾义欠二叔的两千块钱,我也不再去想它了。我知道没钱的滋味,也知道借钱的滋味。

第二天,天空突然下起了淅淅沥沥的秋雨来。院子里的那棵枣树在秋雨的拍打下显得翠绿欲滴。我正在屋子里收拾去学校的行李,母亲叮咛说:"把该拿的东西都记得拿上,不要到了学校才发现这也忘了,那也忘了。秦西市离咱这儿远,不像三水县城还可以让人给你捎去。"我说:"妈,我知道了。"

这时,我突然听到屋外好像有人声音沙哑地在喊父亲的名字。

父亲和我赶紧跑出去。透过如线的秋雨,我看到是廖乾义。天上正在下雨,廖乾义穿着一件青色的对襟长衫和一双黑色的雨靴出现在我家的院子里。

"乾义哥,快进屋里坐。"父亲说。

"我听说娃今天要走,就想早上给娃把钱拿过来。"廖乾义边说边从口袋里掏钱。

"乾义哥,昨天我们已经把钱凑够了。那两千块钱,凑不够就算了。你看下这么大的雨,你还跑过来。"母亲说。

"我着急呀,娃上学正是要花钱的时候,我无论如何也得给娃把钱弄下呀。"说着,廖乾义把钱递给了父亲,说:"你数一数,看够不够。"

父亲说:"乾义哥,天下雨,快进屋吧!"

"我不进屋了,我还得回去照顾你嫂子,这两天她生病了。"廖乾义对父亲和母亲说。

父亲对我说:"志飞,快进屋去给你乾义叔拿把伞。雨现在越下越大了。"

当我把雨伞拿出来的时候,廖乾义已经走了。

望着父亲手里的钱,父亲、母亲和我都沉默了。那时只有滴答滴答的秋雨声。

…………

十二年前的那个下午

十二年后，当我再次回想起那天下午去煤矿给父亲送褥子这件事时，我的心里总有一种挥之不去的沉重感。父亲是因为给我积攒学费而去煤矿上班的。我知道在中国的土地上还有无数像父亲这样普普通通的人在依靠自己的双肩默默地承担着来自生活的重负。我常常以我的这一次经历而自责，自警，自励。人们对待钱的态度，常常取决于获得金钱的方式。一个人如果认为只有钱才是维系他和亲人之间的感情的纽带的话，他可能就不会珍惜钱，仿佛只有挥金如土才能够发泄他对于钱的愤恨。相反，当一个人觉得每一分钱都来之不易的时候，他更能发现隐藏在这微不足道的钱下面的来自亲人的醇厚的情感和艰辛的付出。而这种认识常常成为他迎接来自生活的挑战的巨大力量。

——题记

　　大学的第二个暑假，我从几百里之外的秦西市回到了频婆街。

　　在校园的日子里，我经常想象着在这半年的时间里，频婆街该会发生多少变化。因为从每天铺天盖地的新闻报道当中，有许许多多关于中国发展变化的新闻。既然频婆街是中国的一部分，难道它不应该也发生一点变化吗？虽然从寒假到暑假我离开它仅仅只有半年的时间。对于我来说,频婆街曾经因为那么的亲近而熟悉,而现在又因为那么的遥远而陌生。而所有让人惊叹的变化不都是因为时间和空间的距离而出现的吗?

频婆街会带给我这样的惊叹吗?

当频婆街映入我眼帘的那一刻,凭直觉我发现频婆街还是频婆街。当然我知道频婆街不是没有发生变化,这些变化都发生在人的心里。发生在人心里的变化就像土里的种子一样,而要看到破土而出的嫩芽、叶子,甚至果实那都需要时间,是以后的事情了。所以我只能毫无根据地说,快半年了,频婆街的变化不是很大。横贯频婆街东西的那条大街依然是晴天一身灰,雨天一身泥。听说很快就要修这条路了,只是不知道这很快的意思到底有多快。路两边盖起了几乎连在了一起的两层甚至三层楼房,外墙上都贴着光洁的白瓷砖。上面的一层住人,下面的一层都是门面房。偶尔可以看到两栋楼房中间夹着的那种20世纪80年代盖起来的门楼和堆砌起来的土墙,仿佛出土的文物,没有一点让人觉得悠远的样子,倒是显得自卑极了。建材店、粮油店前的路边常常停着装满水泥、面粉的卡车,或者一辆刚从关中的户县或者兴平等地开上来的装满苹果箱子的大卡车。装卸工们忙忙碌碌地进进出出。倒是路边的法国梧桐枝繁叶茂,一片一片的树叶仿佛一把刀子,将天空金色的阳光切割成一块一块的碎片,掉落在地上,直让人眼馋得想捡起来当作一面镜子来用。

像任何一个地方的夏日一样,频婆街上的夏日同样让人感到悠闲而放松。每个家里即使有再难念的经,那就让每个人在自己的心里念去吧!每个人家里的锅底再黑,那就让他们自己去背吧!

现在地里的活并不多,只要过几天去地里锄一下苹果树下的杂草,或者找人给苹果树打一次农药就可以了。这让人想起来多少觉得有点惬意。

女人们不约而同地从家里端个小凳子坐在家门口,边做一些诸如合绳子、纳鞋底的活计,边很有感触地谈论着电视新闻上连续不断的报道。男人们则一手拿着扇子,光着膀子悠闲地聚在榨油的老冯的门前下棋、打麻将。

不远处的济世诊所里,传来从三水县的太谷街来频婆街上开诊所的文医生古远悲凉的二胡声,听得人凄切而感动。也许文医生在通过二胡向人们诉说他的心事。文医生喜欢拉二胡,建材店的秦老板喜欢书法,人们经常看到他们两个人在一起谈论着什么。他们是频婆街上有文化的人,多少和别人不一样。别人除了去他们那儿看病、买建材,也没想过去找他们聊天。

这个夏日午后的人群中看不到父亲的身影。

这个暑假父亲不在家,他去皇楼沟煤矿上了。这是父亲第二次去煤矿上。

父亲第一次去煤矿上班是在十多年前,那时我上小学二年级。记得那一回父亲去煤矿的结果是有一天在煤矿的井下挖煤时,手受伤了,从此留下了一只有残疾的左手。也是从那时起,我从父亲的口中知道了所谓"瓦斯爆炸"这样的新名词。虽然我那时还想象不出它同一个在地下挖煤的矿工的生命之间形成了一种多么严酷的有你无我的关系。从那次事故以后,我渐渐明白了所谓"下煤窑"这是一份多少令人感到不安的工作。从那以后,母亲让父亲不要再去煤矿上了,煤矿危险。听人说煤矿上常常就预备好了棺材。记得我的小舅当年曾萌发想去下煤窑的想法,立刻让我的母亲、姨母和六外公等周围的人给挡住了。他们对我的小舅说:"你干什么不行,非要去那里!"在人们的观念里,下煤窑似乎是一个人走投无路时才会做出的选择。

父亲年龄大了,已经不是十年前年轻力壮时候的父亲了。这一回父亲不是去井下,他是在井上堆积如山的煤堆前去给拉煤的卡车装煤。这个活不会有多少危险,只是苦重一点。

父亲去煤矿上已经有两周多的时间了。

父亲不在家,家里只剩下母亲、我和妹妹。屋子里有点空,好像总少一点什么。父亲好像带走了家里的魂一样。

一天下午,吃完午饭后,母亲说:"你大去煤矿上的时候没有拿褥子,现在立了秋,天凉了,去给你大把褥子送到煤矿上去。"听到母亲的话,我有点兴奋。这将是我第一次去煤矿上。关于煤矿,在我的心中一直以来只是一个概念而已,而很快这个概念就要变为现实了。

三水县有很多的煤矿,父亲所在的皇楼沟煤矿就在频婆塬的一个沟壑里。

我很快用绳子和蛇皮袋子捆装好褥子,就在夏日午后绵软悠长的阳光里离开家门了。自行车在崎岖不平的山路上颠簸,路的一边是高高的悬崖,悬崖上到处可见一孔孔已经坍塌的窑洞。这些窑洞不知道是哪个久远的年代留下来的,也不知道里面曾经发生过多少的故事。听说有客死他乡的人在还没有联系到他们的家人前有时就暂时停放在路边这样的窑洞里。听说这样的窑洞里常常闹鬼,路过的人撞上后,常常会凶死。所以人们常常需要结伴而行,对于小孩,大人常常叮咛他们不要一个人走那条路。想着这些路边坍塌的窑洞里的传说,让人心里感到有点瘆瘆的。路的另一边是长满了树木荒草的沟壑,有人在沟底下放羊。一只只吃得肥大的绵羊似乎一点也没有成为那片并不辽阔的草地上的美丽点缀,却一定会成为放羊人心里美滋滋的盼头。路上不时可以见到一辆辆装满煤块的拖拉机气喘吁吁地爬坡。一位头发花白的老奶奶拿着一个破旧的蛇皮袋子,在路上捡从车上掉下来的零零星星的煤块。听说,有人一天就能捡这么一蛇皮袋子煤。

靠山吃山,靠煤吃煤。我想。

下坡的路走起来真快,好像有什么力量在推着你走一样。很快矿山在我眼前出现了。

我终于第一次看到矿山了。兴奋像一缕缕的火苗在我的内心渐渐燃烧起来了。过去关于煤矿所有的想象都被眼前真实的煤矿所取代。那种兴奋源于我的生命当中第一次所看到的煤矿,将为我有限的二十多岁的人生阅历增添新的内容。一个人有理由为自己平静地获得的新的阅历而高兴。从塬坡上望过去,整个煤矿四周被墨绿色的群山包围起来。山对面的那条塬,是三水县的另一个乡。而山这面的沟底,有两栋黄色的楼房,一栋是办公楼,另一栋是职工宿舍。在开采区,有一条宽宽的传输带,在其前面大概就是井口了。井口上面有一个简易的钢铁架子。在传输带的后面就是一堆堆多得让人喘不过气来的煤炭。

没想到父亲就在我下坡所要经过的路上。他正和另一个和他年龄差不多的人坐在铁锨把上休息,手指夹着烟。原来父亲下午没有装煤,他和那个人在修补通往塬上的这条土路。前两天刚下过一场雨,路面被雨水冲得有点坑坑洼洼。

"大,天凉了,我把裤子给你拿来了。"我对父亲说。

"过两天我就要回家去,你拿它干什么!"父亲说。

我没有吭气。我了解父亲。

和那个人说了两句话后,父亲将我领到他的宿舍去。所谓宿舍其实是隔成几间的一个瓦房。宿舍的两边分别支着三张床,这是一个集体宿舍。里面闻起来有点潮湿和发霉的味道。窗前的地上放着一个脸盆,里面的水全是黑的,在墙角的铁丝上搭着一条毛巾。我一下子认出了它,那是父亲从家里带去的一条毛巾。毛巾整个都是黑的。那条毛巾仿佛也看见了我。我不知道应该对它说点什么,它似乎因自己的命运显得有点不好意思。下午的阳光让整个宿舍收集了一屋子的金黄色,本应该让人觉得明亮而温暖。

我的心里突然有点酸酸的。我不知道该向父亲说什么好。宿舍里看到的所有的一切都只能让人装在心里。对我来说,这时候似乎所有的感受都显得多余而矫情。以我们父子俩的性格,我似乎说不出来那些话,父亲也不爱听那些话,尽管它们都发自我的肺腑。步履维艰的生活存在暗示人们,那些在我们的内心激起一圈圈的涟漪、波浪的生活是馈赠给以后的岁月去悠长回味的。当一种让人感到有点忧伤的生活就是我们正在经历的生活时,它就是你必须面对的生活内容。那么所有的忧伤都显得矫情,都好像是表演。可是生活的严肃性在于它不是演给别人的戏,而是我们必须去过的生活。

时间一分钟一分钟在默默地前行。从窗外望出去,山顶上那轮红得静穆的夕阳一点点地滑进了山后的云海里。

父亲说:"时间不早了,你赶紧回去吧!"我不知该对父亲再说些什么。

回去的路上,我又碰见了和父亲在一起修路的那个人。

"这是你上大学的儿子?"那个人问父亲。

父亲点点头。

他笑着看了看我,我也向他笑笑。

"娃呀,要好好念书哩!你看我和你大平时给人下的什么苦。"他对我说。来到煤矿上下苦的人每个人心里都装着一大堆的故事,我想这个和父亲在一起干活的人也一样。

"叔叔,你和我大平时要照顾好自己的身体,这儿的活重。"临走的时候我对父亲和那个人说。

"没事的,我和你大都好着哩!"那位大叔笑着对我说。

突然不知为什么,一股眼泪不由自主地从我的眼角流下来。我扭过头去,我不想让父亲他们看见。

"大,那我走了!"我对父亲说。

"那你快回去吧,时间也不早了。"父亲对我说。

我觉得自己带着满脑子的思绪回家去了。回家的路比来时漫长得多,也沉重得多。我觉得自己好像已经不是来时的那个自己了。

回到家里的时候,天已经完全黑下来了。屋子里的灯灭着。厨房里昏黄的电灯下,母亲正在和面,准备明天蒸馍。

因为秦腔……

从西安和二叔一起给父亲检查完病回来以后,二叔已经明确地告诉了我父亲的病情。我已经明白父亲的病情意味着什么了。关于父亲的病情我们谁也不敢告诉他,他也根本不会想到他的生命已经进入倒计时。从我能够记事的时候起,他就曾几次与死神擦肩而过,最终死里逃生。周围的人说,他大难不死,必有后福。虽然,以前他能一次次从各种各样的灾难中逃生,这一次却无法逃脱疾病的魔掌。这一点,只有二叔、母亲和我心里清楚。

意识到生命中的日子对于父亲来说已经所剩无几,我决心为父亲买一台彩色电视机,在家里安装上有线电视。这个想法一出现在我的脑海里,我觉得竟然是那么迫切,那么现实。买电视,是因为父亲喜欢看秦腔。

我家曾有过一台电视机。

在我上高二的时候,父亲曾为家里买过一台黑白电视机,但后来慢慢地因为周围的邻居们都安装了有线电视,我们家所使用的安装在院子外面的木杆上的电视天线已经不起作用了,后来干脆就看不成了。于是母亲就把那台黑白电视机和一些旧家具放在了隔壁的另一间屋子里,后来就干脆卖给了收旧家具的。当然卖不了多少钱。这谁都知道。

后来家里就没有电视了。

代替这台黑白电视的,是一台可以装在口袋里的红色的收音机。父亲爱听戏、看戏,于是就常常在广播上播放秦腔节目的时候打开收音机。然而那台收音机的接收效果并不好,常常发出吱吱啦啦的声音,就像沾有水滴的锅里的油烧热时发出的声音。但这种声音父亲似乎并不介意,他好像已经习惯了。

我们家对面住着开榨油铺的老冯,父亲闲下来时常去他那儿坐坐。每到周三晚上,省电视台有戏曲节目——《秦之声》专场。父亲爱看戏,于是在每周三的晚上,父亲都会去老冯那儿坐坐。说起来我还把老冯叫姑爷。几年前他的老伴去世了。除了榨油,老冯同时还兼做一些电焊之类的铁器活。老冯是个很随和的人。老冯的家在庙底乡冯家村,离频婆街并不远,但是属于与三水县相邻的漆县。要说庙底乡和频婆街的风俗习惯上的差异——或者说简直就没有差异——还远远没有频婆街和同属三水县的太谷街那么大。但是不管庙底乡离频婆街有多近,老冯都算不上土生的频婆街人。说大一点,老冯算是一个出门在外的人,尽管他出的这趟门骑自行车三十分钟就到了,骑摩托车十分钟就到了。说起来,老冯对于冯家村的熟悉程度可能还没有对频婆街熟悉,至少频婆街上西街这一片家家的情况他都比较熟悉。

出门在外做生意的人,都必须要会说话,都必须要会来事,否则你就吃不开,人们会说你这个人哈不行。"你这个人哈不行"好像成了频婆街上最近几年男女老少的流行语,或者说口头禅。有朋友之间见了面开玩笑这样说的,也有人在人背后这么说别人的。开玩笑说这话没事,如果有人在人背后说一个人哈不行,那么这个人也就真的完了。不管他觉得不觉得他完了,至少让旁边听到的人觉得这个人真完了。说这句话的人已经给这个人定性了,以后恐怕也不会和他打什么交道了。听的人恐怕也得注意注意了,否则对方为什么告诉你呀。许多人虽然都是根据自己的利害关系给别人说话,但是听的人常常顾不得分析这些,他觉得讲话的人也是站在他自己的立场上说话的。他还不知道到哪一天才知道自己错了。这需要时间来告诉他。老冯就是一个会说话,会来事的人。所以在邻居们的眼中,老冯是一个能人,是一个贤人,而且我也这么认为。有人说,会说话的人就是专挑你想听的话说,不会说话的人好像专门拣你不爱听,惹你生气的话说。不过会说话的人可能是专门的,不会说话的人未必就是专门的了。他要是专门挑你不喜欢的话说,那他就不会是一个不会说话的人了。不会说话的人只不过是看不来向的人。"看不来向"是频婆街上的人批评人时常说的一句话,就是看不来眼色,不识时务的意思。这句话让自尊心很强的人听起来像被骂娘一样难受,可能他一晚上会因为这一句话而睡不着觉。不过,"看不来向"的人虽然看不来向,但至少你跟他在一起会觉得安全,不用提防。世界上的聪明人未必喜欢聪明人,他会更喜欢不聪明的人,就像漂亮的女人未必喜欢漂亮的女人一样。

而老冯之所以喜欢和我的父亲来往,不是因为我的父亲像他一样能说会道,相反我的父亲则是一个不太爱说话的人,而且又是一个极老实的人。老实的人似乎都不爱说话,但不爱说话的未必都是老实人。我的父亲就是一个不爱说话的老实人。我的父亲之所以会常常去老冯的榨油铺那儿坐坐,是劳累了一天想歇息歇息,听周围的人说说话。老冯既然是一个能人、贤人,周围那些自诩为能人、贤人的人也就老爱往他那儿凑,似乎这样才不至于把自己的身份降低到像频婆村上的新貌富权父子那样的人。不过他们在一起的时候常常是下棋、打牌什么的。做生意的地方,除了做生意以外,还是一个新闻发布中心。在我们家周围这一块,频婆街上的新闻差不多都是从老冯这儿传出来的。

老冯已经不觉得自己是一个外乡人了。证据是,他不仅对于周围每家每户的情况了如指掌,而且还积极参与到大大小小的一些活动中来。这也是他作为能人的表现。比如谁家盖房上楼板了,他会和周围的几家一起合买一块玻璃牌匾、一串长长的鞭炮,到主人家去给人家贺喜;谁家儿子结婚女儿出嫁过事,他也和频婆村的男人女人、老婆娃娃一样掏上五块十块去给人家行情。当然,周围的人也没有把老冯当外人,前年他的小儿子结婚,虽然亲自去他家行情的人不多,但是大家都把情担上了,在老冯即将回家的时候一起送给他。频婆街虽然以土生土长的本地人为主,但却不排外。从小生长生活在频婆街的人能活,那么那些逃难的,被招上门来的,从安徽浙江来频婆街做生意的,都能被频婆街上的人接受,都能活,而且都活得不比频婆街本地人差。

老冯喜欢我父亲,是因为我父亲不和别人争,他觉得和我父亲在一起很安全。但是他的房子斜对面的潘根红也开一个榨油铺,还弄了几台磨面机、粉碎机等等一系列机器,虽然口口声声叫他姑父,但却恨不得立即将他从频婆街赶走。要我说,老冯和我父亲合得来,他就可以从我家得到一些便利条件。比如,他租的张三的房子很小,东西放不下时,他就可以放在我家院子里。他可以到我家来担水吃,尽管他一天或者两天也就用一两桶水。也就是一两桶水,有时他给我们钱,我们也不好意思要。我们一家人的面情总是那么软,不好意思接老冯递过来的钱。人说,人越穷越大方。我的父亲就是这样的人。所以我的六外婆常常说我的父亲是"穷大方"。但这似乎也不是什么见不得人的缺点。人越有钱越吝啬。听说,我的一个同学张林租频婆街上的一个人家的门面房开农药店,有时做饭用一下主人家的一个板凳,一天也要收五毛钱。

老冯也给我们方便。比如,我们去他那儿灌油,他一斤油卖的价钱会比街上的油价便宜一点。当然这一点他是要当面说给我们的。

父亲每次从老冯那儿看完《秦之声》后,总是在夜晚里一阵一阵的咳嗽声中回到家里的。那时母亲和妹妹已经入睡。

父亲是一个戏迷。在我的记忆中,他年轻的时候,曾经买过许许多多的戏本,就像我现在买书一样。后来当我以学习英语的名义买了一台录音机的时候,他则从街上买回来许许多多的戏曲磁带。只要一有空闲时间,他就在录音机里放上这些戏曲磁带,让录音机大声地唱,似乎只有这样他才快乐。他是真的爱听戏看戏的。每年的二月二,频婆街上唱戏,无论白天多忙晚上他都会去看戏。除了在频婆街上看戏,如果附近的南极、清水、庙底三个乡唱戏,他都去。有时他常常走着去,又走着回来。虽然他不曾当众唱过一句秦腔,但是他对秦腔的热爱绝对是毋庸置疑的。对于这一点,我常常感到很不解。

对于秦腔,毫无疑问我是受到父亲的影响的。后来我也开始在每周三晚上看《秦之声》。小时候每年二月二在频婆街上的戏园子跟着父亲母亲一块去看戏,那是为了趁机可以毫不讲理地让大人买点戏园子里的好吃的。到晚上戏快结束的时候,我早已睡了一觉,最后是被父亲和母亲叫醒回家。那么长大后自从在我上高二的时候父亲买了一台黑白电视机以后,寒暑假只要我在家里,每逢星期三晚上我也会和父亲一起看《秦之声》,那是真看。凭借字幕我可以知道每一场戏的具体内容是什么。我常常沉浸在秦腔唱腔的高亢哀婉,剧本语言的铿锵有力中。然而,电视中忽然插入的广告却仿佛突然破门而入的不速之客,我想父亲那时一定有着和我一样的感觉。我们父子俩那时看得的确都很投入。秦腔确实能够将人带入另一个世界。

戏如人生,人生如戏。父亲,还有母亲和频婆街上所有喜欢秦腔的人一样,他们用戏中的人物来看待生活。刚正不阿的包拯、忘恩负义的陈世美、含辛茹苦的三娘这些都是我从小就耳熟能详的人物。正是这些性格鲜明的人物形象在向我昭示着世间的真假、善恶和美丑。生活包罗万象,光怪陆离,但归纳起来,不就是围绕着这三者而发生的故事吗。

我对母亲说,我想给家里买一台电视。母亲知道父亲的病意味着什么。母亲说,那你就买上一台。母亲说,你大爱看电视,常常到人家老冯那儿去看电视。一到冬天晚上回来的时候,人没进院子,那一阵一阵的咳嗽声先进来了。为了看电视,你大常给人家老冯拉水。按辈分,父亲应该叫老冯姑夫,老冯算是长辈。父亲给老冯拉水,我想因为他实在是一个待人很宽厚的人。父亲当然还不至于就为了要在老冯那儿看会儿电视,所以才给老冯拉水。但是母亲这么一说,让我的心里一时很难受。

母亲还说,有一次斜对门的老李头从漆县买回来一台小电视,四百多块钱。然后跑到咱家来,对你大说:"买电视嘛!"口气里一种炫耀的味道。母亲说你大当时被说得一阵沉默。父亲本身就是一个话不多的人,而这种沉默却让人感到有着太多的味道。当我听到母亲的转述时,我的心里有一种说不出的滋味。老李头是那种喝碗玉米粥都要端在大街上人堆中喝的人。他说这样的话也用不着放到心里去。生活中,通过嘲弄别人从而来显摆自己的人到处都有,没什么奇怪的。我在古道市上学的时候,确实见过一个村子里的人吃饭时家家端个碗坐在自家大门墩上边吃饭边和邻居聊天的场景。因为两边房子中间的巷道很窄,所以他们边吃边聊。但频婆街上的人似乎没有这样的习惯,从来不会将饭碗端在大门外吃,因为大门外就是街道。老李头却将自己在大门外吃饭的习惯搬到频婆街上来了。也只有他一个人这样在人群中吃饭。说一句实在话,频婆街上的人之所以不愿意像老李头这样做,要么是因为吃得不好端出来吃怕人家笑话,要么是因为吃得太好端出来吃怕人说是给人显摆。老李头似乎不理解频婆街人的这种想法。他的老家在一个叫黑池的县,据说那个地方的人吃饭时就是端在大门外吃的。但他的大半生还是在频婆街度过的,只是他曾经在老家待过一段时间。他是在频婆街上娶妻生子的。

  我的这个想法很快就变成了现实。父亲终于不用再去老冯家看电视了,他可以坐在自己家的炕上按着遥控器看任何一个他想看的频道了。我常常想到父亲在家这样看电视的情景。然而,那个时候他还有多少心情看电视呢?因为,国庆节那次回家后我看到他从地里回来后坐在炕上时双手捧着低低垂下的头的情景。那时,他已经相当的疲倦了。那么一个从来不知疲倦的人竟然成了这个样子。我真有点想哭。

  但愿,在我离家的日子里,他不会每一天都是这个样子。

  后来,我常常想到一个问题,我买的那台彩色电视机,到底是安慰谁呢?安慰我自己吗?安慰父亲吗?可是,我终究没有觉得自己已经实现的这个愿望给自己的内心带来了多少安慰。即使家里有了这么一台父亲随时可以收看任何频道的电视,那又能怎么样呢?我买了这么一台电视机是为了让一生含辛茹苦的父亲在人生的最后阶段就像任何一个时日不多的人一样,让他吃好点,喝好点,精神好点。从而能够在别人面前说起父亲生命最后的日子时,自己尽了一个儿子的职责。因为一份表面的虚荣而逃避内心的愧疚吗?这又有什么意义呢?那么如果不是安慰自己,也不是安慰父亲,那么我买了这么一台电视机,是为了不再让父亲在每个星期三的夜晚在老冯家看完《秦之声》后咳嗽着从外面回到家里吗?父亲就可以不咳嗽,就可以不去帮老冯拉水了吗?是为了无声地回击老李头对父亲说的那句"买电视嘛!"时父亲沉默的屈辱吗?那句话难道不是一阵风吗?即使为了这些,也实现了这些,那又有什么意义呢?在死神所安排好的某一个日子里父亲不是一样还是离我们而去了吗?

....

父亲最终还是离我们而去了。我买的那一台彩色电视机静静地蹲在那张暗红色的方桌上。在那张暗红色的方桌上,也曾经蹲过十五年前父亲用装卸苹果箱子、化肥、瓷片等挣来的钱在腊月二十二给我们买来的那台黑白电视机。那台电视机曾给我带来多少的快乐和生活的平等感呀!而我轻而易举地买来的这台彩色电视机却为什么让我如此的落寞呢?

腊月二十八这个集日

农历腊月二十八,频婆街上一年当中的最后一个集日。

这一天,温暖的阳光里不时吹来一缕缕的寒风,仿佛春天就要到来了。地面上看不到一点点雪的痕迹。从今年入冬以来,频婆街的天空自从下了那一场薄薄的小雪以后,再也没有下过一场雪。

到这一天,父亲已经有十三天滴水未进了,每天只靠两瓶吊针的营养维持生命。过去我常常听人说,一个人七天不吃饭就会死去,我相信这绝对是真的。其实不要说七天,一个人就是一天不吃饭,也会因为饥肠辘辘而四肢无力。

父亲的生命已进入他人生的尾声,这是我们大家谁都明白的事情。他最终的离去已不是能因我们大家发自肺腑的愿望就可以停止下来的事情。我想着,此时父亲的生命大概就像一盏即将燃尽的油灯,现在他只是在燃烧残存在他体内的那点能量而已。当这些能量燃烧完了,父亲的生命就结束了。

小时候,关于死亡的话题既让人恐惧又让人觉得神秘。我所有关于死亡的观念都是从母亲那儿得来的,因为母亲经历了太多与亲人的死亡有关的事情。我曾经问母亲,人死的时候是什么样子的?母亲说,人死就像灯灭。一个生命最终的离去就像一盏油灯燃尽时最后升起的一股青烟一样。

只有死神知道这股青烟升起的时间。

父亲还在顽强地同死神抗争着。他虽然有十几天没有吃饭了,但他的思维一直很清醒。那些前来看望父亲的人都这样说。

屋子里、院子里很安静,安静得让人能够听见死神走在路上的声音。三叔、姨夫、舅舅都默默地坐在椅子上,母亲、雪萍阿姨、姑姑在隔壁的另一间房子里忙碌着。她们在准备着父亲去世后要在棺底铺盖的褥子。姑姑一边用针纳着褥子,一边用手抹着眼泪。这一切都是悄无声息的。

腊月二十八这个集日,人们至多只是来街上买一点零碎东西而已。其实几乎每户人家过年的肉和菜在二十五那个集上已经买好了。许多人家已经开始走亲戚送核桃了。

可是,今年,我们谁也没有心情去置办年货。我们知道很快就要过年了,但我们却没有心情想过年的事情。

置办年货这些事以前都是父亲去做的。

往年腊月二十五、二十八这两个集日里,父亲总会夹上一个蛇皮袋子,从街上一趟一趟地为我们买回来肉和菜,买回来烟酒糖茶。那时我和母亲总是抱怨,买那么多的东西要花多少钱呀,挣钱又是那么的不易。可他还是照样去买。父亲也许有他自己的理解。其实,也只有像在过年这样重大的节日里,他才会这样"奢侈"一回。平时,他和母亲都过着粗茶淡饭的日子。只有我和妹妹从学校回到家里,他才会去街上称回来一斤猪肉,然后让母亲给我们蒸一锅包子。

这一切去年还都是现实,今年却变成了我们的回忆。

然而今天,父亲的心里却依然没有忘记要买年货的事。

父亲对母亲说:"今年我给你们买不成年货了。你们自己去街上买吧!"父亲说这句话的时候,我不在他的身边,我是从街上回来后母亲告诉我的。母亲转述父亲这句话的时候,我的心里突然有一种想流泪的感觉。我能想象到父亲当时是以怎样沙哑的声音向母亲说这句话的,那时他说话已经十分艰难。母亲的转述,让人听到后更增添了父亲这句话所产生的悲凉感。母亲是一个曾经历了一个又一个的亲人不幸离世的人。她在转述父亲的这句话时,已经融入了因为她自己的经历而对父亲的这句话的理解。她的转述,也融入了我对于人的一生的想象。

对于生存、生活和生命的认知体会,我大部分都是从母亲那儿承接来的。

过了一会儿,母亲对我说:"你去街上买东西吧,不要让你大再操心了。"姑姑、雪萍阿姨、妗子她们也对我说。

我低声说:"好,我现在就去。"我想让躺在炕上的父亲放心,不要让他再操心年货的事了。

像父亲昔日一样,我拿起了一个蛇皮袋子出了门,朝街上走去。

当我走出屋子的时候,天突然变得阴沉沉的。不知什么时候,太阳已经躲进了云层中去了。慢慢地,我觉得大街上只剩下了我一个人,这个世界上只剩下了我一个人。所有的冷清、寂寞与孤独都向我袭来。

父亲走了,母亲也不见了,所有的人好像都隐藏起来了。这个世界上只剩下了我一个人。我成了一个孤儿,我要同这个世界上的一切明枪暗箭进行斗争。

好长一会儿,我茫然地走到了各种货摊前。我不知道自己该买什么。

我和卖菜的商贩讨价还价,我不想被他们欺骗,我也不想占他们的便宜。我觉得这仿佛是我在频婆街——我的故乡——第一次买东西一样,一切是那样的熟悉,一切又是那样的陌生。频婆街确实是我曾生活了二十年的故乡呀,可它却又是我离别了十多年的频婆街呀。十多年的时间,频婆街上的人和事发生了多么大的变化呀!我觉得我和频婆街上的一切已经变得彼此陌生起来,我们之间仿佛隔着一堵无形的而又无法穿越的墙。

其实,在我工作的那个城市,我几乎天天都要去附近的农贸市场买菜买馍,那是我每天的生活中不可分割的一部分。可是,今天,我却觉得仿佛是我第一次买东西一样。一切都是那么陌生,一切又都是那么生涩。

我不知道自己是花了多长的时间才将过年要用的肉和菜买回来的。

年货买回来了,父亲躺在炕上。白天对于他来说,病情好像能轻一点,他能静静地睡一会儿。晚上,则是他最痛苦的时候,躺下,起来,起来,躺下,其间间隔不到两三分钟。不要说他自己有多么的痛苦,就是我和母亲、妹妹在旁边扶着他起来、躺下都看得心里难过。可是,他从来没有喊过一声疼。作为他的儿子,我知道他所有的疼痛都在他的沉默里。

日子,从腊月二十八这个忧伤的集日开始了。

一个人病危的时候

一个人病危的时候,他的亲戚朋友们还有周围的邻居们,都一个个地来看望他。

一个老奶奶来看他,对他说了许许多多安慰的话。那个老奶奶的老伴几年前已经去世了。她的老伴是这个村上的一个医生,他给村上的男男女女老老少少都看过病。老奶奶说,那些年他们家很忙,他们家地里的庄稼没有人管,是这个人常常去帮他们锄地里的草。

一个和他年龄差不多的中年人来看他。中年人一边拉着他的手,一边将溜下去的被子给他往上拉了拉,然后默默地坐在一边。他用嘶哑的声音让他的孩子给中年人倒水取烟。中年人连忙示意挡住了要去倒水取烟的孩子。当年他们两人一起在砖瓦厂干活。那一年,中年人开照相馆的儿子患了不治之症。他曾和妻子一块去看中年人的儿子,回来后说中年人的儿子脚肿得已经不成样子。后来,中年人就变得沉默寡言起来,见了人以后,人们问他,他一句话也不说。像他这样中年丧子的人,村里还有好几个。

一个青年小伙子来看他。临走的时候,小伙子塞给他儿子五百元钱。小伙子说:"你先把这些钱拿上,有需要钱的地方你吭声。"他儿子说:"谢谢你!"那个小伙子做生意,租了他们家的一间房子,这是小伙子预支的房租。

一个老婆婆在旁边安慰着他,看到这个可怜的人,她禁不住流下了眼泪。老婆婆的眼泪让人们都很难过,可是没有人敢把眼泪流出来。他看着老婆婆的眼泪,默默地一句话也不说。他一点力气也没有了。老婆婆走后,他声音沙哑地对他的妻子和孩子们说:"王婆婆流泪了,看来我不行了。"他的妻子安慰他说:"你别胡思乱想,你知道王婆婆本身就是一个爱流眼泪的人。"

一个比他年龄大一点的邻居也过来看望他。来的时候,邻居还带了一包奶粉。邻居问他得了什么病。其实没有人告诉他病情,只是在安慰他他的病很快就会好起来的。他也相信自己的病很快就会好起来的。他用嘶哑的声音告诉这个邻居自己感到呼吸已经很困难。邻居仿佛恍然大悟地对他说:"原来你得的病和北街张三当年得的病一样。"人们都知道,张三当年得了这种病,坚持了不到四个月就去世了。他也知道当年张三的病。听到这句话后,他精神好像一下子不对了。

两天后,在大年初一的下午,他终于离开了这个让他一生艰辛的世界。他一生从来没有哭过,但是那时他的眼角却流出了几滴晶莹的泪珠。

父亲的离去

父亲去世了。

在我的生命中,这是祖父去世十六年后,我最亲近的一位亲人的去世。

关于死亡问题,过去我曾想象、思考过许多次。想过别人,也想过自己,但仅仅是在想而已。少年不识愁滋味。父亲的去世让我觉得死亡离我是如此的近,如此的醒目。

祖父去世时,我刚离开父母去县城上高中,那是我第一次离家远行。虽然已经懂事,但对于世事的艰难、人生的坎坷这一类的话题似乎还仅仅只是一种来自别人的叹息。那时,祖父的辞世所带给我的孤寂感,让我在陌生的县城里显得更加的孤寂。

十六年过去了。这是离家的十六年,也是体验外面世界的十六年。其间也有酸甜苦辣,悲欢离合。虽然没有遭遇多少重大的人间悲苦,但也在每一个平淡的日子里品尝着舐舔着生活里种种的痛苦与烦闷。

去年9月得知父亲生病的消息后回家探望并和二叔一起带父亲去西安做进一步的检查。从医生的告知中虽然也有着一定的心理准备,但总想象着那是某一天的事情,那是一个我总希望能够往后无限推迟的日子。

然而，这一天竟然就在上次回家带父亲去医院检查完整整四个月后来临了。我天真的想象终于被死神要求停止了下来。

时间是农历的正月初一，春节，一个欢乐祥和、万家团聚的日子。

有福人生在初一，无福人走在初一。父亲去世后，许多人都这样说。

父亲一生的确没有享过一天福。那些吃苦受累的日子不说，其间三次死里逃生，三次手脚致伤。最后一次受伤是在三年前，他的右手在那一次残疾了，再也不能拿起工具了。可他依然去地里干一些力所能及的活。他似乎无法让自己闲下来。这一方面是家里的条件不允许，另一方面也许还是他的宿命吧！

父亲一天天苍老下去。我一天天在努力地寻找着关于我们家庭的希望。亲戚朋友说，现在家里的条件慢慢变好了，本可以享福了，人却走了。

父亲带着我们的遗憾离开了这个他终生艰难抗争的世界。是否每一个人的人生最后都会留下太多的遗憾！？

过去，听到一句话说"子欲养而亲不待"，大概没有比这更能表达作为儿子的我此刻的心情的了。在这个世界上，还有什么比当你将要和自己的亲人一起分享生活的快乐的时候，那些你最亲爱的人却已不在你的身边更让你失落的事情呢？四个月的时间，父亲和我们已经阴阳两隔。对我来说，这仿佛就是一场噩梦。生命啊，你为什么如此决绝？时间啊，你为什么如此无情？你把父亲带到另一个世界，也把我们带到悲伤的深渊。

父亲的去世，是一件令人万分悲痛的事情。每一个生命的凋谢,都是一件让人惋惜的事情。父亲的去世,之所以让人万分悲痛,是因为父亲年仅五十七岁,而上面还有七十七岁的祖母。我失去了自己的父亲,祖母则失去了自己的儿子。白发人送黑发人。在这个世界上,还有比这更令人悲伤的送别吗?前来送葬的亲戚们安慰我说,孩子,不要难过。是因为前面还有你的奶奶,又因为你这几年一直上学,不然的话,你爸爸早都抱上孙子了。他的人生也算圆满了。可是父亲的人生毕竟没有圆满。父亲没有了向祖母养老送终的机会,也没有了享受天伦之乐的机会。这是他的宿命吗?当我有了自己的孩子,我的孩子却没有了他(她)的爷爷。他(她)的童年,不也留下了一种缺憾吗?

父亲的去世,最可怜的是年幼的妹妹。在她的生命当中,这是第一次经历自己的亲人离去。她能承受吗?也许她现在感受到的只是一种悲伤。而随着时间的流逝,这种悲伤则会慢慢衍变成一种精神上的孤独。我知道任何一位失去亲人的人都会学着坚强起来的,她也不会例外。可是从此她对这个世界的感受和那些父母健在的孩子会一样吗?

父亲从来没有流过泪,但是在生命的最后一刻他却流泪了。我用手帕轻轻擦掉他眼角的泪水。他已说不出话。只有泪水诠释着他对一切的眷恋与不舍。他不想离开这个世界,我们每个人都不愿他离开这个世界,哪怕这个世界每天都是粗茶淡饭的日子。可是死神同意吗?看着他眼角的泪水,我只有泪流满面。

姨母说:"从此,你大的名字人们就叫得少了,人们以后说起你的家,就会叫你的名字,说是去你的家。"父亲走了,也带走了人们所有的记忆。父亲去世了。父亲的生命画上了一个句

号。一生,这个抽象的词,从此在我对父亲的记忆里变得如此的真实而且沉重,沉重得让人不想在它和父亲之间画上等号。

  一直以来,我总是在想象着、观察着和思考着别人的死亡。在我曾经工作的学校的前边,就是一个吊唁大厅,经常在那里举行工厂里去世的老职工的遗体告别仪式。顺着我现在居住的学校前方的那条路上去不远,就是我所在的城市的殡仪馆。每天清晨我总能听到噼噼啪啪的鞭炮声,每天上班时我总能看到路边人们所抛撒的纸钱。这都是一些与我素不相识的人们的辞世,我只能在心中为这样一个个的生命祈祷。现在,父亲的去世,使得死亡变得离我是如此之近。所有与死亡有关的事情,对我来说已经不再是一种恐惧,而是我需要用心去面对的事情。既然我们在人们的欢呼声中来到了这个世界,那么我们也应该在人们的悲伤中体面而有尊严地离开这个世界,从而圆满地完成我们每个生命仅有的这一次世界旅行。

  按照频婆街上的风俗习惯,每一年除夕的傍晚我们都要上坟给去世的亲人烧纸,每一年元宵节的傍晚我们也都要上坟给去世的亲人"发灯",这是雷打不动的事情。我的祖父在世的时候,他总催促着我的父亲和几个叔叔去给帮祖父成家立业的那位我没有见过的大爷上坟烧纸"发灯"。我的祖父去世后,每年我的父亲,我的三个叔叔,还有我和我的三个堂弟就去给我的大爷和我的爷爷上坟烧纸"发灯"。十六年了,远在我们村和另一个村交界处的公坟里,安息着我的两位亲人。父亲也安葬在我们村的公坟里。

  我的两位爷爷他们的坟墓在路的右边。从新世纪开始,那边已经没有地方了,就开始在路的左边开辟坟地。在我们生活的这个世界上每时每刻都有新的生命在诞生,也有许许多多的生命离开这个世界。短短不到十年的时间，这边的坟地已经隆起了几十座坟。父亲的坟也快靠路边了。

村里的公坟里添上了父亲的新坟。坟上竖着的花圈，坟头插起的孝棍，坟前垒起的砖台都诉说着逝去的父亲与我们，与这个世界的故事。它不仅仅是隆起的一个坟堆，而且是联系父亲和我们的一份纪念。

从此，心里想着那座坟。无论春光明媚，还是寒风料峭。

今天，我又路过那家饭馆

如今，我又从千里之外的奎屯回到了让我熟悉而又陌生的彬县县城。小时候，彬县县城是一个多么让我神往的地方啊！包括彬县县城里的人和物。如今，彬县县城却成为我每一次回家和离家时的必经之地。

今天，我路过了我和您曾经在一起吃饭的那家饭馆。那是一家极其普通甚至有点破旧的饭馆。但它对于我来说，却具有特别的意义。现在，曾经坐在一起吃饭的我们父子之间却已经阴阳两隔。我知道，那家饭馆已经并将永远成为我终生都无法抹掉的记忆。我常常幻想，如果您还在，我多想和您一起再吃一回这儿的羊肉泡馍。小时候，您带我去彬县，去彬县的饭馆里吃饭。现在，该我带您在彬县和其他地方的饭馆里吃饭了。

尽管我的愿望是如此简单，就是还想和您吃顿饭。可是这个愿望却永远也无法实现了。这一点，我心里很清楚。

那是我长这么大以来和您在外单独坐下来吃的第一次也是最后一次饭。我们在彬县县城下车以后，那时已经过了家里吃饭的时间，我想我们就在外面吃一顿饭吧。我知道，您从来舍不得一个人在外面花钱吃饭。那时只有我心里明白这一顿饭对于我和您之间意味着什么。只有我知道这可能是从那时起我和您坐在一起吃的为数不会很多的几次饭了。因为我现在工作的地方和您之间隔着千山万水。虽然在西安检查的结果还没有出来,但您因为体力不支一个人到县医院检查的结果已经让我从母亲的叙述里感到了一丝的不妙。而且像您这样的病情街上就有先例,而前面的几个人的生命最终也没有维持多长时间。

吃饭时,我竭力装作没事的样子。我知道自己本来就是一个多愁善感的人,那时我对于自己的这种性格是多么的讨厌!那时您以为自己的病很快就会好起来的,想起这一点我的心里总有一种想流泪的感觉。可是那种说不上哪一天就会接到从家里打来关于您已病危的电话的恐惧总在我的心头挥之不去。我只希望这一天能够无限期地向后推移,推移到一个我永远望不到尽头的日子。其实,无情的病魔只是和我们大家虚幻的愿望进行着时间的赛跑而已。

我为我们两人一人要了一碗羊肉泡馍。在平时,如果让我吃一碗这样的泡馍我总觉得有点奢侈。可是,现在我觉得节省多少钱对于我来说已经没有多少意义了。一碗羊肉汤,四个烧饼。您只吃了两个,其余的两个您让给了我。听母亲说您每顿饭就吃那么稀稀的一碗面、一个馒头。在这个饭馆里,您依然用这种最无言的方式传递着对我的爱。就像每一次从外面回来您掏给我和妹妹别人给您而您舍不得吃的几个鲜红的橘子一样。可是那时,我多么希望您能吃掉那四个烧饼呀!

您一生粗茶淡饭,可是终生却干着最繁重的体力活。虽然在我离开您的身边以前,每一天我们都在一起吃饭,无论是冬天热炕上的饭盘边,还是夏天房子中间的桌子边。这样的日子就像一天天复印出来的一样,在那样的生命阶段,我总无法理解那到底有什么意义。吃饭时,我既感受着您的慈爱,也领教着您的怨愤；我既接受着您的家教，也表达着对您的不满。

现在想起来，那么多和您在一起的日子都被我自以为是地挥霍着。在我的眼中，生活是那样的沉默。那时，我只想去一个自己想去的地方，在一个陌生的地方过一种想象中浪漫的生活。

也就在这样的想象中，我一天天长大，您也一天天在生活的艰辛中变得益发瘦削。

经过几年的努力，终于，我离开了我们这个整天让人唉声叹气的家。我发誓以后再也不过像您那样艰辛的人生，我也想让您过上在别人面前能够直起腰杆的生活。

从此以后我在为这样的理想而奋斗着。

回想起来，我真不知道自己是怎么被岁月一步步推动着竟然离开了那个我从小长大的家，从此开始了工作，也开始建立属于我自己的家。一切就像做梦一样，可是一切都是真的。就是在这似梦非梦的生活里，这时我才发现，从此以后见上您一面竟然变得那么的不易；这时我也才发现，昔日您的那些对于生存的慨叹竟然也神奇地在我的心中复活。这是生活的辩证法吗？我想，一定是的。过去，因为我的自以为是而对您不能理解的地方太多太多。记得每次回到家里看见您时，几句简单的话之后，剩下的便是我们彼此之间的沉默。我忙我的那些您觉得没有多少意义的事情，您做您的那些在我看来令我为您难过的事情。您向来就是一个沉默的人，也许子随父性吧！只是，每一次的见面都让我感到您真的苍老了，而您又是以这样苍老的身躯去承受生活的柴米油盐，去支撑起我们这个家庭。这对于您已经相当不易了。可是这是生活的铁律，每一个人都必须面对。其实，像您这样的年龄，是不应该如此苍老的，是应该开始含饴弄孙,安享生活的年龄。可是,生活却让您走到了如此让我内疚的尽头。其实,这不是生活的错,是我的错。我总告诉自己不想再重复您这样尝尽了人生所有苦头的道路。可是我却至今也没有给您带来什么荣耀,也没有给您带来安闲舒适的生活。而那所谓的荣耀,就是别人知道您有一个上过研究生的儿子。可是,在金钱具有支配性地位的现实生活面前,那些抽象的荣耀又能怎么样呢?尽管您常常对我的选择并不满意,可是您最终还是默默承受。因为您知道我是您的儿子。从离开您的身边起,我们仿佛已经生活在两个不同的世界里。其实,我所渴望用来改变您的生活的那个世界又是让人感到如此茫然。我甚至怀疑自己到底最终会为您带来什么?可是我却又无法让自己停下来。

我常想,您已经干了别人几辈子都不会干的苦活和累活,您应该好好休息休息了,这是您的权利。每一个人都有休息的权利。现在该是我回报您的时候了。虽然我还无法让您过上像别人那样安闲舒适的生活,但是您应该过上我应该能让您过上的生活。

然而病魔并不理会我的心愿。仅仅在离我们那次吃饭四个月后,您就走了。您的离去就像一场梦。可是它并不是一场梦。您真的走了。您是含泪走的。我对您的留恋就像您对生命的留恋一样。我永远忘不了临终时您眼角那一颗颗晶莹的泪珠。在我的心目中,您是一个从来不曾留过泪的人。

您的身后,只留下了这个世界。关于您的一切,都永远地离我远去了。我知道,从此一切都变成了我生命中的记忆。这些记忆将成为我整个生命的一部分。

今天,我是多么想和您坐下来吃顿饭,可是这已变成一个我今生今世再也无法实现的愿望。因为，我们已经阴阳两隔。世界上有许多事情可以商量，也有许多事情根本就不容商量。这就是生活的残酷之处。面对这种残酷的生活现实，人只能无奈地摇头。

我只有想：这一生，我们成为父子；如果还有下一世的话，我们依然还是父子。

永生永世，我们都是父子。

家住医院旁

对于我们家那些住在乡村的亲戚们来说，当他们说起我们一家时，总是叫我们"街上人"。"街上人"这种叫法仿佛成了一个专用名词，就像农村人嘴里的"城里人"的叫法一样。不过说句实在话，作为从小就住在大街边的人，我似乎对于作为一个街上人并没有感到多么自豪。这一点也许同样就像那些从小生长生活在城市的人对"城市人"这个称呼未必感到多么自豪一样。我想这其中的原因，大概很重要的一点是因为我们家"贫在大街无人问"的缘故吧！

在我想来，亲戚们所谓"街上"的含义，就是离一个乡镇所驻扎的各种单位比较近，而且每逢农历一四七、二五八或者三六九逢集的日子或者其他的日子里，买一些诸如柴米油盐这样的日常生活用品的时候不需要跑太远的路，买东西也比较方便一些，同时对于所有发生在街上的事比乡村的人知道得早一点而已。除此之外，我好像看不到还有什么好处。

说起在街上的各种单位，比如镇政府、法庭、税务所、派出所、敬老院、供销社等，这些名称我很小的时候就耳熟能详，虽然那时我并不知道它们到底是怎么一回事。这一点见识想来确实要感谢住在街上的缘故。

我的家原来住在一条叫作百子斜的曲曲折折、坑坑洼洼的

胡同里,后来搬到了频婆街东西向的那条大街的西边以后,就住在了离频婆医院不远的斜对面,紧挨着医院的还有频婆粮站、频婆街中心小学、频婆中学。

　　算起来,我们家住在这条大街边已经有二十多年的历史了。这二十多年里,频婆街上发生了不大不小的变化。比如我的第二个母校频婆街中心小学已经搬到街的北面去了,那里已经成为全镇的中心,而原址却差不多成了一片废墟,只是临街盖起了一排商住两用的两层楼房;频婆粮站似乎因为国家结束了农民交售公粮的历史后,再也没有了二十多年前六七月里人们排着长队等待验收公粮的壮观场面,显得落魄了许多。而不变的是频婆医院和频婆中学还在原来的地方。频婆中学——我的第三个母校——对我来说已经越来越陌生了。而频婆医院,却似乎变得越来越现代了,每天都是人来人往,车来车去。这一点似乎也不难理解,人什么时候能离开医院呢!

　　住在医院的旁边这么多年,总有许多与医院有关的人和事发生在我的生活中,也留在了我的记忆中。

　　说起来,对于幸福——尽管这种幸福肤浅得要命——的感觉、认识、想象,似乎就是从我们家前面的频婆医院、粮站和学校开始的。记得我小学一二年级的同学中,有一些人就是医院、粮站和学校的孩子。在我那时的认识中,我知道了他们的父母都是每周在固定的时间里上"班"的,而我的父母是差不多天天都上"地"的。虽然仅仅一字之差,可是我们生活的世界却有天壤之别。这种区别首先就体现在我们背的书包上。他们的书包,是从商店买来的双肩挎的那种书包,而像我这样的父母上地的孩子的书包则是母亲晚上在煤油灯下用平时裁剪衣服时剩下的碎布片做成的,是挎在肩膀的一侧的那种书包。两种书包的样式，代表着两种不同的生活世界。两个世界之间无论在现实中还是想象中都不可逾越。至于他们回家后，家庭的温馨场面，虽然我没见过，但肯定不是像我们家这样里里外外都是地里的泥土味可以相比的。以我那时的理解，似乎还想象不来我的这些有着上班的父母的同学家里的烦恼与忧愁。他们的生活仿佛只有"幸福"与"温馨"两个词可以形容。

我的这些同学们的"幸福"生活让我羡慕了十多年。

也许是因为我的父亲天天出门，和医院的医生因为经常碰面从而成为熟人的缘故吧。记得有一次，可能是医院里要进行一次集体劳动吧，有一位个子很高穿着白色工作服，气质优雅的医生到我们家来借一把铁锨，父亲很热情地把铁锨借给了这位医生。现在看来，这是一件多么不足挂齿的小事啊。可在当时却因为这样一件小事，竟然让我认识到，原来我们需要医院里的医生开出的医药针剂，而医院也需要我们每天所使用的铁锨镢头。

后来，随着时间的流逝，过去那种幼稚的想法在我的生活中再也站不住脚了。

家住医院旁，所以经常能够看见许许多多的人从我家门前经过。得了稍微大一点的病，村里的诊所看不了的，那些病人也就到频婆医院来看了。说起来，频婆街医院是频婆塬上三个乡镇当中历史比较悠久，规模也比较"宏大"的医院。所以这三个乡镇的人常常会来频婆街医院看病。有病人自己走着来的，也有家里的男人骑着自行车带着病人来的，还有拉着架子车来的，再有气势一点的，就是开着四轮拖拉机来的，车上坐满了大人小孩远亲近邻。现在骑着摩托车或者坐着出租车来的也早已平常不过了。而在这些来医院看病的交通方式中，最令人一时变得紧张起来的还是那种拉着架子车来，而且车子后边跟了一群小孩子的。这样的病人，常常是突然出了什么事故或者喝了农药什么的，需要紧急抢救的。看热闹是中国人的天性，这种天性似乎在小孩子时代就已经开始培养了。小孩子似乎有足够的兴趣和精力看着病人被拉进医院又被拉出医院。而那时令我感到极端恐惧的是，有时是在白天待在屋子里时，有时是在晚上睡觉时，突然从外面传来一阵阵撕心裂肺的号哭声。听到这种号哭声，我们大家立刻就都明白了，肯定有人在医院里因为抢救无效而去世了。那号哭声是在告诉周围的人们，他们的家属正在把去世的人拉回家里去。在我的记忆中，听到这样的号哭声已经不知道有多少次了。听人说医院里的医生天天都会面对死亡，所以他们对于死亡的事情早已司空见惯。但对于家住医院旁的我来说，每一次听见这号哭声，对于死亡的问题总能在心里占据几天，总能没长没短地向母亲问起与死亡有关的许多问题。对于那时的我来说，与死亡有关的一切既让人恐惧，也让人好奇。这真的很奇怪。家住在医院旁，因为这号哭声，也让我早早地熟悉了死亡的感觉。

　　说起在医院旁住的人家，需要说一说张新貌。不知道他的名字是不是这样的两个字。如果真是这样的两个字，那真有点反讽的意味了。因为他的一切没有什么新貌可言。家住医院旁边的人家当然很多，但似乎没有一家人像张新貌家那样可怜。张新貌家估计是频婆街上最可怜的人家之一了。张新貌现在的妻子是一个盲人，但可以自己摸着做饭补衣服，而且总是那么的健谈。我的母亲和周围的大妈大婶们都喜欢去她家的土炕上坐上一阵子，和她说上一阵子话。富权，是随他妈一起来到张新貌家的。听频婆村里的大人们说，富权在小学读书时学习成绩非常好，可是因为家里穷，小学毕业后就回家务农了。富权的媳妇到头来没有为富权留下一个子女，后来跟富权离婚了。在我小时候的记忆中，张新貌的大女儿因为痴呆，每天从家里跑出来，总是在路边站着不停地转圈而引得一群不分好坏的孩子拿她取乐。十几年前她嫁给了三水县马栏山里的一户人家，听说她几年前已经去世了，倒是留下了一个可爱的儿子。天怜苦命人。可是老天却把这样不幸的命运都集中安排在了这个家庭。张新貌说起话来有点咬舌，不过他倒也不是一个多么悲观的人。也许他对自己的命运早已麻木，也许他早已习惯了自己的生活。频婆村里许多和他年龄不相上下家里过得比他家好得多得多的女人却喜欢和他开玩笑，竟然给他取了个外号叫"张书记"。也许他以前当过频婆村的书记。可是此一时，彼一时也。只是现在听来，这个外号对他来说，实在有点滑稽。因为他和书记无论哪一方面一点点的边都沾不上。女人们跟他开玩笑，他似乎也不介意这样的玩笑，甚至显得心理上有点满足的样子。只是凭良心说，只要知道张新貌的人没有一个人不觉得他是一个很可怜很令人同情的人。自然，村里每年各级各类的照顾补贴都少不了他。可是，这些对他们家来说永远都是杯水车薪。当然，当人们遇到许许多多能够出点力气挣点零花钱的事情时都会想到他。和我的父亲一样，诸如装卸苹果车、水泥车、面粉车、瓷砖车这样的活他都干过。不过除了这些活以外，一些其他人不愿去干的挣钱的活他也干过。既然住在医院旁边，成天低头不见抬头见，医院里的那些医生护士们也就知道了医院跟前这个叫张新貌的人，也多多少少都知道了他的家境。于是医院里一些没人愿意干的活也就想起了他。医院里常常有去世了的人需要有人照看，于是家属就托医院里的医生护士介绍一个人,一晚上给上一百块钱。这是在许多人看来虽然划算却也令人感到害怕和晦气的事情。就是频婆街上一些爱钱如命的人也不愿意去干这划算却晦气的活。可是张新貌他愿意。无非就是照看一个死了的人嘛!人死了不就像睡着了一样嘛。他似乎并不介意这种令人害怕和晦气的活。说起来,张新貌看护死人的事已经不是一回两回了,这种事情在频婆街上的人们听来也已经不是什么值得大惊小怪的新闻了。张新貌只是坦然地接受了,并默默地做着这些事情而已。每个人都有命运要求他的生活方式。看护死人,也许这也是命运安排给张新貌的生活方式。对于频婆医院来说,他们以这样的方式帮助着张新貌,就像他们让张新貌看管着医院里面的厕所,并且把厕所里的大粪运到张新貌自己家的地里,然后在逢年过节的时候发给他一桶油、一袋米一样。

想起来,如果住院是一个公式,那么这个公式应该可以表示为:住院=家庭条件+社会地位+疲劳奔波+人情冷暖。谁能否认这个公式呢?家住医院旁,在家门口常常会碰上去医院的熟人。一说起来才知道原来是他们家里的哪个人病了,这几天正在住院。住院带给病人和家人的痛苦和烦恼只有大人心里清楚,所以没有哪个大人喜欢住院。小孩子不明白住院真正意味着什么,他们根本想象不来病人所承受的肉体上和精神上的痛苦,他们的家人所承受的精力上的消耗、精神上的折磨和经济上的压力。对于小孩子来说,住院好像是一个很幸福的动词。他们更多想到的是家里的人送来或者买来的美味佳肴,来医院探望病人的亲戚朋友带来的水果糕点。小孩子想任何事情都想得那么乐观,这一点大人就有所不及了。也许多年过去以后,生活终于让当年想象着住院的幸福的小孩子明白了住院到底意味着什么,他们终于不再想象住院的幸福了。想来,他们当时只是少年不识愁滋味,只因未涉世深处。那时的我,就是这样的一个小孩子吧!

　…………

　　家住医院旁,医院的故事,医院旁的人生。

对面岁月的梦走过来

我常常做岁月对面的童年时的梦。梦见小时候在频婆村里人们碾麦的那个场里,在一堆一堆的麦秸垛里,一只一只的母鸡不知什么时候在大地上一路签着名走了,留下了一个一个的鸡蛋。鸡蛋的颜色是那种温暖的麦粒色,摸上去似乎还带着母鸡身上的体温。对于梦里的我来说,则是尽情地收着那一个一个的鸡蛋。

有时,除了一个一个的鸡蛋,我还梦见有一角、五角的钱——好像一直没有一块的——撒满了一路。对于我来说,同样是尽情地捡啊捡啊!对于钱,一个人似乎从很小的时候就培养起对于它的兴趣了。

这是我做过的最幸福最美丽的梦之一。在这样的梦里,我常常有一种满载而归的感觉。

醒来后,我发现这只不过是一场梦而已,但却常常让我能想一整天。后来,我从书上或网上又看到了一些与鸡蛋有关的摄影作品。草堆上面的鸡蛋都是彩色的,是那么美丽和谐的色彩!我是多么喜欢这些照片啊!它们是梦一样的照片。

除了梦中的梦,现实中的生活也能给我带来梦一样的感觉。我们家的邻居刘满囤,他的爹还没有去世,他的娘还没有改嫁的时候,他家有一棵高大的核桃树。核桃树不仅远远高于那时的我,也高于他家那时的墙。所以也就得让像我一样的小孩子抬头遮着眼睛仰望了。那棵核桃树越过了他们家高高的长满了苔藓的斑驳的土墙,伸到了墙的这边来。墙的那边是他家的世界,我没有去过他家,我不清楚。墙的这边是另一个世界。这个世界我知道,我去过。这是一个大院子,后面是两孔不知人们什么时候挖的土窑洞,好像是频婆村里的饲养室吧!前面是频婆村里的几间大房。那几间大房真大呀。也许当时只有频婆村才能拥有这样的集体房产。它好像是频婆村的标志性建筑。大房有几间里面曾经存放过频婆村里的公粮,比如玉米呀、小麦呀、高粱呀什么的。记得我的父亲曾经当过这里的粮食保管员。若干年后,我一直想我的父亲之所以能够担任这个职务,也许是因为他的老实吧!

　　后来,这里又成了频婆村初级小学的教室,我的小学一年级的最初几个月就是在这儿度过的。那时我并不喜欢上学,上学的快乐远远不如逃学的快乐。但很快频婆村小学就搬到村里新盖的地方去了。那是一所新学校,据说在盖学校的教室的时候,曾经挖出了一口已经有点腐朽的棺材。也许这里曾是一座古墓吧!这让当年我们的启蒙老师秦老师在夜里睡觉的时候有点害怕,因为他的房子就挨着那面土墙。但白天里一群群懵懂的小学生的欢呼雀跃却让这里充满了生机和欢乐。还有一座万人坑,这是我后来听我的妈妈说的,但好像与抗日战争无关。只是我没有见过。

　　再后来,那几间大房,一间成了村里存放杂物的地方,也是一个令人想从窗子里望进去看一看,而又有些害怕的地方。原因是里面放着几副做成的棺材,原木色的。也不知道是谁放的,当然我也更不知道谁最后睡了这几副棺材。那时频婆村里去世的老人们似乎离我们还非常遥远,他们是一些不知从哪个年代活下来的很老很老的老人。对于我来说自然也没有在他们入土的时候像大人一样扛着铁锨去给他们隆坟的机会。大房里还有一间成了我们家磨面的地方。这是我们家历史上的一段辉煌时期。在那段时间里我好像一个少爷一样,被来这里磨面的人们夸奖着,说我长得有多乖,不像某某人家的孩子那么淘气。后来我知道这样的话人们也在其他的有着大人在跟前的小孩面前说。大房里的另外三间后来先是出租给了魏洛村的第五德存,他们一家在那里开了一个磨面的作坊。后来又租给了冯家村的老冯,老冯做的是焊接方面的手艺。第五德存一家是拖家带口,也算是从乡里来到频婆街上创业吧!真让人佩服他们一家能够吃苦的精神。同第五德存相比,老冯是一个能工巧匠,人很和气,所以他在那里聚集了很多的人气。许多有事没事的人在茶余饭后都喜欢去他那儿下棋、谝闲传。而老冯也因和气赚了很多的钱。

就是频婆村大房后面这么大的一个地方,是我很爱去的一个地方。我之所以爱去这个地方,是因为当刘满囤家的核桃快成熟的时候,我会和我的表弟云龙在一个长长的竹竿上绑上一个铁丝圈去套核桃。常常是我拿着竹竿套,他在下面拾。或者当夏天的一场暴风雨来临之后,土墙的下面就会落下许许多多的留着青皮的核桃。虽然它们已经在地上被摔得体无完肤,捡起来的时候,我们的手上也会留下一层回家后怎么洗也洗不掉的绿汁,但这时我们总喜欢去拾核桃。因为这让我们有一种大获全胜的感觉。刘满囤的娘是一个慈眉善目的人,她不会计较这些,我们似乎也不害怕她的到来。因为我们的策略是,当她到来的时候,我们拔腿就跑!至多让她骂我们一句:"你们这些馋猫就等不到核桃熟了吗?"

那个时候我上小学一年级。虽然我从小都是一个不太怎么贪玩的孩子,但小时候的这些活动还是令我着迷。我对于从土墙下捡核桃的兴趣还是远远大于我的书包里的那些课本的兴趣。

小学三四年级的时候,暑假里我常常会在我的姨家待上很长一段时间——简直可以说就是度过一个暑假。在那段时间里,和我一起玩耍的是老六——在我那时的眼里,他是他们村上一个财主一样的传奇人物——以及和我差不多同岁的小龙。我们一起下河沟的水潭里游泳,一起在土崖下的树上打枣,一起在艳阳高照的中午在麦场里烤麻雀。那些在大人的眼里看来没多少意思的事情,在我们小孩子的眼里却有那么大的诱惑!真的有那么大诱惑。

后来,对于这些事情我就不怎么感兴趣了。我不知道我是怎样一天天对这些事情变得不感兴趣的,也许这说明我已经不由自主地长大了!所谓长大,就是一不留神我们就被岁月偷走了我们童年的梦。

只是,我常常想起小时候的这些梦里的故事,以及梦外的故事。

长长的童年,对于一个人来说,可能就是一个长长的梦。为什么在一个小孩子的眼里,一切都是那样的趣味盎然?后来我想,也许是因为小孩子的身上有一种神力,他能赋予这个世界的每一处地方无穷的吸引力。

可是随着一个小孩子的一天天长大,这种神力在他的身上也渐渐退去。世界变得狰狞多了,也无趣极了。这真是人一生无法挽回的悲哀!于是,也许当一个人长大的时候,他就剩下了回忆,对于童年无尽的回忆。

　　我想写的童年,就是一个具有神性的童年和从这个童年里放飞的梦。

物

废墟

不知什么时候,这栋六层高的楼房里没有了一个人影。它已经被铲车推倒,变成一座庞大的废墟。这座废墟仿佛讲述着一个久远的故事。在废墟前的大街上,依然是熙熙攘攘的人群和来来往往的车流。这里是闹市区。各种各样的人和各种各样的车仿佛发源于某一个僻静的角落的一条河流。喧嚣,却也有条不紊地流过它们所经过的每一个地方。在每天上下班的时间,是这条河流最为雄壮的时候。它常常会涌湿两边干燥的地方,在其他的时间,这些地方好不容易能够被晾干一会儿。

突然有一阵黄色的夹杂着黄土味道的寒风吹来,那扇土黄色的门便开始使劲地来回拍打起来,一阵比一阵猛烈,仿佛整个城市都能听见它的声音。只是没有一个人过来安慰它。这拍打声一会儿突然停住了,过了一会儿后又拍打起来。门就像一个停止了哭泣的小孩,过了一会儿又哭起来了。虽然已经到了春天,天没有冬天那么冷了,但却常常充满预谋地吹来一阵阵的寒风,风里裹着一阵阵尘土的味道。那些不知从哪儿卷起的塑料纸像黑色的巨浪,正在涌过城市的上空。天空里,有一只风筝模样的东西在惊慌失措地飘荡,只是看不见牵线的那个人在什么地方。那个人也许是一个活泼的孩子,在一堆堆的孩子和父母、爷爷奶奶中间。那个暗红色的窗子玻璃上落满了尘

土和油垢,不知被哪一个从此路过的小孩子用手中的石子击得尖锐而凌厉,好像严禁爆炸的警示标志。也许那个小孩子觉得对着远处的目标,而能够准确地击中目标是一件很好玩的事情。那个房子里面发生的所有的故事都可以任由人的想象去践踏了,或者已经成为漂走到另外一个地方的人们的记忆了,只是那记忆慢慢地被生活的土块掩埋起来,已经让人忘记它们曾经的存在。

在废墟的左边,是一个巨大的深坑,深坑里移动着密密麻麻的人群,热火朝天的干劲就像一个久远年代的再现。据说这里一年后又要建起一个更高的高层。报纸上说,前两天在这个深坑里发现了一座魏晋南北朝时期的古墓。令考古学家吃惊的是,这座古墓竟然完好无损,没有发现被盗的痕迹。据说这是该城市所在的省近年以来最重要的考古发现。为此,媒体热闹了好一阵子。许多人都想来看一看,但他们被"施工重地,严禁入内"的牌子挡在了外面。人们能够看见的只是几辆渣土车疯狂地驶出又驶进这个建筑工地。有一辆车的车轮上还沾着血,暗红色的,就像红枣的颜色。每个开出的车的车厢里都装得再也装不下了,车厢的土里夹杂着砖块和瓦片,还有不知名的垃圾。渣土车疯狂地开往一个远在郊外的垃圾填埋场,那里像荒凉的墓地,一堆垃圾挨着一堆垃圾。垃圾清理工人要将这些垃圾倒进几百米的深沟。但他们怎么也来不及。除了垃圾清理工人,还有攀爬蠕动在垃圾堆里的老人小孩,他们身上背着一个个崭新的蛇皮袋子,正在兴高采烈地翻寻着什么。

在废墟的右边,是一栋用玻璃幕墙装饰起来的摩天大楼,像从天空伸出来的五个手指。工程竣工的那一天,许多人都来观看这栋造型别致的建筑。市长也来了,市长说这是从天而降的给我们这座城市撒钱的手。许多人都为市长精彩的比喻而掌声雷动,以致市长不得不停下来讲话,和大家一起鼓掌。为自己的讲话,也为这座城市肥腻的未来。只是伴随着这阵阵的掌声,不知从哪个角落却出现了一阵阵的狂笑声,那笑声既刺耳又和谐。现在竟有人敢于当着市长的面哈哈大笑了。有人叹息着说。

就在这座废墟的后面,在一栋栋灰蒙蒙的墙壁上,写着一个个用白色的圆圈圈起来的红色的歪歪扭扭的"拆"字。那个"拆"字,有点像一个喝醉酒的人手里拿着一个酒瓶子,东倒西歪,但却很蛮横的样子。他的样子很滑稽,也很危险,但没有人敢上去劝一劝他,人们害怕那酒瓶子扔过来砸在自己的头上。

过了三天后,那栋灰蒙蒙的建筑很快就变成了一堆废墟。除了渣土车,还吸引了这座城市许许多多职业拾破烂的人。他们已经不用再走街串巷地操着各种各样的口音喊着收破烂了。他们简直可以说是免费来拿破烂了。这回,他们拿的可都是一些笨重的家伙,像钢筋、废旧电器等。这些可都是不可多得的宝贝。谁能遇上这样的好事呢?就是晚上不睡觉在这儿捡,也让人心甘情愿啊!谁能说天上没有掉馅饼的事呢!也根本看不出有什么陷阱啊!

最后,那一堆庞然大物一般的废墟里一块一块的砖,一扇一扇的门,一合一合的窗都被人捡走了,买走了,拉走了,扔掉了。这是它们最后的归宿。还有一些门窗被买不起房子的市郊的农民拉走了,他们只是掏了很少的钱,或者根本就没掏钱,因为寻了一个熟人给某一个头儿送了两条好烟就拉走了。拉回去后,他们用这些旧门窗、旧砖块又盖成了新的房子。

这些被拆下来的门窗、砖瓦在一个它们并不曾知道的地方又开始了它们新的生活。它们已经忘记了自己的前生，也不去想自己的来世。

和一只狗的相遇

这一天,当我路过林带——它已经陪伴我走过了无数个日子——的时候,我看见了一只白色的小狗被扔在了那里。其实,所谓白色只是它本来的毛色而已,现在它的毛色已经变得肮脏极了,根本谈不上什么白色了。是的,肮脏极了的毛色怎么能够和白色联系起来呢。准确地说,它是被扔在了一层厚厚的密密的陈腐的落叶上面。那层落叶和它一样,冰冷,没有任何温度。在这条林带里,小狗头顶新的树叶已经变得可以挡住阳光任何不经意间的渗透。

那只白色的小狗死了。

我不知道它是什么时候死掉的。

我也不知道它是怎样死掉的。

我更不知道是谁将它扔到这条林带里的。或者说是它自己走到林带里的这个位置时,才倒下去了。从此,就一直倒在这儿了。

现在,它就静静地躺在这条林带里。在经过这条林带的人们的眼里,对于它的描述只有简单的一个字:死。或者说,林带里有一只死了的小狗。死是它最后的存在方式。而裹挟着它的尸体的是周围密密麻麻的无尽的人的世界。而这一切都与它没有任何关系了。

它只是静静地躺在这条林带里。

路过的人中,有的人看见了它,捂着鼻子赶紧走过去。他们的心里发出一阵阵厌恶——谁怎么把一只死了的小狗扔在这儿,多煞风景啊!肯定是那些心很硬很残酷的人。他们扔这只小狗时就像扔一只玩具熊。那只玩具熊曾让他们爱不释手,白天捧在手里,晚上陪在身边。可是有一天当那只玩具熊被玩腻了,他们就将它扔在了路边的垃圾箱里。那个垃圾箱里什么都有。

路过的人中,有的人看见了它,一时也有一种莫名的悲伤,但那也只是一时的悲伤。那种悲伤的来去就像他们抱怨而期盼的灵感,刚一来,就走了。很快占据他们心里的空间的是火一样燃烧在他们心中的欲望。那种欲望让他们想进入遥远的北极。

路过的人中,还有更多的人,来来去去,匆匆忙忙。他们根本就没有注意到这只已经没有任何知觉的小狗的存在。对于他们来说,这只小狗根本就不曾存在。但它又确实存在着,只是,它被许许多多的人们忽略掉了。

而这只死去的小狗就静静地躺在这条林带里。

只是,这只死去的小狗却拉直了我的目光。它久久地、一次次地、静静地、沉沉地唤回了我所有的沉思。

这是一只已经死去的白色的小狗。

就在几个月前,就在这条林带里,我看见的是一只死去的、被人扔掉的黄色的小猫。它也不知是怎样死掉的。

我感到林带里的这块地方的哀伤。

然而,占据我的心灵的旷野的依然是这只死去的白色的小狗。我竟然在自己的心里为它留下了这么多的位置,没有谁能够让它从我的心里走出去。

我在心里想着这只停在我的心里的逝去的小狗。

我的哀伤就是这只小狗的哀伤。

也许,在生前,它是一只可爱的,让主人费尽了心思的,让它的主人正在焦急地等待的小狗。现在,它却永远地躺在了这里,它已经带走了它的主人所有的快乐。但这些都已经不重要了。可是无论如何,在我的心里,它永远是一只让我觉得爱怜的小狗。真的让我那么爱怜。

后来每一次路过那片林带的时候,我总想看一看那只逝去的小狗,带着我的哀伤。

终于有一次,当我路过那片林带的时候,那只白色的小狗不见了。我想,它也许是被一片片落下的树叶覆盖起来了,也许是被清理林带的清洁工人扫走了。

从此,对于路过那条林带的人来说,那只逝去的小狗就仿佛从来没有存在过一样。谁也不知道那里曾经有一只死去的白色的小狗。而我知道,它成了我心中的记忆。

只是,就在那块林带里,在靠着一棵粗糙的大树的地方,有一块方方的厚厚的海绵软垫,它看上去是那样的破旧。不知是谁什么时候放在那儿的。就在那块垫子上,有一只狗,静静地卧在上面,它蓬头垢面,一脸凄苦地望着前方的一切。

一棵树给人的荣耀

我没有想到在山顶上还有这么一棵树。这是当我最终爬上山顶时才发现的。

这是一棵并不高大且只留下了干枯的枝干的树。我不知道它是一棵叫什么名字的树。我想,根据它和其他树的关系,它也许是一棵松树吧!

和山顶上、山坡上其他枝繁叶茂的树比起来,它是一棵遭遇了不幸的树。

我想,它也许是遭雷击了。

但它却昂然地屹立在山顶。

它虽然很干枯,但所有的枝干却那么的遒劲。

从这个山顶上望过去,还有几个山顶,但高度和这个山顶差不多。这时候,登上这个山顶的人并没有这山望着那山高的想法。那是没有登上这座山顶的人在其他地方理直气壮地说别人的。人从山脚下一路爬上来,已经够累了。人已经征服了一座山峰,这座山峰在人的眼里就是一座高峰。人在这一天里已经达到了自己的极限。人在一天的时间里所能创造的辉煌大概也就是爬到山顶上这棵树脚下的辉煌!

于是,在登上山顶的人的眼里,这棵枯树就有了特别的意义。它成了一把尺子,人用这把尺子来衡量自己的高度;它成了一个里程碑，人在这座里程碑前回顾自己一路的历程。

这一棵树给了人荣耀。

于是，人说：我们和树合个影吧！人想用这种方式对自己证明点什么！

人和树合影的姿势是多样的，有拥抱状的，有栖息状的，有攀缘状的，有肃立状的，有领奖状的。树本来没有笑，看着人各种各样俏皮可爱的样子，树也笑了。没有人的时候，树是不笑的。

在这一段时间里，人们在树的周围说说笑笑，推来让去。

和树合完影后，人说：我们下山吧，要不然，我们就赶不上回去的车了。于是，人们不约而同地说：那我们走吧！

树的周围，也就热闹了那么几分钟。

人走后，树又孤零零地留在了山顶。树的孤独只有它头顶的大雁、雄鹰、白云和蓝天知道。树只剩下自己的时候，它就和它的影子一起俯瞰着山坡上其他的树，草地上蠕动着的黑色的、黄色的和白色的牛群、羊群，还有山脚下忙碌的人和住下来的房屋。

树就热闹了这么一个瞬间。

对于树来说，人说这是树的遗憾。但树心里却想：我见证过人的存在，我曾给人带来过荣耀。

人回来以后，就对其他的人说：我在山顶上见到过一棵树。那棵树和其他的树真不一样，清瘦而苍劲。你们应该去看看。

旁边的人说："真有那么神奇吗？那我下次去，一定也要去看一看那棵树。"这个人还不知道，这棵树对人们来说意味着什么。

树也不知道，在人们的心目中，它已经成了一个传说。

真的，它已经成了一个传说！

无题三则

一

自从小城通了高速公路以后,再没有人想在低速公路上踟蹰前行了。其实以前并没有"低速公路"这个说法,那路就叫作兰溪路。小城只有这一条通往省城的公路。

几乎每一辆车在高速公路和低速公路的交会处都毫不犹豫地驶上了高速公路。有高速公路了,谁还会花那么长时间走低速公路呀!

人们像潮水般地涌上了高速公路。

大家似乎都想迫不及待地离开那条他们走了几十年的老路。走那条路仿佛就是向别人表明自己已经远远地落后于时代了。谁想这样做呢?

慢慢地,低速公路变老了,老得差点被疯长的荒草掩埋,老得似乎人们已经忘记了它的存在。它昔日的繁华仿佛成了历史学家们的遥远想象。

就这样过了一天又一天。

突然,有一天,高速公路上前方的一座大桥坍塌了,已经有人为此送命。于是有善良的村民派人专守在坍塌的大桥前,告诉前来的车辆不要再从此通过。于是一传十,十传百,人们都知道高速公路不能通行了。

可是人们又必须去省城进货、看病、办事，进完货、看完病、办完事后还想回家。虽然人们觉得来回都很麻烦，可还是得进城，还是想回家。

突然人们想到，不是还有原来的那条路可以走嘛！听说它已经长满了荒草，而且路程长一点。没办法，长就长吧！那还能怎么办呢？

于是那一段时间，低速公路上又出现了来来往往的车辆，没有人再说这条路太远而且常堵车。人们见了面以后总是关切地相互询问："不知高速公路上的断桥什么时候能够修好？"另一个人回答说："可能还需要一段时间。"那个人深深地叹了一口气："要是早点修好就好了。"另一个人接着说："这谁能说上来呢！"

于是一阵沉默。

过了好长一段时间，人们差点已经熟悉了低速公路上的生活了，这时有人说高速公路上的那座断桥已经修好了。于是，人们在高速公路上又开始了飞一般的生活。虽然高速公路又重新开通了，可是人们仿佛还没有从低速公路上回过神来。人们仿佛都给自己弄糊涂了。

于是，不到两天时间，低速公路上的车辆和行人又慢慢地少起来了，直到最后它变得就像当年修建的秦直道。

低速公路两边被车轮轧下去的野草又开始疯长了起来，慢慢地又看不出原来的路的模样了。它又一次慢慢地被人们忘记了。不知什么时候会被人们再一次记起。

有一天，一位母亲领着她的孩子去郊外游玩。母亲对小孩说："这儿曾经是一条通往你姥姥家的公路。"

小孩吃惊地看着母亲说:"那人们为什么不走了呢?"

母亲说:"因为它已经被高速公路上的人们遗忘掉了。"

"妈妈,可我们没有忘记它,我们不是来看它了吗?"小孩说。

母亲苦苦地笑了一下,把小孩紧紧地搂在了自己的怀里。一滴泪沿着脸庞向下滑落,最后掉在了那块长满了荒草的土地上。

二

我想揭掉腿上的那个伤疤,因为我认为过了那么长时间我的伤口已经好了,而那个伤疤遮挡了我身体的所有的光滑。

于是我试着去揭。我相信那个伤疤能被顺利地揭掉,因为我以前这样做过,每一次的结果都令我很高兴。

可是,这一次我发现自己做错了。我发现伤疤只是和我开了一个令我沮丧的玩笑。伤疤还没有想离去的意思。

于是,那个有伤疤的地方又流血了。这时我听到一个声音对我说:"还不赶紧包扎!"

我哪敢顶撞这个声音!

那时我发现自己变成一副很窘迫的样子。除了我之外,所有的一切都可以看到,都可以感觉到,都可以推断出。

有一天晚上,我做了一个梦。魔鬼对我说:"虚荣的欲望让人很受伤。"我说:"不会吧。追求欲望总是让人充满激情,欲望的满足总是让人很快乐。怎么会让人受伤呢?你这不是打击我们人类吗?"魔鬼叹了口气说:"你小小年纪,还不懂人世间的事,擦干你的鼻涕,去一边玩去吧!"魔鬼拍了一下自己的腿,哎的一声,长长地叹了一口气。

我木然地看着他。然后醒了。

三

  一个卖李子的老人在太阳下山的时候眼看竹筐里剩下十几个李子了,但街上已经没有了行人,于是,他决定不再茫然地等待了。他开始收拾自己的摊位。收拾完以后,他感到口有点渴。从早上推着车子来到现在,他已经一整天没有喝水了。这时,他从筐里拿起了一个李子想尝一尝,然后准备把其余的几个带回家去让妻子和孩子们尝尝。

  虽然他几十年来的这个时节一直都在从别人那儿趸些李子拿到街上来卖,但为了多挣几个钱,他自己却从来舍不得尝一个李子。他常想如果自己想吃拿起一个便吃的话,那样都吃完了,还卖什么钱呢?所以他一直不让自己吃一个李子,即使李子烂了,也是拿回家让他的孩子们削掉腐烂的地方然后吃掉。他把这当成了自己卖李子的一个原则。所以人们从来没有看见他卖李子的时候吃过李子。他自己也不知道李子的滋味。他只知道从别人那儿趸来李子,然后再卖给别人。

  今天他确实很累,也很渴了,可是他又舍不得去买一瓶水。他想省下一块钱。他常对孩子们说省下一块钱就是赚了一块钱。

  这时当他把李子放进嘴里的时候,他才发现李子原来是这样的酸又是这样的甜。他想李子就应该是这样的味道。他感到嘴里李子的味道竟然有点陌生,甚至他对自己拿起一个李子吃起来这一点也觉得有点不好意思。

  "你卖了这么多年的李子了,现在也该让自己坐下来品尝一下李子的味道了。"看着他陌生而不好意思的样子,天边快要落山的太阳这时关切地劝着他说。

阳光的馈赠

去市场买菜,我被那虽然比一般萝卜小,但皮里面却呈现出深紫色的萝卜吸引住了。那是一种我没吃过的萝卜。我想它吃起来一定很有味,甚至会有一点甜味。带着这样的想象和冲动,我便很神往地买了两个这样的萝卜。

其实一年来,我们吃萝卜的次数屈指可数。

最近一段时间,我常常被一种自然的色彩感动着。当我看到它们的时候,我的心情是那样的快乐,仿佛生病后得到母亲的安慰一样。

还是关于蔬菜的事。那一天我去买菜,突然发现我过去每天买的绿色的大辣椒,现在除了绿的以外,还有红的。而那种红色不是刺眼的红色,而是带着刚从辣椒枝上摘下来的泛着光的深红,红中透着黑。我觉得自己被深深地吸引住了。我觉得它红得仿佛充满深情。每天我都要去买菜,这已成为我的生活的一个重要组成部分。我买菜是因为只有菜,一顿饭才显得完整。其实我只是买菜而已。我从来没有对买菜怀着多么浓厚的兴趣。因为当蔬菜从那些遥远的地方运送过来的时候,已经显得筋疲力尽了。我只是在这些筋疲力尽的精灵当中挑一些还算有一点活力的而已。我从来没有想着欣赏这些蔬菜的颜色。因为它们早早地已经离开了土地,开始了属于自己的命运征程。但是这一次,我却真的在欣赏这些辣椒的颜色了。它们就像今天看到的萝卜的颜色一样令我快乐。

我好像好久都没有这样的心情了。

其实这种心情更早的源头是暑假里的一天,当我站在葡萄架下,一串紫红色的葡萄引起了我的注意。那紫红色是那样的美好,就像相恋的情人只要一想起对方总觉得是那样的温馨,就像夏日吹来的一阵凉风,那种清凉的感觉想让人随风起舞。看到那紫红色,就像行走在黑夜里的旅人,一想到家的温暖,黑夜也变成了甜蜜的梦乡。那一串紫红色的葡萄让我久久不愿离去。

这些紫红色的萝卜、葡萄——其实它们的颜色还是有区别的,只是我的语言太贫乏了,和深红色的辣椒给了我一种如此美好的心情。那是一种久违的心情。在我的故乡,当秋风送爽的时候,那是收获的季节,也是令人快乐的时刻。堆成小山一样的苹果堆里,一个个刚从树上摘下来的苹果端庄而美丽。那粉红色中透出浅黄色的苹果捧在手里就像一位美丽的少女装在少年的心里,久久地端详着,甜甜地想象着。

人们从早到晚在地里摘苹果,运苹果,捡苹果,装苹果,是那样的忙碌,又是那样的快乐。那是一份沉沉的感情,没有说出来,却能体会得到——就像爱自己的孩子。夜深了,人们还不愿入睡,在地头悄悄地说话。一点烟头的红色映照在黑色的空气里。

我不知道是谁描绘出了这么美丽的色彩,我冥思苦想。

我终于恍然大悟——是头顶的阳光描绘出了这么美丽的色彩,是它让大地上的植物如此多姿多彩——是太阳。太阳已经落山了。头顶只有它的孩子,那些眼睛一眨一眨的星星。

我希望明天当太阳出来的时候，我想向太阳深深地鞠上一躬。

每个人都有他喜爱的色彩。而当我们已经疲倦于那些流水线上制作出来的僵硬的色彩时，会发现只有大自然的色彩是如此灵动，如此深情。

这一刻我想流泪，因为这么多年来，我看到了给我慰藉的母亲。母亲，只有在您的怀抱里，我的生命才是那样的充盈，那样的深情。只有您才能滋润我干涸的心灵大地，也只有您才能让我的心灵大地郁郁葱葱。

我

一生有梦

有一天,我终于明白过来了,所谓现在,其实就是过去的未来。我们关于过去的许多想象,生活现在都给出了我们答案,而这答案好像是一直放在那儿只等着我们将来某一天来揭开一样。揭开了的答案就显得有点平淡无奇了。但当我们审视与答案有关的问题时,却变得令人回味无穷多了。

现在我依然能够回想起来的一件事情是在我上小学的时候,我的脑海中常常有一个很奇怪的问题挥之不去,那就是我特别想知道三水县城的人长得和我在频婆街上所见到的人到底一样不一样。我一直想不清楚这个问题是怎样冒出来的。在我上小学以前,父亲带我去过一次三水县城以及相邻的彬县县城。而且在我上小学三年级的时候,因为父亲去那个叫作马栏的山区修路,返回途中发生车祸在县医院住院时,我和大姑也去过一次三水县城。但后来似乎很长时间再也没有去过三水县城了,也更谈不上去彬县县城了。而频婆街离这两个县城的距离都差不多。

应该是在我上小学三年级的第二学期吧,我们班从县城的城关小学转来一位女同学,名字叫作文玲玲,长得眉清目秀。当时,同学们似乎总要多看她几眼。我想其原因大概不是因为她的清秀——因为那时一个小学三年级的学生实在还谈不上有

什么样的审美能力,而是因为她是从县城转来的学生。她的父亲好像是邮电局的职工。可就是这么一个全班唯一的县城转来的女生,十八亩地里的一棵苗,有一天却被他的同桌,那个我认为具有严重暴力倾向的家伙打了。这实在是令人意想不到的事情。那时,在我看来这是一件多么让人觉得尴尬的事情啊!

可是在那时,我早已知道了西安和咸阳——这样的大人们经常挂在嘴边的大城市的名字。当然这些大人不是指我的父亲和母亲,因为他们从来没有机会去西安、咸阳这样的城市,而是指像我的二叔和频婆街上开商店的一些人。他们因为有事或是进货而经常去西安、咸阳。可是这些城市在我心目中的神秘感竟远远赶不上三水县城,或者说这些城市根本就不神秘。仔细想一想其中的原因,也许是这些地方对我而言太遥远了吧!遥远的意思是我当时就根本没有去的可能性。而三水县城就不一样了,它则徘徊于我能够去与不去之间。就是说我完全可以去,只是没有去的机会而已。

不过,我已经从母亲那儿获得了许多与三水县城有关的信息。听说三水县城的人将我们在红白喜事当中所吃的旋子馍叫花子馍;将我们平日里所吃的用玉米面加糖精蒸成的斜子馍叫团叶子(不知道有没有一种叫作团的树,如果有的话,那么它的叶子就叫作团叶子了。我也不知道到底是不是"团叶子"这样三个字)。母亲知道这种叫法,是因为频婆村里韩长治的老婆的娘家就在三水县城,她平时就是这样叫的。而他们家就在我们家的前面。三水县城人的这些叫法都是让人觉得很不亲切的叫法,就像三水县城里的人对我们的斜子馍的叫法所感到的不亲切一样。

其实,在频婆街周围,每天有多少人因为各种各样的事情骑车或者坐车往返于三水县城呀!大概在他们眼里去三水县城就像回自己的家一样。他们对三水县城的熟悉程度就像对自己儿女的熟悉程度一样。可是,对我来说频婆街却像一个房子一样,我只能在这个房子里转圈。而奇怪的是三水县城却像一个近在眼前却又遥不可及的世界。

三水县城对于我的神秘感似乎注定在我的那一个人生阶段里始终无法消除。在那一段时间里,我似乎只能在频婆街这样的一个房子里来回走动。终于,我的心里已经按捺不住对于三水县城的那种变得越来越强烈的神秘感了。它自己要跑出来了。一天,在五年级的语文课堂上,我问起了语文老师一个至今想起来都令我觉得石破天惊的问题:"老师,三水县城的人和我们长得一样吗?"现在我似乎依然能够想象出来当我提出这样的问题后全班同学惊异的目光。因为我相信有许多同学对于三水县城的熟悉程度并不亚于频婆街。虽然他们也和我一样长期以来家就住在频婆街上,可是他们一定和父母、哥哥、姐姐一起去过好多次三水县城。可是这样的问题对于我来说却丝毫不显得怪异,而是真实地存在于我的心中并且需要得到真实地解决的问题。语文老师是一位刚从彬县师范学校毕业的年轻人,琴棋书画样样精通。他可以说是同学们心目中一时的偶像。我相信他不仅熟悉彬县县城,也熟悉三水县城。"和我们一样,都是长着两只眼睛,一只鼻子,一张嘴的人。能有什么不一样的?"语文老师的回答让大家笑了起来,却让我变得有点不好意思起来。因为语文老师的回答,从此以后,我似乎不再想这样的问题了。我想,县城的人应该是和我们频婆街上的人长得一模一样,只是距离我们有点远罢了!只是一时我无法证

明。虽然两年前曾经有一个叫作文玲玲的县城学生的存在。可是,一个人能证明什么呢?我想。

与此同时,另一种神秘感也在与日俱增。

虽然我一时无法去三水县城,但我却可以常常去彬县的一个乡镇,那就是我的表弟家所在的彬县香庙乡庄农村。从行政区划上来讲,来到香庙乡也就意味着我走出了三水县境内。可是从地理位置上来讲,香庙乡与频婆街中间只隔一个隶属于三水县的原底乡。我的外祖母家就在原底乡。正因为如此近的距离,频婆街和原底乡的许多人家的媳妇的娘家就在香庙乡,或者频婆街和原底乡许多人家的女儿就嫁在了香庙乡。香庙乡每逢农历的三、六、九也有集日,可集市上的人稀稀落落,所以许多香庙乡的人还是愿意在农历二、五、八的时候来频婆街赶集。因为许多人心里清楚,频婆街作为三水县的四大古镇之一,有着许许多多香庙乡都无法比拟的便利。香庙乡虽然隶属于彬县,但它和频婆街的各种风俗习惯似乎没有什么本质区别。这样说来,我虽然走出了频婆街,却又好像依然生活在频婆街一样。香庙乡对我来说,好像并没有实现我对外面的世界的梦想。不过,庄农村却给了我一种频婆街无法赐予我的想象。那就是我可以在庄农村想象比三水县城更远更广大的外面的世界。因为,每当夜幕降临的时候,和庄农村隔沟相望的另一个塬上——它们也许已经属于彬县的另一个乡镇了,蜿蜒盘旋的公路上就会亮起一盏盏明明灭灭的车灯。那些车灯好像被点亮的一个个橘黄色的小灯笼。夜幕下的那条塬如同一块黑色的幕布,在那块黑色的幕布里,流动着许许多多这样的橘黄色的小灯笼。我知道一个小灯笼就代表一辆车。那些南来北往的小灯笼顿时就汇聚在了这块幕布上,然后又朝着各自不同的方向移去。那些橘黄色的小灯笼汇成了一条河流。我不知道那条河流里发生着什么样的故事,但我知道那条河流会与西安、咸阳的那条河流连接起来,然后会汇成一条更大的河流。夜晚,我常常望着远处的夜景神思飞扬。对面会是一个什么样的世界呢?我多么想拥有一双翅膀,飞到那条河流边,然后又飞到西安、咸阳的那条河流边啊!

我的两个梦想在岁月的河流里发芽。

根据岁月的安排,在1993年8月27日那个月明星稀的夜晚,我离开了朝夕相处的父母和妹妹,还有频婆街,来到了我一直以来想象中的三水县城。

每个人的存在对他本人而言都是一种神秘,而最终揭开这层神秘面纱的是时间。

四年后,我又是第一次来到了大人们口中经常提起的咸阳市。人的一生中会经历许许多多的第一次。令人兴奋的不是这第一次的存在,而是生活把那么多的第一次可以说同时都馈赠给了你。就像你在茫茫的戈壁滩上一下子发现了那么多晶莹剔透的宝玉、奇石一样。我第一次来到咸阳,第一次住宾馆,第一次坐出租车,第一次喝矿泉水。就在那几天里,发生着我生命中多少美好的人生第一次。生活,有时让人无法拒绝她的美好。

第一次来到咸阳市是因为高考外语类专业的学生需要进行英语面试。面试似乎并没有为我带来多少兴奋感,而令我兴奋的是在咸阳市的大街上随便一家报刊亭里都能买到《南方周末》和远远比三水县城要早到许多时日的新一期《读者》。两年来,对于《读者》我已经一点也不陌生了。可是通过《读者》让我所知道的《南方周末》在整个三水县城也没见到过,更没有见

到有人订阅它。然而在咸阳市就能很容易地买到这样一份报纸，而三水县城让这样的一份报纸在我的眼里是多么的珍贵啊！我明白这只是在我的眼里而已。

紧随其后，我又是第一次来到了宝鸡市。如果说咸阳市还只是两三天短暂的停留的话，那么宝鸡市则是我要从此待上四年的地方。能够在咸阳市买到的《南方周末》只是城市的魅力在我的生活中的初步展开。而到了宝鸡市则是城市的魅力在我的生活中的全面铺开。四年来，当舍友们周末从宝鸡市内回到学校的时候，可能带回来的是一双双一套套时尚的运动鞋和服装，一款款一件件时尚的电子产品。而让我如获至宝的则是一期期刚到的报纸、杂志或者新书。我们都喜欢买磁带。可是舍友们买回来的是各种流行歌曲的磁带，而我买回来的却是一些我过去从收音机中、电视中听到的一些并不流行的不时尚的不前卫的"传统"歌曲磁带，诸如像贠恩凤、腾格尔、万山红和陕北民歌等。这些歌曲别人不一定喜欢，但我喜欢。因为我在过去听过这些歌，这些歌声留在了我的记忆里。我喜欢这样的歌声。谁能体会到在城市里终于可以买到这些磁带给我所带来的快乐！城市让我圆了过去在频婆街、三水县城无法圆掉的一个个梦。

…………

今天算起来，我离开频婆街已经将近二十年了。将近二十年的光阴真如白驹过隙。在这二十年的人生里，我去了三水县城，去了彬县县城，去了咸阳市，去了宝鸡市，去了西安市等城市，见到了无数的人。今天，我再也不会问别人当年那样天真幼稚的问题了。二十年的人生经历让我明白，人们的外表是有差异的，但其差异并不大，而更大的差异却是人们的内心。就像三水县城里的人们，和我们频婆街上的人们既是一样的，又是不一样的。我们可以很容易接受一个地方的人们的外表，却很不容易接受一个地方的人们的内心。而生活却要求人们去了解每一个地方的人们不一样的内心，并承认或接受它的存在。

今天，回想起来，城市给了我许许多多的东西。同乡村相比，城市有许许多多的可爱之处。和许许多多的人一样，我也爱城市。只是在我的眼里，城市之所以可爱，是因为城市实现了我许许多多的与文学、文艺和文化有关的梦想。如果说乡村给了我文化的生命，那么城市则让我文化的生命不断地成长。

我常常做梦，梦见在频婆街上的邮局里有专门卖报刊的柜台，那里能够买到我想买的所有的报刊。在这样的梦里，我常常感受到了马斯洛所说的生命中的一种高峰体验。可是，醒来后，我才发现，那不过是一个梦而已。我清醒地记得，在我上初中以前，频婆街上的邮局里确实是有杂志专柜的，在那里我曾经买过诸如《智力》《小学生》《小学生优秀作文选》等杂志。可是后来，那个卖杂志的玻璃柜台连同那座我记忆中的位于频婆街中心的造型别致的绿色的八角楼一样的建筑就消失了，代之而起的是一家挨一家的商店。

也就在我的那个对于三水县城充满了无限神往的年代，我的心中有一个梦想，就是希望自己能够当一名邮递员。在当时的我看来，当邮递员就可以整天和信件、报纸、杂志打交道。我觉得邮递员能够给人们送去希望和快乐。后来，也是随着时间的流逝，这个愿望就渐渐地淡下去了。但我依然尊敬邮递员和他们所做的工作。他们的工作是神圣的。

连同那座建筑消失的还有我童年的梦想。

每个人都有属于自己的童年。那个属于我的童年不知道什么时候就从我的生命中溜走了。我不知道自己从哪一天开始便没有了童年。

童年时我们渴望长大，长大后我们却渴望回到童年。我们就这样悖论地活着。不知每个人的童年是否都有一些缺失的东西，这种缺失的感觉也许只有在他(她)成人后才会发现。对我自己来说，我的父母，还有频婆街在给了我许多东西的同时，也没有给我另外的许多东西。而正是这种他们无法给我的东西让我在很小的时候就产生了一种神秘感、饥渴感，从而成为终生萦绕在我的心头而无法释怀的梦想。

所以，对我来说，一生有梦。

那些曾经闪耀着幸福光芒的词

小时候,在我的心目中有一些词语是幸福的,比如"爸爸"这个词。其实不是说我没有爸爸,只是我将爸爸从小就叫作"大"。那时在我的眼中,"爸爸"的含义就是年轻英俊,有很好的工作。而再看我叫"大"的"爸爸",整天在地里、在外面,总有干不完的活。他的工作就是种地。家里整天总是缺吃少穿。妈妈总是在为这样的日子长吁短叹,也为这样的日子整天披星戴月。

还有一个词是"床"。那时在我的眼中,"床"总是和温馨连在一起。想象着洁白的墙壁、整洁的床单、褥子下神秘的电热毯、床头柜上柔和的灯光等。可是,我却似乎与"床"无缘,和我朝夕相处的就是"炕"。傍晚时分,妈妈总要从场里撕回一笼麦秸烧炕,顿时整个炕洞内毕毕剥剥,火光映红了妈妈的脸,整个窑洞内烟雾弥漫。人实在受不了了,就站在院子里,等烟雾散完后再进屋子。我们的炕上是一张芦苇篾编织的已经泛出橘黄色的席。如果一不小心哪儿的席篾可能就会扎进人的肉里,让人难受好一阵子。席下就是沾满灰尘的土炕了。妈妈要做鞋剪的鞋样或糨糊粘的鞋面就压在席下,这样鞋样好找,鞋面则借助炕的热度而容易干。席上没有电热毯,土炕一生和电热毯是绝缘的。席上直接铺着母亲用各种碎布在农闲季节纳成的褥子,褥子上面铺着颜色也并不鲜亮的单子。就是在这样的

炕上，我们睡觉，冬天还在这样的炕上吃饭。炕前靠墙的地方倒是有一张小小的桌子，挨着桌子的墙壁上有一面长长的镜子，这些都是祖上留传下来的东西。桌子上没有柔和的台灯，只有一盏在夜晚发出如同黄豆般亮光的煤油灯。也就是在这盏煤油灯下，我每天晚上趴在桌子上完成老师布置的各种作业，从而免掉第二天早上因为没有完成作业的罚站。

还有诸如"上班"这个词，在我眼里那也是一个很幸福的词。因为父母都是农民，整天就是日出而作，日落而息。就像一些人形容的"东山的日头背到西山"。他们没有固定的工作时间，也没有固定的周末休息时间，也没有人给他们发工资。逢年过节的时候，没有人给他们发什么，只有他们自己口袋里装上一些钱，拿上一个蛇皮袋子，去街上买肉、买菜、买瓜子、买糖果。我就从父母扛回来的鼓鼓的蛇皮袋子里享受过年的快乐，享受童年的幸福。而能告诉别人"我还要上班去""等下班回来再说"之类的话，那时总觉得很幸福。因为上班的人就是不用种庄稼而生活很幸福的人。就像一首歌中唱道："妈妈下班回到家，劳动了一天多么辛苦呀。妈妈妈妈你坐下，请喝一杯茶呀，我的好妈妈。"多幸福的家庭！多幸福的孩子！多欣慰的妈妈！我多么希望自己就是这首歌里的那个懂事的幸福的小孩。我也给自己从地里劳累了一天后回家的妈妈倒过一杯水，但却没有倒过茶，因为茶水一般是用来招待客人的。我们自己一家人好像因为茶的珍贵而无法养成一种喝茶的习惯。

还有诸如幼儿园、公共汽车、电话、县城和双职工等等许许多多的词，那时在我的心目中都是一些遥远而闪耀着幸福的光芒的词。这些词仿佛只属于班上极少数的同学，属于我们的只有诸如铁锹、镢头、架子车、拉粪等这些熟悉的永远也难登大雅之堂的词。

那时我经常有一个幼稚的疑问：县城里的人和我们长得一样吗？有一次当我向刚从师范学校毕业的语文老师问这个问题的时候，老师笑了，全班同学也笑了。当时我突然觉得自己问的问题是那样幼稚，可是我真的想从老师那儿得到答案。

我们家的前面就是医院、粮站和学校等单位，和我们一块儿上学的同学，其中一些人的父母就是这些单位的职工。我有点羡慕，虽然我们也经常在一起玩，但仿佛总有什么无形的东西将我们隔开。

日子就这样伴随着那些我觉得闪耀着幸福光芒的词一天天过去。我从村上的小学升入了镇上的小学、镇上的初中，又从镇上的初中升入了县城的高中，从县城的高中考入了一个曾经只在地图上想象过的城市里的大学。然后，毕业工作，又考研上学，又毕业工作。在岁月的长河里，我被一朵朵的浪花推着前进。那些小时候一个个令我神往的词语都在生活的真相里逐渐掀开了它们神秘的面纱，成为我必须面对的现实。

三十年过去了，过去那些曾经闪耀着幸福光芒的词现在已经隐去了它们幸福的光芒。昔日的"爸爸"可能是一个失业的下岗职工，可能是一个毫无责任感的赌徒，也可能是一个重病在身的患者。而并不是我所想象的那样一个完美的形象。世间有各种各样的爸爸，在生活的万花筒中我也见到了各种各样的爸爸。

"床"固然也像我想象的那样，但躺在床上的每一个灵魂未必像床所营造的氛围那样安逸。他们也许痛苦、绝望、孤单、忧伤和愤怒。这只有他们自己清楚。我们的一生要睡多少张床，谁想过？在我们生命的每一个阶段，都会有不同的床伴在我

的身下。我们的喜怒哀乐，床多多少少都知道一点。

如今我也"上班"了。可是"上班"未必总是很幸福的感觉。现代工作环境下的人仿佛快要变成一台机器。人这台机器和自己工作的机器整天相依为命。只有在领到工资的那一刻才有一种"延缓的满足"。然后人又被投入到无聊的工作中去，又是等待发工资的日子。生活就变成了一种无望的等待。为了糊口，人有时真可怜。

每一天我们都活在那些曾经觉得"幸福"的词语中。

所有那些曾经闪耀着"幸福"的光芒的词现在成了我生活的一部分。童年的想象也许没有错，但也仅仅只是一种想象而已，而不是那时的我们所能看到的生活的真相。而我所羡慕的那些词汇里的人生就有着我所无法理解的烦恼与痛苦。词汇的主人公无法向一个小孩子诉说，即使诉说了他（她）也听不懂。人的成长总是一个有趣的悖论。一个小孩子总是希望自己快点长大，仿佛长大后就可以享受他们所羡慕的大人正在享受的特权。可是当他长大后却希望自己能够回到自己的童年时代。但是岁月老人永远也无法答应他的这个要求。生活只是和一个天真的小孩开了一个天真的玩笑。而生活则永远是真实的。这种真实，只有在一个小孩能够理解生活以后，生活才告诉了其真相。

其实回过头来看，生活的本质对于每个人都是一样的。叫"大"也好，叫"爸爸"也罢；睡"炕"也好，睡"床"也罢；"上班"也好，"种地"也罢；都是过一种生活。是生活，就有它自身的逻辑以及所包含的酸甜苦辣和悲欢离合等人生百味。每一种生活都是人生之旅上的一道风景，只要美丽，都会引人驻足观赏。

这样想，是否也算一种成熟？

普通话这种话

十四年前，我考上了一所省内的普通大学。

在当时周围的许多人眼里，考上大学不仅成为我自己以后人生命运的转折点，而且对于一直以来就举步维艰的我们家而言，毫无疑问从此以后也要开始出现转机了。当时的我对于这一点似乎也深信不疑。尽管后来我终于明白转折与转机实在是两个远远不能画上等号的词语。可这已经是后来的事情了。

那时我认为，既然我已经考上了大学，那么我将要去一个不再是抽象的概念而是即将成为现实的城市生活，这一点已经是板上钉钉的事情了。那时，在我的心中已经有一颗种子在悄悄地萌芽了。我觉得我需要开始为自己未来的城市化生活做点什么了。

不知为什么，那时我首先想到的就是从此可以不再说那一口像泥土的味道一样的方言。而可以名正言顺地在远离家乡的地方讲起普通话，就像终于可以在大学期间自由地谈恋爱，而不必像在高中时那样要么敢想而不敢做，或者既不敢想，也不敢做一样。我以为，我终于得到了一个可以展示自己一口"标准"的普通话的机会。想一想，在我们那儿的农村甚至县城，人们不仅自己从来不讲普通话，而且也不喜欢别人讲普通话。如果一个人在外地待了很长时间后回到了家乡，言谈之中偶尔夹杂着几句普通话的话,周围的人就认为他(她)说话有点"撇"。到现在我依然不清楚这个由名词转化而来的形容词是谁发明出来的。在许多人的观念中,似乎只有讲话不"撇"的人才能融入周围人的圈子。当时,其实就是在学校里,好像除了语文老师读课文时用普通话以外,其余时间,其余老师差不多也用的是方言。学生回答问题也用方言。偶尔有家在县城的学生用普通话回答问题,班里的其他同学虽然嘴上不说,但在心里总觉得有点异类的感觉。所以即使在中学校园的日常生活中,似乎也没有讲普通话的氛围。

因为我报考的是外语类专业,需要进行面试,而面试地点在我从来没有去过的比起我们县城来大好多倍的咸阳市。那时在我看来,这是一个我开始讲普通话的好机会。因为,第一,没有多少人认识自己,也用不着羞羞答答的不好意思。第二,讲方言别人也听不懂,所以只能讲普通话。这些都是我讲普通话的绝好理由。于是,从踏进咸阳市的那一刻起我便开始了自己正式的普通话之旅。

现在想起来,那时走在咸阳市的大街上,走进商店、饭馆、学校时的我穿着一双母亲为我精心做的布鞋,讲着一口自以为还算标准的普通话,估计再没有比这二者之间的强烈对比所透露出来的信息更能让那些和我说话的城市人另眼相看的了。

后来进入大学校园后,我发现来自全省各个不同地方的同学好像都将自己的方言(我相信许多同学都是从讲着方言的地方来到我们的大学所在的城市的)悄悄地隐藏了起来,都说着一口很流利或者夹杂着很浓厚的方言味道的普通话。同学们似乎没有多少人再去讲自己的方言,仿佛那样会让自己显得更土气了。

然而有一件事却使我改变了对于普通话的看法。记得刚进入大学以后的一天,在学校门口的商店买东西时,一位我后来才知道是学校经管系老师的女售货员对我说:"看你从乡下来的,就给你便宜一点。"我不知道这是一种什么样的逻辑,似乎乡下人常常和买不起纸和笔这样的东西联系在一起。我已经忘记了当时是以怎样的方式来回应她的,只是从那一句令我终生难忘的话中,我已经隐隐约约地感到我所讲的普通话并没有改变我的身份,也并没有消除掉我从骨子里透露出来的农民子弟的本色。一句话,普通话并没有让我变得不普通起来,虽然我已经越出了"农门"。

快到大学毕业时,进行普通话测试,中文系进行测试的那位女老师让我念一段文字并随便说一段话。大概她是想从我的讲话发音当中测验我的普通话是否标准。从来没有进行过普通话训练的我自以为发音很标准,然而结果却是那位女老师只给了我一个二甲的成绩。后来我知道班里有许多同学普通话测试获得了一甲这样令我没有想到的成绩。我终于认识到,我的普通话还带着那种来自我的家乡土地的味道。

后来我就工作了,而且转眼间大学毕业也已经十年了。这十年来,根据工作要求我只能讲普通话。我也越来越意识到,对于有些字词的普通话发音我确实读得不够标准,不够顺溜。这更证明了我的来自土地的身份。上课过程中,遇到学生提醒我某个字词的发音不准确的时候,我赶紧致以谢意,虚心接受。我觉得老师在学生面前应该保持虚怀若谷的态度。

日子也就在我这种还很不标准的普通话声中一天天向后流逝。我也似乎已经习惯了在各种场合讲普通话。我也感觉到如果一开口很莽撞地讲方言在别人看来可能显得很粗野。只是现在我已经再也没有了当初那种觉得自己终于可以讲普通话了的内心冲动。我终于发现，普通话，只是一种话。相反，我却萌生出一种想讲一讲故乡方言的冲动。只是我这些方言讲给谁听呢？谁能听懂呢？对于我曾经弃之如敝屣的方言，只有站在了叫作故乡的那片土地上才能听到。每当我听到故乡的方言的时候，对于我来说，那真有一种久违的感觉。从那些久违的乡音中，我终于觉得，许多词，对于故乡的人们而言，是生活的一部分，也是承载其情感的一种方式。虽然对于我来说，这些乡音已经成为需要擦去岁月尘埃的记忆，然而却也成为一种久违的感动。我终于明白那种亲切的乡音中所包含的生活与情感，没有在那块土地上生活过的人是难以体会的，也是难以理解的。一种语言，不仅培养着一种思维，也培养着一种情感。

综观这些年来的许多文学影视作品，普通人流行起了讲方言，而革命领袖人物却讲起了普通话。普通人讲方言的好处在于用这样的语言形式诠释和传递中国某一个地方的民性。而领袖人物讲普通话固然有助于观众的理解，然而其缺陷却在于使得人们离通过语言所塑造的真实的领袖形象越来越远。其实，一种方言的流行，不仅揭示着一个地方的民性，而且也象征着一个地方受到了人们越来越多的关注，也从侧面说明了它的崛起。而普通话似乎就不具有这样的象征意义了。

听有生活经验的人说，在市场上买东西时，一定要讲很地道的方言，说得越地道越好，这样卖主一看你是当地人，就不敢欺负你。千万不要讲普通话，否则被宰的可能就是你。想来卖主一定就是称霸一方的当地人。究其原因，大概是因为你讲普通话让卖主有一种不属于同一社会阶层或同一地域的感觉，所以非得狠宰你一顿方解心头阶层不同、地域相异之恨。这种解释似乎也不无道理。只是我们都是挨不起宰的人,所以这种经验学学也无伤大雅。换一个角度来说,这种经验,却也促进了非物质文化遗产的保护。只是,讲普通话的人越来越多,讲地道的方言防宰实在是下下之策。

浸泡在纷繁生活中的人都能够体会到,人们用来交流的语言,在日复一日的交流过程中,也随之衍变成了一种情感的表达方式,从而形成一种就像饭菜一样独具地方风味的语言味道。一个人对于自己内心的情感表达,有时普通话常常显得捉襟见肘,因为它传递不出来那种味道。虽然大家都能够理解它。而使用方言,却游刃有余。所以,保存一种方言,就是保存一种味道,也就是保存一种情感。从这样的意义上来说,贾平凹先生《古炉》的陕西方言书写也就具有非同凡响的意义了。

在平时的阅读中,我惊奇地发现,在我的故乡所使用的方言有许多竟然就是古汉语的遗存。过去被我看来土得掉渣的方言原来完全可以自豪地登上大雅之堂。《红楼梦》这一旷世杰作我竟然可以直接用自己的家乡方言读下去。因为许多词语现在依然存在于我们故乡的方言之中。而考证起来,曹雪芹先生和我生于斯长于斯的那一块土地实在没有什么渊源关系。其他诸如用"先后"指称"妯娌","世娃"指称"生娃"(因为作为动词的"世"在古汉语中就有"生"的意思,所以我们方言中将生小孩叫作"世娃"也就不足为怪了),类似这样的词还有许多。对于这样的发现,我该怎样表达自己对于方言的这一份喜悦呢?

现在,我想如果说普通话是一种规范化的语言的话,那么方言则是一种个性化的语言。我们不仅需要普通话的规范表达,我们也需要方言的个性化表达。我们可以想象，如果整个中国只讲普通话，那么中国的多少感情将无法得到表达呀！所以，我们能不能说：

普通话这种话，只是一种话而已。

看我老实，所以……

看来，老实这层皮我是一辈子也脱不掉了。

老实就像我的影子，我走到哪儿它就跟到哪儿。

这不是我的自夸。证据是，在我目前已经事实上存在的三十多年的人生当中，无论走到哪儿，从别人对我当面或背后的谈论当中，对我的印象或者说概括总是两个字：老实。如果说，别人和我相处的时间长了，觉得我这个人是个老实人，还可以理解。问题在于居然现在人人好像都会相面一样，只要我在别人面前一出现，人家就会给我一个结论：看我老实，所以……

因为做了三十多年的老实人，对于老实人我也算有了一点心得。写下来，也算是和大家的一个交流吧！

有的话要自己说，有的话则需要别人来说。比如说一个人老实。如果别人说一个人老实，那么人们就认为这个人真老实。相反，如果一个人自己说自己老实，那么在别人听来就觉得应该警惕了。说不定这家伙是一个油嘴滑舌的人，以后可得小心点。所以，老实人一般自己不说自己老实，向别人说自己老实的，其实就不老实了。

老实人的祖籍好像都在农村。我在这里绝对没有贬低城市人的意思。因为城市人一直都是我们农村人学习的榜样，学习还来不及呢，怎么还敢贬低！而培养老实这种品性的土壤就是

土地。农民关于土地的哲学是：人哄地一时，地哄人一年。所以农民最讲究实际。但并非所有的农民都不欺骗土地，不老实的农村人也大有人在。

　　老实这种品性好像遗传，回忆起来我的父亲就是一位极其老实的人。宁可自己吃亏，也决不让别人吃一点点的亏。老实好像是他骨子里的东西。有一年我们家盖房，他雇车从很远的地方拉回来的白灰还有一车没有用完，刚好村上的一户人家也因盖房要用白灰，听说我们家有剩余的白灰，就来我们家买白灰。我的父亲不仅原价将白灰卖给人家，而且连运费也没有要，更别说趁机涨价。换成其他见钱眼开的人，这样的事情是不可想象的，可是这件事情就现实地发生在我的父亲身上。那时我实在对我的父亲的老实不能理解。

　　虽然我不能理解我的父亲的老实，但却并不证明我没有我的父亲老实。

　　我对老实的理解和表现是：我不会心里想着怎样和别人钩心斗角；我不会心里想着怎样去占别人的便宜；我不会心里想着怎样用花言巧语欺骗和伤害别人，从而达到自己的目的。我从来没有过这些想法。因为我觉得一个人心里如果有这样的想法，生活一开始也许特别怂恿他，可是后来一定会被揭穿。从此他的生活就开始变得惶惶不可终日。别人也就在他背后"说"他——"说"是频婆街人的语言，您可别轻视这个"说"字，有时背后"说"一个人可比骂一个人还难听——那么他也就被大家孤立起来了。一想到自己会成为这样的人，确实心里有点害怕。所以我一直不想让自己成为这样的人。

　　我相信有我这样想法的人很多，只是他们是放在心里，而我似乎就写在脸上。也许我长得就是那种很木讷的样子，谁也不会认为这样的形象是一副不老实的样子。有时我也想装一下,可是到头来,表现得倒更像真的一样,越发让别人相信我是个老实人了。老实人的老实是骨子里长出来的,是装不出来的。不像滑头的人,人家假的能够装得跟真的一样。可是我却不能。这是没办法的事。所以我就想,老实也许就是我骨子里的东西了。

在今天的社会,别人说你老实,似乎是一种嘲弄,似乎是没有能力、没有本事的表现。多少人说过,现在社会上需要的就是那种能够偷奸耍滑、能说会道的人。而老实人只有吃的亏,好事基本上轮不到自己头上。其实,这不是老实人的错。这是从侧面说明了在中国社会的转型期,因为许多制度的不完善,让许多人钻了制度的空子,使他们有机可乘,从而造成了社会中许多不公开、不公正、不公平的事情。不过任何事情都要辩证地看,不老实的人也许太有能力了、太不平凡了,令老实的人无法望其项背。但有一天,这些太有能力、太不平凡的人就是想过平凡人的生活,也过不上了。因为他从来就没有看起过平凡人的生活,那么平凡人的生活也就看不上他了。

不过老实人也有用武之地。许多理智的女人最终还是找了一个老实的男人,一句口头禅是"这个人老实"。这说明老实能够给女人带来安全感。这样的女人绝对是聪明人。如果一个女人看上的是一个聪明绝顶的人,那么估计她以后的苦日子也就不远了。我这样说不是为老实人做广告。聪明绝顶的人也未必都是坏蛋。但人太聪明了,就可能走向愚蠢,这也是一句真理。大家都知道那句话:"机关算尽太聪明,反误了卿卿性命。"

对于老实人来说,有时就显得"不会说话"。老实人因为说的都是实话,实话是有重量的话。有重量的话抛出来,对有的人来说解恨,所以他佩服你,感激你,而对有的人来说却是揭其伤疤,自然人家讨厌你,甚至仇视你。会说话的人专拣好听的说,说得你心里怪舒服的。当然会说话的人没有傻到每天没事干专拣好听的话来给你说。只是在不知不觉中,人家实现了自己的想法。就好像理发师给你剃胡须以前,先给你嘴唇上下、鬓两边抹点剃须泡,这样你就不会喊疼了。我们应该想到,在别人面前,许许多多的人都戴着一副面具,这副面具就是话语。一个人常常有两套甚至几套话语方式。谁能想象来一个人在公众场合的表现能和在自己家里或者自己真正喜欢的人面前的表现一模一样。所以人常说,人心隔肚皮。人不是完全能够看出来本质的。可是,生活里不仅需要好听的话,还需要不好听的话,这才叫真实的生活。

　　社会上有的事情其实是哄老实人的,一切装得跟真的一样。可是老实人如果还天真地信以为真,或者幻想着为真,那就真是老实到家了,那就是对自己犯了不可饶恕的错误。关于这一点,鲁迅先生早就在其作品中告诉我们了。我们固然应该自己老老实实做人,但却不能想着别人也会老老实实做人。所以老实人最需要的一种品质是对社会生活尤其是那些冠冕堂皇的东西学会质疑。我们中国人是一个爱面子的民族。爱面子固然也不能说完全就不好,但为了面子,有时可能就要粉饰涂抹,而粉饰涂抹的东西剥落掉以后,就会露出原来的老样子的。

　　其实,老实人也是分类的。一类人是具有实干精神、正直品质的老实人。这类人我以为就是鲁迅先生所说的中华民族的脊梁。所以党和国家所提出的"不让老实人吃亏"的"老实人"应该指不让这样的老实人吃亏,让他们得到重用。这样的人得到重用，是国家和人民的福音。而另一类则是胆小怕事、没有原则的老实人。这一类所谓的老实人其实是"老好人"，老好人其实就已经不是什么好人了，所以有人说老好人也是老坏人。我看这话有道理。

　　无论是历史还是现实，对于老实人而言，其实占便宜的时候少，能不吃亏就不错了，而事实是许多情况下还是吃亏。但许多人还是愿意做个老实人，那是为什么呢？我以为，原因就在于老实人活着就求个心安理得。正像人们所说的："没做亏心事，半夜不怕鬼敲门。"这大概是老实人活着最大的利润了。想一想一个人如果成天生活在担惊受怕、被戳被指之中，那叫什么享受生活呀！

　　我们算生活的账，有时要算零账，可有时还要算总账。对于老实与否这个问题，也应该是这样。

当我发现这个世界上只剩下了我一个人

我浑身瑟瑟地骑行在乍暖还寒的沙尘里,我小心翼翼地骑行在狡猾的雪路上,我醉醺醺地骑行在昏黄的路灯下,我归心似箭地骑行在天高风急的黑夜里……

这些都是我一个人在这个世界上时的情景。

我不知道自己怎么会变成这样的形象。许多年以前,我想象了关于未来的无数的画面,却没有想象到过这样的画面。也许因为生活的路上的风景已经远远超出了我的想象。

这个时候,我发现这个世界上只剩下了我一个人,就我一个人。

所有远方的亲人都悄然隐去。我已经梦魇,我呼唤不出他们的名字。

我的远方的亲人们可曾想象过这个时候的我。

这个时候,我发现了自己,我也发现了生活。不知什么时候,她已经出现在了我的眼前。我看着她的样子,就像听见睡梦中母亲坐在我的枕边像水流一般给我说话。生活和我开始了一场无言的对话。

这时,我明白过来了,这是生活单独把我留下来想给我说几句心里的话。

在明媚的阳光里,她不说;在喷薄的冲动中,她不说;在畅想的繁华里,她不说。而在这个时候,她却把我留下来,留在一个我曾经想象不到的地方,和我一个人慢慢地说。她好像有许多话要说的样子。她知道我会静静地聆听。

然后,她又走了,又像不认识我的样子。她对我不知说了多长的时间。我静静地聆听她温柔的声音。我不知道她在什么时候已经悄然地走了。我已经被她深深地吸引。

以后,在明媚的春光里,在喷薄的冲动中,在畅想的繁华里,我又一次见到她。她依然对我微笑,这种微笑让我着迷。我甚至忘记我们之间的对话,但是很快,她和我曾经说过的话,慢慢地又浮上我的心头。当我再次去凝视她的容颜,慢慢地我发现了她脸上的微笑,原来是由生活的各种色彩调制而成,而不再是一层浅浅的笑。当我再次看到她的微笑,已经让我变得心旌不再摇荡。我知道,她以后还会和我一个人悄悄地说话。虽然不知道是什么时候,但一定会和我说话。对于这一点,我现在变得是那样坚信不疑。我总想象着是在那样的时刻——当这个世界上只剩下我一个人的时候。

夜梦朝拾

我梦见我走进了北方棉纺厂的大门。

刚一进大门一眼看见的就是一个公园一样的广场,花坛里种着许多低矮的红色的花朵。广场后面的楼房依然是二十多年前的三层楼房。我抬头看一看天,我不知道是什么时候。这是一个不知是什么时候的时候。

从大门里进进出出的人群、车辆就像土地上一小堆细小的土粒周围四窜的蚂蚁。我知道,我只不过是其中的一只蚂蚁而已。

我要去找的是我的一位朋友,也是我的一位兄长。他是我在那个屈辱的人生阶段里认识的一位生命中的至交。

刚一走进大门,在那个低矮的花园的前方,我发现在两条黄色的长凳上摆着一副黑色的长方形的棺材,棺材的前面,排成一列列,身着黑色纱裙的小学生伴着哀乐,正在跳舞。她们的舞姿舒缓而忧伤。她们正在以这种方式悼念自己逝去的老师,或者说正在以这种方式为自己的老师举行一场追悼会。这些我都不是很清楚。因为我已经离开这儿很长时间了,这里的一切对于我来说都很陌生。听说逝去的是一位年纪很轻的女老师,她还没有结婚。据说是因为一起学生的责任事故,她选择了以结束自己生命的方式来澄清自己的清白。我停下来看了一会儿学生的表演。看的人好像不多。我想多停一会儿——对于忧伤的场景我生来总是喜欢停下来观看,就像傍晚时分在暮色中观看从坟上回来的伴着唢呐声哀哭的孝子们。可想到我的朋友、我的兄长还在等我,我就再也看不下去了。我继续往前走,心里想,难道在现在的小学当老师就有这么大的风险吗?我没有当过小学的老师,但我曾经在这个地方当过一段时间初中一年级的老师。我领教过那些学生,挑剔得如同石头里挤水,光滑得如同攥在手里的鱼。

我知道这只是我做的一个梦而已。在没有做梦的时间里,我确实有好多次从北方棉纺厂的大门里走过。

是的,这里确实是有一所小学的,就在刚一进大门的右侧。学校前方的梧桐树下和墙边有许多卖着古怪的食品的摊点。那里弥漫着一种我所没有体验过的城市的小学的味道,现代而荒芜。每天到了中午放学的时间,有那么多的爷爷奶奶、爸爸妈妈在等待着放学回家的孩子。人多得就像过马路时在路边等待的人群。这些人当中有的人的官有多大,是否离了婚,是否有一个浪荡的老公或者生病的妻子,都从脸上看不出来。但从他们的脸上可以看出来的是,他们的眼睛里对于自己的孩子都是那么的虔诚。他们的孩子就是他们心上的神灵,也是他们的信仰。他们的眼睛清纯得就像山间淙淙流淌的小溪。

这里确实是我曾经"工作"——如果那也叫作工作的话——过的地方,也是我遭遇第一次人生挫折的地方。我知道那栋灰旧而油腻的职工宿舍楼还屹立在那儿。在今天到处都在大拆大建的时代,它居然能够留存下来,我觉得那简直是一个奇迹。就在那栋楼的三楼,还有我曾经居住过的一间宿舍。但它不知已经换了多少新的过客,发生了多少新的故事了。也许我应该顺便去看一看我的"故居",但最终我并没有去。那个"故居"能带给我多少辉煌的记忆呢?那间宿舍与其说是故居,不如说是遗址,像圆明园一样的遗址。

我又接着上一个梦做了另外一个梦。我不知道这两个梦之间的联系。也许梦本来就超出了人的想象,所以也无法联系。也许即使在梦里,就像在白天的生活里一样,我要想的事情还是那么多。我觉得自己就像在黑夜里坐着一辆叫不上名字的大篷车,不知怎么的,七拐八拐,又把我拉到了频婆街上。

我没有想到的是,这一回竟然是秦济慈殁了。这也许是并不奇怪的事情。一个人要殁的话,就像水流到了悬崖边,必然是要往下飞跃的。水在悬崖边跌跌撞撞地飞跃下去,激起了一朵朵的浪花,形成了一道壮丽的瀑布,堆成了一个深深的水潭。人殁了也一样,也要在人海中激起一朵朵浪花,也要让大地因为一阵阵的疼痛而隆起一座座的坟堆。现在正是起灵的时间。这一天的阳光很灿烂。频婆街上赶集的人要在街上忙自己的事情,他们依然行色匆匆地忙着赶路。他们不认识秦济慈,他殁了,赶集的人也只知道是这一家子殁了一个人而已。但频婆村上的老汉、老婆、娃娃们,却在秦济慈家斑驳的土墙下围得水泄不通。他们一边看着起灵,一边也算是送别。他们看亲戚朋友们给秦济慈送了多少花圈、斗柜;他们看他的儿子们、孙子们、儿媳们是真哭还是假哭;他们看秦济慈睡的那一副棺材是松木的,还是柏木的。那土墙是黄色的,上面长满了苍青的苔藓。戴着眼镜的陈文贵正在大门前念悼词。他的眼镜腿由两根绳子拴着。他常常看着写在一张皱巴巴的纸上的悼词。人们都在静静地听着。陈文贵的悼词总结了秦济慈的一生,悼词写得既通俗又华美。突然我感觉我自以为雄壮的"一生"这个词,现在突然变得凉凉的。

在土墙下看起灵的人群中,我突然发现了云龙——也就是我的表弟——的爷爷,也就是叫掌运的那个老汉——当年每当我爹说起这个名字的时候总让我觉得有一种很霸气的感觉。现在他已经没有当年那么霸气了,他已经变得温和了许多。也许是时间改变了他。但他还是那么精神,那么充满着频婆街上做小生意的人——比如在逢集的日子里的夏日早晨戤上一些梅李子,冬日的早晨戤上一些花生什么的——的眼光。他每到秋天的时候,就开始在频婆街上卖红芋,我吃过他卖的红芋。那时他卖的还是蒸红芋。红芋是我的姑姑、姑夫在家里蒸的。他常常对街上来来往往赶集的人说:"快来买,干面的红芋,不甜不要钱。"莫非他现在想的是,等埋了秦济慈以后,明天就可以和我的姑夫去口镇拉红芋了。口镇的红芋远近闻名。但这个时候,我却听到他对站在他旁边的一个老汉说或者他对自己说:"济慈死了,下一个就轮到我了。"他这样说的时候,脸上平静得就像在说一件往事。这一点令我感到惊讶。对于生死这个问题,他一点也不像我们年轻人。年轻人要么根本就不谈,要么说起来语气里就有一种极力在逃避的感觉,就像蜻蜓点水一样轻描淡写。也许这是他们在死亡面前懦弱的表现。

我知道这又是一个梦而已。

秦济慈现在还活着,他应该有七十多岁了吧!他家应该很幸福,因为他有几个连坐席都在谈生意的儿子。他们家住的是两层的楼房。虽然他的孙子有点不太听话,但多少也是他的骄傲。而云龙的爷爷在两年前就已经去世了。几年前,因为去我的表弟家,我曾经去过他住的厦子。他一个人孤零零地躺在炕上。我没有想到他是那样可怜。

陈文贵一定也活着。他曾经是我们频婆村上所有红白喜事上的主持。后来他就不干了，也许是因为年龄大了。接替他的是张虎。不知怎么回事，陈文贵后来却在频婆街上卖起了醋。醋是从平凉进的。频婆街上的人都说平凉的醋好吃。买他的醋的人很多，也许就凭他几十年来在频婆街上所形成的知名度。

我存在的意义就是为你提供经验

　　以我这样的性情是无法不把将为人父这样的事情看得很神圣的。这样说不是认为别人将这样的事情看得就不神圣。只是,别人也许不仅写在脸上,而且表现在实际行动上;而我则似乎不想写在脸上而只想通过来自心底的声音默默地告诉自己在行动中应该做点什么。不想写在脸上,是因为作为父亲本身就是一件很沉重的工作,而脸上轻松愉快的表情似乎很快就会消失殆尽,从而换上另外一副只有作为父亲的自己能够理解的表情的。

　　我知道,孩子的成长将是父母一生所创作的最感人的作品。

　　默默独行的岁月快要将我推向父亲这个位置上了。因为这个位置让我很自然地想起了自己的父亲。时间在不知不觉中过得总是这么的快,父亲去世已经快三年了。差不多三年前的那个春节的下午,在父亲弥留之际,一生不爱言语的他并没有为我们家人留下什么临终遗言之类的东西。而代替它的,是他眼角流出的晶莹的泪珠。那是我一生永远都无法忘记的晶莹的泪珠!虽然父亲的一生曾经承受了太多的痛苦和不幸,但在我和父亲生前在一起的所有的日子里,我从来没有见到父亲流过泪。我不知道在生命的最后时刻他为什么会流泪。是对即将逝去的生命的眷恋还是对即将离别的亲人的不舍。这个疑

问似乎成了一个让我终生都无法猜出的谜。这个谜的谜底也许只有父亲自己知道。

在父亲离开我们后的一千多个日日夜夜的岁月流逝中,慢慢地,关于我们父子之间的感觉的仔细思考代替了对于父亲去世时的无尽悲伤。同我和母亲之间比较起来,在我看来,我和父亲之间是隔膜的,我想父亲也一定会有同样的看法。想起来,我和父亲之间的这种隔膜从我上小学六年级的时候就开始了。形成这种隔膜的原因,也许正如弗洛姆在《爱的艺术》中所说的:"父亲的爱是有条件的,它的原则是:我爱你,因为你满足了我的要求;我爱你,因为你尽到了你的职责;我爱你,因为你像我。"当我读到这些话时,我觉得它对于解释我与父亲之间的关系给我提供了令我恍然大悟的启迪。如若算起来,三十多年来,我和父亲之间所说的话,可能也没有我和母亲之间一年说的话多。我常想,我们是父子,可是我们却仿佛生活在两个不同的世界里。而沟通这两个世界的话题却是那么的少之又少。这是否是父子之间关系的一种悲剧呢?

因为我们父子之间的共同话题是那样的稀少,所以似乎很难有坐在一起说话的时候。即使我们坐在一起说话的时候,似乎也变成了一种三言两语的问答。父亲从来不会去了解我心里的想法,我也从来没有想着将自己的酸甜苦辣向父亲倾诉,以期获得来自他的安慰和鼓励。用"三言两语"这样的词来形容我和父亲之间交流的状况,这是一种多么吝啬的形容。可是对于我自己来说,却是一种无法逃避自己内心感受的客观真实的描述。当我开始了高中生活而离开了父亲和母亲以后,我看到了这个世界上还有许许多多其他类型的父子关系。我终于明白,原来父子之间的关系并不总是像我和父亲之间的那样隔膜。它还可以成为像朋友那样的关系，就像我的表弟和我的姑夫之间的关系那样。可是，我们父子之间的关系大概就只能是这样的了。

我们父子之间的这种隔膜的关系，成了我生命的一种底色。对我来说，对于人生的许多观察，差不多都和这种生命的底色有关。

虽然我们父子之间是很隔膜的，但他依然能够使我从他的一生里体会他的人生经验。关于这一点，父亲似乎有他自己的表达方式：是他腊月从集市上买回来的贴在我们家屋子正中的墙上的"万事须黄金"的书法条幅；是在对我和母亲的责怪声中的"替人说话易，为人办事难"的叹息；是家里盖新房时他给每个雇来的土工买来的西瓜、鲜桃、手套和草帽。这些也许是他大半生的人生体验，对此他奉为金科玉律。但是，他从来没有语重心长地告诉过我他关于人生的经验。也许他不喜欢这样的表达方式。

虽然如此，对于从父亲身上所获得的人生经验，我觉得似乎并不少。而获得这种经验的方式，对于我来说，是从一个旁观者的角度，通过观察他后半生的人生轨迹来获得的。对于人生的许多认识，对于人生的许多感受，我是从父亲那里得来的。这一点，我想永远都难以改变。

父亲没有告诉过我关于人生的经验，但我却从父亲那里获得了许许多多的人生经验。有的，其实并不是经验，只是父亲的生存、生活和生命所揭示给我的人生教训。那些教训，在我的人生观、世界观和价值观中可以视之为经验。

这个世界上离我最近的两个人之一离我而去了，而作为我的孩子的那个小生命就快要来到了。时间把每个人都推到了

那个属于自己应当承担的角色的位置上。每一个人都会作为相同的角色被时间按顺序排列在一起。下来轮到我成为父亲那样的角色了。

父亲的称呼是一条长长的路，我要上路了。

也许，许多人从旁观者的角度看来都觉得他们的父母一生中有着太多的遗憾和不足，而且都自信着自己一定能够比父母做得更好。父亲的一生就是他自己创作的作品。对于父亲的这部作品，对于其中的许多部分我认为是可以改变的。下来，该轮到我创作自己的作品中最重要的部分了。

在我的心底，只是有一种愿望，但愿我和父亲之间的隔膜不要再次轮回到我和自己的孩子的身上。我知道，这个世界上有许许多多的孩子从小都很喜爱和崇敬他们的父母，视他们的父母为这个世界上最伟大的人。可是后来他们却离自己的父母越来越远，直到有一天他们终于理解了自己的父母。可是，生活却再没有提供多少机会让他们和自己的父母相处在一起，以弥补他们对于自己的父母曾经疏远的情感。

我知道，对于一个幼小的生命来说，我的孩子需要我的经验。因为世界上有些东西是永恒的，这一点并不因为科学技术的线性进步而改变。而人们也越来越明白一个道理，科学技术并不是万能的。正因为如此，我们每一个人倾其一生所积累的经验，人类世世代代所流传的经验，也就具有了永恒的魅力，从而散发着永恒的光芒，穿越着亘古至今的历史隧道。作为人类进化链条上的一环，我想我存在的意义就是给孩子提供人生的经验。给孩子提供人生的经验，既是我存在的意义，也是我存在的责任。

扩而大之，我的存在不仅是只为自己的孩子提供人生的经验。我的过去、现在以及将来，也在为我周围熟悉的、陌生的人提供经验。我的存在，对于人们而言，就是一种人生经验，或者说，是一种人生教训。我想，其实只要我做得足够勇敢，无论是经验和教训都是留给这个世界的一点财富。其实这个世界上的每一个人，他们的存在也何尝不是在为别人提供经验。只是因为每一个人都体现了这样的存在意义，所以我们每一个人的存在意义便被别人的存在意义遮蔽了。可是，对于我们周围的人来说，对于与我们相关的每一个人来说，我们存在的意义就提供经验这一点并不能被遮蔽，它们永远都处于澄明状态。关于这种经验，对于前人来讲，是已经完成时的凝结的经验，而对于我们自己来说则是正在进行的鲜活的经验。

　　想到这一点，我感到了自己存在的价值，我的存在就是为与我相关的人积累人生的经验。这是一种多么荣耀的人生使命啊！

当我老了，应该是叶子的样子

人是慢慢发现叶子一片一片变黄的。

时间是在九月里某一天的某一个时刻，开始是路边树上的一两片叶子黄了，然后是树上其他的叶子一片跟着一片黄了，最后是路边整个树上的叶子都黄了。就是那些心里还眷恋着绿荫的叶子也不得不说服自己：这回该变黄了。

最后，整个城市的树上再也找不到一片绿色的叶子了。

人这时依然懵懵懂懂地徜徉在头顶已经变得像金色的丝绸一样柔软的阳光下。叶子感染了阳光，阳光磨去了棱角，变得亲切温和了许多，不再像夏季那样刺痛着人的眸子，还有人心里的家园。也许阳光像叶子一样，也老了。

叶子想给这个世界最后留下一点什么。事实是，它们创造了一个黄金一样的世界，金色的温暖；一个黄金一样的世界，快乐的喧嚣。虽然叶子属于天空，这时，却也召唤了人。人在这个黄金一样的世界面前，似乎变得多情而诗意。人说，这头顶的黄金一样美好的世界啊，我多么渴望我一直徜徉在这样的一个世界。就像一个玩累了的孩子，满头大汗地跑进祖父祖母温暖的怀抱，亲切地喊一声爷爷奶奶，理直气壮地回答他们的呵责，然后幸福地撒娇，自由地歌唱；就像穿着洁白的连衣裙的女孩，站在一望无际微风徐徐的大海边，闭上双眼，舒展双臂，沐浴海风,享受着海风的无限清凉,感受着海风的似水温柔。女孩觉得自己是大海的孩子。人这时站在叶子染黄的世界里,觉得自己也成了黄叶的孩子,投入了黄叶的怀抱,忘情地感受黄叶的明亮、温暖和抚爱。人觉得自己这时也成了祖父祖母怀里的孩子,像那个在海边闭目享受着海风的女孩。这个时候,人才发现,人是多么需要舒展,多么需要关爱。人这个时候突然有了一种想哭的感觉。人这个时候感觉到了自己的软弱,觉得这个时候自己不需要坚强。

　　黄叶把整个城市都染成了黄色。当人发现整个城市都变成了黄色——或者说一种不得不停下来凝望的金色——的时候,人对于黄叶在自己面前所显示的力量,已经感到有点不知所措,但又不知道如何是好。这时,人面对的城市已经成了一座金色的城市,一座像在头顶飘浮着一条条金色缎带的城市。人就想,这条金色的缎带是黄叶给城市做的一条金色的围巾吧?黄叶想,人在这个季节里感到寒冷,城市在这个季节里也一定感到寒冷。人围上了大大小小、各色各样、风韵无限的围巾。像人一样,城市也应该有这么一条长长的厚厚的金色的围巾。人围上这样的一条围巾一定温暖而幸福,风韵无限;城市围上这样的一条围巾一定也温暖而幸福,魅力无穷。黄叶心里想过,凉寒的季节创造着一种不同于温热的季节的美的形态:臃肿美。这种美的形式符合美的自然法则。

　　没有人告诉叶子,它为什么黄了,但叶子心里明白。叶子知道,当生命的年轮扩展到这个季节的时候,阳光和大地已经无力再给它更多的爱了,阳光和大地说它们老了。叶子怎么能不理解孕育了、哺育了、养育了自己的阳光和大地呢?叶子感谢阳光和大地带给它们的生命,还有它们漫长而短暂的一生。叶子开始回想自己的一生,曾经的嗷嗷待哺,曾经的风吹雨打,曾经的繁花似锦,曾经的绿树成荫,叶子的心里袭来一阵沉沉的忧伤和沉重。叶子的忧伤和沉重谁能够理解?这一点没有谁能够知道。人这时清醒过来了。人仰望着树上的叶子。人想着叶子一生走过的春风、夏雨和秋霜。对于叶子来说,没有冬雪。这样的三个季节,就组成了叶子的一生。叶子的一生短暂而漫长。人透过叶子的一生,就好像看到了人自己的一生。

人知道,叶子一片一片由绿变黄,那是叶子老了,叶子真的老了!这一点让人有点猝不及防。人看着叶子老了,心里就有点悲伤,但人不知道怎么去安慰叶子。人知道,如果自己跑去安慰叶子,即使叶子能够听懂人的安慰,叶子还是照样要一天天老去,而且要一天比一天老得更快。那又有什么意义呢?最终,人只能平静地看着叶子在不断地老去,人只能接受叶子不断地变老这一现实。人对于叶子的老去和叶子一样无奈。

对于叶子来说,叶子的老去是叶子一生中具有象征性意义的开端。叶子告诉了人这样一个残酷的平静的现实:秋天已经来了。人似乎已经忘记了这一点。秋天来了是叶子的一句含蓄的表达,意思在后面:秋天来了,冬天还会远吗。

不远了,眼看就来了。

对于叶子来说,叶子老了——叶子似乎只有远离自己,才能看清自己已经老了这一事实。这一事实预示着那个无论人说它是似水年华,还是如火岁月的夏天都将开始一天天,而后变成一分分、一秒秒地淡出了叶子的一生。它开始成为人们心中的关于叶子的一生或者眷恋或者告别的记忆。

老了的叶子,并没有在这个世界停留多少天。叶子心里清楚,带走它的死神正走在路上。

终于,叶子进入了它生命的最后一刻,它轻轻地又沉沉地从树上落下来。这一点更让人猝不及防。

叶子一片一片向地下落去。叶子在风中疼痛得打滚,但很快它就变得平静下来了。叶子的疼痛只有树知道。风在帮它擦去脸上一点一点的泪痕。叶子已经知道了,大地是它最终的归宿,它要投入的是大地的怀抱。知道了这一点,叶子就变得坚定而决绝。这时叶子已经表现得视死如归,慷慨激昂。叶子在向人展示着自己生命中最后的风采。人这时终于清醒过来了。人在落叶的飘零中停了下来,看着,回味着,思考着。人突然觉得,在这样的时候,叶子冷静了人自己曾经的激情,叶子回归了人自己遗忘的思考。人突然发现,叶子用叶子的温暖,人用人的眷恋,在人和叶子最后的生命时刻营造着一种弥留之美。这种美,人一生都难以忘记。

时间已经到了十月里某一天的某一个时刻,树上所有的叶子都落了,只留下了树挺立在大地上。城市这时变得疏阔而宁静起来,就像孕妇临产前的神圣和安谧。但人却觉得自己的一切都被叶子带走了。人感觉到自己心里清净了许多,人也感觉到自己的心里空了许多。更让人难以置信的是,时间的脚步声也轻了许多,慢了许多。人还不知道下来的世界是什么样子的。人还不知道下来的大地上到底在孕育着什么。那一切似乎还很遥远,人想象不来。

人在城市里无聊地徜徉,头顶已是阴郁的天空。人这时低下头来,看到了一堆堆燃烧的落叶。那是一堆堆用它们的身躯羽化成青烟的烟火。人觉得自己应该变得肃然起来。人让自己抬起头来,目送着落叶的涅槃。这是人同落叶最后的告别。这时,人发觉自己闻到了燃烧的落叶带给城市的味道。这种味

道已经逍遥着在城市的上空漫游,就像水里的鱼,天空的鸟。最后,它让城市里所有的人都闻到了它的味道,一种蓝色的味道。最后的最后,这种味道消失了,没有留下任何的笑貌和音容。人这时却突然想痛痛快快、淋漓尽致地大哭一场:叶子啊!我的叶子!人真的就哭了,哭得很伤心。人把自己蓄积在心底的感情全部哭出来了。从叶子的出生,哭到叶子的离去。最后,人不哭了,人哽咽着说,叶子直到最后一刻还在用自己已经冰冷的躯体燃起缕缕青烟温暖着、提醒着就要进入冬天门槛的人。这是叶子最后所能给人的温暖。叶子走了。冬天就要来了。冬天,那个冰天雪地、天寒地冻的冬天。

说到这里,人忍不住又一次哭了。人知道,自己又要生活在没有叶子的城市里了。

人常常说,我怜念这个季节的黄叶,我怜念这个季节的落叶,我怜念这个季节里因为一片片落叶而升腾起的一缕缕青烟。我从没有见过这样的季节的黄叶,也从没有见过它所营造的世界。在这样的一个季节,树上的黄叶,飘落的黄叶,燃烧的黄叶,它们营造了我心中的一片生命中的风景,它们想象了我生命中的未来。

世上那一片一片人爱着的叶子走了。给人留下的是关于叶子的回忆,一生一世。人说,我回忆叶子是向叶子的致敬。

人终于彻然大悟了,人发现自己也老了。人这时想,当我老了,应该是叶子的样子。

风

炕·床

有些东西在我们生下来的时候并不就是和我们有缘的。像床,对于我来说就是这样的。

小时候,在我的想象当中,床是和幸福联系在一起的。但床离我又是遥远的。那时,我觉得床就是幸福家庭的一部分。可是,我又想床肯定是与频婆街人没有关系的,频婆街人是不用床的。想一想,频婆街的气候,冬天冷得人的耳朵都可以被冻掉。谁都知道床还是没有炕睡着暖和——即使使用电热毯。但是电费那么贵,如果每天晚上都用电热毯的话那真是一种很奢侈的行为。而炕则是我们生活中最熟悉不过的一部分。那时,我总觉得炕很土——它确实就是用土做的。想象一下,与炕相应的床,干净的床单,舒适的缎被,床头柜上温馨的灯光,床周围清雅的墙裙。这是我在邻居家的电视上看到的情景,这也是我对床的想象。床对于我来说仿佛是一个很遥远的概念,与床有关的生活离我就更加的遥远了。

不知睡床的人过着一种什么样的生活。

因为,像频婆街上许许多多的伙伴们一样,我的童年是在炕上度过的。像许多人家一样,我们睡的是炕。

炕是我们屋子里的一个组成部分。

说起炕,就需要先说一下"盘炕"。"盘炕"是频婆街人的叫

法,就是在屋子里做一个炕。

炕盘起来很麻烦。首先需要的东西是泥坯。常常是麦收过后,许多人会在碾过麦的场里用一个约一平方米大小的正方形的木模子脱盘炕时用的泥坯。那时经常能看到一排排表面被抹得十分光滑的泥坯有序地摆在场里。做这种泥坯前先要在地上撒一层草木灰,这样泥坯不会粘在地上,到时候干了容易揭起来。

等这些约有一个指关节厚的泥坯干了后,人们就用架子车拉回家存放起来,等着盘炕的时候用。那些在夏日炎炎的烈日下辛辛苦苦脱出来的四四方方的泥坯对许多人来说是他们家庭财富的一部分。

炕,有在新盖的房子里盘的,也有因为原来的炕塌了,另外盘的。有自己盘的,也有请别人盘的。盘炕是一门技术。检验一个人盘炕技术高低的标准在于他盘出来的炕热不热。而这里面的技术在于炕面平不平,不平的炕面是很容易塌掉的。炕洞里面要填土,这样能够少烧柴而且保温。炕面被抹得差不多时,就要把炕赶紧烧起来,让炕面慢慢干起来。然后趁着炕面还没有完全干起来,在炕面上搭上木板进一步抹平。接着又烧,让炕干得更快一些。这时炕面上放上麦秸,让麦秸吸炕散出来的水汽。这时的麦秸是擦炕面出汗时的毛巾。刚盘好的炕要连着烧,是为了让炕干得快一点,干得扎一点——就是完全干了的意思。没有干扎的炕,人不能睡,对人身体不好。

炕干扎了,就可以睡人了。可以睡人了,人与炕有关的生活也就开始了。

炕上要铺席,无论是刚从街上买回来的一张和炕大小相当的用鹅黄的苇篾编织的新席,还是已经用过的被烧了一个黑色大窟窿或者已经破成一片一片的烂席,被用来铺在了新盘的炕上。席上再铺上同样崭新或者破旧不堪的褥子、单子,这样就可以睡人了。当然,也有只铺上几张烂席片,没有褥子、单子,晚上只盖一张又黑又脏的破被子的人家。频婆街上的人说这是过着"溜精席"的日子,用以形容其家庭生活拮据之极。"溜精席"的日子许多人家都过过,那时大家谁也不笑话谁。不过后来,许多人已经过上了不再"溜精席"的生活,而有的人还在过。

席下常常压着家里的母亲们用报纸或者旧书剪成的鞋样,褥子下压着用糨糊粘好的鞋面。有时一毛两毛、一块两块的零花钱也常常被放在席下。时间长了,当一些东西找不到了,家里人常常会提醒:揭开席看一下,可能就压在席下面。揭开席以后,不见的东西果然找到了。许多人大概都养成了这样的习惯,常常会将钱呀、各种票据呀、信呀什么的,顺手压在席底下或褥子底下。小偷好像已经谙熟了人们的这种习惯,进屋后会首先掀起屋子里炕上的席呀、被褥呀,去看是否藏有钱呀什么的。而那些马大哈们常常让他们并没有感到特别的失望。

在屋子里面,炕要么占据了屋子的一角,要么占据了屋子的整个一侧,从来没有人将炕盘在屋子中间或者靠墙的中间——炕有自己的个性,盘炕的人必须顺着它。家里孩子多的人家,常常盘的是有两个炕洞门的四五筒大炕,晚上两个炕洞都烧起来。炕的一边总是靠着窗,这样太阳出来了可以取暖,也可以采光,还可以利用窗台放东西。炕的正前方或者一个侧面如果裸露着,这样天长日久就会被烟熏火燎得烟迹斑斑。女人们常常用报纸将炕的这两面糊起来。但时间长了,报纸也常常被不小心划破或者被小孩涂画撕扯掉,掉下来的报纸好像风中摇曳的蜡烛。夹杂着麦秸丝的泥墙又露出来了,一副破败的样子。

频婆街人烧炕用的有麦秸和煤两种。庄稼人差不多都用麦秸,它是碾过场后留下来主要用于烧炕的。而像医院、粮站、学校、税务局等公家单位里的干部职工烧炕都用煤。频婆街离煤矿很近,买煤很容易,也很方便。可是没有人卖麦秸,那是留着自己家用的,一般不卖。

有一年去西府,发现那儿的人们也烧炕,但是那儿的炕洞口都在屋子的外面。这一点和频婆街上的人不同。频婆街人盘的炕的洞口都在房子里面。那时心里想,西府人的这点创造,确实可以让屋子里因为不提进来煤呀、麦秸呀这些东西而更干净,烧炕的时候屋子里显得也不邋遢。可是冬天的话,天下着大雪,站在房子外面烧炕,也挺冷的吧?或者也许西府的冬天不像频婆街的冬天那么寒冷吧!十里不同俗吧!

夏天的炕是几乎不烧的,天气晴好的时候,中午将炕上的被褥拿出去在太阳底下晒一晒就好了。晚上躺在白天太阳留下的味道里睡觉,凉下来的夜让人觉得好不惬意。只有下雨天,在炕洞里放上一把柴点燃,只要人睡着感到不潮就行。冬天的频婆街要么寒风凛冽,要么冰天雪地,即使有阳光的日子,也是寒阳一片。这时节频婆街人早上起来后,都会早早地将炕烧热。不像夏天炕上所有的被子都折叠起来,这时白天炕上总是暖着一个被子,人感觉冷了就可以上炕去暖一会儿。冬天里的频婆街真的很冷呀!频婆街的人很热情,如果有亲戚邻居来了,主人会热情地招呼道:"地下冷,上炕来坐着。"这是频婆街人的淳朴,也是频婆街人的礼仪。

冬天里,当你在频婆街的每一户人家里听到了这样热情的招呼,再冷的天你也不觉得冷了。

频婆街上差不多每一个人的生命的一半都是和炕联系起来的。炕是频婆街人的一部分,与炕有关的故事很多。

母亲说,在我一两岁左右的时候,有一次因为炕烧得太热,胖墩墩的小屁股被烧烂了。她一时着急不知道该怎么办,就去找我的祖母。还是我的祖母有经验,赶紧用麦面烧凉的糨糊贴在我那烫伤的地方。令母亲高兴的是我的小屁股居然一天天地好起来了。

上小学的时候,母亲常常在晚上睡觉前在一张瓦上放上几块切开的馍片,然后放进炕洞里。第二天早上起来的时候,从炕洞里取出来的是金黄酥脆的馒头片。那是我早上去学校时带的美味佳肴,我的许多同学也和我一样。那时我们早餐还没有吃过牛奶面包什么的。

冬季蒸馍,前一天晚上母亲常常将和好的面盆盖好捂在炕角的被子下。面盆和人一样在炕上休息上一晚上,到第二天早上,面就发酵了,扑哧扑哧,常常像烧开的水一样。前一天晚上只有半面盆的面这时将盖在它上面的盘子顶起来,发出来,有时连被子上也沾满了面团。这是因为炕烧得太热的缘故,好在这样的情况很少。频婆街人冬季常常这样发酵面团。

在频婆街上,如果有人家遇到婚丧嫁娶、小孩吃满月或者盖房这样的事,女人们常常把放着黄豆的盆子像发酵面团一样放在炕角用被子盖起来。那时,街上还没有像现在一样专门卖豆芽的人。慢慢地,一天,两天,黄豆就发芽了,长出了一根根莹润的长长的勾连在一起的豆芽。那些豆芽都是招待亲朋好友的美味佳肴。而拣豆芽这样的活计都留给了年迈的老奶奶们。她们年纪大了,已经不能像年轻人一样跑前跑后了。请她们帮着拣豆芽,这是一个不太累的细活,这样她们也可以坐在炕上。

这是频婆街人对老奶奶们表达的一种关切。

炕有自己的性格。它给人们带来温暖,可是有时当它发起火来什么也不顾了,把席、褥子、被子什么的烧出一个大大的黑窟窿或者烧得再也铺盖不成了。烧完炕以后,时间还早,许多人就到邻居家看电视或者串门去了。结果回来以后发现整个屋子里乌烟瘴气,幸好并没有酿成大的火灾。这些都是一种酸楚的记忆。生活是度的艺术。

这些都是早年与炕有关的记忆。

这些年,频婆街上的人依然还在睡炕。但现在的炕与过去的炕相比已经完全不一样了。现在,人们已经不用再去在场里脱盘炕用的泥坯了。频婆街上的预制场里专门有卖比盖房用的楼板薄一些的水泥板,专门用来供人们盘炕的。用这样的水泥板盘的炕容易吸热,而且不易塌掉。小孩即使再怎样在这些水泥板盘的炕上跳来跳去,大人也不会担心炕被跳塌的。二十年前大人斥责在炕上跳上跳下的小孩的声音仿佛还在耳边。而且,炕沿、炕的侧面都用清新整洁的瓷板砖贴起来了。人们在二十年前用水泥将炕沿简单地抹一下,用报纸将炕的侧面糊起来的样子仿佛就在眼前。炕上铺的、盖的早已是毛毯、太空被什么的了。频婆街上再没有"溜精席"的人家了。人们已经不用铺席了,而是铺上了毛毡。毛毯、缎被、太空被已经成了炕上的一部分。炕的感觉,看起来就跟二十年前在电视上看到的床的感觉一样:清新、舒适。频婆街上,逢集的时候再也见不到卖席的人了。听说,在三水县编席的工艺已经成了一项濒临失传的民间艺术。

频婆街的生活在悄悄地发生着变化,就像每逢农历二、五、八日频婆街上摆出的各种各样以前你从没有见过的商品一样。

当你不生活在频婆街上以后,这种变化会让你更加的惊奇。

现在频婆街每一家都有了各种各样、大大小小、舒适宜人的床,但炕却始终还留着。频婆街上的炕变得越来越漂亮了。睡床的人越来越多了,可是在寒冷的冬天,许许多多的人还是喜欢白天坐在炕上,晚上睡在炕上。因为炕更有家的感觉。炕是用火温暖着的家。

我的童年是与炕联系在一起的。但与床却也有过一份不解的情缘。在我上小学六年级的时候,有人从四川拉了一批竹床在频婆街的集市上来卖,有单人床,也有双人床。我的父亲也许想到夏季在院子里乘凉方便吧,也从街上买了一张单人床回来。那一天,放学回来后,当我看到了放在院子里的单人床时,那种感觉大概就是后来知道的心理学上讲的"高峰体验"这一术语所描述的感觉吧!那时,我觉得再也没有什么人生奢望了,我已经很满足了。那一天晚上,我就睡在了那张床上。这是我的生命中第一次睡床。

睡在这样的一张床上,每一天晚上做的梦仿佛都是甜的。

放暑假了,我就专门在屋子的另一角靠窗子的地方开辟出一块地方来。床前放着家里那张黑色的长桌,桌前一把椅子,椅子的对面就是我的那张心爱的竹床。那时,在我的心里,似乎总想营造一个属于自己的小天地,因为父母一时无法给我那样的小天地。

和那张竹床相伴的几年是快乐的,也是令人难忘的。每一个夏天,都让人感觉是那样的惬意,生活就像从炎热的午后从浓密的树荫里吹来的一阵阵令人心醉的凉风。

可是后来,听母亲说,父亲买的那张心爱的竹床因为天长日久已经被虫子蛀蚀得破烂不堪,它再也不能睡人了。后来就被邻居建权拿去作为卖西瓜的案子了。从此再没有关于那张竹床的消息了。

岁月一天天在流逝,生活一天天在继续。

高二寒假的时候,父亲买了一台电视机。为此我高兴了很长的时间。从上高中以来我总希望每年父亲能给家里添一样让人感到现代一点东西。有了电视以后,我希望有一张舒适的像样的双人床。我的这个愿望是通过母亲传递给父亲的。那一年暑假回到家的时候,我惊奇地发现,父亲终于从街上的商店里买回了一张和过去的那张竹床完全不一样的双人床,看上去让人感到那样温馨、舒适。可是,突然我却有一种说不出来的感觉,再也没有当年面对那张竹床时的快乐和幸福。买一张这样的床,对父亲来说,是相当不容易的。他不知给别人下过多少天的苦力。

离开家了,也许我慢慢长大了。

从此,我再也没有想过让父亲每年给家里能添一样现代一点东西。

从上高中后离开家到现在,我过着与床有关的生活。炕是不能移动的家,床却开始了我移动的人生。童年时代对于床的无限神往慢慢地在生活的磨难中早已隐去。日子,只剩下了生活。

倒是从此,睡一睡童年睡过的炕却成了我生活中最大的梦想。而这样的机会只有等到寒暑假回到家里那有限的几天才会实现。

父亲已经去世了。他的遗体最后停放在家里那张用门板支起来的灵床上。

有时,突然想到一个问题:一个人,一生要睡多少张床?婴儿时的摇篮是一个人最初的属于自己的床,小时候属于自己的床,上学集体宿舍里的单人床,成家立业后家庭里的床,出门在外时住在宾馆里的床,生病住院时医院里的病床,以及当我们的生命结束时的灵床。每一张不同的床将我们生命的一半左右的时间连接了起来。它们见证了我们人生的酸甜苦辣,悲欢离合。不同的是,一些人终其一生睡的都是床,一些人终其一生可能睡的都是炕。

　　静下心来想,床,是移动的炕;炕,是不动的床。床也好,炕也好,停息的其实都是人生。

与麦子有关的那些记忆

在南方,有大米;在北方,有小麦。小麦,没有大米的洁白晶莹,但却和大米一样养育着人。在我的心目中,大米是高贵的,对于任何一粒米的浪费,都是一种亵渎;小麦则是静穆的,对于任何一粒小麦的糟蹋,都是一种犯罪。

我出生在北方,北方的主食是小麦。人们变着法子将小麦做成各种可口的食物。我知道大米则是后来的事情。我们吃大米,不像南方人将其作为每天的主食,一年三百六十五天,吃大米的日子屈指可数。大米的吃法就是炒米饭。小时候,在我眼中,大米似乎就是只能这样吃的。同小麦做的各种食物比较起来,炒米饭则是一种一年难以吃上几次的好饭,就连吃肉也似乎没有吃炒米饭的地位那么高。肉,出了家门就可以买到,大米则似乎要到县城才能买到。所以,吃炒米饭一般是在最特殊的日子里,比如家里有客人来了。

吃米饭的日子毕竟不多,就像有客人来家里的日子并不多一样。这只是一种点缀。更多的日子是一家人在吃小麦做的面条和馒头等各种主食中过着黑了明了、阴了晴了、哭了笑了、生了死了的平常日子。

就这样,小麦做的各种食物我们一直吃到现在,而且也一定还要吃到将来。

近二十年，在家乡，自从人们怀着发家致富的梦想大面积种植苹果树以来，已经好多年看不到小麦的身影了。童年时记忆中那一望无际的田野，现在则让枝繁叶茂的果园遮得密不透风。人们仿佛换了另一种生活。因为苹果，人们不再种麦子了，都是从粮油店买面粉吃。慢慢地，有人感叹着说，我们这儿有好多年没有见到麦子了。是的，好多年了。二十年前，与麦子有关的一切常常成为人们永远无法摆脱的话题。于是，常常有点怀念小麦，想起和小麦有关的岁月里的人和事。

一

五月底左右，太阳用一把神奇的黄色的画笔从南向北一路染黄了辽阔的中国大地上一望无际的麦海。收割小麦的联合收割机和古老的镰刀也从南向北一路直奔而来。当许多人们从关中"撵场"回来的时候，自家的麦子也熟得差不多了。

在此之前，人们在一个凉爽的夏日清晨，将几家人合用的麦场用碌碡拉着碾平，铲去四周的杂草，人们称此为"割场"。一年了！一年的雪雨风雹，让一年前那个光堂堂的麦场皱起了皮，它光滑质感的皮肤变得松软起来了。割过的场是为新一年的小麦准备的新房。它是迎接小麦到来的序曲。

此前，镰上用的刀刃也买了，扫帚也买了，还添了一把新木锨，几把新杈。

此时，万事俱备，就等小麦黄了。

一天过去了，两天过去了，终于有人开镰了。但是，有的人家的麦子似乎还有点绿。于是，大人那几天早上、下午都要去地里转一转，看一看，看麦子黄了多少了，可以割了没有。黄色是那几天里人们最希望看到的颜色。见面后人们的第一句话就是："割开了没有？""还绿着呢！""还得等两天。""明天准备割。"这是那几天人们生活中的口头禅。

绿色最后终于被黄色驱赶得无影无踪。终于整个田野都开镰了。龙口夺食。清早，人们早早地就进地了。拉着车子，车子上放着镰、磨刀石，人们带着草帽，手里提着水壶。路上都是进地的人。人都是村里的乡亲。

大人在地里割麦，小孩负责往场里拉麦，老人在家里做饭。

麦割得有一些了，大人告诉小孩一点一点往场里拉。大人要帮小孩装好车子。装得好，才能拉得好。小孩没有经验，麦捆装得倾斜了，在路上走不了几步，准翻车。那是一件比较麻烦的事情。装的过程中，还要看车前面装得重了，还是轻了。重了，小孩抬不起车辕，轻了，压不下来车辕。不轻不重，多重的麦子也就那么重，甚至也不觉得那么重。装好麦子以后，拴在架子车厢后横杆上捆麦子的两股绳子绕过一个木挡从麦子的正中撂过去，然后当父亲的用肩顶住一个车辕使劲往下拉绳子，小孩和母亲在旁边帮忙拉紧。装得好，也要捆得紧。这样，左右车辕一边一股绳。大人帮小孩从地里往路上拉，小孩、母亲在后面掀车。第一次往外面拉，有点艰辛，需要使出浑身的力气，这是为了压一条车辙，以后再走时就比较轻松些。

父亲将装满麦捆的车子拉到了地外面的路上，把车背带交给小孩，母亲叮咛小孩路上小心，拣平处走。常常是，哥哥或姐姐在前面驾辕，妹妹或弟弟在后面掀车。一路欢歌。

不知不觉到了中午，回家吃饭，或者小孩顺便把饭带到地里。割麦的这一天，如果家里的老人已经去世，女人则早早地起来，把中午吃的饭菜做好。中午的饭很简单，馒头、咸菜，凑合着吃。许多人家的饭桌都安排在了地里。麦捆是凳子，不要桌子,要的话就是自己的双膝。

二

麦子收完了,家家的麦子在麦场里锋芒毕露地堆在一起,仿佛是要参加体育竞赛的各路健儿。整个麦场密密麻麻,如同一座迷宫。小孩在其间追逐嬉戏,常常进得去,却出不来。

每一家的麦子都似乎在迫不及待地等着上场展示自己给主人带来的荣耀。可天公却并不总是乐意合作。突然,漫卷的狂风,黑压压的乌云如同紧急的命令,把一家家的老老少少都召集到场里来了。人们扛着杈,拉着塑料纸。这时那些挤挤挨挨地排在一起的小麦要赶紧摞起来,摞成一个圆圆的高高的麦垛。

这个时候老人成了麦场上最权威的专家。他会选一个地势高一点的地方,底层将麦捆放倒依次排成一个巨大的圆,然后一层层收缩着往上堆积。儿子、媳妇和孙子都要听他的指挥。他们的任务就是飞快地往老人要求的地方扛麦捆。突然,传来阵阵雷声,十万火急。大人跑得快,小孩跑得欢。小孩的小脸跑得通红通红的,一副生龙活虎的样子。风声、雷声、大人小孩的喊叫声,交织在一起,好不热闹。你家摞完了,赶紧跑过来帮他家摞。这是一场和时间赛跑的紧急战斗。土地开裂时人们盼望的甘霖在这个时候常常会成为无情掠夺人们食物的罪魁祸首。人们最明智的做法是未雨绸缪。

终于赶在雷雨前,全场的麦捆终于被大人小孩收归到一个个麦垛上了。麦垛上方,苫上了从家里拿来的塑料纸。人们终于长长地舒了一口气。

雨终于还是来了。雷雨,铿锵有力地下上几十分钟,然后偃旗息鼓,然后不知去向,最后让清新的空气和腾空的彩虹出来向人们表示歉意。一切都湿漉漉的,雷雨给大地洗了一个痛快的凉水澡。还有,持续几天的霖雨可能会忧郁地下起来,一连几天,昏天黑地。雨不理解人焦急的心情,人不停地往场里跑,看麦长芽了没有。麦长了芽,人的心里就像吃了长了芽的麦子一样,一年心里也黏黏的。人的心事,天不知道。

雨有时也给人搞恶作剧。人忙活了半天,结果,天又放晴,太阳又出来了。人们又气又笑,嘴里骂道,这个鬼天气!可人能把天怎么样呢。天就是天,人就得听天的。

三

麦捆向往的是碾场。碾场的那一天是麦捆一生最荣耀的时刻。那一天,也是每一户人家的节日。

这一天,整个麦场成为一家的麦捆搭的舞台,其他的麦垛都成了即将被碾掉的麦垛的围在四周的热心的观众。一大清早,人们把麦捆从麦垛上撂下来,解开它的腰带,摊在场里,让初升的太阳晒一晒,晒去麦捆上的水汽。摊场的时候,麦捆有多少,就摊多大,可以大到摊一整场,或两场,三场。左邻右舍都来了,帮着摊场。场被摊成一个空心圆,这样碾场的车碾起来容易,也能把麦捆碾干净。

太阳晒得差不多了,碾场的手扶拖拉机进场了。手扶拖拉机和司机是这一段时间最忙的机器和人物。手扶拖拉机后面牵着一个长长的大碌碡,绕着麦场转圈。小孩很高兴,喜欢让司机把自己拉在车厢里在麦场上转几圈,从此过了一把坐车的瘾,也让自己在大人的嗔怪声中风光一次。

场外的空地上,放着杈、推耙、扫帚、水杯、水壶和香烟。司机开着车在碾,大人和邻居在一旁观看,小孩在车上不时做个鬼脸,以引起大人的注意。大人又好气又无奈地说:"小心着,不要掉下来。"小孩才不理解大人的心情呢!

　　一场碾下来,刚开始那些沸沸扬扬的麦穗都平静地躺下了。车停下来了,主人忙走上去让司机下来喝水,抽烟。大人们说了一会儿话,接着主人和邻居每人拿起一把杈,去把平展展的麦子再次翻开。经过这一碾,麦穗有点元气大伤,似乎再也张扬不起来了,只是勉强地撑起来而已。继而再次经受碌碡的碾压,直到一蹶不振。

　　抬头望去,周围,尖尖的麦芒,天空,尖尖的太阳。

　　这个时候,一个小学生推着自行车从路的那边远远地走来,车座后面是一个白色的大箱子,嘴里不停地喊着:"凉——甜——冰——棍。"声音拖得长长的,老远就可以听见。大家心里都痒痒了。主人笑着说:"冰棍在叫我们了。大家好好干,我去给咱们买冰棍。"主人向卖冰棍的小学生走去,其他人在继续翻着被碾平的麦秆。

　　主人掬着一大捆冰棍回来了。招呼大家先停下来,凉快凉快再翻。大家一个一个都嘻嘻哈哈地跑到树底下来了。冰棍一人一个。主人多买了一个,那一个就留给家里的馋猫,馋猫好不高兴。盛夏的叶子发出阵阵银光,知了不知在树的哪个枝杈间声嘶力竭地喊热。主人、司机、邻居,吃冰棍,喝茶,抽烟,有说有笑。

四

　　场碾完后,要"起场"。这时场上好不热闹。大人先用杈将碾碎的麦秆挑起来。这是一门艺术。不能让碾下来的麦粒麦壳混在麦秆里面。这种活一般不让没有经验的小孩去干。小孩没有经验,也没有劲。大人将挑起的麦秆用车子拉到或用杈挑到堆麦垛的地方。堆麦垛也是一门艺术。选择的地方要利水,自然选在高处,堆得要结实,不能倒下来。就像将放在场里的麦捆在暴风雨来临前堆起来一样,堆麦垛自然也是家里有经验的老人干的活。

暴风雨来临前摞的麦垛有点像个身怀六甲的准母亲,远远望去显得有点臃肿。现在摞起来的这个麦垛,就像喜得贵子后的母亲,显得身材苗条,风韵犹存。老人们仔细地装扮她,让她变得瓷实、利落,远远地让人看去光鲜、漂亮。他们想把一个麦草垛摞成一件艺术品,而他们就是创造这幅艺术品的最有经验的艺术家。

场边,老人在摞麦垛,大人在来回挑运被碾碎的麦秆。麦秆慢慢地变少了,麦壳、麦粒露出来了。大家开始用推耙、扫帚把摊了一场的包着麦壳的麦粒推扫堆积起来。小孩喜欢推耙,觉得那是一种神奇的工具——能够立竿见影,很有成就感。他们推得很起劲,大人不断地在旁边表扬,结果越推越起劲。母亲拿着扫帚在后面跟着扫。可他们又没有耐心,看哪儿好推就朝哪儿跑去,母亲在旁边不停地叮咛:"一下一下推。"结果他们用得劲太大了,脸涨得通红通红的,但就是不想放下推耙。

一切都在紧张地进行。大人们害怕来一场雨把碾出来的麦给冲走了,但心情似乎比前面要放松许多。碾场这一天大家都看天色。不过,夏天的雨,脾气很难琢磨,说来就来,说走就走。因此人们见了面都说天气预报说,今天的天气怎么样——有雨,还是放晴。就是要吃一颗定心丸。夏收,其实就是和随时有可能到来的雨进行一场时间的较量。这场较量从收麦起一直持续到颗粒归仓。这是一场龙口夺食战。

最后,场终于起起来了。麦粒像小山一样堆在场中央。

五

场起起来了,麦子碾出来了,一大半的心事就放下了。中午饭,炒菜,喝酒。好多天没有这样好好吃一顿了。

主人一清早就从街上称了肉和豆腐,买了酒和菜。收麦的那几天,街道上清静了许多,但卖肉的,卖蔬菜的,卖豆腐的都有。吃的,喝的,没有时间限制。

婆婆、媳妇在厨房里忙活着——洗菜,切肉,炒菜。厨房里不时传来菜倒入油锅时嗞啦啦的响声,随即而来的呛人的油烟味,过了一会儿便传来饭菜香喷喷的味道。令人好馋呀!

婆婆、媳妇在厨房里忙活。司机、邻居们洗漱后,蹲在地上的、坐在板凳上的、躺在炕上的,抽烟,喝水。大家边说边聊,聊着与小麦有关的一切话题。主人在屋里屋外来回忙着。

饭差不多了,主人早早地将桌子、板凳平平地摆在院子里阴凉的地方。桌子中间立着一瓶酒,两盒烟。筷子也已经按人数摆好了。

人都到齐了,喝酒,划拳,吃菜。主人先给每个人敬酒,感谢大家的帮助。司机、邻居们说,再说这样的客气话就见外了。主人也就不再多说什么了,只好不停地劝大家吃好喝好。

大家边吃边喝。饭桌上,那么多的话题一个一个地涌现出来了。大家觉得它们是那么的有味,就像桌子上的酒菜一样可口。豪放的话、矫情的话、关切的话、揶揄的话、粗犷的话,所有的话都汇聚在了这张桌子上,所有的话都等在了今年今夏今天的这个时刻里。

这边,劝酒声、划拳声、喝酒声交织在了一起。

那边,女人过来了,笑着对大家说:"大家上午忙了一上午了,今天的饭菜做得不好,但大家一定要吃好,喝好。"

"娃他姨,饭好着哩!你也忙了一天了,也来坐下来一块吃吧。"一个人接着说。

"我不急,我在自己家里还怕吃不饱。你们可一定要吃好。"女人笑着说,又回厨房里忙去了。

大家笑着,说着,吃着,喝着。

…………

吃完饭后,主人把大家送到了大门口。每个人抽着烟,或者耳朵上夹着一根烟。头顶的烈日已柔软了许多。每个人感到它就像自己现在的内心一样和谐。

六

"扬场"是下午的事。下午,有风。

喝完酒,吃完饭,歇了一会儿,爷爷奶奶、儿子儿媳、孙子孙女都上场里来了。大家心里都有点高兴。因为就像要揭开谜底一样要看到今年的收成了。

风来了,凉凉的。树叶子动起来了。

老哥俩、父子俩站在将要被扬掉的麦堆前,一人手里握着一把木锨,就像一人身着一身工作服。有前一段时间刚从集上买回来的新木锨,也有用了好几年的旧木锨。同铁锨相比,木锨显得温和宁静,让人有点喜欢。两把木锨同时向空中扬去,麦壳连同麦粒,仿佛坐在秋千上的孩子,被轻轻地抛向天空。然后一切就像变戏法一样,麦壳轻轻地向一边飘去,麦粒则像雨点一般洒落在正在一锨锨被扬的麦堆前。一粒粒的麦子唰唰地落在人的脖子上、背上和胳膊上,疼疼的,就像喷头里的一滴滴凉水刚撒在人的身上一样。女人戴着麦秆编织的新草帽,握着那把收麦前在集市上买的新扫帚,轻轻地将扬出来的麦粒上落下来的一层麦壳掠去,又及时把溅落到远处的麦粒扫起来。扫帚是新的,长长的,青青的,叶子还长在上面。麦粒落在女人的身上,有点疼,但她似乎忘记了这些。想着丰收的喜悦,女人的心里,就像手里拿的这把新扫帚一样让她快乐。

旁边的麦壳在慢慢变厚,前边的麦粒正在慢慢变高。风声、扬场声、麦粒的唰唰声、扫帚的轻拂声,像一首和谐乐曲,弹奏着夏收的忙碌与喜悦。

…………

风也有不高兴的时候。人得听风的话。风不高兴了,人就得停下来,等着风的再次出现。这间隙,老哥俩、父子俩坐下来,抽根烟,喝口水,让那只扬起的胳膊歇一歇。

突然,不知谁说了一声,风来了。这是树叶告诉他们的。人们又赶紧动了起来。

傍晚的时候,麦子都扬出来了,就像学生考试的成绩出来了。邻居们过来了,问今年能打几石?多也罢,少也罢,主人都会矫情地说,今年不行,没打下多少粮食。似乎只有这样说,才能表达他们对于今年的收成所表达的内心的喜悦。人们都知道这个秘密。他们不想让邻居觉得自己很张扬。他们认为,这是一种人生态度,一种生活方式。

七

麦子碾出来了,也扬出来了,场里的活完了。可与麦子有关的活还没有完。麦子还要晒干。

晒麦子是人们让太阳帮着自己减去麦子的虚胖。麦子瘦身了,人们心里仿佛才更踏实一点。

晒麦子的前一天,每一家在公路的一侧用树枝、砖头占了一块长长的地方。就像逢集的前一天傍晚做生意的商贩用白灰给自己圈了一块地方一样。这是一种提示,意在表明这块地方我要用了。大家不想因晒麦占地方而伤了和气。大家说,邻里邻居的,低头不见抬头见。

第二天一清早,大人就用架子车把装好的粮食拉到了公路上或是场里。粮食袋子上,大人用小孩上学用的毛笔端端正正地写上自己的名字。

他们先把公路或场里占的那一块地方扫干净,然后把粮食倒出来,用耙子搂薄,然后把溅落在周围的麦粒用扫帚扫起来,最后把空袋子放在一起。

晒麦是小孩子最快乐的事情。小孩子喜欢把袋子铺在路边的树林里,或铺在架子车上,再把架子车拉到树林里。那是极惬意的事情,到现在我一直都很留恋。小孩喜欢躺在袋子上,看一本喜欢的小人书或者不知不觉地睡着了。中午的阳光刺眼而热烈,但浓密的树荫却将它分成了无数的小点,均匀地洒在小孩的身上。直到母亲从家里来看麦晒得怎么样了,才把睡着的孩子叫醒。

麦子一天晒不干,需要三四天。有时大人不把麦子往家里拉,就放在路边。大人晚上就睡在架子车上照看麦子。大人知道夜晚外面冷,但没有办法。小孩不这么想,小孩却很喜欢这样。他们不知道外面冷,大人说,他们也不相信。母亲劝也劝不住,只好同意。小孩希望自己像父亲一样,能够经历不一样的生活,然后当他处在一堆伙伴们中间的时候,能够自豪地告诉他们自己曾经的辉煌。

　　夏日的夜晚,人们睡不着觉。晒麦的人很多,晚上看麦的人也不少。于是大家就凑过来,天南海北,无所不谈,反正有的是时间。黑色的夜晚,明亮的星星,明灭的烟头,若有若无的耳语。小孩听着大人的闲聊,不知不觉已进入了梦乡。大人也不知道什么时候才带着未尽的话意入睡。

　　第二天,当太阳还没有出来的时候,大人已经早早地起来了。

八

　　麦子晒干了,也入囤了。

　　场活零干了,到了忙罢了。

　　人们已经开始将今年的新麦子磨成了面粉。他们特意从街上称回来二斤猪肉——肥的。将肉和葱分别剁碎,和在一起做馅,准备包包子。

　　包子蒸出来了,外面白得像雪一样,即使看看,也让人垂涎欲滴。有时,包子馅里面的油溢出来了,黄得诱人,香气扑鼻。

　　可口的美味只有大家一同分享才更加可口。于是,给周围的邻居一家送去几个,末了,不忘说一句:"这是今年的新麦做的。"

　　除了包子,还有饸饹。饸饹比面筋道、光滑。吃饸饹,要煎汤。白的豆腐,精瘦的肉,鲜亮的西红柿,新鲜的青菜,热旺的辣椒面。这样的汤,色香味俱全,让人有种大饱口福之感。

　　忙活了这一阵子,难得吃上这么精心做好的饭。包子也好,饸饹也好,平常也吃,可是,现在吃的是新麦做成的。新麦带来新的心情,新的心情带来新的开始。

忙完了家里的事,过上几天,还要带上礼物去亲戚家走一走,和亲戚一同分享丰收的喜悦与农闲的宁静。只有一块分享,人们才感到更加快乐。

九

麦收后的田野,仿佛过事后的人家一样,宁静了许多。田野突然变得开阔了,地里的人也少了许多。偶尔从天空传来一阵阵寂寥的鸟鸣。路边的野花在寂寞地开放着。

阴郁的天空下,在辽阔的田野里,镶嵌着一两个身影。那个身影弯着腰,不断地向前移动。那是一位拾麦穗的老人。头发斑白,脸上布满了皱纹,衣着朴素。一旁是她的小孙女。稚气的脸庞,乌黑的大眼睛,乌黑的头发上嵌着一个鲜艳的蝴蝶结。

她们吃过早饭就来捡麦穗了,已经捡了半袋子。老婆婆缓缓地向前移动,小孙女总是在前面不断地跑来跑去。小孙女不时地从前面跑回来,把手里掬着的一把麦穗放进袋子里,然后又跑到前面去。她们从村头的地里开始,一块一块地横穿过收割过的麦地。

那几天,她们婆孙俩常来。到晌午吃饭的时候,她们才背着满满的一袋麦穗从地里回来。

拾麦穗的人,还有母女俩、姐妹俩、小兄弟俩。

饭后,大家坐在一起闲聊,有人突然说起,村上有人捡麦穗,麦子碾出来后装了整整一袋子。大家发出一阵阵的赞叹声。有人突然说了一句,看人家多会过日子。大家都不再说话。也不知道该说什么?过了一会儿,又转到另一个话题上去了。

十

　　场活零干了,与麦子有关的活动也就接近尾声了。可是,只要有人在,与麦子的关系就永远都不会结束。在前面,我说大米因洁白而显得高贵,那么小麦则因静穆而显得神圣。它们都是养育我们的父母。民以食为天,食以米麦为贵。米面的价格,牵动着每一个人敏感的神经。人间的喜怒哀乐,常常和粮食有着无法分解的牵连。

　　现在又有人开始在过去的苹果地里种起了麦子。麦苗青青,秋风阵阵。久违了,青青的麦苗;久违了,阵阵的秋风。

　　日子一天天堆积起来,昔日成了只能供我们用来思考回忆的历史。历史的车轮滚滚向前。回忆,在某种意义上,是人们对于自己当下精神处境的某种否定。与麦子有关的记忆里,融合在忙碌的劳作中的是在那生产力还不发达的条件下生活所展现的刚性与温情,朴素与浪漫。我们又看到了阔别多年的麦田,但我们还能看到昔日的刚性与温情,朴素与浪漫吗?没有人会肯定地回答我们。

　　于是,我们开始眺望。眺望我们的历史,再眺望我们的一生。

"丢"

你看,"丢"这个字能否这样想象,东西撇下了,人走了?

我想,一定没有人喜欢自己的东西被"丢"或者去"丢",除非心怀恶意、别有用心的人。那些可怜的弃婴不是常常被自己狠心的父母丢在了人来人往的地方嘛!人活一世,大概没有人没丢过东西。当然,除了丢东西,人也会丢人,那意思就另当别论了。

丢,带给人的焦急、慌乱总是侵袭着人宁静的精神家园。对于人来说,丢,是因为人自己的疏忽大意而让精神家园遭受到或大或小的灾难。

这种精神家园的灾难差不多每个人都遇到过。不仅过去、现在,而且将来都有可能。

不过还有另一种"丢",也是动词,但意思则有馈赠的意思,这是频婆塬上的说法。在频婆塬上,每年的正月初二,是出嫁的女儿一家去看望父母的日子。即使初二去不了,初三也一定要去。人说:礼尚往来。在刚刚过去的一年的腊月的最后几天——也许是腊月的最后一天——娘家的人来给女儿一家送核桃了。刚刚过去的这几天就像整整过了一年,我常常有这种感觉。给女儿家送核桃是频婆塬上一个很古老的习俗。我不知道这个习俗起源于什么时候,但它一直延续到现在,而且一定会一直延续下去。频婆塬盛产苹果，并不盛产核桃，只是有些人的家里或者田间地头偶尔种着那么一两棵核桃树而已。但到了腊月的集上就开始出现了核桃的身影。频婆塬上的脱掉青皮的核桃又黑又小，但这时却是身价倍增，让人不敢小觑。因为每一家多多少少都需要买一些。当然也有娘家人给女儿家送去的核桃是从外面带回来的又白又大的核桃。但这都是一些有家人在外地工作的家庭。更多的人还是从街上买这种又黑又小的核桃去送。也似乎没有人去笑话这种又黑又小的核桃，因为大家都买。

腊月的最后几天和正月开始的这几天，长辈和晚辈们的这种你来我往是频婆塬上一年里最浓墨重彩的亲情画卷。在这几天里，频婆塬上走亲戚的人群在一阵阵的春风里有步行的、骑自行车的、开摩托车的、开三轮车的，还有开小车的，浩浩荡荡，川流不息。路因为人而变得热闹起来了。如果有画家愿意将这样的风俗画画下来，那一定是频婆塬上的人感到最亲切的画卷之一了。

正月初二、初三这两天里，女儿一家离开娘家准备回婆家前的一项重要规程是要给家族里其他的叔伯家去"丢馍"。"丢馍"是频婆街上人们的说法。如果要追根溯源的话，我想这一定是在物资匮乏的年代里亲人们之间因为相互的接济而留下来的传统。所谓"丢馍"，就是女儿一家在临走时去叔伯的家里留下几个馍。在过去，人们走亲访友时带的礼物是旋子馍、花卷馍或者蒸馍。现在，人们走亲戚时早已不带馍了，带的都是各种各样的烟、酒、茶、糕点和保健品之类的礼档，那么"丢馍"也就是留下这些东西。但不管留下的是什么东西，今天人们依然叫"丢馍"。想一想，如果叫"丢酒""丢糕点"，那不仅说起来不顺口，而且听起来似乎也有点不吉利。

"丢馍"的时间常常是在吃过晌午饭以后，也就是四五点钟左右。女儿、女婿领着孩子，带着带来的礼档去叔伯家了。当一家人说说笑笑到了叔伯家院子里的时候，孩子远远地就叫爷爷奶奶了。听到院子里一群人说话的声音，叔伯婶娘一家人高高兴兴地出门，热情相迎。等一群人进了屋子坐下后，婶娘很快端来一盘早就准备好了的"凉盘子"。"凉盘子"是一道菜。这是频婆塬过年时的特色。是主要用凉粉、肥瘦相间的大肉、牛肉、葱、红萝卜等拌成的一道凉菜。"凉盘子"对于正月里的每一个酒桌来说，是必不可少的一道菜。"凉盘子"凉而不冷，五色相间，软筋杂陈，酸辣可口，别具风味。对于婶娘端上来的"凉盘子"，大家高高兴兴地一起动起筷子来，同时还要喝上几杯酒。在觥筹交错中，大家亲亲热热地劝着，说着，笑着。吃完"凉盘子"后，大家说上一阵话后就该走了。临走时，女儿、女婿将给叔伯婶娘的礼档放在屋子正中的方桌上。而在这一段时间，叔伯婶娘则将给侄外孙、侄女婿的压岁钱适时地塞在他们的口袋里，自然大家要相互推让一番。

在叔伯婶娘一家的挽留声中将侄女、侄女婿一家送出屋门，送出院子，一直送到了大门口，大家依依惜别。女儿、女婿带来的礼档放在了屋子正中的桌子上，沉默着，也诉说着。

丢下的那些礼档是侄女、侄女婿挑选的最好的礼品。它们是侄女、侄女婿的一颗心。

"丢"的另一层意思则是遗留。这是对于一个过世的人而言的。我的母亲常对我说我的大舅殁的时候丢下了我的表姐和表妹。再比如我们家那张桌子是我的爷爷去世的时候丢下的，它是我的爷爷留下的老作念——这是频婆街人的说法。所以"丢"又有了留传下来的意思。对于我的表姐、表妹来说,世上离她们最近的那个人走了,她们被孤零零地留在了这个世界上,虽然她们还有自己的母亲——我的妗子。现在我的表姐、表妹已经结婚了,而且也有了自己的孩子。但是,我常常能体会到她们内心深处的孤独和无助。我常常想,她们需要面对来自生活中的四面八方的凌侵,这些人生的风雨,都要靠她们自己来遮挡,没有人再为她们来遮挡这些风雨。

其实,频婆街上的人们说的丢馍、丢下一个孩子、老祖先丢下什么东西其实又是和丢失联系在一起的。我们又回到了丢失。

人丢失了什么东西就是人和他的东西之间失去了联系。人感到了自己的焦急和慌乱,但人却没有感觉到丢了的东西的孤独和无助。最可怜的是被丢了的那个东西。那个被丢了的东西只是无法表达自己的孤独和无助而已。

人不光丢东西,人有时也会丢人。人觉得丢人的时候就是人把本应属于人自己的灵魂丢掉了。人丢了人,人就觉得自己没有脸在人群中站立了。但最孤独和无助的却是这个时候人的灵魂。人的灵魂就像被人丢在一个自己也不知道在什么地方的东西一样。后来,也许它被一个陌生的人捡起来。这时,灵魂就像一个丢失的孩子,周围挤满了无数陌生的人们,看着,议论着。或者,它被来来往往陌生的人毫无恶意地推到了路的一边。灵魂感觉到了自己的惶恐。

灵魂遭遇的这种滋味,只有灵魂自己知道。

许多从人生的路上滚爬过来的人说,人把自己丢了,比把东西丢了更难找回来,那付出的代价就说不清了。最后,他们丢下的话是:人把东西丢了都不要紧,人千万不能把自己丢了。

知客

"知客"就是帮助办喜事或丧事的人家招待宾客的人。有的地区叫知宾。

频婆街人就叫知客。如果有人路上遇见一个熟人,问对方最近忙啥呢。那个熟人可能会说,这两天谁家儿子结婚或者老人去世给人家当知客。

知客一般用来称呼男性,因为像搭棚、拉桌子、端盘子、烧水等等这些体力活,都需要身强力壮的人去干。女人也会被过事的人家的女主人请去帮忙,一般都是蒸馍、切菜、洗碗或者在外面给请来的厨师打下手。当然还有从村里请来的一两位德高望重的老太太,专门从事蒸花馍,给灵前的供桌上做祭品等。这些,那些年轻的媳妇们都做不了。不过,这样的老太太现在越来越少了。

知客被主人在过事的前两三天就请去了。主人过事的烟酒糖茶、菜面肉酱等该准备的东西都准备好了,剩下的就要请知客帮忙了。

知客要请多少根据主人过事的规模而定。一般人家过事常常要请二三十左右的知客。事过得大一点的人家可能请四五十甚至上百的知客。知客要主人拿着烟去一家一家地请。当然请也仅仅是个说法而已,想来的一定会来。主人毕竟是请别人帮忙。人虽有心给你帮忙,你也要把脸给足。主人能请的,当然都是十拿九稳能够请得动的。请不动的,主人也不会去请,那是自找无趣。当然还有趁着过事的机会,以请过来帮忙的名义缓和和加强两人关系的。请年长的人过来,说是当知客,其实是主事,就是过来给自己在村人面前撑个脸,在一些考虑不到的地方操个心。千百年的传统濡染下的红白喜事里面曲曲折折的东西多着呢!什么心操不到,都会让人见怪,让人耻笑。

　　还有不请自来的,频婆街上的人说这是"寻"着来给人帮忙的。"寻"着来给人帮忙,如果不能解释为没有一点骨气的话——这样的人哪个地方都会有那么一两个——那么就要解释为是因为主人的人缘好或者权力大——这样的人哪个地方同样都会有。"寻"着给别人帮忙说起来好像有点低三下四的样子。其实,在那些的确是"寻"着给人干活而又那么能说会道的人的嘴里,一切竟然自然得就像拐了一个弯的河流。主人心知肚明,当然也乐意。这大概也是我们中国人做人的艺术。否则,这人真就没法做了。只有那些不会说话的人,才弄得自己低三下四,主人也尴尬不堪。

　　说远了!

　　这么多知客得有一个统一的领导,这个人叫作"知客头"。否则,群龙无首。频婆街上的人常把红白喜事称为乱事,就是头绪很烦乱的事。请知客,那是来帮忙理顺各种主人根本忙不过来的事情的。"知客头"都是村上有头有脸的人来担任,要么是德高望重的长者,要么是村里的书记或者主任。其他的人听他们指挥。

　　知客们第一次在主人家聚会,时间常常在过事前两天的晚上,主人准备烟酒糖茶,并备酒菜。大家吃着喝着,知客头开始分派任务,谁搭棚,谁拉桌子,谁烧水,谁准备碗碟,谁照顾哪个席口(饭桌),具体分到每个人。知客照办。他们也常常在大家的插科打诨中毛遂自荐。

第二天,知客各执其事。有人开着三轮车从街上开饭馆的人家里拉来了桌椅板凳,有人拉着架子车拉来了碗碟壶杯,有人从自己家里背来了一口大黑锅。路上见了面的熟人说,唉,怎么背黑锅了?那个人笑着说,没办法,领导让背的。

最忙的,当然是过事的这一天了。知客各守其位。这一天,主人家的事就像一台高速运转的机器,每个人都成了这台机器上面的一颗螺丝钉。少了谁也不行。

我们就来说一说端盘子和伺候席口的情景吧!

每张桌子上都有专人负责。在桌子腿上比较显眼的位置贴着用一小绺红纸或白纸写着每个负责人的姓名。开席前,知客擦干净桌子,将烟酒和茶壶放在桌子的正中间。桌子的每个角各放一个杯子。客人来了后,按尊卑长幼依次坐定,长者给每个人发筷子。

有专门端盘子的知客。端盘子的人个子要高,胳膊要有力。一个方方正正的盘子里,放上将近十几个碗碟,没有力气真是不可想象的。盘子往哪儿端,是一门艺术。先给最尊贵的客人的那张桌子上菜。那张桌子放在帐篷的最正中。喜事一般都是娘家的人,丧事都是舅家的人。其他饭桌上的人笑着招手让先向他们这张桌子上端,可是端盘子的人得有原则。这一点可马虎不得。其实,招手要菜的人也是在开开玩笑而已。快乐的场景为什么要一脸严肃呢?

不久端菜的知客就将菜端上来了,具体负责每张桌子的知客负责转菜。转菜也有一定的讲究,中间放鸡鸭鱼等大盘的菜,中间的菜吃完后,周围的菜依次向中间递补。这是酒菜。和其相对的是饭菜。饭菜一般是双份,两边对称摆放。饭菜摆放好后,馍随之也端上来了。每个人根据自己的饭量,从知客举在手里的馍盘里拿两三个心心相连、莹白如玉的花子馍放在自己跟前。除了花子馍,在丧事上还有血馍,就是杀猪或杀羊的时候接猪血或羊血做成的松软香油的菱形馍。当然还有包子。

宴席一轮一轮地进行。第一轮,都是最重要的客人和到得早的邻居。没赶上的人就在附近三五成群地聊天。喜事上第一轮,要举行结婚仪式。主持人都是村上能说会道的文化人。听主持人宣布,这时席中的人都停下了吃喝,所有的人都跑到棚前来了。主持人一般都用通俗易懂的顺口溜唱喏。他们仔细地听着,像秋日咧开嘴的石榴一样甜甜地笑着。

这时,环顾席间,席间的篷布周围挂着客人行来的毛毯、被面等礼物,上面写着客人的名字。如果是两个客人,便在姓名底下写上"同贺"二字。各个人喜笑颜开,经历着主人家的喜事。

第一轮宴席还很正式,到第二、三轮就变得活跃起来了。因为远方的客人已经离席,剩下的都是些左邻右舍的老人、小孩、媳妇、闺女。真是欢聚一堂。戏剧性的娱乐也从这时开始。从今天开始就成为阿公、阿家的,就成了这场娱乐的主角。他们常常被那些善搞恶作剧的知客弄得,或者脸上抹上了锅底的黑,或者涂得一脸红。阿公、阿家笑着在乡亲们面前丑了一回。大人、娃娃都乐得合不拢嘴。

看着自己的孩子已经成家立业,看着村中又多了一个新人,大家都高兴啊！而做父母的一生能真正在村里人面前高兴几回呢？

知客们在等其他客人坐完席后另开几桌吃饭。其间自然有说有笑。他们吃得真香啊，就是狼吞虎咽也没有人笑话。干活的人吃饭的这个样子才是最美的。一切最自然地流露出来的美的表情谁会笑话呢？

这一天知客很忙，常常到很晚才回家。他们真的很辛苦。他们带给了过事的主人家所感受到的一切，无论是快乐的，还是痛苦的。这一夜他们要好好睡一觉。

第二天，知客可能还在被窝里，主人家一大早就派人来请知客去吃饭。这一天，是谢知客的日子，称为吃"谢席"。主人让厨师备好饭菜，请知客吃饭。除了吃饭，主人拿出一些钱，买上一两筐橘子，一大袋花生、瓜子、水果糖等，分给知客。大家同乐。

饭后，知客帮主人迅速地拆下过完事的帐篷，还掉借来的桌凳。知客也把从自己家拿来的锅、水壶和一些零碎东西等顺便带走。

知客的工作至此就算结束了。

频婆街上的人常常说："一家的事就是百家的事。"我想，这是不错的。许多人谈到乡村社会的文化，而知客不也是乡村社会文化的一部分吗？正是在这种文化中，孕育了人性的团结和互助。

从我能够懂事的时候起，我就经常去坐席。关于知客，就是我的故乡给我的生活知识的一部分。每家遇到红白喜事，都要请知客。今天，他出现在你家的事上，明天，你就会出现在他家的事上。生老病死，婚丧嫁娶，谁不经历呢？

生活每一天都在改变。现在遇到红白喜事，频婆街上已经有人专门从事与此有关的一切租赁服务。现在当知客再也不用从自己家里拿水壶茶杯，甚至方桌等东西了。上面提到的每张桌子四个角各放一个水杯变成了每人一个的一次性纸杯或塑料杯，还有筷子也变成了一次性的筷子。

我的父亲生前几乎被村里每一家过事时请去当过知客。现在，和我一样年龄的人早已出现在了每家的事上。但是他们已经不再需要干那么重的活了。历史的车轮在向前飞奔，这种古老而淳朴的风习依然在延续。频婆街上过事的人家依然需要知客。如果你生活在频婆街，你就会理解知客对于一次红白喜事来说有多重要。有了知客，每一次的红白喜事也才真正叫过事。过事，聚的就是人气。频婆街人都明白这个道理。

我曾参加过许多次在高档的宾馆饭店举行的结婚典礼，乡村过得再好的事也无法达到它的水平。模式化的现代文明常常脱胎于古老的传统，但却逐渐变得僵化而缺少情感的温度。"知客"这个名称，在城市，可能一个从事风俗研究的专家学者会知道一点，而对于大多数的人来讲，则可能是一个陌生的名词。但在乡村社会，却是可以触摸到的历史和延续中的现实。若干年后，知客也许会消失，但他们却是我们遥望乡土社会的亲情时最温暖的记忆之一，他们也展示了乡土社会所能凝聚起来的那种感人的力量和温情。

苹果园房子

在频婆街的田野里，差不多每一家的地头都静静地立着一座用胡基垒起来的并不是很像样的小房子。后来这些房子变成用砖瓦盖成的了，也就越来越像样了，简直就像人们在自己家里花了几十年的心血盖起来的房子。

这些盖在地头的房子，人们就叫它苹果园房子。

过去频婆街的田野里是没有这么多小房子的，因为那时频婆街的田野里几乎没有什么苹果园。所以那时的苹果并不亚于在频婆街上出现的葡萄、香蕉等这样稀罕。后来之所以有了这么多的苹果园房子，是因为那一年人们终于发现频婆街的土地原来还可以种苹果树，而且是在整个中国来说也屈指可数的味道特别香甜纯正的苹果。这对于频婆街来说真是一个从此改变命运的重大发现。于是频婆街的土地就不是许多根本没有到过的人想象中的不毛之地了，而是——也许本来就是——一块物华天宝之地。这就不一样了，人们就得另眼相看了。那就是花再大的本钱也是值得的。有一天，有人没事在地里闲逛的时候发现有人在地头好像正在搭一个像夏季看西瓜的庵子一样的房子。这房子还不能说是盖，而只能说是搭。那就足见其简易的程度了。第一个人搭的房子就像刮起的一股风，刮得人们都动开了。不知不觉地，人们也都开始搭房子了，后来就变成盖房子了。终于,盖成了田野里的一道道风景,也盖出了频婆街上一个个的故事。

　　人盖苹果园房子的目的是为了看管果园时方便。一则平时可以存放各种不好拿回家的农具、农药和化肥之类的东西;二则在苹果成熟的季节晚上看苹果的人也有个歇息的地方。当初,人对苹果园房子的想象就是这么多。可是,后来,苹果园房子给人的想象却比人对苹果园房子的想象多得多。

　　我家的地和韩民乾家的地挨着。韩民乾家的地头就有一个苹果园房子,那座房子已经盖得用心用力用钱多了。不过,那还是一个年轻而单纯的房子。因为这个房子,让我记起了另一个房子。它差不多也在我家和韩民乾家地头的位置,不过那时人们还不叫它苹果园房子,而叫菜园房子。我家和韩民乾家的地头部分,曾经是频婆村的一个很大的菜园子,负责管理那个菜园子的人叫王志文。我已经有好多年没有见过王志文了,但我认为他一直都是那么年轻,我觉得他现在的模样可能还像他当年的模样。王志文长得就像一棵银光闪闪的白杨。在频婆村的红白喜事上常常被执事的安排来往席面上端盘子。不过,那仿佛已经是久远的年代里的事情了。对于频婆村里那些现在吊着鼻涕满街跑的孩子来说,这些往事就像他们玩耍时从土里不经意间碰到的圆圆的土球。但关于频婆村菜园子的一些事情我是记得的。那时的情形常常是,在频婆街集日的前一天下午,王志文会找来频婆村里的大婶大妈们来帮着割韭菜、拔白菜、刨洋芋。那时你如果到菜园子去,远远地就能听见她们清凌凌的笑声。那一个下午的阳光常常很灿烂,人们的心情很舒畅,就像地里的青菜一样,水汪汪、绿油油、脆生生。

　　后来,频婆村的菜园子就解散了。人们似乎更喜欢买那些从南部的云阳镇拉上来的蔬菜。因为有些蔬菜人们甚至见都没有见过。这样，王志文就到口镇贩红芋去了。王志文总是一个很有经济头脑的人。至于菜园里的那座房子则保留了下来。那是一个低矮且被雨水冲刷得斑驳的房子。但土打的墙居然没有被那一年的霖雨所冲倒，这真有点比人想象的还要坚强。那个房子的墙壁上爬满了绿色的苔藓，屋顶上长满了灰绿色的瓦松。菜园的那座房子，后来就成为一座被人们废弃的房子，里面扔满了砖头瓦块，让人觉得阴暗得恐惧，谁也不敢进去。然而后来，它真的就像人感觉的那样阴暗而恐怖。那一年，黑牛和妻子发生了口角后，拿起一瓶农药就喝下去了。当家里人用架子车拉去医院抢救的时候，人在半路上就不行了。没有抢救下的黑牛后来就被停放在了那个菜园房子里——那时频婆村的田野里还没有像这样的房子。黑暗的菜园房子里点着一盏昏暗的煤油灯，黑牛的兄弟黑狗一直陪着他。黑牛曾和我的二叔一起当过兵，我在照片上见过他们当年的雄姿。

黑牛以这样的方式结束了自己的人生，真令人没有想到。

那个菜园房子送别了黑牛最后一程。而黑牛生前从来没有到过频婆街的菜园，当然也就谈不上去菜园房子了。黑牛他大在黄风嘴包了据说有五十亩地，地里种的全是苹果。他去的是那一块地。当时有人对黑牛他大说，你种的地里的每一棵树三年后都是金娃娃。黑牛他大只是笑着不说话，可能他在心里就是这么指望的。

后来菜园子这块地分给了我们家和韩民乾家。有一天，那个菜园房子被韩民乾推倒了。因为他觉得那个房子用不成，而又占地方，还不如平整了用来种庄稼。被推倒后的菜园房子，剩下的是一堆土和石头瓦砾，最后那些石头瓦砾被人用架子车拉走了,说是用来扎猪圈垒墙。

  频婆街田野里的一些废弃的苹果园房子似乎让人觉得有时有点"邪"。虽然人们当初盖它的时候并没有想到这些,但这样的事情却在经常发生。这就有点像寒风寨上的那几孔邪得让人觉得阴森恐怖的烂窑。有一年腊月二十八的时候,频婆街上秦牛的儿子秦飞,骑着摩托车从他的姑姑家送核桃回来的路上,因为车开得太快,连人带车被路面上的冰溜子滑倒后,掉进了路边的树渠里。人最后还是没有被抢救下。秦飞的尸体最后就停放在了频婆村瓦窑边的一个苹果园房子里。秦飞是一个孩子,第三天就安葬了。送秦飞的,除了他的爸爸妈妈,还有他的爷爷奶奶。那是一个让频婆街上的人觉得多么有生气的家庭啊!只是从秦飞出事以后,他们一家便沉默下去了。在频婆街上,因为一个人的离去而让一个家变得衰败的例子并不少,秦飞的离去只是在频婆街上又增添了这样一个家庭而已。现在想起来,那一年的频婆街很诡异,在过年前后的那一段时间里,竟然有那么多的人因为各种各样的原因离开了频婆街,也离开了这个世界。那么多人的离去,让人感觉到神灵仿佛真的存在着一样,而这一点对于在城市生活的人来说却常常被忽略。那一年过年前后那一段时间的频婆街几乎都是白色的。

  频婆街田野里的那些苹果园房子似乎成了人们停放亡人的一个场所。这其间的原因在于,频婆街的习俗是,在外去世的亡人,是不能搬运回家的。不知道这是从哪个朝代传下来的规矩,但人们却一直就这么老老实实地遵守着。

  在我家前面不远的地方是我的二叔家的苹果园。他们家的地头也有一个房子,这个房子已经比路边其他许多的房子盖得像样多了。盖这个房子的时候,是洁白的苹果花正在盛开的季节,没有多少诗意的频婆街在这个季节里居然像变了一个地方一样,让人做梦也想徜徉在盛开着花朵的苹果树下。

苹果园房子盖好后,我的二叔找到了一个姓刘的老头来看管果园。

老刘是一个无家无舍的人。听人说,他的老家在麟游县,但好像从来没有回去过。他来到频婆村已经好多年了。频婆村的人甚至已经忘记了他是一个外地来的人,人们已经把他看成频婆村的一员了。老刘原来在老书记家干活时就获得了很好的口碑。这也是我的二叔找老刘看管果园的原因。老刘来到我二叔的果园后,一晃四五年的时间就过去了。虽然老刘一天天在老下去,体力已经不及以前,但他依然在那么勤勤恳恳地忙碌着地里的活。这让我的二叔很感念。然而,令频婆村上认识老刘的人们没有想到的是,老刘并没有像人们想象得那样还可以活好多年——但这也许只是人们的想象罢了,老刘自己心里也许并不这样想。老刘最后的结果是,他用一瓶平时给苹果树打的农药在那个苹果园房子里结束了自己的生命。那一天下午,当我的二叔走进苹果园房子里去的时候,发现老刘横躺在炕上,嘴边留着白沫,农药瓶子倒放在地上,剩下的农药流了一地。老刘人早已死掉了。

我的二叔办理了与老刘有关的一切后事。

这是发生在我们这个家族中最让人觉得意想不到的事情。但它却真实地发生了。也许这就是生活的诡秘之处,就像那一年过年前后的频婆街。

老刘以一瓶农药结束了自己的生命。老刘之所以如此,据说是因为他害怕自己以后老了,就没有人再雇他干活了,那时连个给自己收尸的人都没有。而趁着现在还有个主人,自己的后事也就不用担心了。对于老刘选择的这样一种结束生命的方式,我的理解常常也很矛盾。我常想,如果有一天老刘真的干不动了,频婆村上的人们难道不给他一口饭吃吗?在我很小的时候,有一个叫李善的老人,他和我的祖父的年龄差不多,在频婆街上卖油糕,无儿无女。他去世了以后,就是频婆村里的人们给料理后事的。我相信,频婆村人是具有这样一种胸怀的。这也是频婆村人引以为豪的地方。然而同时,在我看来,在充满冷暖炎凉的人情世故里,老刘的想法也不是完全不符合他自己的逻辑。他一定体会并明白了人世的冷暖炎凉。当他到了再也干不动农活的那一天,也许他真的就成了一个在这个世界被人们遗弃的人。一个无家无舍,无儿无女的人,当他最后客死在他乡的土地上,那是何等苍凉的人生!频婆街上的人,每年除夕和正月十五,都要上坟给逝去的亲人"烧纸""发灯",以证明其家族后继有人,人丁兴旺。可是,想一想,那时谁会去给客死他乡的老刘"烧纸""发灯"呢?老刘在不知道自己晚年以怎样的方式度过的精神困境面前,他自己已经从行动上干脆取消了这个精神困境的存在。对于我的前一种想法,也许过于简单化和理想化;而后一种想法,对于老刘这样一位比我的爷爷年龄小不了多少岁的人来说,也许才是真实的也是现实的。当然,我只是站在老刘的角度来理解他喝药的动机,但是我认为他这样做绝对是不对的。请作为读者的您读到这儿时千万不要误解。

　　无论怎样说,老刘在苹果园房子里以这样的方式结束了他的人生,总让我觉得很悲凉。老刘最后的归宿也许就是一个流落他乡,无家无舍、无儿无女的人的一生的一个极端的缩影。这样的人在这个世界上也许还有,但愿不要很多!

老刘最后被安葬在了四叔家的地里。老刘没有埋在频婆村的公坟里,这一点也许已经说明频婆村人的宽容也是有限度的。这是有一年秋高的时候,我和母亲从和我们村相邻的清风村回来路过那片果园的时候母亲对我说的。那时,四叔家那块地里的苹果树还小,一枝一枝的苹果树苗就像有序地插在地里的红柳枝。因此,四叔在地里套种着玉米。那几年玉米的价钱很不错,许多人都种起了玉米。比人长得还高的墨绿色的玉米地里,在天即将黑下来时一阵阵的秋风中,传来阵阵飒飒的声音,让人有一种毛骨悚然的感觉。

十年前的正月初的一天晚上,我的一个舅舅去邻近的蒙恬村走亲戚,在回家的路上,一群从南部一个县来的抢劫犯用堆在路边的苹果树枝将他堵起来,在他的头、背上砍了几刀后,用绳子捆住扔进了路边的一个苹果园房子,并锁上了门,抢走了他的摩托车。被锁进房子后,我的舅舅强忍着疼痛从门枢里抬起门,鲜血淋淋地跑到我另一个舅舅家去敲门。我的舅舅总算命大,捡回了一条命。原来,在苹果园房子的旁边就有一口深井,只是用水泥板盖着。如果它被那一群人发现,将我舅舅扔在了里面,那一切都完了。后来,我的舅舅说,是家里所有的人支撑着他强忍着疼痛从门枢里抬起门,一路鲜血淋淋地跑到我另一个舅舅家去敲门。正月初的那个晚上,洁白的月光照着清冷的大地,远处有一群人说说笑笑。他们刚从范祥村包苹果回来,但他们还不知道前面发生了什么。

十五年前清水乡相家村发生了杀人案,一个男孩被杀害了。后来就是在路边的苹果园房子里进行尸解的。案件很快就被破掉了。杀人犯是南部一个县的人,凶手因为爱上了这个村子的一个女孩,但遭到这个女孩家里人的一致反对。原因是女孩的父母觉得那个人一副光滑溜嘴,不务正业的样子,女儿要是嫁给这样的人,肯定靠不住!在父母的劝说下,女孩拒绝了凶手。于是,凶手恼羞成怒,为了进行报复,他在过年时来到这个村子,将女孩的弟弟骗至村外的一块荒地里,最后将其杀掉。那个杀人案是那时频婆街上的一条爆炸性新闻。开公审公判大会那天,频婆街的戏园子里挤得人山人海。有人说,人们在人群里发现了那个孩子的父亲。那一天他也去了,他戴着一顶夏收时节人们割麦时常戴的黄色的草帽。

…………

这样的故事我不想再向您说下去了,它们都太骇异,也太忧伤。发生在苹果园房子里的故事有的已经过去了好多年了,岁月之河似乎早已冲淡了笼罩在这些故事周围的恐惧和忧伤。对于许多见到频婆街田野里的苹果园房子里的人来说,似乎那只不过是一个苹果园房子而已。但那确实不只是一个苹果园房子。

苹果园房子是一座盖在田野里的田边地头的房子。频婆街的田野,有多么的浩大啊!好大的田野,还有多少的故事曾经发生啊!虽然它们就像小鸟飞过天空一样,好像无影无痕。但它们的踪迹却留在了人们的心中。

在很长的一段时间里,苹果园房子里都是没有电灯的,一般都是点着蜡烛或者煤油灯。每到收获苹果的季节,人们都会住在苹果园房子里。男人们似乎对于发生在苹果园房子里的故事早已见怪不怪,甚至以经见和谈论这些事情作为填充人生经历的材料和作为男人的资本。那当然也就没有什么恐惧可言了。天不怕地不怕的男人可以捏着手电筒或者空手一个人在苹果地里,在泥泞不堪的土路上转来转去,而朝路边望过去可能就是频婆村里的公坟。

每到苹果快成熟或者收获的时候，许多家的苹果园房子里都会有男人，也就没有想象的那么可怕。白天他们忙活着自己地里的事情，夜深了他们还在一起小声地谈论着什么，似乎一点睡意也没有。陪伴他们的是手里红色的烟头和头顶眨着眼睛也在聊天的一串一串的星星。我的姑父就是这样的一个人。用我姑姑的说法，我的姑夫简直就像一个夜游神一样。我的姑夫今年已经快六十了。也许，人在这个世界上待得时间越长，人也就越变得什么也不害怕了。

频婆街的发展很快，街区不断向田野扩展。昔日的田野，已经被推到了街边。在靠近频婆街的公路的一块地边，也有一座苹果园房子。那里面，住着一家人。一群公鸡母鸡常常有事没事地在苹果树底下转来转去，而一只黑色的瘦瘦的小狗则在门前蹲着，似乎让陌生的人不敢往前跨出一步。白天，男女主人从挂着门帘的门里进进出出；晚上，从玻璃窗子里透出一片黄色的电灯的光。夏天，女主人在窗台上、门口的空地上晾着剥下的各种颜色的豆子，阳光下，那些还没有晒干的豆子泛着诱人的光泽；在房子的山墙上，拴着一根细绳，上面挂着切成一条一条的葫芦干，那些没有晾干的葫芦干白白的，净净的。冬天，从伸出门框的白铁皮烟筒里冒出一缕缕的蓝色的或灰色的浓烟，后来就慢慢变成蓝色的，直到最后完全变成白色的了。

看到这个苹果园房子，让人心里一下子变得亲近了许多。这里有一种家的感觉。我觉得自己好像也喜欢上了这个房子。

这个苹果园房子——不，应该说是屋子——一定也发生着许许多多的故事。但它们一定是关于生活的酸甜苦辣的故事。酸甜苦辣的故事都是有味道的故事。它们的味道不是苹果园房子里发生的那样的故事的味道。我喜欢这样的味道。因为它是属于生活的,属于美好生活的味道。

频婆街是闻名全国——我说闻名全国不是说全国人民都知道,但只要到过频婆街的中国各个省份的人就一定知道频婆街——的苹果之乡。频婆街是中国吉祥美丽的苹果产地之一。而陪伴着这些吉祥美丽的苹果成长的,还有许许多多的故事,其中就包括发生在苹果园房子里的故事。我相信这些故事,就是生活的故事。

嘴 里

为了看一下"嘴"这个字在中国使用的广泛程度,我特意在网上搜索了一下它的意思。我想知道它到底有没有作为村庄名称这一用法。因为我担心这又是频婆街上的人自己创造的一个用法。

结果,令我高兴的是,我终于在网上搜索到了关于"嘴"的这样一条解释:三面环沟的村庄。看着网上的这条解释,想一想我所知道的频婆街上的人们称为"嘴里"的地方,我可以确信,这个词并不是频婆街上的人们自创的一个用法,而是有着汉语意义上的根据的。我的这种好奇,只是说明了我的孤陋寡闻而已!

现在,我终于放心了!

就我所知道的频婆街来说,就有郭家嘴、坳子嘴、官道嘴。至于其他乡镇,有叫什么嘴的,也有不叫什么嘴而确实是嘴的地方,就不一一列举了。因为三面环沟的村庄在黄土高原上实在太多了。这些地方,人们统称为嘴里。

其实,我知道,在中国还有一个叫嘴的地方——陆家嘴,那是举世皆知的中国著名的金融中心。陆家嘴是现代财富的象征。而黄土高原上的"××嘴"就和它有着天壤之别了,这是没法比较的事情。

我最熟悉的一个不叫什么嘴但在频婆街人的心目中就是嘴里的地方，是我的姨家。她家在陕西省彬县香庙乡庄农村那个叫张家塬的地方——也许那里姓张的人最多吧！确实，站在他们村的田野里一眼望出去，就能看到远处纵横交错的黄土高原上的沟壑、对面塬上的人家鳞次栉比的房屋和晚上川流不息的车流的灯火。

在我上小学四五年级的时候，我常常去张家塬我的姨家。说起来，张家塬所隶属的香庙街在频婆街人们的心目中似乎就像邻居一样，跟集赶会、娶妻嫁女似乎并不是一个遥远陌生的地方。后来，我查看了一下《旬邑县志》，在历史上有一段时间，香庙乡也是旬邑县的一部分，不过后来被划入彬县的管辖范围了。可是，对于香庙街下面的庄农村以及属于庄农村的张家塬，人们的目光似乎就不一样了。它们属于嘴里。

在频婆街上的人们看来，对于住在嘴里的人们，其印象是信息闭塞、观念落后、思想愚昧、行动迟缓、心胸狭隘。而这一切是相对于住在大街两边的人而言的。所以乡里人称街上的人为"街溜子"。所谓"街溜子"，就显得油滑、霸道。所以在频婆街上赶集，吃亏的常常是乡里人。这一点，人们的认识似乎是根深蒂固的，就是我的母亲也不能例外。

在我很小的时候，我心目中的张家塬是一个非常遥远的地方。这种遥远我不知道到底有多远。但因为远而让我充满了无尽的想象，以致不能用同样的眼光来看待它和频婆街。虽然在大人们的眼里，这两个地方只不过是骑自行车两个小时的距离。我不明白，在我那时的心目中，它就怎么那么遥远呢？或者说，它和频婆街简直就是两个不同的世界。

但是，想起来，就是我的姨家所在的张家塬，却给了我在频婆街上所见不到的世界。我所生活的频婆街上的频婆村地势相对平坦，所以我的生活就像这平坦的频婆村一样平淡无聊。频婆村的平坦，让我很长一段时间对于沟呀、山呀、河呀、泉呀这些名词，充满了无尽的想象和神往。那是多么神奇的东西啊！这样的想象直到我在张家塬，以及我后来上高中时的三水县才不断地变成了我亲眼见到的现实。我想，正是我后来的这些经历填补了我童年时在野趣上的缺失。这些地方都不是我生于斯长于斯的频婆村。这样说来，故乡和异乡对于一个人来说到底有什么意义呢？也许，故乡是一个人生长梦想的地方，而异乡则是一个人实现梦想的地方。

　　作为嘴里的张家塬是一个充满野趣的地方。在那里可以下沟去挖药，去石头底下捉螃蟹，去水潭里洗澡和戏水。我记得那时和我一同玩耍的那个小伙伴——小锋。我们曾在崖背上的场里烧过麻雀，打过核桃。后来，听我姨说他喝药将自己毒死了。他的家是一个不幸的家庭，最初是他的母亲投井了，最后他的二哥骑着摩托车从沟边摔下去也死了。小锋的死亡让我的心里感到了一种无尽的悲凉。虽然我们只是在我上小学的时候一起玩过，之后，就再也没有见过面。

　　嘴里也有别的我们街上人羡慕的地方，那就是地多。街上一个人只有一亩或者不到一亩的地，但嘴里每个人则可能有五六亩地，所以地里种的东西也就多。我姨常常给我们家拿来许许多多吃的、用的东西，甚至给我们用四轮车拉来烧炕烧锅的柴草，还有像苜蓿、草药以及一种我姨、我姨夫他们称作毛拉的东西。那是一种只有在嘴里才生长的东西，可以用来止血。我姨她送给我们家的东西数不过来，也记不过来。我常想，这也许和她家地比较多有一定的关系，但我想更主要的是因为她的心地纯朴善良。

  我的母亲一生最大的遗憾是我姨嫁给了嘴里。我姨是一个20世纪70年代的高中生。那时她也是一个对人生充满了无限理想和想象的人。可是现实的生活环境扼杀了她的美好理想与想象。嫁到了张家塬后,她所有的人生理想和想象都被沟边的寒风给吹散了,也被崎岖而漫长的山路给颠簸碎了。我常想,她确实应该可以过上更好的生活的。然而,在经历了那么漫长的人生旅程以后,现实的生活已经将这种遗憾在她的心中挤得没有什么位置了,而只留下给自己的孩子们的人生经验和无尽的思考了。现在我的表弟已经结婚了,我姨她也已经抱上了孙子,当了奶奶了。她的人生一晃就几十年过去了!

  我过去曾说:街上的人看不起乡里的人,县里的人看不起乡镇的人,城市里的人看不起县里的人,省会城市里的人看不起其他城市的人,首都的人看不起其他省份的人。我们就这么一层一层地歧视着。只是什么时候我们才能更多地看到这些地方的好处以及它们的无奈呢?

和苜蓿邂逅在它的故乡

今天课间休息时间,我在学校阶梯教室旁的一块空地上突然发现了刚长出嫩芽的苜蓿。

一开始,我真有点不敢相信自己的眼睛。我仔细地辨认,确实是苜蓿,而且我听到在前边不远的地方有学生也说,看,苜蓿芽儿。

确实是苜蓿!久违了!对了,西域就是苜蓿的故乡。

春天来了,那片空地上的苜蓿已经长出了嫩绿的幼芽。

词典上讲:苜蓿是一种多年生草本植物,叶子互生,复叶由三片小叶构成,小叶长圆形,开蝶形花,紫色,结荚果,是一种重要的牧草和绿肥作物。这是植物学上对于苜蓿的描述。然而,十多年以前,那时刚刚长出嫩芽的苜蓿却是我的美味佳肴。当然,关于苜蓿的花色和其他用途我是知道的。可是它们对于我来讲,意义并不大。

在我的心目中,刚刚长出嫩芽的苜蓿就是一顿令一桌的鸡鸭鱼肉也显得逊色的美味佳肴。

我已经有好多年没有吃到用嫩苜蓿做的饭菜了,我也有好多年没有见到一大片开满紫色的小花的苜蓿地了。

对于苜蓿,我怀着一种特殊的感情。

我对苜蓿的认识来自母亲。母亲说她小时候常常和她们村里的一群小伙伴去地里采苜蓿。那时她们村里有大片的苜蓿地。那片苜蓿地是村里的饲养室种的。长老的苜蓿可以用来作为牲畜的草料,但嫩苜蓿人也可以用来吃。母亲曾经生活在一个遍地饥荒的年代,苜蓿挽救过那个年代许多人的生命。

母亲对于苜蓿的记忆已经是一个遥远的年代里的故事了。

从我记事的时候起,我们村子里已经没有人种苜蓿了。不过,我还常常可以吃上苜蓿。而这要感谢我的姨母——一个像我的母亲一样的人。姨母的家在一个叫张家塬的村子,那是一个地广人稀的村庄。在他们村子里,有大片的苜蓿地。记得每年春夏时节,当频婆街上逢集的时候,姨母和姨父骑着自行车上频婆街来赶集——那时在我的想象中他们的村子离频婆街仿佛十分遥远。姨母所在的村子虽然不像我们在频婆街上买一些日常生活用品那样方便,但那里却有许许多多我们频婆街上没有的东西,比如说苜蓿、野兔这样的东西。所以姨母每年这个时节来赶集的时候总会给我们带来一些新鲜的嫩苜蓿。那时为了采到这样一些嫩苜蓿,姨母常常会在前一天的下午,和她们村子里的嫂子、姑娘们边说边笑地去苜蓿地里采苜蓿。当她们提着满满的一包包的苜蓿回到家里的时候,家家房子上的烟囱里已经开始冒烟了。空气中的一层凉意已经笼罩了整个村子。

中午吃饭的时候,母亲会用姨母拿来的嫩苜蓿作为绿菜煮熟后放在面条里,顿时会让那些又长又光的面条因此显得生机盎然,更让人觉得美味可口。平常母亲在面条里总会放一些菠菜作为面条里的绿菜,但姨母拿来苜蓿后母亲总会放一些煮熟的苜蓿。嫩苜蓿比菠菜尝起来似乎更有味道。也许因为每个人的面条里拌着苜蓿,那时大家好像都觉得面条吃起来很香,可以一连吃上好几碗。

但这还不是苜蓿所能做成的最好的饭。

母亲用苜蓿做成的最好的食物是蒸出来的菜饼。这种菜饼做法很简单，就是将淘洗干净的苜蓿嫩芽和面粉和在一起，然后在铺好笼布的箅子上摊平放入锅里蒸熟即可。或者将其做成苜蓿菜疙瘩放在箅子上蒸熟也可以。母亲做好的摊平在整个一张箅子上的嫩苜蓿菜饼，白中泛着绿，绿中透着白。这样的颜色让人看起来就很有食欲。

蒸苜蓿菜饼大约三十分钟左右的时间就可以做熟了。摊好苜蓿菜饼的箅子放进锅里不久，就从锅板和锅边的缝隙周围冒出热腾腾的白汽，整个屋子里一时弥漫着白色的蒸汽，蒸汽里弥漫着苜蓿菜饼的清香。

当苜蓿菜饼从锅里端出来以后，已经看不到进锅前那种绿色中所透着的白色的面粉了，面粉的颜色已经消失在苜蓿的绿色里了。这时只剩下了更加鲜亮的绿色，仿佛比姨母带来时苜蓿的那种银绿色显得更加的鲜绿了。

像吃饺子一样，母亲在苜蓿菜饼还没有出锅的时候，便在一个碟子里用油泼的辣椒或者青椒、盐和醋等调一些吃苜蓿菜饼时蘸的汁。等苜蓿菜饼出锅晾凉后，母亲将其切成一个个的小方块放在盘子里，吃饭的时候大家就蘸着和好的蘸汁吃。如果母亲做的是苜蓿菜疙瘩，便用调料在一个大碗里调好，一家人吃饭的时候用筷子夹着吃。

吃苜蓿菜饼的时候，嘴刚接触到蘸在苜蓿菜饼上的酸辣味，真让人有一种嘴里吸溜眼里流泪的感觉。幸好紧接着就会尝到苜蓿菜饼的清香甘甜。而紧接着的酸辣与清香甘甜的融合才是苜蓿菜饼真正令人回味无穷的味道。正因为这样让人忘却一切的味道，常常让人一口气可以吃上七八个苜蓿菜饼而不觉厌倦。

虽然，在没有苜蓿的时候，母亲常常会用土豆、白菜、韭菜等做过类似的菜饼，但我总觉得远远没有用苜蓿做的菜饼好吃。

母亲除了在我们吃饭的时候用苜蓿做菜饼、菜疙瘩吃以外，还常常会给奶奶、二婶以及周围的邻居们送一些苜蓿，让大家都尝一尝刚长出来的新苜蓿。大家吃了用苜蓿做成的面条以后，都说有苜蓿拌的面条味道就是不一样。

我常想，能吃上新鲜的苜蓿也算是家住农村的好处之一了。可是，在城市就不一样了。在我上小学三年级的时候，那一年的春天因为父亲在县医院住院，母亲那一段时间在县医院照顾父亲。母亲回家后说，县城的街道里也有卖苜蓿的。那么一小碗的苜蓿就要一块钱。那时一块钱就相当于现在的十块钱。那时，我有点觉得住在县城里的人们有时其实也很可怜。大地对他们的馈赠仿佛吝啬了许多。

日子一天天过去了，生活一天天地在发生改变，我和家乡离得也越来越远了。我好像已经有十多年没有见到苜蓿了，就连母亲、姨母她们也很少提起苜蓿了，更不用说吃苜蓿了。也许当年姨母她们村里种苜蓿的地，人们已经用来种苹果了。这些年几乎所有的人家都种上了苹果。

现在，能吃上像母亲当年所做的那种苜蓿菜饼和苜蓿疙瘩已经成为一种很奢侈的期望了。但是，我总相信，越来越好的生活总会让许多人也像我一样去回想吃苜蓿菜饼、苜蓿疙瘩的日子，而且他们一定想再一次品尝一下令他们直掉眼泪的苜蓿菜饼、苜蓿疙瘩的味道。也不知道什么时候还能吃上母亲做的苜蓿菜饼、苜蓿疙瘩和用苜蓿拌的面条？我不知道这是不是一个有点遥不可及的梦。

可是，越是我们吃不到的东西，越令人们怀念。我听说饭店有卖苜蓿肉的。但那也已经不是真正用苜蓿做的菜了，那只是取了一个令人垂涎欲滴的菜名而已。而且听说价格也不菲。

离开母亲的日子里，我常常试着想做出母亲当年所做的饭菜的味道，可是我却始终做不出来。于是只剩下怀念。怀念当年所吃的像苜蓿菜饼这样的食物的味道。我知道怀念一种饭菜的味道，就是怀念一种生活的味道。

看到那些长在空地上的苜蓿嫩芽，总让我回想起吃苜蓿菜饼、苜蓿疙瘩的日子。也许是因为有一种感情将我和它连接了起来，那是蕴藏在我心中的一种感恩的心。无论对于曾经生活于饥馑年代的母亲，还是对于生活于条件比较好的年代的我来说，苜蓿菜饼、苜蓿疙瘩都曾经是我们生命中的一部分。

有一年去陕北，盛情的主人将他们的地方特色菜端上来，其中有一道菜就是洋芋擦擦。眼前顿时一亮，突然让我有一种很亲切的感觉。这不就是小时候母亲做给我吃的东西吗？后来想，虽然这是一道无论如何也不能和鸡鸭鱼肉相提并论的"高档菜"，可是主人将其作为他们的地方特色菜端给远道而来的我们品尝，那么在他们的眼里，这道菜一定是有其特别的意义的。在雄壮苍茫的陕北高原，也许正是洋芋擦擦这样的食物让他们在那个饥馑的年代艰难地一天天生存下来。不知道我的猜测是否正确，但我想一定有这一方面的原因。将曾经给了一个地方的人们生命的食物端出来奉献给远道而来的客人，这是一种多么令人充满敬意的席间美举啊！

我常常想，如果有一天，面对一位位尊贵的客人，我如果也能将小时候吃过的苜蓿菜饼或者苜蓿疙瘩拿出来让他们品尝，那同样也将是一件相当有意义的事情啊！

赤道还有一扇坡

赤道作为一个地理名词,让人感到有几分遥远,也让人想到有几分暑热。

但,赤道作为中国一个乡镇的名称,就让人感到普通甚至平庸得多了。

赤道绝对不是频婆街上的人能去的,但赤道乡,频婆街上的人却都可以去。

我给你要说的是赤道乡里的赤道坡。

我经常听人说起赤道坡。从人们的语气中,我听出了神秘而恐惧的意思,虽然还没有达到不寒而栗的程度,但也觉得如果是晚上睡觉前听人说起,那睡觉时是一定要蒙头的。

赤道坡是通往三水县城的一扇比较陡峭的山坡。我的一个姑姑家就住在离赤道坡不远的赤道村。对于我的姑姑、姑夫他们那个村的人来说,每次去县城都要从赤道坡走。我以为,在人人都喊穷的那个年代,赤道坡是黄土高原给他们的一种优惠。他们去一趟县城,不像三水县其他乡镇的人像出一次门一样,倒像串了一次门一样。

除了住在赤道坡边的人以外,频婆塬上其他乡镇也有许多想抄近路的人也从赤道坡去县城。之所以有许多人选择从赤道坡去县城,是因为从赤道坡下去,就直接到了县城。这样就

可以省下来回几十块钱的车钱。省车钱很重要。在一些人看来,省下了车钱,就像吃鸡时吃到了鸡腿上的肉一样——撕住了。许多人在没钱的时候都在心里算过这个账。

当然去三水县城还可以坐班车,通过野鸡红——这个名字就有一种荒郊野外的感觉——也就是从上塬的职田镇下来所经过的那个村,从北门坡下去直接到县城。但对于频婆塬上想省钱的人们来说,那就有些划不来了。

虽然从赤道坡去县城比较近,但却不是每个人都敢走的。人们之间口耳相传的说法是,赤道坡这条坡比较邪,地方邪了就容易遇上各种各样晦气的事,尤其是怕遇上各种各样的坏人。对于女孩子来说,这一点尤其需要小心。所以,除非好几个人结伴而行,互相壮胆,否则一个人千万不要单独从赤道坡上走——当父母的常常这样告诫家里的孩子。当然也有天不怕地不怕的人,那就另当别论了。在一个村里,常常总有那么一两个不要命的二杆子的。

赤道坡之所以邪,睁开眼睛就能够发现的原因在于坡"立"。"立"是三水县人的语言,就是陡峭的意思。但农民不习惯用这个词,他们有自己的表达方式。它的意思大家也都懂。赤道坡不但"立",而且路面坑坑洼洼。因为这一点它就不及窨子头坡那么舒缓而平坦得让人觉得亲切了。而人们心里常常想到的原因在于赤道坡两边的土崖上挖出来的土窑。这些窑洞挖得极不规则,但好像也塌不下来。即使在晴天里朝里面望去也是黑魆魆的。仅仅因为这一点,就有一点让人觉得害怕了。也许正是利用了这一点,一些心术不正的人——对一个人的存在来说,"心术不正"这是一个要命的词——藏在黑窑里见到行人从此经过就会从窑里蹿出来对其进行敲诈勒索,甚至

其他令人呼为禽兽的行为。那不把人吓死也会吓得半死。流传说,有一回一个放羊的老汉天下雨想进窑洞里避一避雨,结果第二天回到家里后人就不行了。多少年来关于这样的传说流传得太多了。这些流传在人们之间的故事,比人们看到的赤道坡还令人恐怖。哪还有几个胆大的人敢走赤道坡?

但还是有人走。我就走过一回,不过不是我一个人。

上高中时,我曾和几个同学推着自行车从赤道坡走过一回,那是我们回家去取馍的时候。留给我的记忆是,一扇赤道坡上来,我的浑身已经湿淋淋的了,衣服好像已经贴在了身上。其他几个同学大概也和我一样吧。那是我上高中时唯一一次从赤道坡回家。赤道坡的邪是众所周知的。而我那一次之所以敢走赤道坡,既是因为人多,也是因为想在我平凡的生命历程中增加一点不平凡的经历吧!这样也好让我将来给孩子讲那过去的故事。一般情况下,我基本上每次去学校或回家都是走窨子头坡。当遇到下雨天或下雪天的时候我会坐车从北门坡去学校或回家,但次数并不多,因为那对我来说有点太奢侈。至于窨子头坡我一个人走了多少回,我根本记不清了。窨子头坡比较平缓,从坡边望过去,偶尔能够看到巴掌大的平地里有几座依矮崖而起的坟头。这些坟头不像频婆街上的公坟,常常是孤零零的一两座坟头。我想这些坟墓里的灵魂肯定没有频婆街公坟里的灵魂那么热闹。但是,这些坟头却也让我有了一种那些陌生的灵魂和黄土地融合在了一起的感觉。当然在错落有致的黄土高原上的层层梯田里,这些逝去的灵魂每一天都可以俯瞰三水县城里所发生的每一点改变。他们可以看对面巍峨苍翠的翠屏山,可以聆听翠屏山脚下流淌不已的三水河里淙淙的水声,还可以遥望县城中心巍然耸立的灵秀的泰塔。这

样看来,对于这些逝去的灵魂来说,他们生命最后的归宿之所可以说是一处洞天福地了。

现在,人们已经很少走赤道坡了,人们已经不怕花那几个车钱了。人们的说法是:"何必受那个罪呢?那能省几个钱?"过去能省一些钱,现在已经省不了几个钱。也许,人有钱了。

现在,那些通往县城的各种大大小小的车停在街道的中心。它的主人随时都在街上喊人:"去县城了!"他们在这么喊的时候,是车等人。坐车的人这个时候比车牛,做上帝可能就包含这样一种感觉吧!车等人的时候,司机恨不得拿上一个扩音喇叭,让整个街上的人都知道。但坐车的人却显得不慌不忙,从容不迫,甚至有点犹豫不决。最后,坐车的人终于把脚放进车里了,他们舒舒服服地把自己靠在软软的椅背上,就等着司机踩上油门,朝县城方向开去了。坐车一会儿就到县城了,要不了多长时间。

后来,听说赤道坡正在修路。这是一次改变赤道坡历史的动作。人们要修一条同样通往县城的路。于是,一辆辆的推土机就开进了赤道坡。也真不知道这些庞然大物是怎样开进去的,但居然开进去了。于是,整天传入人们耳朵里的总是轰轰隆隆的推土机的声音。终于,坡边的那几孔破窑就在庞大的推土机面前轰然倒塌了。它的倒塌就在那么一瞬间。那几孔破窑倒下去了!那几孔窑洞里的传说也就被推平了。几个在修路工地上工作的人边施工边说着那些稀奇古怪的故事。他们越说越起劲,甚至连手中的活都不知道该怎么干了。他们好像要通过这种方式对赤道坡的传说进行一次祭奠。

赤道坡这条路修了很长一段时间,长得最后人们已经都不像开始时那样热烈地谈论它了,而变成了修路的人修自己的路,种苹果的人操心自己家的苹果,做生意的人摆自己的杂货摊和小吃店。但终于有一天,路还是修成了。路修成了以后,它以自己崭新的形象又唤回了人们的目光,人们又口耳相传。

　　修好的赤道坡已经是一条通往县城的宽敞而平坦的公路,路边的高崖上还建起了一些可以瞭望整个县城的宽敞的长亭,古朴而古怪。这些长亭好像既可以用来观景,也可以用来让人们等车。那就称它为候车亭吧!这让人忽然理解了城市的候车亭有它的风格,乡村的候车亭也有它的味道。站在亭子里望过去,整个三水县城尽收眼底。其实,就在我上高中时的那一次回家,当我们几个同学终于气喘吁吁地推车上了赤道坡时,蓦然回首,在秋日阵阵的寒风中我就看见了整个三水县城。那时,我仿佛终于理解了苏轼那句著名的诗句"不识庐山真面目,只缘身在此山中"的真正内涵。原来,我整天就生活在三水县这座"火炉"里,而那时才看清了整个"火炉"。只是,那时的我仅仅是蓦然而已,似乎并无心思欣赏三水县城的全景,而只想着赶紧回家。因为天已经快黑了。我也终于明白了原来许多关于三水县城的远景照片大概就是在这样的位置上拍的吧!人有时拍不出好照片,原来是位置没有找对而已!

　　许许多多的人开始从赤道坡去县城了。现在再也没有人感到害怕了。第一次坐车从赤道坡去县城的人不由自主地对身边的人说:"看,现在的赤道坡修得多好!"而在紧接着这句感叹之后,就是关于过去的赤道坡的传说。但那已经不足以让任何一个人害怕了,哪怕是一个小孩子。人,是一种多么善于遗忘,却也多么善于记忆的动物啊!

　　我想,赤道坡过去是一个长在人心上的传说;今天却成了一个留在人心上的传说。

梦里泰塔

一

梦里,在千里之外的异乡的梦里,我常常梦见泰塔。但却是要么倒掉,要么被人们改变了模样的泰塔。

在梦里,我常常凄凉地痛呼:泰塔——一个唱着挽歌一般的泰塔——怎么成了现在这个样子?它不是这样的!

梦醒后,我依然不敢相信这到底是梦境还是现实。在千里之外的异乡,关于故乡的梦境与故乡的现实竟然是如此水乳交融在一起。此时我只有乘着白日里的时间之舟去向清醒如水的理性垂询。

垂询的结果是:这是我的一个梦。好在这是我所做的一场梦,我暗自庆幸。有时,人们因为生活的烦恼而宁愿让自己沉醉于梦境的虚幻的幸福之中。可是有时,人们却因为虚幻的梦境的险象环生而暗自庆幸事实上的生活的风平浪静。

泰塔是故乡旬邑县城里的一座历史最为悠久的古建筑。它巍然矗立在母校旬邑县中学的校园里。泰塔所在的塔园被称为岚阁园。

像黄土高原上许许多多的县城一样,旬邑县(古称"豳")城位于黄土高原沟壑区,城中凤凰、翠屏两山对峙,像两位历经沧桑的父母，养育着他们脚下的一群儿女。如果说旬邑县城真有灵魂的话，那么凤凰山、翠屏山、泰塔和沿着翠屏山脚下缓缓流淌的三水河就构成了它的灵魂。

据《旬邑县志》介绍："泰塔属楼阁式砖塔，七层八角，高五十三米，底部直径十二米。各层塔檐于转角部位的中线上，用青石铸成角柱一根，其外端被雕琢成螭首，自翼角伸出，螭首颈下各系风铃一颗，每层八颗，共五十六颗。"关于泰塔的起塔时间，乡贤肖芝宝先生所修民国《旬邑县志》记载，相传泰塔建于唐代。而据塔身第六层北面东侧槛窗上的一块砖刻题记，起塔时间为北宋嘉祐四年（1059）正月中。不管怎么讲，泰塔至少已有将近千年的历史了。

静下来想一想，我做的关于泰塔倒掉的梦不是毫无缘由的。仔细分析起来，也许是因为曾经在书上看到过闻名于世的佛教圣地扶风法门寺塔倒塌前后的照片；也许是因为学过鲁迅先生的《论雷峰塔的倒掉》；当然更主要的一点还是因为从小就知道泰塔已经向北倾斜，所有的这一切加起来才会导致做泰塔倒掉了这样一个令人感到凄凉的梦吧！

2008年5月12日的四川汶川地震发生后，我的故乡——远隔万水千山的旬邑县城也有明显的震感。许许多多的学生们就睡在学校的操场上避震。我想这次地震一定进一步加剧了泰塔的倾斜。

但是我想：泰塔一定不会倒掉的，它也不能倒掉。因为泰塔见证着与它有关的许许多多的人的生命记忆。

二

当我很小的时候，就听到大人们说起泰塔。那时我并不知道泰塔到底是一座什么样的建筑,只是在想象中感觉到那是一座古老的神奇的建筑。对于那时的我来说,神奇的含义就是渴望能够见到它,然后告诉给我周围的伙伴们关于它的一切。这成为我那时生活的最大愿望。

后来,终于有一年——我已经记不清是哪一年了——我的父亲带着我去了那时我所能去的最大最远的两个地方。一个是彬县县城,另一个当然就是旬邑县城了。这两个县城离我们频婆街的距离大概都差不多。现在想起来,当我的父亲带着我缓步走在旬邑县城里的时候,我想泰塔已经看见我了,因为它高大巍峨的身躯能够俯视发生在旬邑县城里所有的一切;我想我也一定见到泰塔了,因为它的神奇让人不得不去仰望它沧桑而秀美的身姿。虽然我已经见到了泰塔,可是在我后来的记忆中,泰塔并没有给我留下像去县城时乘坐的那辆又大又长的班车那样深刻的印象。

从那以后,时间的长河又在我所生活的更近的频婆街的土地上一天天向前缓慢地流淌。

再一次来到泰塔脚下,已经是我上初中二年级时候的事情了。

不知从哪一年起,每一年的正月十五前后,旬邑县城都要进行全县各乡镇的社火会演。那时我已经按捺不住旬邑县城对我所产生的极大的诱惑力。我决定趁着看社火会演的机会去一趟旬邑县城。不管我的父母放心不放心,我决定一个人要去一趟旬邑县城了!那时我的母亲也仿佛特别理解旬邑县城对于我的诱惑力。这一年,距离我的父亲带我去旬邑县城差不多已经有快十年左右的时间了吧!在这三千多个日日夜夜里,旬邑县城的一切,包括生活在旬邑县城里的人对于我来说竟然让我觉得是那样的神秘。而对于我周围的大人们来说,旬邑县城只是他们因为红白喜事买东西、生大病住院、邻里纠纷打官司等等这些烦琐的事情才不得不去的一个地方而已。他们一定不会觉得旬邑县城有多么神奇,而只是一个离自己的家门更远的地方而已。尽管旬邑县城离我最熟悉的频婆街只有不到一个小时的车程,可是生活于那时的我似乎无法突破这不到一小时的距离。虽然,那时我已经不会再去问周围的人们一个在五年级的时候曾经问过语文老师的幼稚得令人不可思议的问题:旬邑县城的人长得是什么样子的,他们与我们频婆街上整天见到的人一样吗?因为很小的时候我曾经认为生活在旬邑县城的人是与我所见到的人们不一样的。事实上,当然他们只是生活在翠屏山和凤凰山脚下,像我周围的人们一样的人。然而那时,我却无法说服自己去这样看待他们。

这一次,我要去看一看旬邑县城里的人们了。在我看来,去旬邑县城,就是往我充满好奇的心袋里装满俯拾皆是的各种各样的有趣话题,而它们都是在我回到家里以后能够让人快乐而难忘的记忆之一。所以与其说我是去看社火会演,还不如说是在旬邑县城里随便游逛。

这一次,我来到了泰塔的脚下。

当我专心致志地看完竖立在泰塔正前方庄严肃穆的石碑上的铭文后,我抬头仰望泰塔。这时我才明白泰塔是那么高,而我原来是那么的矮。泰塔顿时让我有一种眩晕的感觉,泰塔顿时也让我有一种喘不过气来的感觉。

泰山压顶气难喘,泰塔压顶喘气难!

我不敢仰望泰塔了!我感到了自己的渺小。我只好代之以绕泰塔一周去抚摸那一块块凝结在泰塔身上的厚重的宋朝的砖石。

当我最后窘迫地离开这块先民们所创造的伟大崇高的场域里时,我只有远远地眺望泰塔的苍老而秀美的身影。那一天,在天地复苏的黄土高原上,它也像许许多多在春天的阳光沐浴下的笑逐颜开的人们一样,正在静静地馨享那个春天和煦的阳光的芳香。

三

又过去了快一年的时间,我考上了旬邑县中学。

我知道,从此,泰塔将要见证我三年的高中生活。

旬邑县中学是旬邑县城唯一的一所重点高中,整个古豳大地上的每一位父母都将改变儿女和家庭未来的希望寄托在了这里。当仙果飘香的季节,每一位考上县高中的学子从他们各自的乡镇中学来到了泰塔脚下的旬邑县中学。对于每一位到旬邑县中学读书的学子而言,他们都怀着一个美好的愿望:三年后,或者四年后,甚至五年后,一定要考上一所像样的大学,从而改变自己的人生,改变自己的家庭境遇。每一位披星戴月、节衣缩食地供养着他们的儿女上学的父母也怀着这样美好的愿望。每一对学子相信自己能够考上一所像样的大学,每一位父母相信儿女一定不会辜负自己十几年来含辛茹苦的抚养。每一位学子,每一位父母相信美好的未来,就像相信岚阁园里的泰塔是钟灵毓秀的象征一样。

那时,夜晚每一个教室亮着的一盏盏蜡烛就是点燃未来人生旅途的希望之灯;那时,一位位不远几十里来到县城提着馒头、咸菜出现在教室门口等待孩子下课的庄稼人就是天下最可怜的父母;那时,复习复习再复习就是坚韧不屈里挣扎着的一颗颗改变自己及家庭未来的跳动的心的坚定信念。

　　冬夏春秋,雪雨风霜,泰塔见证了我们的青春岁月。几年的高中生活,与泰塔相伴。曾记得,在风清月寒的夜晚,当我们拖着疲倦的身子从教室走向宿舍,这时泰塔已经沉睡了。偶尔传来的一阵阵的风铃声是它在甜蜜的梦境中优美的吟唱;曾记得,在酷热难耐的盛夏,我喜欢拿一本书,或是一张试卷,坐在泰塔脚下长长的台阶上,读书做题。远处一阵阵的凉风扑面而来,似乎在这样的季节再也找不到比这更惬意的感觉了;曾记得,在微风阵阵的秋日,当我拿着一周的馒头推着自行车从家里来到校园里,泰塔那孤寂的风铃声又让人不由自主地想起离家前忙忙碌碌的父母。从离家的时候起,我才发现,他们已经苍老了许多。……

　　当然还有曾经两次登临塔顶俯瞰整个旬邑县城的那种无法言喻的快乐。生活的要求使人们更多地去关注眼前和当下,并且将个人一时的成功胜利作为人生的得意之笔。可是当生命创造了诸如疾病、离别还有死亡这样的里程碑事件时,也就是给了我们一次俯瞰整个人生的机会,那时我们才觉得昔日扬扬得意的我们此刻显得是多么的渺小和可笑。现在想起来,这仿佛就是当年登临塔顶俯瞰整个县城时泰塔给我的朦朦胧胧的隐喻。

　　泰塔给我的不光是这些美好的生活回忆、生命超越,还有羞于启齿的自我审问。

　　记得有一次正在教室里看书,忽然一位同学进来说岚阁园里来了几位外国人。外国人!在遥远的旬邑县城里,对于许许多多的普通人来说还很少见到外国人。当时听到那个消息后,在我的心里,似乎有一种力量在推动着自己,一定不要错过这

次去看一看外国人到底长什么样子的机会。因为此前我并没有见过一个真实地出现在我的眼前的外国人。于是迅速放下书本，走出教室，和好几个同学一起装模作样地去岚阁园。虽然那时对于生活在旬邑县城里的人们我已经不再有什么好奇心了，但对于远在地球另一端的金头发蓝眼睛的外国人我却无法驱除掉自己的这种好奇心。在岚阁园里，我们远远地装作游玩的样子，但偶尔也尽情地看上那几位让我们觉得很新鲜的外国人几眼，以满足我们那时可怜的好奇心。

若干年后，当我想起与泰塔有关的这样的生活往事，的确让我觉得羞于启齿。但作为个人生命长河中的真实的精神存在的一个瞬间来说，它却是一个不依我个人的意志为转移的客观存在。我相信这样的事件一定在许许多多的中国人早年的生命轨迹中都曾发生过。因为偏僻，所以好奇。我们所处的生存环境，对于我们个人的情感态度和精神追求的影响不言而喻。我想，在经济全球化的历史背景下，在与世界融为一体的今日中国，让我们感到好奇的已经不再是一个外国人的外在形象与我们有何差异，而是他们看待这个世界，看待我们人类自身的生存、生活、生命时与我们有何差异。而当我们因为这一点而想去走近他们，了解他们时，一定不会觉得羞于启齿了吧！

四

因为在千里之外的异乡的那个梦，我想亲眼去看一看我久违的泰塔和岚阁园。

我不想再做那样的梦了。

2009年春节期间，我终于又回到了离别已久的故乡。这不再是梦里，我就站在母校的校园里。在校园的不远处，从泰塔的侧面远远地望去,泰塔确实已经向凤凰山所在的北边方向倾斜了。它的斜度让人看起来是那样显而易见。令人欣慰的是,岚阁园里的泰塔周围已经架起了修复的钢架。游人不能进入岚阁园了,只能在园外凝视泰塔。

泰塔虽然倾斜了,但一定不会倒掉的。我想。

据历史记载,1957年、1978年曾两次对泰塔进行过维修加固。现在又开始了对泰塔的第三次维修加固。我想,维修加固泰塔,不仅仅是保护一座历经千年沧桑的先民的建筑杰作,更是为了母校——旬邑县中学校园里几千名师生的生命安危。倘若泰塔真的倒掉了,那倒掉的将不仅是历史,也是现在,更是未来。

而谁愿意看到泰塔倒掉呢?对于生于斯长于斯的古豳大地上的人们来说,泰塔丈量着故乡这块悠久的土地纵向的历史长度。无法丈量的历史长度就像无法想象的未来一样令人沮丧。

而谁又愿意泰塔成为第二个比萨斜塔呢?中西方人有着不同的审美眼光。比萨斜塔的存在是人类创造的一个奇迹。想象一下,一座位于中国旬邑的倾斜的古塔的存在,对于生活于浑厚苍茫的黄土高原沟壑地带的人们来说,无论如何都觉得是对于一座天人合一的建筑杰作的扭曲。

听说,县政府正在县城西面修建一座新的旬邑县中学,几年后,整个旬邑县中学将要整体搬迁到新校区去。

对于回到故乡的我来说,母校旬邑县中学的即将搬迁是一个重大的消息。对于母校旬邑县中学来说,不久即将进行的搬迁将是一个历史性的事件。我想,当旬邑县中学搬走了,那时,泰塔的生命记忆中一定会留下关于旬邑县中学的所有记忆。而这些记忆都是泰塔的生命记忆当中瞬间的跳跃的浪花。

不难想象，留下来的泰塔和岚阁园将成为旬邑县城里一个著名的标志性的旅游景点。我想，只要来到这里的人们，一定会缓缓地踏上岚阁园长满青苔的台阶，神往地品读泰塔正前方石碑上斑驳的碑文，深情地抚摸那凝聚在泰塔上的宋朝的一砖一石，舒心地聆听在阵阵的微风中传来的五十六个风铃的悦耳和谐的鸣唱，仔细地倾听岚阁园里莘莘学子求学苦读的岁月往事。这里曾是旬邑县城的最高学府。每一个从这里走出去的人，因为它而深情似水，豪情如山。

离开母校的十几年里，我曾经见过许许多多的塔，古朴的、秀美的、巍峨的、低矮的，可是没有哪一座塔像泰塔一样成为永远蕴藏在我的记忆里的骄傲，也没有哪一座塔像泰塔一样能够和我曾经的生活与生命紧紧地联系起来。岚阁园，是我精神的圣地，我将永存敬畏。从那里开始，我离开了我的家，我的父母，也是在那里我开始了对于生存、生活与生命的思考。

我的心将与泰塔同在。

离别的花在故乡的这个季节绽放

我有一年多没有回家了。一年来,故乡那些我在平日里能够想起和不能想起的人和事都源源不断地成为我苦楚的梦中的主要素材。鲁迅在一首诗里说:"梦魂常向故乡驰,始信人间苦别离。"(《别诸弟》)读到这句同我的感受几乎相同的诗句时,我突然明白,在一定意义上,伟大的文学家就是普通人的情感代言人。

生活常常在瞬间改变。我本来打算在寒假期间回家,但9月25日早上堂妹打来父亲生病的电话立刻成了一道紧急的命令。

于是赶紧准备,9月26日晚上我便登上了从乌鲁木齐开往西安的1044次列车。

一年来我没有回家的原因是我微薄的工资实在经受不起这趟漫长的西部之旅。我觉得如果将这笔费用省下来寄给父母也许更有用。在这个世界上,和家人团聚固然是一种幸福,但当需要用金钱的力量来对付残酷的生活挑战时,我们只能牺牲前者。我相信这个世界上还有做出像我这样选择的人。而对于亲人的思念,只能留在心底在夜深人静的时候去孤独地品尝。

从1993年夏季的那个月明星稀的夜晚离开父母去县城上

学算起,十几年来,我回了无数次家,但没有哪一次回家的心情像这次一样沉重。因为从堂妹的谈话里,我已感到父亲病情的严重性。

经过两夜一天的旅途奔波,我终于回到了自己离别一年多的故乡。人们在思念中渐渐陌生地想象故乡,可当真正面对思念的故乡时,这种想象便渐渐被现实塑造下的故乡真实的存在状态所取代。

感觉中故乡变了,变得仿佛有点陌生。其实对于生活于故乡土地上的乡亲们来讲,生活只是在按部就班地进行而已——他们可能不会感受到故乡的巨变。而只有远离故乡的游子,才会因为这种变化或惊叹,或振奋,或忧伤。一切只是如此而已。这大概是人们的感受对于同一块土地永远也是见仁见智的规律。

见到了曾经伴着自己度过整个高中生活的那辆自行车,在我的记忆中它是那么鲜亮,现在发现它老了,锈迹斑斑的车身上落满了灰尘,终日沉默寡言地斜靠在一大堆农具的身旁。我想象着,如果再次骑上它一定是自己最大的罪过,应该让它在那个角落静静地休息。忽然感到一串泪珠从脸庞上滚落下来。想对它说些什么,可却不知道从何说起,甚至不知到底该说什么。

家门外的大街上,四邻八舍的乡亲们都在忙着自己的事情。有的在新修的公路上往口袋里装着还带着秋阳余温的玉米;有的刚从地里推回来一筐筐色泽鲜艳、香味扑鼻的苹果;几位老人在一家店铺前悠闲地下棋;几个身强力壮的装卸工正在踩着一块搭在车沿上的长木板往车上扛一袋袋的玉米。这些都是我曾经熟悉的生活图景。

在家门口站了一会儿,很想去家里的地里看看。秋天的中午有点温暖,傍晚时分便有了几许寒意。苹果地里,富士树上的叶子都落完了。富士苹果没有秦冠苹果那么大,果子的重量却也把一些细细的枝条给垂直拉了下来,好像一个个脸蛋红扑扑的调皮鬼倒挂在树上一样。他们仿佛在同人做着各种各样的鬼脸,让人有点忍俊不禁。而秦冠树上的叶子则使整棵树让人感到有点密不透风,树下掉了一些果子和刚刚撕掉的果袋。抬头朝树上望去,单个的、两个一对的秦冠苹果个个硕大无比,阳光为它们刚刚撕掉袋子时朴素的绿衣神奇地换上了诱人的红装。它红得那样自然,又红得那样神秘,让人只想在观赏中发出惊叹。试想那些拿到它的人们,他们将会怎样犹豫着撕裂这美丽的华装。路上,有推着空车往果园里走去的,也有推着一筐筐的苹果往回拉的。苹果撕掉果袋后,阳光便立即开始了化妆。阳光对于自己的工作投入得有点陶醉。人则需要在苹果的妆被化得差不多时让太阳歇歇,让苹果走进闺房成为待嫁的新娘。空地上,夏日里风华正茂的辣椒、黄瓜、萝卜和西红柿仿佛让秋日的寒意渗透得失去了元气,有点干枯的枝叶没精打采地躺在地上。远处,来自四川的客商新建的水果气调库整日发出的热风沉闷而冷寂地吹入秋日充满凉意的空气中。

　　晚上,想从自己小时候居住过的那条胡同再走一走,头顶的星空也仿佛认真而又好奇地聆听起一个游子的心音。过去坑坑洼洼的路面已经换成了陌生的水泥路面,可是却再也找不到从前那种在漆黑的夜晚一个人在胡同里带着心跳穿行的感觉。路很平,平得让脚好像变得有点平庸;路边的灯很亮,亮得让眼睛仿佛有点多余。一个人,在这样一个夜晚,发现故乡再一次地变得陌生。

几天里,在地里和母亲一块摘苹果,忙碌上一天,晚上回家洗漱完毕后倒头就睡。第二天,天还没亮,还在梦中就听见街上有人在说话。那是在黑魆魆的黎明里匆匆地去赶场的人。不知从什么时候开始,在镇上不同的地段自发地形成了一个又一个的劳动力市场。尤其在五、六月份给苹果套袋,以及九、十月份取袋和摘苹果的时候,街上熙熙攘攘,人满为患。那些清早开往西安、咸阳的客车要穿过这熙熙攘攘的人群如同挪着车轮前行一样。邻村、邻乡、邻县甚至邻省的人们都来赶场。每天的工价节节攀升,高得人们觉得如果不抓住这个机会,就是这一年生活的最大失误。于是,先后(妯娌)们来了,夫妻们来了,母女们来了,小伙子们来了,姑娘们也来了。带着简单的行李,住在靠街的人家。这样的日子里,他们早早地就起床了,结伴向街中心走去。随后,雇主也来了,他们便主动地围上去,听雇主介绍果园的位置、需要的人手、工价和要求。他们往上提价,雇主往下压价。一来一回,最后雇主说,算了,算了,要不是赶时间,我才不会出这么大的价钱。他们说,这价钱还算高呀,也就凑合。然后,雇主带路,他们骑着车子一路说说笑笑地向雇主的果园奔去。果园是他们的乐园。他们有说有笑,动作麻利地爬上这棵树,又跳下那棵树。手脚忙活着,嘴也没有闲着。一个个陌生地方的家长里短、邻里趣事,一句句打情骂俏的街巷俚语,便在秋日的果园里飘荡,从这个果园传到另一个果园,从露珠未干的清晨到阳光普照的中午。中午吃饭的时间到了,他们或者回主人家吃饭,或者继续在树上忙活——雇主会在工价里多加上十块钱,这是他们在和雇主讨价还价的时候就讲好的。中午,温暖的阳光照着街头的每个角落。在商店的台阶前偶尔可以看到没有出场的人坐在一块,他们希望着最后的雇主的出现。雇主也许出现,也许不出现。这谁也不知道。

几天里在路上碰见了许许多多的乡亲们,见面后第一句话都亲切地问:"什么时候回来的?""今天,昨天,前天,几天了。"随着时间的推移,我也在变换着时间回答他们的问话。长年累月生活在这片土地上的乡亲们,以这种方式来表达对于一个游子回乡的关切和欢迎。这也算是我在故乡得到的一项殊荣吧!乡亲们对于偶尔出门办事的人从来不会这样关切地询问,只会对那些他们知道离家几年在外工作的人才会如此。这种关问让人感到了故乡对于游子永远的接纳和归属。农村不像城市,一个人在外面工作往往就成为这个村子里所送出去的人才的一个象征,从而对于这个村子里的人来说他是故乡的一种财富。他为在艰辛里生活的乡亲们的生活带来一丝希望的亮色,最后他也成为人们推介自己的家乡的一张名片。说大一点,这个人不仅属于这个村,也属于方圆几十里。有一个同乡在市里的一家医院工作,于是村里甚至镇上的人只要谁生病要住院了,周围的人都会说你去那家医院去找他。你自己人生路不熟的,找到他,他一定会告诉你怎么办,让你少跑一些冤枉路,少花一些冤枉钱。逢年过节他回来了,人们总是把自己或亲人仿佛积累了几年的病情向他倾诉一番,希望得到他的诊断和意见。人们相信他能够为治疗自己或亲人的病给出最可靠的意见。这是朴素的乡村逻辑,也是几千年来中国血缘文化所形成的永远也挥之不去的集体无意识。虽然至今自己仍然一事无成,在他乡的土地上也是为生存和生活而艰辛地奔波。但出现在故乡面前,突然发现自己不仅属于自己,更属于故乡,从而一种使命感油然而生。应该用自己的生命为这片土地做点什么,应该让这片土地为你而骄傲。在他乡人的眼里,你带着故乡的

气质。在故乡人的眼里,你有了他乡的影子。于是,你明白自己开始成为一座桥梁,这头连着故乡,那头连着他乡。虽然你来自一个并不著名的地方,但那个地方可以因为你而著名。这就是你身上的崇高的使命感。也只有具有了这样的使命感,你才能走出小我,展示大我。

  故乡总能打开游子感情的闸门,让感情的波涛四处翻滚。故乡总有一种神秘的力量,她能够把你推向外面的世界,又能够把你从外面的世界拉回自己的身边。于是游走于他乡和故乡之间也便构成了游子生命的基本色调。在这种色调里,我们承受生存,我们接受生活,我们也感受生命。

  安排好了家里的事情,我又不得不离开故乡了。刚熟悉了几天的故乡又要在离别的日子里变得陌生了。也许我根本就还没有熟悉故乡,而是变得更加陌生。我真害怕对于故乡而言自己从此或已经成为一个熟悉的陌生人。其实真的不想走,可是又不得不走。十几年来我经历了太多送别的场面,当一个人静静地回味这种场面的时候总有点难受,仿佛时光在那一刻停止。我劝母亲回家,不要送别。我最怕伤别,特别是在这样的日子里。一个人,昂起头,勇敢地投入秋日的凄风苦雨中,就这样面对生活,才可能好受些。

故乡，难道只是一个记忆？

今年大年初一那一天，和祖母、三个叔叔和两个堂弟坐在四叔家上房前宽敞的水泥台阶前吃饭。又一次发现，小时候和祖父祖母、叔叔婶婶、堂弟堂妹们的朝夕相处，现在却变成了我们这个家族一年当中大家难得相聚在一起的一次团圆饭了。在这个饭桌上，再也看不到父亲的身影了，他五年前已经去世了。院子里，虽然有一阵阵的微风吹来，但新年和暖的阳光洒在每个人的身上还是让人觉得是那样的惬意、舒适。春天，从那时起已经来到我们大家的心里了。说话的是三个叔叔，说笑的是我们几个孩子，而一头银发的祖母只是静静地听着，细细地看着，微微地笑着。我们讲到高兴处，她脸上的皱纹也像一朵绽开了的花。

说起我们的祖父时，二叔说，我们陈家到频婆街也就六十多年的历史。对于这个问题，我似乎从来还没有认认真真地想过，也没算过——虽然潜意识里知道我们这个家族并不是频婆街上的土著。而二叔这么一说，我似乎才更清醒地意识到了这一点。

我于是记住了大年初一那一天二叔说的这句话。这么说来，对于我们几个兄弟姐妹来说，作为故乡的频婆街，只是祖籍为陕南镇安的祖父人生最后落脚的地方而已。

过完年后，生活又把我们每个人抛进劳碌而烦的日子里了。过年时的情景也就一天天淡下去了。人似乎已经把过完的年给忘了，只有随着一年的结尾的临近才会想起，又要过年了。

不知为什么，这些天里我突然常常想到二叔的这一句话：我们陈家到频婆街也就六十多年的历史。就好像有人给我提醒了一下一样。

一天夜里，我在深深的梦里也想起了二叔的这一句话。梦里想起二叔的这一句话比我白天想到这一句话更令我忧伤。我再一次意识到我们陈家在频婆街上的历史不过短短六十多年。

我们陈家在频婆街的历史要从祖父算起。祖父已经去世二十一年了。在我的心里，似乎每时每刻都记着祖父的存在，又似乎每时每刻都忘了祖父的存在。我发现，决定着这一切的似乎都是生活的节奏。

我听和祖父熟悉的老人们曾经说——祖父似乎并没有告诉过我这个他用肉夹馍疼爱了整个童年的长孙关于他的人生经历——当年祖父被国民党军队从陕南镇安老家拉去当兵以后就再也没有回到过他的老家。据说他曾是国民党军队里的一个号兵。但他后来实在受不了国民党军队里非人的待遇，大概在队伍开至旬邑某地时，他就伺机从队伍里逃走了。说到这里，但愿人们不要把我的祖父的这一人生经历不分青红皂白地看作我这个后代的耻辱。

后来，祖父就在频婆街落脚了。那时，他相识了一位家在岐山的人，并结拜成兄弟——我的父亲、叔叔、姑姑他们都叫那个人"伯"，我的父亲母亲从小就教我叫他爷爷。在我的祖父还在世的时候,每年除夕和正月十五的傍晚上坟,就是去祭奠我的那位爷爷。但是,我从来没有见过我的那位爷爷。据我的母亲说,她也没有见过我的那位爷爷。所以关于他的一切我只能从大人们的言谈中和他与祖父的照片中去想象了。照片上的我的两位爷爷,如果不经大人告诉,我真难以分清哪一位是我的祖父,哪一位是祖父的兄长。据说正是我的那位爷爷给我的祖父娶了祖母。祖母耳聋。听说祖父的年龄比祖母大一轮。祖父和我的那位爷爷以剃头为生。我想,祖父一生给人剃头的手艺大概也是从我的那位爷爷那儿学来的吧!由此想来,我的那位爷爷应该是一位非常讲义气重情义的人吧!他和祖父之间的兄弟情义也许源于在频婆街这块陌生的土地上他们两人都是陌生的异乡人因而惺惺相惜的缘故吧!

  在我的父亲很小的时候,祖父一大家人还住在频婆街南面的中街村,听人说具体位置就在药材公司——现在的药材公司早已不存在了——那儿。但后来不知为什么,祖父就把那一块地方卖了,住到了现在的频婆街百子斜里。正因为有着这样的搬家经历,我终于明白了我的父亲一生的那些要好的朋友——虽然有些人最终也不再是他的朋友——为什么许多人都是中街村的。

  后来,也就是在百子斜里我们的那个老屋里,先后有了我和陈娜、陈飞龙、陈伟、陈青、陈晨等堂弟堂妹。我的妹妹鸿雁是在我们家搬到医院跟前的新屋里出生的。岁月就在我们老屋的一声声哀叹与挣扎中一天天过去了。

  祖父去世后不久,二叔就将我们的老屋卖掉了,卖给了彬县碳店乡黄家村的一户人家。后来,我才知道这户人家竟然是我高中时同班的一个女同学家。听说她后来考上了咸阳师范学院。我们的老屋在这户人家的手里已经变成了属于他们的样子和味道。我再也没有进去过。每次路过,只能站在他们家高高的门楼前想我的童年,想我出生的那个窑洞,想院子里的那棵可以吃到桑葚的桑树。

不知不觉间,我们都长大了。除了陈晨,我们三个兄弟也都结婚了,妹妹们也都结婚了。开始了我们这一代人各自不同的人生。而祖父、父亲已经去世了。守望着我们心中的家族的是一头白发的祖母,操持着我们这个家族的是一天天在衰老下去的母亲、三位叔叔和婶子们。

在我们心里记着的某一个日子里,我、飞龙、陈伟、青青、陈莹都一个个离开了频婆街,离开了旬邑县,甚至离开了陕西省,去了中国的一个个我们从小听过或没听过的地方,在那里工作生活。这也许是命运的安排。现在,连接我们和亲人、故乡的是一根根长长的电话线,以及像今年的大年初一这样一个暖暖的年。然后,在剩下的日子里,就是我们梦里对于故乡的那种无尽的思念。鲁迅先生说:"梦魂常向故乡驰,始信人间苦别离。"我常常想起鲁迅先生说的这句话。

在每一个思乡的日子里,常常有一股忧伤从我的心中升起。这种忧伤渐渐地成了一种病,我相信一生都会笼罩在我的心头。我发现,只要身在异乡,就无法治愈。

有一天,我终于在梦里醒来后发现:

对于我们几个孩子来说,故乡只不过是我们人生中前二十多年的暂居地。

对于父亲、二叔以及他们的弟妹们来说,故乡是他们曾经生活了一生,或将要生活一生的地方。

而对于我的两位爷爷来说,我们所谓的故乡则是他们生命中的异乡。

我常想：也许我现在在异乡所体味到的人生况味就是他们当年曾经体味到的人生况味。

我常常产生疑问,对于每一个像我一样离开故乡的人来说,难道故乡只是一个记忆？哪里才是我们最后的故乡？为什么我们无法回到自己的故乡去？

我不知道这个世界上有多少人常常会在心中升起像暮色降临时分的青烟一样的乡愁。

历史的脚步正在生活的大地上前行

有一天,我快到学校门口的时候,突然闻到了一股蒸熟的毛豆的味道。我愈闻愈觉得这就是毛豆的味道。然而,我知道这是不可能的。因为只有在故乡,而且只有在七、八月份的时候人们才会从地里拔出一拨一拨的长熟的毛豆拨子,然后,把每一个豆荚摘下来放在蒸馍时的箅子上。懒一点的做法,是把叶子去掉,连毛豆拨子也放进锅里一起蒸,蒸熟后以饱口福。然而,现在已经是有点寒气袭人的十月了,怎么会有毛豆,而且在奎屯我好像从来没有见到过刚从地里拔下来的毛豆拨子。

也许,这只是我的一个幻觉而已。

一个月前,我回了一次故乡。在故乡的那些日子里,乡亲们在路边晾晒着刚从地里拔回来的毛豆拨子,也顺便让阳光和过路的车辆行人团结起来帮忙碾一下这些毛豆拨子。午后时分有人在用连枷打毛豆拨子,用簸箕簸,用筛子筛被秋日的阳光和车辆行人剥出的毛豆。

我把故乡带到自己身边来了。

那几天里有一种久违的亲切感。好多年没有见到秋日里乡亲们在路边晾晒收拾玉米、毛豆拨子等等这些农作物的情景了。这些都成了我童年的回忆的一部分。那时我从没有认为这些情景有多么的亲切,而只觉得它是在假日里或放学后要帮父母完成的一件家务活而已。

离别让人懂得了感情。

那几天一直在家里帮母亲摘苹果。来回的路上经过离我家的果园不远处的一块麦地。秋日的嫩绿的麦苗,秋日的微薄的阳光,秋日的瘆人的微风,让人的心底陡然增添了一份秋日的凉意。秋日的麦苗,那是麦苗的童年,命运使它必须接受秋日的忧伤和萧条,随之而来的冬日的严寒冻得它昏睡过去。春回大地,万物复苏。明媚的春光,和煦的春风,北归的大雁,那轻轻的呼唤和安慰,才能将它从沉郁的睡梦中叫醒,然后一点点融化它冰冻的忧伤。于是它才慢慢地恢复了青春应有的活力,忘记了过去的忧伤,开始变得郁郁葱葱,节节向上。童年时的每个秋天我都会见到一望无际的麦田。那时地里还看不到苹果树的影子。那时我的心情就像浸在秋日的阳光和微风里的麦苗一样忧伤。那几年,我的父亲总是遇到各种各样的灾难。只有秋日的麦苗能够明白我心中的忧伤。

现在我又见到了这块长着麦苗的土地。我已经三十岁了,我的忧伤已经不再是那个岁月里的忧伤。二十年的岁月已经填平了童年的那种因为恐惧和担心而来的忧伤。今天,我却有了那种对于生命的忧伤。然而这种忧伤里却需要加入坚强做成的筋骨。二十年后的父亲,他已经不再是当年频遭各种灾难的父亲,而是成了由于几十年来含辛茹苦支撑着我们这个家庭而现在已经身患重病的父亲。病检的结果让我感到这几十年来我因为同他的隔膜而生出的深深的遗憾。他的病情,还有远在千里之外的我,都不容许我对这种遗憾去做出更多的补偿。所谓的补偿只有和他在一起的那几天有限的日子里和离家后的电话声中。

这块长着麦苗的土地曾经是一片根缠枝绕、密不透风的果园。就像现在挨着它的那块土地一样。

　　记忆中，在我熟悉的土地上，是苹果树的天下。那些童年时出了家门就能见到的小麦、玉米、烤烟、高粱、甜菜等等越来越难以看到了。人们再也吃不上自家地里种出来的麦子，而是去粮油店买那些不知从什么地方拉来的陌生的面粉。慢慢地，人们开始有点怀念这些曾经长在自家地里的东西。我也有点怀念。可是越是你怀念的东西，越让你等待得无望。

　　苹果给人们制造了一个真实的神话——苹果让人们富起来了。一个个人忙起来了，一个个人的腰包也鼓起来了，一个个人说话的声音也硬起来了，一栋栋的楼房也盖起来了。人们让在学校读书的孩子回家，人们开始嘲笑学校的老师，说，你们一年的工资还不抵我们家苹果卖的钱的零头，就这还按时发不下来。当老师的也只有苦笑。于是许多老师也开始了半工半农的生活。

　　人们和承载了幸福理想的苹果一起奔入了21世纪。然而，21世纪并不是一个充满着幸福理想的金蛋。那只残酷的无形的手并不热情迎接希望依靠苹果富起来的狂热的人们。慢慢地，人们发现苹果的收益在节节下降，成本却在节节攀升。从前做梦也想不到的为苹果套袋这种在当初无人问津的新技术如今已成为每一年人们必须的开支。人们心里都清楚如果不套袋那将意味着这一年对苹果的收入就不要抱太大的希望了。

　　还是那只无形的手让地里的苹果树放慢了生长的速度。那些最早种植的苹果树已有二十多年的树龄了。那些高龄的果树开始变得苍老，直至最后腐烂，最后它们一起被连根挖掉了。那些曾经整日守在果园里忙碌的老人们也一个一个地离开了这个世界,同时带走的还有他们再熟悉不过的苹果带给频婆街的繁荣的历史见证。

被挖掉苹果树的地里,人们又开始种上了玉米,甚至葡萄。玉米收了,人们又赶紧种上了小麦。沧海桑田,弹指二十年。路过那片在秋日的阳光和微风中摇曳的玉米地,当年挂满枝头、色泽鲜艳、令人垂涎欲滴的果子和忙前忙后喜笑颜开的主人的音容笑貌却怎么也无法从心头抹去。历史,当你从历史中走出来,历史就如同在你身边,它不再是教科书上抽象的文字符号。

生活仿佛又回到了从前。玉米来了,小麦来了,毛豆也来了,记忆中土地上的一切都来了。

生活怎么能回到从前呢?过去弯弯曲曲、坑坑洼洼的胡同现在已经变得笔直宽敞,平得让你觉得仿佛有点不适应。超市里你自由地挑选你所需要的商品,而不用再看售货员的脸色。过去新闻中经常出现的别的地方的高速公路不是也已经修到了家门口嘛。

生活没有停止前进的脚步。苹果园不会消失。乘车沿着去县城的公路往前走,从车窗里望出去,示范园里一排排的苹果树上方,主人已经搭起了防冰雹的黑色帐篷。这不又是一点几年后即将燃烧起来的星星之火吗?隐隐约约地发现在微风中瑟瑟发抖的已经枯黄的玉米地里,一排细细的枝条在均匀地分布着。那是刚刚栽下的苹果树。

是的,历史的脚步正在生活的大地上前行。

大佛寺里，大佛寺外

将近七年的新疆生活,给我带来的意义除了其他的之外——关于这一点我不想说,至于我不想说的原因我也不想说——是一遍遍地饥渴着我想象中的陕西以及与它有关的一切。

今年寒假,我想无论如何一定要回一次家。回家之前,我默默地告诉自己,这回利用寒假回到陕西的机会,一定要去几个旅游景点看一看。假如条件不允许的话,哪怕一个旅游景点也行。如果不去,走这么远的路,实在有一种枉回陕西的感觉。对于我来说,这太浪费机会了。

我想去彬县的大佛寺看看。

大佛寺在和我的故乡旬邑县接壤的彬县的水帘乡。在我的想象中,水帘乡是一个并不需要坐车走许多弯弯曲曲的道路的地方,虽然我并没有去过。这样,它就不像我去诸如华清池、秦始皇兵马俑、半坡遗址等名胜古迹处那样,至少从心里感到要像翻山越岭一样艰难——虽然去这些地方,翻山越岭的是车而不是我。当然,如果要去这些地方,我觉得也不用担心。这一点,要感谢这些年我所走过的这条千里迢迢的人生之旅,一条从长安到新疆的丝绸之路。我常想,当一个人走过了很远的路以后,他(她)也就明白什么叫作近路了,而且也就学会感谢近路了。

关于大佛寺,在我很小的时候,早已闻其大名。那时我听去过大佛寺的四叔说——四叔在他年轻的时候,为了生存和生活早早地就走出了频婆街,去过了很多在他看来很艰辛而在那时的我听来很有趣也很神往的地方——大佛寺里大佛的手掌上就可以坐五个人一起打扑克牌。多少年来,我一直想象着本来就很神秘的大佛的这只更加神秘的大手。同一直生活在频婆街——我觉得它就像一个让我只能在里面走来走去的大房子——的少不更事的我相比,我的四叔已经去过频婆街以外很多也很远的地方了。小时候,我对于外国人是什么样子的这个问题一直很感兴趣,四叔说,他在西安的大街上见过许许多多的外国人。然后好奇的我就问他外国人长什么样子,他就绘声绘色地给我描述起来。那时,虽然我并不知道什么时候才能见上外国人,但对于这一点似乎并不着急。我有点着急的倒是,我什么时候才能去大佛寺看一看那个一只手上可以坐五个人打扑克牌的大佛。对于我来说,那太神奇了!

后来,我生命中一个接一个的事件是,我去旬邑县城上高中了,我去宝鸡上大学了,我去咸阳工作了,我去西安上研究生了,我到新疆奎屯工作了。在这期间,我利用着一切可能的机会去游览各个地方的名胜古迹。这好像是我骨子里永远不会丧失热情的爱好。这些名胜古迹又好像我骨子里天生所缺少的东西一样,总是那么令我神往。

但我却一直没有机会去彬县大佛寺。虽然它离我并不遥远,但我的生活中好像总有一种神秘的力量将我向相反的方向拉着,让我无法靠近它。然而我听母亲说过,父亲有一年曾带着妹妹一起去过大佛寺。听说,那是在妹妹上初二的时候。我

想,这一次游玩一定成了妹妹对于父亲的美好回忆之一。也许对于一生多艰的父亲来说,带妹妹去大佛寺游玩已是他能走的最远的地方之一了。因此,我觉得我更想去大佛寺了。

这个寒假,对于我来说,去大佛寺的愿望马上就要实现了,为此我的心里充满了一种无尽的喜悦。这和我坐火车从新疆回来,然后坐在长途客车上快到频婆街的土地上的那种紧张是两种完全不同的感觉。那真的是近乡情更怯。而去大佛寺游玩,心情就完全不一样了。

去大佛寺的那一天是正月初五,和我一起去大佛寺的是表弟和妹妹。表弟在彬县县城开车,就租住在县城里。他告诉我,在彬县县城,有直接到大佛寺的3路公交车。这让我感觉到,去大佛寺比我想象的更方便也更容易了,好像大佛寺就在自己的家门口一样。

上了公交车以后,我发现车上坐满了许许多多农民模样的人。有的提着装满了东西的蛇皮袋子,有的好像在县城打工要回家一样。这些更让我感到了家乡不同于远在千里之外的奎屯的特征。我仿佛闻到了一种亲切的泥土的味道。我发现这就是我久违的家乡——对于远在千里之外的我来说,彬县怎么能不视为像旬邑一样的故乡呢——父老兄弟姐妹的味道,我心里想。车上,表弟说,大佛寺在312国道的旁边。据说,为了保护大佛寺,312国道几次改道。我想,人给佛让路,这是佛的威严和力量,也是人的智慧和远见。这时,我的心里老在想象着即将要看到的大佛寺的模样,一下子似乎心里很激动的样子。人的想象力是很丰富的,但又是很贫乏的。无论我多努力让自己想象着大佛寺会是什么样子的,也实在无法想象出来和现实的大佛寺接近的一个大佛寺来。

很快,车就停在了大佛寺门口。刚一下车,抬起头,我一眼就望见了大佛寺。就像刀郎唱的那首《爱是你我》的歌一样,这世界,我来了。我想对大佛寺说:大佛寺,我来了!我已经按不住自己的眼睛了。只见远处高阔苍老的石壁上,是古香古色的楼台和一个个长方形的洞窟。山顶上长满了干枯的树木,它们仿佛在孕育着什么。这是我从来没有感受过的一种人间气象。后来,我才知道这座苍老的石崖叫作清凉山。回过头来才发现,大佛寺的大门入口处的门楣上,是已故的著名书法家石宪章先生书写的"大佛寺"三个苍劲有力的金色大字。石先生的书法为这座千年古寺增添了一份古色古香、凝重深厚的历史文化氛围。

这一天的天气有点阴沉,并且下起了蒙蒙细雨,一片烟雨迷蒙。久违了,这种故乡的感觉。参观的人似乎并不多,但也不少。寺前路对面宽阔的停车场上,停满了大大小小、各式各样的车辆。令我没有想到的是,当我刚一下车,大佛寺门前那些出售香火的妇女就以迅雷不及掩耳之势向我们兜售起她们的香火,似乎不买她们的香火就不该来大佛寺一样,或者说不买她们的香火你就走不了一样。从她们雨点一样密集的叫卖声中,我似乎隐隐约约地想到了,也许大佛寺跟前的人们就是以这样的方式挣钱和生活吧!人们说靠山吃山靠水吃水,这大概就是靠佛吃佛了。从那些卖香表、蜡烛的摊点看上去,那些紫红色的香烛有长有短。那些很长的香烛远远超出了我的预料,有一个锨把那么长,我第一次知道世界上还有这么长的香——不过这也说明了我的孤陋寡闻,少见多怪。这里,根本见不到平时我所见过的那种像筷子一样长的细细的香烛。我想,如果把它们和这些锨把一样长的香烛放在一起,它们一定会自卑

极了。

　　表弟买了一束不长不短的香。进门后,表弟很虔诚地在香炉前焚香礼拜。表弟对我说:"到大佛寺来,就要烧香哩!"好像告诉我吃羊肉泡馍应该怎样掰馍一样。而我的兴致则是专门到大佛寺游玩来了。这样说,对于庄严的大佛来说似乎有点不敬。

　　当我们缓步走到明镜台前,看到它的正中有一块砖砌的黑底的匾额。匾额上面题写着"觉路"两个金字,这两个浑厚苍劲的大字,据说是李白的笔迹。在大佛寺能见到大诗人李白的笔迹,真让我觉得就像看到了千载难逢的宝贝一样。李白曾经写过一首《豳歌行》的诗,那大概是他唯一一首关于豳地的诗吧!关于"觉路"这两个字的意思,我想,"诗仙"李白大概是想告诉人们拜佛之路就是一条觉悟之路吧!

　　沿明镜台右边的台阶拾级而上,在第一层楼阁的拱形门洞前就可以看见大佛了。对于游客来说,只能通过洞门前的木栅栏远望大佛。远远望去,大佛庄严而又慈善。整个大佛及其周围,雕岩画壁,金碧辉煌,一片佛国境界,仿佛顿时给人带来一种大彻大悟之感。这时,我似乎特别想留意一下大佛的手。远远望去,大佛的手果真很大!整个手掌宽大而温厚。但我觉得好像并不能同时坐下五个人打扑克牌。也许四叔的说法有点夸张吧!也许因为我已经不再是小孩子的缘故吧!

　　参观完了明镜台上面的建筑,要去它的左边的一个洞窟观看,必须抓着一根固定在上下两端岩石上的光滑而叮当作响的铁链攀缘上去。虽然这是一段并不算高的距离,但却着实令我没有想到,它好像是大佛寺里一道考验游人的勇气和虔诚的试金石。多少年了,不知经过了多少各种各样的脚,坚厚的石壁上已经踩踏出了深深的脚印。游人就是手里紧紧地攥着铁链踩着铁链两边的脚印一步一步攀爬上去的。人们似乎已经习惯说水滴石穿,到了大佛寺才知道其实也可以说脚踩石穿。然而,那一天我穿的是皮鞋,如果上去的话,脚底下那么滑,一想我真有点害怕。

首先是妹妹爬上去了——这真出乎我的意料,接着表弟也爬上去了——他似乎毫不费力。

只剩下我了!当哥哥的我了!

我有点犹豫起来。上去还是不上去呢?这真是个问题。最后,我决定还是上去吧。要不然,这一趟大佛寺之游也就留下一种遗憾了,而且是永远无法忘却的遗憾。于是,我鼓起勇气,小心翼翼地抓着铁链,沿着人们留下来的那一串串脚窝慢慢地攀爬上去。然而我感觉到在攀爬的过程中,其实并没有此前心里想象得那么可怕,但我还是一再告诫自己要小心。如果掉下去,那后果真是不可设想,至少,也要碰得头破血流的。然而上去了以后,我发现原来洞窟里并没有什么令人叹为观止的雕像,只是一尊普普通通的菩萨雕像而已。我想,也许这尊洞窟存在的意义就是考验人们有没有勇气抓着它下面的铁链攀爬上来而已。只是,站在洞窟门口远眺,远处平坦宽阔的泾河滩和朦胧起伏的小山倒是别有一番情致,让人浮想联翩。就像小时候在表弟家所在的村子边眺望远处的山峦以及夜晚山路上川流不息的车流一样。感觉好极了!自然,我便好好地享受了一番类似杜甫所说的"会当凌绝顶,一览众山小"的感觉。然后,我又小心翼翼地踏实人们留下来的脚窝下来了。这一次攀爬,我总结的经验是:脚要稳,心要静。这个经验,我想对我来说一定很重要。

我设想，如果我因为害怕而没有从那条铁链上攀爬上去的话，我的心中将留下深深的遗憾。

但是，在彬县大佛寺，在我的故乡，我终于没有留下自己的遗憾，我没有把这样的遗憾带回新疆。我的心终于释然了！

在大佛寺里，时间不知道是怎么过去的，但就那么快地过去了。

从大佛寺里出来，又来到了大佛寺门口。这回，我才注意到除了卖香火的以外，还有卖擀杖、蒜窝、木勺的小摊和简易的商店。摊主对这些东西的要价都高得离谱，但当你真的要想买的时候，他们又可以把价格降得很低。我突然想到，家里母亲擀面的那根擀杖，还有那个早已不知去向的曾经的蒜窝，也许就是许多年前父亲在这儿哪个摊主的爸爸或者爷爷那儿买的吧！想到这些，一时让人顿生感慨。只是现在，父亲已经离开这个世界五年了！只剩下了我和妹妹，还有家里孤独的母亲。

…………

这一天，天空落下了细密的春雨，很快地面就湿了，空气也变得潮润起来。

这一天，我第一次游览了彬县大佛寺，和表弟、妹妹。

这一次游览，记忆一生。

在天唐，公共汽车和时间恋爱

终于，一辆公共汽车停在了站牌下。

它开来的地方对于没有到过城市的人来说不能说不远，但对于人满为患的城市来说，再远的距离似乎也不成距离了。拥挤的城市竟然有这种神奇的能力，而清静的乡村似乎只能望其兴叹了。路多远还是多远，甚至有时让人觉得更远。

很快，等在站牌下的人群一拥而上。旁边穿着黄马甲戴着红袖章的督导员在引导大家依次排队上车——这好像是这座城市最近出现的一道新景观。也许它是从其他城市学来的吧，比如说北京。督导员一边挥动着手里的小旗子，一边说着："咱天唐市可是一座文明的城市，不要给咱天唐人丢脸。"同有的十字路口指挥交通的督导员——他们似乎只知道例行公事般对行人下命令——相比，这位督导员似乎让人蓦然感到，原来督导员还可以这样做自己的工作。这样有个性的督导员就像月食或者日食，也不是随便就可以在天唐市的大街上碰得到，但他确实真实地存在着。这就让人有点刮目相看了。我仿佛这时才感到天唐市原来不仅是一个人来人往的旅馆，还可以是一个我们大家都可以生活在这里的家。我的这种感觉竟然因为督导员而萌芽了。真是做梦也想不到！现在终于明白了什么叫可遇而不可求。

但是许多人依然还是无意识地往上挤。挤是许多人的上车哲学。他们挤得前面的一个人回过头来恶狠狠地骂了一句："挤什么挤,急着奔丧去呀!"他们挤得夹在人群中的小偷认为再也没有比在此时行动更好的机会了。为了能够搭上这趟车,许多人似乎已经顾不得想这些了。被骂了就毫不示弱地还两句,以证明自己也不是随便就能被人骂的。如果有小偷的话,就想丢钱丢手机这事肯定不会发生在自己身上,而且为了上车也顾不得去想这些事情。再说这是一件多么晦气的事情啊!人想事情都是往好处想,谁愿意想这些事情呀!不过,今天肯定有人要被偷,否则的话那些贼娃子今天就白被人挤了。白挤谁愿意被挤呀!

公共汽车就像一个巨大的罐头盒子。开始的时候每个人都想把自己塞进去。这样人们觉得自己终于搭上车了。不管是怎样搭上车的,不管搭的是里面怎么样的车,只要搭上车了,就有了到达目的地的希望,这就已经为下车后的计划准备好条件了。人把自己挤在公交车上,然后公交车就开始在人心里黑暗的隧道中前行。结果还是有人没有挤上去。不过他们看得开。没有坐上这一趟车,还有下一趟车。他们为自己找到了乐观的理由。

上了车的人才发现车上早已经被挤得密不透风了。每个站着的人都得艰难地熬着。司机是一个年轻的小伙子,讲着一口很豪放的天唐市普通话。在车上不懂天唐话的人听来,能讲天唐普通话,这是他作为地道的天唐市民的象征。这是多么羡煞人的身份啊!有人心想,能够成为像这位小伙子那样的一个天唐人该有多好啊!唉,可都是那压死人的房价裂开的天堑,这不是谁都随便能够跨过去的。

路上形形色色的车辆,都像和时间谈恋爱一样,不停地追赶着这位高傲的女神。突然,有一辆小货车差点和公交车挨上了。就像条件反射一样,小伙子直接一句恶狠狠的辱骂。话语让坐在另一辆车里的司机他八辈祖宗在另一个世界也不得安宁。听小伙子这样骂外面那一辆货车里的司机,好心的乘客觉得那一位司机太令人同情了。其实也许,那一位司机比这个小伙子也和蔼不到哪儿去,说不定他刚才就是这样骂其他司机的。这样想来,大家心里也就平衡多了,乘客也就想开了,不必再表露同情心了。城市里的司机们不知道一天里骂几回别的司机。他们骂别的司机,相当于他们擦去了自己额头上的一层冷汗。如果他们已经不再骂别的司机了,可能乘客都会跟着他们到另一个地方见面去了。那个地方谁愿意去呀!

坐在第一排"爱心车座"上的那个小伙子腿上坐着自己的女朋友。帅哥美女组合,一副不食人间烟火的样子。原来对于勇敢的人来说任何地方都可以营造浪漫的二人世界。这时的公交车就像一个不停地在流动的绿树浓荫的公园。学过哲学的人告诉没有学过哲学的人矛盾无时无处不在。原来爱也可以无时无处不在。站在他们旁边的是一位一头银发的老人。有人心里为此很不平,可他们就是将自己的脑袋搅得翻江倒海,也找不出来一句可以暗示那一对仿佛要粘在一起的海誓山盟者能给那位老人让个座的话。公交车上只有单个的人,和自己所营造的那一个世界。城市可以让一切都变得理直气壮。

售票员真是一个需要特殊工作能耐的人。虽然她显得有点冷漠或者高傲,但是一整天要在密不透风的人群中穿来穿去,那确实也需要点耐心,那着实也让人心疼。售票员不停地说着:"前面的师傅往后挪一挪。"前面一句还很平静,后面一句

"前面的往后挪一挪"就带着感情了。可是,白天不知夜的黑。不是乘客不想往后挪一步,只是往下车的方向挪一步太难了。依然没人动弹,确实挪不动。公交车上总是很奇怪,售票员眼中看到的地方怎么总和乘客发现的空间不一样。售票员在不停地指挥,乘客也在尽力地移动,但似乎每一次只能移动一厘米的距离。售票员和乘客好像都不讲理一样。其实谁都无法把理讲清楚。

有一个人从自己的位置上起来了,另一个人以舍我其谁的气概迅速占领了那个座位。路边的广告宣传栏里常常有精明的招商广告:难得有空。其实,比矫情的广告牌难得有空的是人满为患的公交车上的座位,它就根本不说自己"难得有空"。可是哪个乘客不稀罕它呢!一个人要下车了。在他离开座位到离开车门的那一段路程里,从嘴里飘出了密密麻麻的"麻烦让一下"。他得不断地把一个个的"麻烦让一下"搬到自己的身后去。"麻烦让一下"为他打开了刚好让他一个人绝对勉强才可以通过,而再也无法容下第二个人通过的通道。唉!上车难,下车也不易呀!

突然,车上有个也不是不帅的小伙子骂起来了:"他妈的,太缺德了,谁放的屁啊!"一下子整个车厢里突然变得极其安静,所有的人都安静地听他的演讲。此时他的声音真是空谷足音啊!人在这个时候表演太需要勇气了。小伙子的身边站着他的女朋友。他一副今生今世都是他的女朋友的坚强依靠的气概。仿佛天唐市的纯爷们就应该具有这样的气势。没有人说话,连售票员似乎也已经默许了让这位小伙子来维护车内清洁的空气。不知从哪个方向飘来的屁味早已消散在了车厢里的每一个角落。哪还容许它悠然地飘荡在每个人的上空,像上帝一样俯瞰公交车上的人间百态。那个小伙子越骂越激动,最后仿佛要和放屁的那个人一决胜负一样。有人悄悄地说,屁就是他放的。接着又有人说,那个小伙子太需要宣泄了。还有人说,现今太缺乏像小伙子这样有天才气质的人了。

…………

公交车上的每个人就在车上这么享受着,等待着,煎熬着。每个人都在车上感受着不同的世界。

每一站都有人上来,每一站也都有人下去。

车上的人越来越少了,少到可以忽略不计。这种情景实在让人难以和开始人满为患的情景联系起来,真是天壤之别。但它们却同时存在于这辆车一前一后两段时间。座位嘴上说自己想休息休息,但在这时也开始觉得自己有点落寞起来。就像没有记者采访的名人一样,总厌烦记者,却又离不开记者。在起点站就上车的人,觉得自己是幸运儿,因为自己从来没有为座位发愁过,虽然给别人让过座位,可是最后善有善报,那个他被让座的人下车的时候,把他的座位又给了他。这是公交车上的一场人情交换。中间上车的人,觉得自己很不容易,总算享了一点福,前面受的那些挤,说的那些"请"和"谢谢"都值得。最后上车的人说,我才是这辆车上的骄子。有人告诉他车上曾经有人放屁,有人吵架,有人偷手机。他觉得这些事情仿佛童年夏夜听老祖母讲的那些过去的故事。有人说,唉,可怜的还是那些中间上车、中间下车的人。大家谁也没有再说一句话。其实,中间上车的人总是处于前不着村,后不着店的处境,真令人尴尬。最后上车的人,虽然有点听不懂,可还是让自己静静地听着。这时,大家和气、和平、和谐地坐在自己的座位上,并奔向车的终点站。看上去很美呀!这是一趟开往终点站的公

交车。有人在第一站就上车,有人中间上车,还有人快到终点时上车。人有一生的命运,也有一时的运气。有人一上车就有座位,有人一路都没有座位,有人快到下车了才坐上属于自己的座位舒服了一会儿。但最后都下车了。

....

车,终于到终点站了,该下车了。有人还要拿起自己的行李,有人只带上自己就行了。那个已经温和了许多也疲惫了许多的司机小伙子说:"请大家不要落下自己的东西。"剩下的人都仔细地看了看自己座位的周围,一个个依次从车上走下。终点的站台下这时再也没有人引导他们下车了。只剩下一个个孤单的影子,朝城市不同的方向走去,并消失在城市平静起来的河流中,然后朝着自己生活的对岸游去。

眼 神

当我将修车的钱递给那位师傅时,我感到自己的心里已经轻松了许多。当我再次望着那位师傅的眼神,他的眼神既不像今天上午时那样充满怨气,也不像昨天上午时那样充满理解,他的眼神只是显出我们之间结束了一道手续,他还要忙自己的事情的样子。而我此刻的心情,也不再像今天上午时那样在心底掀起一阵阵的波澜,也不像昨天上午时那样觉得一缕温暖的秋日的阳光照进荒芜的心田。

想起来,这两天与修车有关的事情真让我觉得有点值得回味。

上午,那位说话带着浓重的四川口音的师傅修好了我的自行车。接下来,该我付钱了。

我自信地从口袋里掏钱包,准备掏钱。

然而,令我意想不到的是,我又没有带钱。

这是我第二次没有带钱了。我觉得周围的一切一下子好像变了。我不知道接下来我将如何面对修车的这位师傅。在我眼里,我觉得他是一位老实人。因为修车,我们已经成了熟人了。只是我们都叫不上来彼此的姓名。

环顾四周,我认为没有一个我认识的人让我可以暂时借点钱以避免自己所要面临的尴尬。

虽然只有几块钱,可是我一时实在没有什么神通广大的本领变出这几块钱来。人说一文钱难倒英雄汉,对现在的我来说,这句话就是真理。记得今年夏天的一个中午,从楼上的窗户望出去,一阵阵的狂风将眼前那些婀娜多姿的柳树吹得前仰后合。我当时似乎来了灵感,想到了两句话:临风树低头,对钱人弯腰。莫非当时的这两句话就是为今天的我自己准备的?

我实在不知是怎样鼓起勇气告诉那位师傅"师傅,实在不好意思,我又忘带钱了。"说这句话时,我看着他的眼睛。我好像既置身事中,又立身事外。想到这一点,我觉得自己变得有点可耻。我发现,他只是眼睛直直地望着我,嘴里没有说什么。但是他的眼神似乎像长了荆棘一样,刺醒了属于我的那个沉睡的人格。我开始关心起自己来了。我觉得很长时间以来我从来没有像现在这样关心自己。他的眼神似乎在抱怨地说:"昨天你说忘了带钱,说今天带来。我说行。怎么今天你又说没带钱呢?你让我说什么呢?你让我怎么相信你?"他似乎有点生气我这样告诉他。可是我明白他对我又是一时毫无办法的样子,他能拿我怎么办呢?他的眼神已经表明了他所能够忍受的极限。

那时我想,倘若我看上去是一个漫不经心的人那倒好了,而偏偏我又生就一副忠厚老实的样子。这样的形象也太气人了。这样的形象与这样的事情联系在一起也太不协调了。可是这样的形象就像板上钉钉一样与这样的事情联系在了一起,谁也无法否认它的存在。想一想,难道什么样的事情非得发生在什么样的人身上吗?那样倒好了。可是,这样的事情偏偏发生在我这样的形象的人身上。

生活中怎么出现了这样令人尴尬的事情呢?

不过，这样的事情似乎生活中也不少。

我问自己，这时我是主动权在握的胜利者吗？我不是。就算是的话，我也只是表面上的胜利者。恰恰相反，我觉得自己已经脆弱到了极点，我已经被他的眼神打倒。我对自己恨到了极点：你怎么就那么没有记性？我感觉到了自己身体的无辜，而只有那个隐藏在身体中负责记忆的器官是罪大恶极的。可是我又能怎么样呢？当我想惩罚那个负责记忆的器官时，我又泄气了。跟它计较，就像跟一个小孩子计较，那样有意义吗？

回想起来，当我昨天第一次告诉那位师傅说，不好意思，我忘了带钱，我自己的自行车也坏了——昨天我骑的是别人的自行车，明天我还要到你这儿来修，我明天一起给你付钱。给那位师傅说这句话时，我觉得我的人格是值得向他保证的。他微笑着说没关系。我想，他一定会同意的。几年来，因为修车我们之间似乎已经建立起了牢固的信任关系。我望着他和善的目光，那种目光所传递的我们彼此之间的信任与友好会让人忘掉生活中所有的不快。你会觉得生活还是美好的，尽管生活中有着太多的痛苦。

可是当我第二次用心去窥视他的目光时，我的感觉再也无法回到仅仅短暂到只隔一天的二十四小时之前。

我内心对上帝说，我是真的忘了，我是一个马大哈。我确实不是算计到想赖掉这几块钱，我也不是穷到付不起这几块钱。

可是我没有勇气向那位师傅解释，这样的解释无论是那位师傅还是周围的人听来都显得古怪。这里只有一种说法，你这人真没有意思。我觉得我活该，我只好承受着来自那位师傅的眼神所传递的心中的不满，尽管迟付他这几块钱不会对他的生活发生什么重大影响。可是他没有心情，也没有义务去听我的

解释，虽然我的解释真诚到连上帝也相信。只是，我的解释还是说给我自己去听吧！

　　我不知道我是怎样骑着自行车离开他的修车摊前的。路上我只有一个念头，就是下午无论如何也要将钱付给那位师傅。这个念头填满了我回家的路。

人间烟火

　　一直以来，我很喜欢夏日的奎屯和秋日的奎屯。

　　夏日的奎屯，是一个因为长长的白昼而让一切都撒上了一层暖暖的金色的季节；秋日的奎屯，则是一个因为累累的果实而让到处都呈现出缤纷色彩的季节。这两个季节都是奎屯一年中最美好的季节——两个瓜果飘香的季节。

　　这个时节，在市区各个居民小区的大门两边、市区的街道两边总会看到各种各样的大卡车、小三轮车，上面总是装满或摆满了各种各样的瓜果。许多车则是瓜果的"专车"，上面装满了西瓜、红薯，或者各种各样的水果。至于各种小三轮车，那上面摆放的各种各样我吃过的没吃过的水果就更多了。

　　每到下班的时候，街道上人来车往，煞是热闹。而在这些装满瓜果的小车前，总是围满了一群群的男女老少。他们精挑细选，寻找那些仿佛为他们而生长出来的瓜果。待挑选出来后，则是认真或半认真地和小贩讨价还价。从他们的神态里仿佛传递出了生活的温馨和美好。

　　每当看到这些车，对于我来说总有一种抑制不住地想走上前去买上一些的欲望。有时，我的这种欲望十分强烈。在这种欲望面前，我发现人心中的理智常常经不起大地上的特产的色彩和味道的诱惑。

我之所以有这样强烈的购买欲望,是因为在我的无意识中,总觉得这种开上大卡车来卖的瓜果似乎更便宜一点。许多有生活经验的人说,同超市里同类的瓜果比较起来,路边的东西虽然便宜一点,但斤两不够。最后算下来,和超市里的差不多。所以还是在超市里买瓜果比较划算。只是,超市离我住的地方有点远,去一次也有点不方便。而路边的瓜果车,在下班的路上就能碰到。谁能抑制住这种想买上一些的冲动呢?

没有来新疆之前,我早已耳闻新疆的瓜果闻名天下。我常想,到了新疆,就可以尽情地享受这个瓜果王国里的各种瓜果了。现在,我不是已经来到新疆了吗?!

根据我的生活经验,在奎屯许许多多、大大小小的摊点买东西的时候,顾客应该付给老板的钱的零头,老板常常大方地说:"算了。"或者干脆就不说,只要个整数就行了。这是奎屯或者说新疆——我相信新疆其他地方一定也会这样的——留给我的温暖之一。我常想,这一点是否也是组成了媒体用来形容新疆的那个词"大美"的一部分呢?对于许多人来说,似乎也已经习惯了这一点。也许,老板让给顾客的这点好处,是老板的精明之处,老板是为了吸引更多的顾客。但无论怎么说,顾客因为这一点让头,心里则很满意也很高兴。对于顾客来说,似乎总有一种心理,老板虽然让了几毛钱的零头,但根本吃不了亏。这一点大家似乎都心知肚明。但就因为这一大度的举动,却也给顾客留下了关于这一家很多的好感。因为这一点,一个回头客也许就在这微妙的让利举动中被老板迎接回来了。相反,如果老板对于零头只知道"五入"而不知道"四舍"的话,那顾客心里就有点不乐意了。而老板是深知此中的利害关系的。所以,四舍的老板多,五入的老板少。

同样根据我的生活经历,在奎屯市大大小小的超市买东西,到付钱的时候则就不是这样了。人们的说法是:在超市买东西,你少一分钱都不行,更别说少一毛钱。的确如此!事实是,在超市只有"五入",或者说"四舍"也要变成"五入"——也许这是因为作为以"分"为单位的硬币已经淡出人们的商品购买活动,不便于收银员们进行操作罢了。虽然顾客们并不在乎这几分钱。但从道理上来讲,即使是一分钱,毕竟是超市占消费者的便宜,而不会是相反。虽然,超市经常也会进行一些打折让利活动,但这毕竟是两回事。

所以从这样的角度说来,人们在路边的摊贩那儿进行的买卖活动,也就多了一些人情的味道。

我们经常可以看到,许多路边的瓜果还带着绿色的枝叶。这似乎更让人们相信了它们的新鲜程度。这些瓜果连接起了生活在城市的人们和土地的距离,让人感觉到了它们的从容不迫。相比之下,超市的那些名贵的瓜果则似乎很难让人想起身边的土地,它使人想起了日夜兼程的飞机。那是一些来自多么神秘的或者陌生的角落的东西啊!

也许因为我是农民的儿子,也许因为在我前三十年的生命中,在频婆街农历二、五、八集日中,也有许许多多这样的瓜果摊贩,虽然那些摊贩要么是支起一个木板案子,要么是拉着一辆架子车,但面对土地上生长出来的人间奇葩,却总是那么的让人馋心欲动。

我想说:在路边,感受大地的味道;买瓜果,体味西域的温情。

风的心情

到了新疆,我才慢慢地发现风原来是日子的一部分。每过不了几天,或在傍晚时分便狂风大作,或是早晨人还在睡梦中耳边便会传来呼啸而过的风声。

傍晚的风来时很快。突然你会发现起风了,于是天空便成了土一样的颜色,树枝开始了深情的舞动。如果你从窗子里望出去,一层层绿色的波浪从外面那片森林头顶拂过。于是,邻居家的窗扇开始被猛烈地摔打起来。每一声都好像沉重地打在人的心上,好像在说,我已经受不了了,把我关起来吧!也许主人正在回家的路上,但风已经闯进了他(她)的家里,肆意地掀翻它能够掀动的一切。

外面,风让整个城市都动了起来。摊贩急着收拾东西,路上的行人加快了步伐。骑自行车的人弓起了身子,撅起了屁股,吃力而又焦急地蹬起了车子。

终于,许多人都回到了自己在这个城市的那个家。开始谈论风,也开始谈论生存和生活。只有纸片、塑料袋还在城市的上空孤零零地飞舞。

风声正酣。

于是,窗户里开始亮起了昏黄的灯火。风,早早地把夜的感觉带进了每个人的心里。做晚饭,吃晚饭,聊天,想象。想象在城市郊外的那片浩瀚的戈壁滩,那里现在一定是飞沙走石。那是风引起的一场没有输赢的战争。第二天,太阳依然升起,好像什么也没有发生似的。想象在城市郊外的那片茫茫林海,那里一定是如泣如诉。那是风导演的一部绵延不绝的舞曲,只有林边心跳加快的河流在仰头观看。

树和风的相遇,是它们应有的缘。树遇见了风,便开始了一往情深的倾诉。风为树伴奏,树开始向风讲述自己的故事。这故事中的酸甜苦辣,只有树自己尝过。但树希望这倾诉能换来风的精神支援。

风一边伴奏,也一边在听。不知不觉间,连夜都跑来听了。这时,人却变得失语了。人只能放下自己所有的心事,和风一起聆听树的倾诉。

夜很宽容,一切都被收藏起来,让风在这个黑色的剧场里尽情地表演。人倾听风的表演。风的酣畅淋漓,让人感到了自己的孤独和无力,人仿佛被风赶到了世界中被遗忘的一角。人感到了自己的无力,人的心情只能听从风的调遣。

风,成了大地上的主人。

树就这样尽情地倾诉了一夜。不知在什么时候,风累了,树也乏了。树也和人一样进入了梦乡。

而人却在半夜里醒来了,不见了风,于是就去追寻风走过的痕迹。最后却发现这痕迹就在自己的心里。

第二天早晨起来,人发现笔直的白杨身上,散发着风吹过后的清寒。白杨仿佛已习惯了在荒原上那种孤独的生活,它好像不像人那么容易感到孤独。这时候突然想起来,那些生活在都市里大道两旁的花木,似乎有点矫揉造作,儿女情长,好像总离不开人的呵护。而荒原上的白杨,它的父母,就是荒漠、艳阳、劲风，还有吝雨。

人和风生活在一起，人也慢慢了解了风的性格，然后成为风的存在哲学的一部分。

开始，风让人感到了自己的孤独，仿佛自己就像风中飘摇的烛火。风让人觉得仿佛在梦魇中被送上一座荒凉的孤岛，被送进一个只有自己一人而且永远也走不出的荒漠。

慢慢地，人读懂了风的心情，也读懂了风的性格。

风也成为人孤独生活的一部分。人由风所感到的孤独变成了孤独中风的相伴。人想着倘若没有风，孤独本身又将是多么的孤独啊！

所有与风有关的心情我都是从屋子里的那扇窗子那儿感受到的。慢慢地，我想着将这个以后作为我曾经住过的小屋命名为听风轩，因为这里隐藏了太多关于风的记忆和心情。

从此，知道了世界上还有另一种不同于故乡的风，那就是大漠深处的风，它也一定会是我生命深处的风。

黎明的模样

黎明长着什么特别的模样？你可曾见过它的模样？

你也许见过或听别人说起过它的模样。可是在你的一生中见到黎明的模样的时刻也许并不多。你可曾被黎明的模样所吸引？

也许你经常听别人说起过黎明的模样。人们都说黎明的模样是黑暗的。

黎明前仅仅是黑暗的吗？

初冬的一天，我需要在早上七点钟去火车站买票。新疆的七点，许许多多的人还沉浸在甜蜜的梦乡当中。这是一个万籁俱寂的黎明，就是树上的一片叶子落下来也可以听得到。

当我穿好衣服，围好围巾，轻轻地走到楼梯门口的时候，初冬清冽的寒气顿时扑面而来。抬起头，在深蓝色的夜空里，一弯残月仿佛被谁挂在了远处干枯的树梢上，还有几颗星星稀疏地散落在周围。这静谧的夜空让我产生了一种此时无声胜有声的相通感。月亮、星星、树木以及外面的一切仿佛发生了一件什么伤心的事情似的。这件事让它们都陷入了深深的忧愁当中，谁也不说一句话。我觉得自己好像突然闯进它们的世界里了，也不知道该说什么话，该怎样安慰它们。此时我只有在自己的心里静静地想黎明的心事，然后伴着它一起走出这寂静

的黑暗。

睡在屋子里的人,对于外面的星星、月亮和树木,它们之间发生的故事,他们一点也不知道。黎明把人蒙在了自己的房间里面,只让人在梦中想自己的心事,想象白天不敢想和想不到的事。

出了学校的大门。漆黑的夜空中,道路两边亮着橘黄色的路灯。它们在漆黑的夜空里盛开出一排排明亮、温暖的花朵。

突然路上开过一辆三轮车,偶尔从市中心驶过来一辆出租车。这是一个没有喧嚣,没有争吵的时刻。看到红灯亮了,司机稳稳地将车停下。他的忠诚让黎明来检验。

人行道上,偶尔碰到早起锻炼的人们擦肩而过。有年迈的老人,还有刚健的中年人。在清冽的空气中,他们都显得精神饱满,步履轻捷。他们把一股神秘的力量注入了我的心底,我仿佛不再感到天气很冷,也不再感到夜空很黑。我想,他们是最了解这个城市的黎明的人。

在一家小餐馆的门口,店主人已经生起了炉火。像花朵一样耀眼的火苗在漆黑的夜空里跳跃着。架在火炉上的锅里已经开始冒出冉冉上升的白色的热汽。

不远处,传来沙沙的扫地声。那是清洁工在扫马路的声音。这种声音我并不陌生。当我上大学的时候,在每天黎明前的被窝里,就听到校园里清洁工人挥动着扫帚的沙沙的扫地声。

我爱黎明,我爱黎明时所看到的这一切。

当我躺在温暖舒适的被窝里的时候,我遥想外面的寒冷和黑暗以及由寒冷所带来的恐惧。可当我真正走出去的时候,我突然发现黎明赠给了我一个美丽的世界。我后悔自己在过去的日子里曾经错过了多少这样美丽的时刻。这可是大自然对我源源不断地馈赠呀!

　　这是一个晴朗的日子里的黎明。我在想,如果是一个寒风凛冽,大雪纷飞的黎明,那又是什么样的感觉?如果是一个细雨蒙蒙的秋日的黎明那又是什么样的感觉?如果是在荒无人烟的茫茫戈壁,那儿的黎明又是什么样子?如果是在草长莺飞的江南水乡,那儿的黎明又是什么样子?我很想停留在这样的一些时刻,站在这样的一些地方去看一看黎明的模样。我真希望这样的愿望能够变成现实。

　　能够看到奎屯的黎明的模样,我的心情从来没有像这个时刻这样高兴。尽管在漆黑的夜幕中有着一丝丝的寒意。

　　小时候,我见过故乡的黎明的模样;几年前,我也见过一座世界上最古老的城市的黎明的模样。今天,我又见到了奎屯的黎明的模样。

　　不同的地方的黎明,都让人一样的喜欢。

　　我觉得黎明是准备给那些心中对生活充满了希望而辛勤地劳动奔波的人们的。能够有幸目睹黎明的模样的人并不多。也许只有面对晨练的老人、辛勤的清洁工以及那些无数的默默为生活而奔波的坚强的人们,黎明才会向他们展示自己神秘的容颜。黎明也赠给他们生活的希望。

　　能够见到黎明的人是幸福的。因为黎明展示给他们一个静谧而又神秘的世界。那是一个在白天永远也难以再现的世界。黎明显得那样清纯,而白天则显得那么繁杂。清晨虽然延续了黎明的清纯,但却缺少了它的神秘。

　　无忧无虑的人们难得见到黎明的模样。他们见到的已经是黎明长大后的样子。那时黎明已经消失得无影无踪。就像小孩子已经长成了大孩子一样。虽然依然让人那么喜欢,可是已经不再是当年人们抱着的小孩子的那种感觉。那胖墩墩的脸蛋,那白嫩嫩的小手,都再也触摸不到了。

在通往火车站的团结南路两旁,那一盏盏洁白的路灯如同两排盛开的莲花,映照着路面中间花坛里那些依然挺立的冬青。我走过许多次的团结南路,白天里,对路两边那一盏盏的路灯,我只觉得它是这个城市的基础设施的一部分。这个时刻,我突然觉得它就像热情好客的礼仪小姐在两旁恭候远道而来的客人一样。奎屯是一个遥远的地方,但却有那么多的人慕名而来。大概一个重要的原因就是它的人民纯朴、热情。那这一盏盏的路灯不正是这里热情好客的人民的象征吗?

当我走到火车站售票大厅的时候,我发现已经有那么多的人在排队等候买票,排了两行长长的队伍。这真出乎我的意料。这正是莫道吾行早,还有比吾更早人。我想他们中的许多人也看见了黎明的模样。

终于,我买到了开往西安方向的火车票。当我走出售票大厅的时候,夜色已经褪去。路上来来往往的车辆、行人已经多起来了。黎明不知道什么时候悄悄地消失了。看着清晨的城市,两小时前来火车站的路上看到的黎明的模样仿佛让人觉得如同做梦一样。

李大钊先生在《光明与黑暗》一文里说那些早起的生产者都能靠着工作发挥人生之美。是的,那些早起的生产者在黑暗中才能够创造属于自己的光明。就是到今天,这也是生活颠扑不破的真理。

那些披星戴月的劳动者,那些早出晚归为明天而奔波的打工者,他们是可敬的。在他们的心中一定装着许多关于黎明的故事。他们是黎明的见证者,他们是和白天和黑夜联系最紧密的人。要问黎明的模样，只有他们心里最清楚。

　　有人喜欢早晨从中午开始，就像路遥所写的那本用生命在燃烧的著作《早晨从中午开始——〈平凡的世界〉创作随笔》一样。那是一种为了一项崇高的事业所表现出来的生命的透支。

　　我却喜欢早晨从黎明开始，因为黎明孕育着一天的所有希望。而每一个黎明则孕育着整个生命的希望。

一个这样的城市

我终于想拿起笔写一写我所生活的这个城市——奎屯。

为了这个想法,我苦苦地等待了两年。

两年来,我听到了人们对于魅力城市库尔勒不约而同的赞美;我听到了人们关于花城伊宁天堂一样的描述;我也听到了人们关于风情喀什遥远的传说。

这三个城市现在离我好像还很遥远,只有听听而已。

可是,对于我所生活的城市——奎屯,留给我的只有两年来每一天生活所堆积起来的体验。

我不知道这个城市以外的人们如何评价这个城市,我只知道,这个城市是我生活的地方。

我已经到过好几次美丽的宜居城市——石河子。我也曾被它用鲜花和绿荫打扮起来的容颜所吸引,我也曾因它车水马龙的人群而向往,我也曾被它的温情和善良所感动。但是,在所有的吸引、向往与感动过后,我发现我只是路过这个城市,我只见到了这个城市某一个瞬间的身影和容颜。

在这样的一个瞬间之后,我最终返回的土地还是我所生活的城市——奎屯。无论是在落叶纷飞的深秋,还是花团锦簇的盛夏。

这个城市可否知道因为我所到过的另一个城市而在心中泛

起的涟漪？

我所生活的这个城市是北疆连通东西南北的交通枢纽，是金三角地区的商业中心，其位置的重要性已经不言而喻了。它被人们誉为"西部明珠"。这个称谓大概就已经预示了人们对于这片热土所充满的无限希望。

记得当我第一次踏上这个想象中生长在沙漠边缘的城市的土地时，我顿时被它宽敞整洁的大街，还有大街两旁深情的绿茵和笑脸一样的鲜花所深深地吸引。那时我就想这一定是一个能够让人很宁静地生活的城市。大概是因为我以前从未见到过这样的城市。也大概是因为在我走进这个城市的第一天，我只能看到这个城市呈现给我的街道、绿茵和鲜花。

然而，生活毕竟是要用来过的，而不是仅仅被用来观察的。就像这个城市对我来说一样。从我踏上这个城市的第一天起，就意味着我已经开始了过一种和这个城市有关的每一天的生活。

就像生活在这个城市每一个角落里的人一样，我也生活在这个城市的一个角落。每个角落就是每一个生命的中心。在这个属于我的中心的角落，我感受着这个城市的冬夏春秋，雪雨霜风。

这个城市的名字——奎屯——据说在蒙古语中是"极冷"的意思。理解了这一点您就不难想象这个城市的冬日是一番什么样的情景了。全球变暖的严酷现实在这个城市让人理解起来仿佛还有点遥远。当我在这个城市度过第一个冬天的时候，岁月仿佛又让我再次开始回味童年寒冷的体验——一种久违了的痛苦。我的耳朵有一种快要被冻掉的感觉。我突然发现，我的心中产生了一种想大喊一声的冲动。这时突然想到在这个

城市的冬日里,我将要与一顶厚厚的棉帽结下不解缘分。于是想着赶紧买来一顶厚厚的棉帽戴上,以和这个城市的严冬进行无奈的对抗。

这个城市的冬天,戴棉帽的人并不多,不戴棉帽的人却不少。冬天将这个城市的人们分成了戴着棉帽的和没有戴棉帽的两类。而那些没有戴棉帽的,肯定是久经考验的老奎屯人了。而像我一样戴着棉帽的,人们肯定一眼就明白我们都是些刚来到这个城市不久的人。

和那些没有戴着棉帽的人们一样,我深深地关心着这个城市,也深深地爱着这个城市。

这个城市的冬天是一片白色的世界,这让我想起安徒生笔下的童话世界。远处的地里,铺上了厚厚的积雪,宁静得能够听到鸟儿飞来的声音。这个时候,寒阳和冽风仿佛成了这个季节里的同胞兄妹,它们再也呈现不出春日里的阳光和微风那样的温暖和煦。慢慢地,我发现这个季节里每一处的路面都开始变得有点狡猾,常常和来到这个城市不久的人们无理地纠缠厮打在一起。而对于这个城市的司机们来说,它却变得是那样驯服、温顺。许多人说这个城市的司机都是最优秀的司机,我想这是真的。

这个季节的严酷让每一个行路的人都变得行色匆匆。所有的店铺都将店门紧紧地关闭或者吊上厚厚的门帘。我曾经听到有一种说法:"来回不关门,不是新疆人。"足见关门对于新疆人的重要性了。因为天太冷了嘛!这个季节的世界在屋子里——暖融融的屋子里。你如果没有来到过这个城市也许你会以为这个城市所有的商铺都停止了营业。不是的,主人们只是让自己的店铺换上了新的容颜。当你推开每一家店门,你会感到每一家的商铺里面都是春天。这里的冬天是寒冷的,可是这里的人们不仅用光和热驱赶来自外面的严寒,而且他们也用自己的善良和纯朴驱赶来自人们心底的寒冷。冬天在外面,春天却在这里每一个人的心底。而且,每一个人心底的春天都在相互传递,于是连接成了这个城市冬天里的春天。虽然这个城市的冬天很冷,可是你的心底却不再觉得寒冷。

这个城市的冬天很漫长,可是终会过去。冬天过去了,春天还会远吗?

对于这个城市来说,冬天走得很慢很慢,就像一位步履蹒跚的老人。春天来得很迟很迟,就像一位花了很长时间进行精心打扮的女人。

可是当她打扮好了,她会如梦一般呈现给你她美丽的容颜。

人们都说,这个城市没有春天和秋天,只有夏天和冬天。春天和秋天仿佛只是夏天和冬天的序曲。夏天和冬天才是这个城市的主题。

这个城市的夏天处处呈现着的绿树浓荫和长到令你难以想象的白昼,让你是如此的心旷神怡,让你感到生活在这个城市是这样的闲适,这样的惬意。当你尽情地感受着这个城市的夏天时,你很难想到它的冬天曾是那样的天寒地冻,滴水成冰。可是天寒地冻与心旷神怡就是这样自然地构成了这个城市的性格。

给这个城市夏日的绿树浓荫中带来无尽神秘的是那些我叫不上来名字的鸟儿们阵阵深情的呼唤。它们白天在叽叽喳喳地欢唱,晚上仿佛也还是难以抑制它们白日的快乐,仍在余兴未尽地鸣唱。它们的欢歌笑语,让这个城市的夜晚显得更加的静谧。人们已经进入梦乡了,却不知道鸟儿什么时候才进入梦乡。而它们起来得比人还要早得多。鸟儿们的欢唱让我常常

想,这个城市一定是中国所有城市当中屈指可数的几个能够从早到晚随时听到鸟儿们欢唱的城市了。那它也就是一个离自然最接近的城市了。其中,尤其是布谷鸟的鸣叫,让我觉得它就是这个城市会唱歌的名片。无论你在什么地方,都会不经意间听到一声声不知从哪个隐秘的角落传来的悠长的叫声。它让这个城市显得更加静谧,也让这个城市显得更加和谐。这一声声最深情的呼唤表达着这个城市和大自然最亲密的关系。我忽然想起,原来这是一座和自然保持了最近距离的城市。我发现因为这一声声的呼唤,让这个城市增添了一种异样的魅力,让人觉得那样的吉祥、安宁。因为这一声声的呼唤,让我想起了我那遥远的故乡。小时候,每当我还沉浸在甜蜜的梦乡的时候,是清晨传来的一声声布谷鸟的叫声将我唤醒。打开窗子,室外一场春雨过后湿润的芳香的泥土,浸着晶莹的露珠的红彤彤的太阳的笑脸顿时映入我的眼帘。那时,我常常觉得生活就像我曾经做过的无数的美丽的梦一样美好。大自然啊,你是多么美好,你让我感到生活是多么美好。从此我将开始崭新的一天,带着春日所有的美好心情。

　　故乡的春天、夏天一天天在岁月的流逝中变成我心底遥远的回忆。在这回忆的底色背景下,呈现着的是我所生活的这个城市的春天和夏天。我想慢慢地欣赏这个城市的风景,以及因为这个城市独特的风景而所传递的独特魅力。如果说这个城市的冬天,在天寒地冻地包裹之下,每一个温暖的屋子里跳跃着的那一颗颗火热的心驱赶着生存的艰辛,生活的坎坷,生命的曲折的话。那么这个城市的夏日,在绿树浓荫,鸟语花香的萦绕之中,大自然向每一个为生存、生活和生命而奔波的人呈现了它最美丽的容颜,让人们在繁忙而艰辛的奔波中暂时停下来休憩身心,欣赏生活。

因为休憩,因为欣赏,你会觉得这个城市的夏日是如此的美好。

生活真好,活着真好。

金黄色的阳光挥洒在这个城市的每一角落。慷慨的夏日把金黄色的阳光馈赠给每一个热爱生活热爱生命的人。而每一个热爱生命、热爱生活的人都会走出家门,徜徉在这个城市投射下一缕缕金色阳光的林荫大道上。如果说这个城市的冬天是一位饱经风霜的慈母,那么,静静地听,听她所讲的关于生存的故事吧,感受生命的顽强的力量吧!如果说这个城市的夏日,就是一位宁静恬适的淑女,那么,缓缓地走,欣赏她所展现的生活的风景,体味生命的悠扬的旋律吧!

在一个偶然的机会,我透过一座高楼的窗子俯瞰了这座城市。就在那时我才突然感受到这个城市的辽阔和伟大。在这个城市辽阔的土地上,有一群不屈的人们,在用自己辛勤的汗水和对于生活的美好憧憬,正在一笔笔地描绘着这个城市的未来,也正在把这一颗已经升起的明珠擦得越来越熠熠生辉。

我梦想,有一天,当我登上了这座城市的最高处,我会深情地呼唤:朋友们,您喜欢这个城市的鸟儿们夏日里每一天从早到晚美妙的叫声吗?您知道您生活在一个离大自然最近的城市里吗?您知道您生活的地方是一个纯朴善良、优雅贤淑的城市吗?

朋友们,热爱您所生活的城市吧,就像尊敬您的母亲,就像热恋您的情人。她是世界上最慈祥的母亲,她也是世界上最美丽的情人。

人与雪之间……

让我的心一直悬着的不是冬天的到来,而是伴随着冬天的大雪的到来。只有雪落下来了,我的心才踏实了。

既然冬天已经来了,就意味着今年的那个金黄明净的秋天在和我匆匆见了一面后就离去了。至于今年的那个漫长而闷热的夏天自然也就远得已经杳无音信了。其实,没有下雪之前,我知道冬天已经悄悄地来了。它不像春天和夏天那样穿红戴绿,它也不像秋天那样披金盖黄。它除了带着一天胜似一天的寒气,什么也没有带来。但我似乎并不想承认这一点,我在心里还是想将它看成秋天。那是因为我还想把自己赖在秋天的明静里,温暖里。

不过这总有一点自欺欺人。我知道雪是迟早有一天要到来的。没有雪的冬天哪叫冬天!但我不知道雪会在哪一天落下来。这样,我的心里就一直悬着,一直惴惴不安地悬着——虽然一场雪并不能将我压垮,甚至雪自己比一滴水消失得还要快。可是我的心里总是怕,我不知道我怕什么。在我看来,似乎只有雪落下来了,我的心里才踏实了。雪来了,冬天就真的来了。雪真的来了,我就什么也不怕了。

我每一天都不停地抬起头看天空。我不是看天空的颜色,我是看雪什么时候到来。就像我总是不停地走出收拾一新的屋子,朝远处望一望,看一看能不能在我家的门口远远地望见远道而来的客人的身影。

我每一天都抬起头望一望天空,每一天都是蓝得像大海一样的天空,一点儿也看不见雪的身影。

雪什么时候会来呢?我常常在心里问自己。后来,一连几天里,我发现,天变了,天空总是阴沉沉的,甚至还刮起了一阵一阵的风。我以为,这回雪就要来了吧?!但天空似乎跟我开了一个玩笑。第二天早上,好像有人给天和地洗了一个脸,太阳出来了,红光满面,笑脸盈盈。这些天来,没有见到天和地这么精神过,高兴过。在这一天里,天和地看上去是这个季节里最为辉煌的一天。

一时,天和地迷惑了我,也迷惑了其他的人。天和地把人们引到一个远远的地方去玩。人们也就不再想天下不下雪的事了。

可是,雪却在那一天的中午开始下起来了。那一天中午,天突然就变了。天的脸一时阴沉了下去,风顿时就朝着人的脸扑过来。人抬起头,很快就看见了天空中顺着风的方向走来的白色的身影。那不是雪吗!有人惊喜地望着雪说。那个人的神态好像在说,大家都在等你了,等了这么多天,就是不见你的身影。这回你终于来了!这回就不要急着走了吧,多待几天。那个人的语气就像对待家里远道而来的亲戚。而风牵着雪的手,左看右看前看后看。今年来到世上的这一场雪这时似乎还不太熟悉自己要去的地方,总是不停地朝四处张望,一切都好像很新奇的样子——人不知道它到底新奇什么。雪不知道自己要到哪里去,但引着雪的风知道。

最后,雪落到了地上。地是雪的归宿。地上本来是各有各的光景。雪对地带来的变化是,雪用自己的身影把地一下子就变白了。快到傍晚的时候,雪已经在地上落了薄薄的一层了。就像蛋糕上的一层乳白色的奶油,看上去清凉清凉的。

　　雪真正对地上的装点是在晚上。雪喜欢熬夜,它喜欢看夜的眼睛,听夜的声音。雪自己很白,却受不了白天的白。雪觉得,白天的白里有人常常打扰雪自己的心情。雪喜欢把自己的心情倾诉给夜晚。雪在夜的眼睛里常常长歌当哭,直到哭得夜的眼睛都酸了,沉沉地睡去,而雪自己还在倾诉。

　　雪整整向夜倾诉了一个晚上。它向夜都说了些什么呢?

　　第二天一大早,人起来的时候才发现了雪在夜晚的杰作——辽阔而恢宏。这时,人才觉得自己需要向雪表达一种深深的敬意了。人也才一时感到没有和夜晚一起聆听雪的倾诉,这多少有点遗憾。

　　在雪看来,是它让地上的空气一下子宁静了许多。雪似乎在等着人对自己的夸奖。但人似乎从一睁开眼,就开始想人自己世界里的事。再看人自己,出了家门以后,至多就在雪地里站那么一会儿,然后说一声:"啊!雪下得真厚呀!"再下来,人要夸奖起雪来就显得笨嘴拙舌力不从心了。人心里明白,自己总不能像夸奖大海"大海,你真大呀"那么笨拙地来夸奖雪吧!那不是让雪看自己的笑话吗?!

　　这时,雪还在下,但心不知跑到哪儿去了,想下不想下的样子。人看雪有点累了,人就有点心疼雪。人心里想,雪向夜诉说了一宿,现在它似乎有点累了,就让雪好好地休息一下吧。可是,人心疼归心疼,最终却把脚伸进了雪里。雪觉得人破坏了自己的作品,而人却只是在雪地上留下了一串串大大小小的、歪歪斜斜的脚印。雪不知道人急急忙忙地要去哪里,要去干什么。人心里却说,雪哪能知道我的心思。我是急着去寻找属于我们人自己的世界。

人从把自己的脚伸进雪里的那一刻起,雪就隐隐约约地感觉到人的企图了。

雪最后观察的结果是,人在笨嘴拙舌、虚情假意地赞美——只有那些小孩子对于自己的赞美才是真诚的——了自己几句以后,最终还是要破坏自己一夜完成的杰作。雪这时就显得有点气愤,但更多的是无奈。雪能说什么呢?最后,雪只能安慰自己说,毕竟,我只是这世上的客人,而人才是这世上的主人。在主人的家里,客人怎么能喧宾夺主呢?!

最终,雪发现了人的企图:人想让大地露出它本来的光景。雪最后的愿望是,在离开大地之前,想再看一看大地上的风景。

雪说服了自己,雪停止了自己的创作。因为,人已经开始对雪的作品进行二次创作了。

太阳出来了!

雪眯着眼睛抬头看了一眼这时的天空,整个天空布满了厚厚的云。就像有人发现了天空的冷,给它盖了一层灰色的厚厚的棉被。雪想,这是谁的好心呢?是嫦娥吗?太阳似乎待在棉被里太急,就把它舔了一个圆圆的洞,从里面钻出来了,只露出了一个脸,圆圆的,像哭过又在笑的样子。人觉得,这时候的太阳就像一个刚刚哭完后擦过眼泪的孩子。

从这以后,雪就成了冬天里地上的主宰。雪不管人喜欢不喜欢,该落下的时候一点也不害羞地落下。人说,雪有点任性。雪心里想,不对吧!任性的是你们大地上的人。不光有钱任性,有权也任性;小孩任性,老人也任性;漂亮任性,丑陋也任性。

雪最终没有把心里的话说出来,但人却明白了。然而,地上的人爱的还是地上的人自己。

人任性的结果是,人用自己的脚把柔软的雪一脚一脚踩成了坚硬的冰雪。人对冰雪的形容是坚硬而狡猾。但雪却让人发现了自己的潜力。

最后,人实在受不了雪的坚硬和狡猾了,而太阳这时又帮不上什么忙。面对满地坚硬而狡猾的冰雪,人把自己变成起来反抗的铲雪者。人说,我们要来一场破冰行动。人说,我就不信还战胜不了冰雪的坚硬与狡猾。

人开始在一场雪后,先是欣赏雪的柔情和浪漫,再是战胜冰雪的坚硬和狡猾。这成了人这个季节里生活的常态。

一个漂亮的广场上,扫起了一堆堆的雪,远远望去,像一座座白色的坟墓,冷静、肃穆、凄凉。一年前,这里正在建设的一座图书馆曾经发生过脚手架坍塌事故,最后有一百九十多人失去了他们的生命。

川流不息的街道上,穿着黄色马甲的清洁工人在扫着雪。一张张冷峻的脸上,不说也不笑,只是不停地挥舞着铁锹和铲子。那些雪已经成为黑色的了,空出来的地面上流着黑水。空中蒸发着浑浊的热气,还有人们身上散发出来的暖热的蒸汽,一起腾腾地向着天空奔去。雪被他们推到了路边,很快,雪就被从远处开过来的铲雪车推走了。很快,雪在夜晚所落成的那个世界,已经不见了。只有在路边留下了小小的雪堆。一条清净的路面被扫出来了。大地又呈现出了原来的光景。

而在学校的操场上,一群群的孩子在一边扫着雪,一边打闹嬉戏着。年轻就像一根根在任何时候任何地方都可以点燃的干柴,总能生出活蹦乱跳的火苗。雪快扫完的时候,那一群孩子在学校的门口堆了一个像熊猫一样的雪人。那个长着长长的红鼻子的雪人向来来往往的人招着手,笑眯眯的。这时,太阳出来了,阳光让它一时睁不开眼睛。

雪迷惑了地上的世界,人却创造了地上的生活。

我发现,我是喜欢冬天的,我更是喜欢有雪的冬天,我最喜欢的是冰天雪地的冬天。下了雪以后,我发现我对雪其实并没有降临前的恐惧,那恐惧是假的。所有的人是不是也像我这样?在有雪的冬天里,人让雪从艺术上得到了一种抒发,雪让人活得像了一回人。雪让人从本质上得到了一种升华。到头来,雪发现自己是属于人的,人发现自己也是属于雪的。

一位伟大的诗人说:"冬天来了,春天还会远吗?"这句话曾经鼓励了许许多多身陷绝境中的人。冬天来了,秋天已经渐行渐远了,秋天前的夏天就更远了,而冬天后的春天也并不近。现在,人看见的只有冬天了!

人只能怀念那个明净的秋天了,人也只能怀念那个火热的夏天了。和它们的再次相遇,只能是下一年的事情了。

人只能想象着这个冬天的事情了。人在欣赏着雪落在地上的风景时,还得面对脾气一天天变得越来越冰冷而狡猾的冰雪。

在这个冬天里,大街上已经没有骑车的人了,走路的人更多了;天很早就黑了,黑暗中亮起的是一盏盏的昏黄的灯,无论是近处还是远处,它们看上去都是那么的温暖。

频婆街上那个金黄色的中午

我梦见自己回到了频婆街,就走在快到我家的那条街道上。头顶的阳光是金黄色的阳光,周围的空气是金黄色的空气。

那时的时间是晌午的时间。

奇怪的是,频婆街上除了我以外,再也看不到一个人。路两边每一家的大门都紧紧地关闭着,或者锁着。具体的,我没有看清楚。

我漫无目的地往前走。我抬头往左边瞥了一眼,就发现了廖乾义的家。他家那两扇漆黑而有点斑驳的大门紧紧地关闭着。在频婆街两边这么多的人家中,他家门口对于我来说是让我的心一到那里就会停留下来的地方。我知道我正在睡梦里,在睡梦里我也清醒地知道,1988年那一年深秋的一天,他家出事了,出大事了。当时三个人在填平他家那口破旧的窑洞时——他家准备盖一座气势非凡的新房——突然,他们头顶的窑洞坍塌下来了,他的小儿子廖智诚和频婆村的唐建设一时没有来得及跑,都被埋在土块下了。当他们被从土里刨出来的时候,人早已没气了。另一个人就是我的父亲,我的父亲总算命大,死里逃生,幸免于难。这是他第三次大难不死,但他并没有后福。

廖乾义家是一个让我忧伤的地方。自从那一次事故以后,我好多年都没有去过他们家。他们家好像一个遗址,我现在还是不想去。

我继续往前走。我要回到的是我的家。

头顶那片金黄色的阳光弥漫了频婆街所有的地方,这真的是一个金黄色的晌午。也许,这个时候人们都午睡了。是的,人们应该有这个时候午睡的习惯。连到处追逐打闹的孩子这时候也玩累了,回家后横七竖八地躺在铺着凉席的炕上或者床上,均匀地呼吸着。

我看到常乐的家了。那就意味着马上要到我的家了。我的邻居常乐家的那个土黄色的烤烟炉被那片金黄色的阳光炙晒得烫烫的。人的手刚一摸上去就能感受到它的温度。那已经是一个废弃的烤烟炉了。高高的烤烟炉里放满了各种各样废弃的家具,推耙呀、木锨呀、石磨呀、辘轳呀、扁担呀、碌碡呀,什么都有!它们都是过去我们村上的人曾经用过的东西。那个辘轳就是我在他们家挑水的时候的那个辘轳。那个碌碡,猴娃他爷在世的时候,每天吃完晌午饭后就喜欢蹲在那个碌碡上。猴娃他爷是一个铁匠,瘦得像一只猴子,但两只眼睛却炯炯有神,像鹰的眼睛一样,总是厉害地盯着前方。我远远地看到过,他蹲在碌碡上,两只眼睛紧紧地闭起来,像是在闭目养神。也许他瞌睡了。人老了瞌睡就多。忽然,王甫过来了,悄悄地走到他跟前,猛地拍了一下他的肩膀。猴娃他爷被吓了一跳,终于缓过神来。他说他刚才做了一个梦。

我静静地打量着这个烤烟炉,连同这个烤烟炉里堆着的各种各样的农具。它们是常乐家留下来的一座家庭博物馆。他的孙子三毛常常和一群吊着鼻涕的孩子有事没事地从烤烟炉里跑进跑出,累得满头大汗。

这还不是我的家。再走两步就是我的家了。

终于到了我家门口了。我家的大门是在一堵低矮的土墙上打出的一个低矮的半圆形的洞，后面安着一扇用一些长短不一的木条钉起来的门。那扇门是我的舅舅在一个暑假做的。他是我妈专门叫到我家来干活的。我的舅舅是一个木匠。叫他做活的人很多，但我的母亲一叫，他还是很快就来了。他的活做得精巧而细致。这一点我很有信心，也很自豪。他做的活不像我们村的张旺做的活，笨重而暮气，一点也不灵巧。这从人长的样子就能看出来。张旺一看就是那种笨得用榔头敲都敲不开的人。不知道他大怎么让他学起了木匠，而且更加奇怪的是居然还有人找他做家具。

我进了我的家。头顶的阳光照样洒了一院子。这一点和别人家一样，是公平的。我们家和频婆街上别的人家一样都惬意地享受着这个夏天。对于这一点，大家都很满意，见面就说太阳的公平。

我进到我家的房子里以后，我大、我妈和我妹妹一个人也没有看到。我们家里的人都到哪里去了？我看来看去，还是没有人。我以前回家一进院子，就叫一声"妈"，我妈很快就从房子里出来了，关切地看着我。而现在，却一个人也没有，只剩下我一个人站在那片金黄色的阳光下。我仰起头看头顶的那片阳光，还是那盆金色的阳光，和别人家头顶的一模一样。但是不知怎么却让我从心里慢慢地挤出了一缕缕的忧伤，然后那忧伤就变成了一团黑色的空气，将我吞噬掉了，只留下一具空空的躯壳静静地站在院子里。

在梦里，我知道的。也是一个这样的中午，十八年前的中午。那一天，我被蜂蜇了。我从火炉一样的县城回来了。频婆街上比三水县城那个火炉凉多了。路两边有那么多的树,树长得那么笔直,叶子生得那么密密麻麻,即使再细碎的阳光也没有机会洒下来。人们说,频婆街也热呀,可也不是三水县城的那种热。而我进门时,我的父亲躺在床上休息,我的母亲躺在炕上休息。他们因为整天在地里干活都太劳累了!只有苍蝇嗡嗡的叫声。苍蝇的这种叫声让人进一步感觉到了房子的清凉和院子的炙热。我的母亲一听到我的脚步声就醒过来了。"你怎么现在回来了?""我被蜂蛰了。""那,快去秦医生那儿看一看。"母亲很快从炕上下来了。十八年过去了,我依然记着这个夏日的中午。就是在今天的梦里,我也依然记得十八年前那个夏日的中午。只是在十八年前那个夏日的中午的记忆面前,我现在的梦中的这个夏日的中午,却让我如此忧伤。

怎么,现在房子里却一个人都没有了,只剩下了一个我?!

我在天黑时想象你那里深夜的样子

因为时差的原因,在新疆的夏季,当天色已经完全黑下来的时候,远在故乡的人们差不多都已经进入梦乡了。想想故乡的人们,看看这时的自己,真有一种生活在不同时空里的感觉。对于这样的感觉的表达,让我似乎很容易从路遥那本著名的《早晨从中午开始——〈平凡的世界〉创作随笔》的标题中获得灵感,那就是:深夜从天黑开始。尽管这时,对于久居新疆的人们来说,离休息还有很长的时间。可是对于初踏新疆的我来说,夜已经很深了,只是我们还没有入睡而已。也许初来新疆的许多人都曾有过和我一样的感觉。

每一次,当火车驶入茫茫的戈壁滩,我的心里总会想起唐代大诗人王维笔下的"大漠孤烟直,长河落日圆"的意境。想起远在千里之外的亲人、朋友,自然还有故乡早已经披上了黑雾般的暮色时,一种遥远的情愫总会在心底隐隐升起。

这是因为离别的忧伤,也因为时空的茫茫,而就在那时从心里生出一种情愫。此刻,天含情,地含思。我的情思染蓝了天地的寥廓,天地的茫茫收缩了我的豪气。

从此,只剩下一条电话线联系着一端漂泊在外的游子,一端牵肠挂肚的亲人和日思梦想的故乡。在电话线的两端,我们就像生活在不同的时空里。就像在这不同的夜色里,我们每个人都要面对各自不同的生活。

生活轻易就能将人们分离。人说话,生活听着。一对热恋中的情人在忘河边说,我们两人从此生生死死将永不分离。生活不说话,只在一边偷偷地笑。生活心里清楚,分离这件事只要它轻轻地吹一口气,人就得动弹动弹了。哪有什么永不分离这样的事情呀!这样的誓言都是当一对恋人清醒过来以后留下来让自己嗤笑不已的傻话罢了。

在许许多多离别后的那些最初的日子里,那个陌生的异乡总是用陌生的表情打量着每一个来到它身边的人。那里的一切都与你无关,占据你心田的是挥之不去的思念。无论是在熙熙攘攘的大街还是空无一人的屋子,你只和自己孤独的心底对话,在默默地流逝的思念中倾诉。思念,让人的身体只属于遥远的故乡。所有的人都在远远地观望着你,没有人理你。生活不会此时侵入你精神的领地,它早已学会察言观色。

就这样一天一天地过去。你是你,生活是生活。你填充自己的是孤寂的情思。生活融解的是他人的酸甜苦辣。这一切都与你没有关系。

…………

思念,深夜里从一天里走进去,在下一个黑夜里又从这一天里走出来,周而复始。终于,它好像有点累了。慢慢地,你的忧伤渐渐地褪去,只留下了你的身体和生活本身。生活觉得你不再忧伤了,才一点一点地和你说话。你也才慢慢地了解了生活的心思。你终于用自己的身体发现,原来,主宰日子的不再是思念,而是生活。你开始觉得自己和生活已经变得形影不离。蓦然有一天,你发现自己不是从此没有思念,而是生活将它酿成了一杯香醇而静穆的红酒。它已不再仅仅是敷在日子上面

的薄薄的一层蓝色的忧伤。

　　从此,你开始在思念里过自己的生活。相聚的日子人和人相聚,离别的日子人和人离别。思念是生活柔韧的筋骨,细细的,长长的。

　　我这里,天刚黑了,你那里,已是深夜。

　　我在天黑时想象你那里深夜的样子,你在深夜里思念我这里天黑时的模样。

逝

讣告和纸讣

今天,我看到了一个人的讣告。

讣告贴在人们进进出出的大门边。我发现,因为这一则黑白色的讣告,在它两边所有花花绿绿的广告都沉默了许多,也黯淡了许多。

讣告说,参加这个人的遗体告别仪式的人——其实主要就是其生前好友——请于周末早上九点钟在大门前的柳树下集合等车。我于是抬头看了一眼大门前边的这棵柳树。看上去,它柳条依依,柔情种种。

顺便说一说这个我差不多已经忘了的人。这个人生前我曾经见过,说起来也算打过一次交道。但算不上熟悉,我以为。但这已经是五六年前的事了。日子的流逝,就像天空中不断吹来的尘土,把人心中明明暗暗的记忆最后都一律深深地埋起来了。于是,人就需要在时间的土层中用记忆的铲子去一点一点地挖掘,直到挖出那个被尘封的人、那桩被尘封的事、那件被尘封的物。

我是没有资格参加这个人的遗体告别仪式的人。因为我实在算不上这个人生前的亲朋或者好友——无论怎么说。如果这个人还活着,见到我以后也许还会在心里给我投来另一种眼光。对于这种眼光,我说不清。只是,对于这个人来说,现在已

经没有这种可能了,我也不用去想了。世上从此——准确地说,是从这个人心脏停止跳动的那一刻起,关于这一点讣告说得很明白——已经没有这个人了。于是,我就不再想象与这个人的关系了。

我开始想象讣告里的人要去的一些地方。

我发现,到现在为止,我一直还没有去过诸如殡仪馆、火葬场这样的地方。但是,我从这些地方都路过过。或者说,我还曾经住在和殡仪馆属于同一条路的一个地方。而且,我在沉睡中听到过从殡仪馆里起灵时的鞭炮声;我在路边看到过送葬的车队过后撒下的一枚枚黄色的圆圆的纸钱,它们看上去凉凉的,仿佛来自另一个世界的东西。然而,这个地方离我依然有万里之遥,就像从北极到南极的距离。有一个作家——我已经忘记了他的名字——曾经说过,他一生最不愿去的地方就是殡仪馆、火葬场这样的地方,他一生最不愿看到的字就是"奠"字。作家对于人生必须要去的景点表达了许许多多的人们共通的想法,作家的这种心声让我和他产生了共鸣。虽然这在饱经人世沧桑的人听起来多少有点矫情。只是,这些地方该去的时候还得去,我知道这只是以后某一天的事。在这一天,不是我成为那个地方的主角,就是另一个人——那时我当然就是他的亲朋或好友了——成为那个地方的主角。这一点根本用不着太着急。史铁生说:死是一件无须乎着急去做的事,是一件无论怎样耽搁也不会错过的事,一个必然会降临的节日。

既然我现在没有资格去这些地方,那我就不必为此感到有什么遗憾。于是,我只能对殡仪馆的大厅里的情景进行想象。我想,也许那里面的情景就是它应该是的样子。准确地说,那里就是比我曾经见过的灵堂更大的灵堂而已。至于火葬场这样的地方,我更想象不来了。但那里应该有一个高高的烟囱吧!人对于活着有多少的憧憬,也许对于死后就有多少的想象。

我开始回忆频婆街上的纸讣里的人和事。

在频婆街上,如果一户人家的大门外的土墙或砖墙上,靠着一块厚而且长然而并不十分规则的木板,木板上面贴着白纸,白纸上写着一列列的小字,这就是纸讣。纸讣是庄稼人的讣告,它像庄稼人的样子,也像大地的样子。看到纸讣以后,左邻右舍的庄稼人就明白自己该干什么了。于是,男人们就一个个给丧家送去一沓麻纸,然后跪在设在或窑洞或厦屋或大房里的供桌前,接过孝子们递给他们的一盅酒,恭恭敬敬地洒在逝者的灵前。然后,给孝子说上一些让无论哪一个人听了心里都暖暖的话。男人表达的意思是看能出上一些什么力,帮上一些什么忙,比如像当知客侍应一桌子人,或者去阴阳先生勾好穴的地里打墓、箍墓等。男人常说的话是,咱虽然没有多少钱,但有的是时间和力气。女人们则相约着一起去吊丧,就像哭自己的爹,哭自己的娘,然后给女主人说上一些同样让无论哪一个人听了心里都暖暖的话。女人们表达的意思是过事这几天看主家的厨房里还需要什么家具,看蒸馍、洗碗还要不要人。频婆街上的男人和女人都说的话是,无论是张家还是李家殁了人,就是整个村子里殁了人,谁家还没有个老人,谁家以后还不遇上这样的事。

三十年后,我发现,在频婆街上,无论是红事,还是白事——这是寿终正寝的老人的白事——好像都很热闹。我想也许是因为频婆街上有这么多的热心人朝夕相处。因为有了这么多朝夕相处的热心人,再悲痛的白事也仿佛变得热闹了起来。这种热闹是人们所渴望的充满了热心、热情、热行的热闹。

我开始记忆秦城市里与讣告有关的故事。

那是一所叫作枫丹的中学。从学校高洁明静的五层教学楼旁边走过一条马路是一座高大的平房，它的墙上还残留着那个火红年代剑拔弩张的标语。平时，它的门紧紧地锁着，从门缝里常常透出一股清冷的风。但当一有人去世了，那个已经变得有点斑驳的大门便神秘地打开了。那个大门里便有了佩戴着黑底白字的"孝"字袖章的出出进进的人——仅仅就这一点它就和频婆街不在一个世界，还有斜靠在附近的护栏旁的许许多多肃穆哀婉而又争奇斗艳的花圈。后来，我终于明白，那个平房就是这个中学所属的工厂的一个祭奠的大厅。一开始，那里多少让我感到有点不太吉利。我常常想到的一个问题是，对于大人来说，这样的场景倒也无所谓，但对于一群洋溢着青春朝气的脸孔的学生来说，却经常不得不面对死亡的阴影。这个灵堂是不是应该换个地方？但时间长了，我也就不怎么敏感了，心里也平静下来了，见怪不怪了——不管吉利与否，这些都是对生活的本来形象的诠释。我想，就是对于那一群憧憬着从现实的土地上立刻飞起来生活的学生来说，这也未必有什么坏处。许多学生只有在对死亡的严峻直面和思考中，才能审视自己荒唐得令人愤怒的青春。我也终于明白，这个灵堂只是计划经济时代的一个遗存。人们所谓的"从摇篮到坟墓"在这个工厂里的表现就是从医院、幼儿园、理发馆、车间一直到祭奠厅等门类齐全的大大小小的场所。在这些场所里，你可以看见一个人如何在这些场所一步步坚实而艰难地从出生走向死亡。

每当下班的时候，从通向工厂里的北大门那条马路走出去的时候，会发现过不了几天，路边的砖墙上就贴出一张甚至几张凄凉的讣告。讣告里，有一位或几位老人在同一天里或接连几天里去世了。对于我来说,这些讣告里的老人只是一些抽象的陌生的名字。我唯一能够想象得来的是,他们大都是一些六七十岁的老人,他们为这个工厂的建设和发展贡献了自己的青春和力量。早年,他们来自不同的地方;晚年,但他们却在相同的地方的某一个角落悄悄地永远地闭上了他们的双眼。

于是,就有了那个举行遗体告别仪式的地方。常常是靠近它的房子和学校的围栏边上都摆满了来自各个地方的各种各样的花圈。有亲戚朋友送的,有领导送的,也有工厂送的。花圈的多少,对于去世的人来说,已经没有什么意义,但却让活着的人能或荣耀或尴尬好一阵子。

某一天,教室里正在上课的时候,教学楼外面突然噼里啪啦地响起了鞭炮声。晴朗的天空里顿时升起了一缕缕好像故意扭着纤细的腰肢的蓝烟。这是一个沉重的灵魂正在升向遥远的天堂。这时,来自秦城市不同家庭里的学生正在教室里以各种各样的姿态上课,而外面那个高大的平房里却在举行着一场隆重的遗体告别仪式。对此,我也只能想象。但,不用我想象的是,生和死之间的距离就是楼下的那条马路。从窗子里望出去,路边上站满了各种各样的人。就像频婆街上一早从各个地方来赶集的人一样。

那时我只是一位刚毕业参加工作的年轻教师,和这个工厂里的每一个人根本谈不上什么关系,所以也就没有任何理由和资格去参加任何一个人的遗体告别仪式。对于我来说,只能假装路过,然后在旁边快快地静静地看上一会儿——这儿不像在频婆街上人们可以聚精会神地看一个人的葬礼,而且一个人的葬礼似乎必须有人看才能体现这个人的价值。我想了一会儿,想这个陌生的逝去的人的一生里无法逃避的悲欢离合、阴晴圆缺。我看这儿来了多少人,也看摆了多少花圈,然后再辛苦地想象那个祭奠大厅里的情景。想得我的脑子都疼啊,可我实在想不来里面是什么样子。

至于祭奠大厅外面的情景,就好看多了,更不用那么辛苦地想象。放眼望去,在大门口参加遗体告别仪式的人竟然那么多,形形色色。一个人死了,才发现——其实是活着的人帮其发现的,比如像我——自己原来有这么多的亲朋好友!他们常常三个一群,五个一伙,聚在那里说着什么或者悠闲地得意地亲切地打着电话。打完电话后,他们却狠狠地人格很分裂地骂了对方一句。突然,我想起来了,这些人就像频婆街上那些晌午在过事——埋人——的人家门前等着坐席的人。他们有说有笑,一副如沐春风的样子,他们谈论着或者工作的事情,或者生活上的事情,或者感情上的事情。他们人是来参加葬礼来了,但好像只是人来了。我终于发现,对于那些参加遗体告别仪式的人来说,他们也只是在参加一个活动而已。或者说,他们至多只是在祭奠大厅里装着显得很悲伤很哀痛的样子。他们瞻仰逝者的遗体,他们向逝者默哀,他们向家属握手慰问。一等到出了那个大厅,就俨然是另一副表情了。或者说他们就必须或者被迫投入这个弱肉强食的丛林世界了。

三十年后,我发现,在这个城市里,无论喜事,还是丧事——这是风华正茂的年轻人的喜事——好像都很冷清。我想也许是因为这个城市里有着太多的陌生人的来来往往。因为有了这么多来来往往的陌生人,再欢乐的喜事也仿佛变得冷清了起来。这种冷清是人们所逃避的充满了冷淡、冷漠、冷酷的冷清。

不知有多少人去参加了讣告上那个人的遗体告别仪式?

人长眠的那张床

过完年以后,租我们家临街门面房的那个叫晓峰的小伙子,也许因为人太老实,拉不来顾客,生意清淡,便从我们家的门面房里搬走了。现在也不知道搬到哪儿去了。于是,我们家的那三间门面房也就暂时空闲了下来。这几年,因为频婆街的重心朝北街方向发展,所以我们频婆村所在的西边这条大街也就显得冷落了许多。几年前,许多人家因为种苹果而盖起来的两层临街小楼,现在出租的房价同北胡同那条街上的门面房相比,掉下来了不少。虽然寻租的人也有,但他们都出不了太高的租金,房东也很难要高一点的租金。

我的母亲很担心那三间房子闲下来。

终于来了一家寻租的。只是这个想租地方的人不是做别的生意的,而是做棺材的。这一时让母亲很为难。父亲刚刚去世,又要天天和棺材见面,这是多么晦气的事情啊!可是,等了这么长时间,好不容易碰到这么一个寻地方的人。如果推辞掉,不知道又要等到何时呢?

思考再三,母亲最后同意将临街的门面房出租给这个做棺材的人。做棺材的共有两个人,一个是师傅,另一个是徒弟。听说他们是父子关系。出租的办法是,不仅临街的三间门面房成了摆放他们做成的棺材和晚上休息的地方,而且我们家的院

子在天气晴好的日子里也成了他们锯木头、推刨子的地方。所以路过我们家门口的人,常常会听到嗞——嗞——嗞的电锯声。来到我们家的人,一进大门,就会看到严严实实地摞起来的材方。

巧的是,从他们立在门楣的横匾上我才知道木匠也姓陈,也算几百年前的本家吧!关于这一点,知道的人还好,不知道的人还以为是我们家开起了棺材铺呢。不过,如果他们稍微想一想的话,也不会这样认为。陈木匠的家在太村镇,也就是比频婆镇地势高一点的地方,人们称为"上塬"。他们也就算上塬的人了。上塬,在频婆街上人们的语言中有经济学上的意义。就是那里的人比较穷,不像频婆街、清水乡这样属于下塬地方的人。因为近三十多年下塬的人种苹果而比较有钱。但让我说,其实,下塬的人比上塬的人的生活质量也强不到哪儿去,只是矮子里的将军而已。

作为在频婆街边住了二十多年的人家,我们家的房子前前后后出租给过许多人,有磨面的、收粮食的、做木工活的、卖纸箱的,但做棺材的,这还是第一次。这一次,有历史意义。

从此,我们家就天天和成品的、半成品的棺材朝夕相处在一起。那些成品的棺材不仅放在临街的大房里,也还会放在我们家院子东边的用石棉瓦搭成的简易房里,甚至放在我们住的房子门口的柴棚里。在我们这条街上,就我知道的还有两家做棺材的。但是都是很冷清的样子。这是不难理解的,除非迫不得已,没有人愿意去让他们看来觉得晦气的地方。但是我们家也不是因此而冷清得门可罗雀,除了来预订和拉运棺材的人以外。拉棺材的人常常开着一辆三轮车,到了以后要燃放一串鞭炮,走的时候会给棺材上搭上一条红被面。不知这是什么意思,我也一时说不清！也许是为了避晦气吧！还有,我们家周围上了年纪的那些老邻居们,他们也爱来,常常和木匠有一搭没一搭地说上几句。为的是看上了木匠用刨子推下来的刨花和零散的小木楔,然后有一天好开口给木匠说一声,他们可以扫上一口袋或一笼回去烧锅、烧炉子。这看来有点醉翁之意不在酒,但也是许多人的生存之道。有时,木匠他们自己也装上几麻袋刨花和木屑拉回他们远在上塬的家里去。当然,我的母亲也去揽一些作为柴火用。这是在租房的时候就说好的。

对于棺材,长了这么大,也已经见惯了。但每次回到家里,尤其是在晚上,我总下意识地使自己目不斜视,尽量避免见到它们。但是在白天,我似乎也变得胆大起来,有时会一个人去看看他们做成的棺材。这种白天和黑夜的举动真让人觉得有点难以理解。有一次,我居然发现木匠犯了一个可笑的"错误":在棺材的两侧,他们竟然错将"福如东海,寿比南山"写成了"福如南山,寿比东海"。这样的话刻在棺材两侧,也就是给冥世的"生者"一种祝福语而已。但我又想,木匠大概不会为了延长生者和逝者的感受,而特意使用一种陌生化的语言手法吧！这两句话,到底是对还是错呢,这真不好说。如果说这种说法是错误的,那么对于这样的知识性"错误",可能是我这样"掉书袋"的人才会发现的吧！否则,谁会注意到这种"错误"呢？

说起棺材,在我上中学的时候曾有过一段和棺材亲密接触的经历。那时我的祖父的寿材做好后,因为我们老屋的地方有限,后来就放在我们家我一个人所住的那间房子里。那个房子以前住着清平乡和美村一户开磨面机的人家。上初一时,我极力劝父母让他们搬走,以便自己独占那一间房子。那时我就是想拥有一个属于自己的个人世界。后来这一愿望实现了,但不久祖父的寿材就停放在了房间里面靠北墙的位置。那时,为了消除我的恐惧感,祖父的漆黑色的寿材上面苫了一层厚厚的白塑料纸——那种白塑料纸在我的记忆中是在下雨天和祖母、叔叔他们一起拿上苫窑面的。祖父的寿材陪我度过了初中三年。我刚上高一那一年,祖父去世了,三叔他们将那副寿材拉走了。我也走了,只剩下了那间屋子,里面放着各种杂物。记得在那三年里,每天晚上开着灯的时候我倒并不怎么害怕,但关掉灯以后,我便竭力使自己不去看祖父的苫了一层白塑料纸的寿材。半夜醒来后,也决不让自己看到它——哪怕是偶尔的一瞥。如果晚上一时醒来发现自己做了噩梦,则赶紧用被子将自己的头捂起来,仿佛那才是一个安全的世界。否则就像让自己完全暴露在了周围布满了魔鬼的屋子一样。我明白,某一天这副寿材将同逝去的祖父一同进入大地中的另一个世界。这是最终会到来的一天,但我竭力不让自己这样去想。我努力让自己在它跟前的感觉和想象显得迟钝甚至停滞起来。

然而将近二十年过去了,在我的心中对于棺材的恐惧并没有随着年龄的增长而消减。

后来我慢慢地发现,对于棺材这样的东西,老人们似乎要平和得多。否则他们怎么会同意自己的子女在生前就为他们准备好寿材。而且他们的子女还要因此而像上梁、过寿一样的大摆宴席,邀请亲朋好友庆祝寿材的落成呢。是否可以这样解释:人的一生实在是太苦了,而一位老人的寿材的落成,就象征着他们已经开始了进入天堂的准备呢?也许在老人们的眼里,在他们逝世以后,寿材就是让他们安眠的一张床——当然他们都希望这是一张用上好的木材做成的床,比如说松木、柏木等。

既然是一张让人长眠的床,那么床有什么可怕的呢?!我们活着的时候不是天天都需要在床上休息吗?我们害怕过自己休息的床吗?

其实,像寿材这样的东西在老人的生前简直就是一件装东西的容器。好几年前,我的祖母的寿材也已经落成,就放在我三叔家的柴棚里。一次很偶然的机会,我看见寿材里放着装满玉米和小麦的蛇皮袋子。材盖上则放着诸如锄、推耙、木锨等农具。原本庄重的寿材似乎就是家庭里的一件现在和将来都能发挥作用的物品。在祖母的眼里,死后好像生前一样,并没有什么可怕的!这是像她一样的老人的生死哲学吗?

有一次过年时,去我的姑姑家,走进了我表弟的爷爷所住的那个窑洞。那时,听说他的身体已经一天不如一天了。在黄昏时候,黑暗的窑洞后面停放着他的寿材。靠近炕边的桌子正中央是一个立起来的长方形相框,里面镶着他的黑白色的照片,照片上的他显得清瘦了许多。这幅照片就是他的"老像"。他一个人无力地躺在炕上。那时我感觉到了空气里仿佛到处飞舞着黑色的幽灵。它让人窒息得一时喘不过气来。我知道,许多老人在其生命最后的时光里,已开始平和地面对着离开这个世界时的一切。这并不是每一个年轻人都能够达到的生命境界。

我曾经偶然在网上看到了西方国家的"梦幻棺材"的图片。虽然这不具有普遍意义,但却顿时让人有一种耳目一新的感觉。西方人将棺材做成了鸡蛋、蜥蜴、小船等等各种各样的形状,让人一时很难产生一种压抑的感觉。崇尚个性自由和创造精神的西方人能设计出这样的棺材,也就不是什么大惊小怪的事情了。在电影《入殓师》中我也目睹到了日本的棺材,也是分成不同等级的米黄色的简洁的长方体,在其棺盖上也只是开两扇小门,所谓盖棺也只是合上两扇小门,也很难让人产生那种沉重压抑的感觉。我明白,任何形式的幽默轻松都无法取代离别的悲伤和沉重。但对于旁观者来讲,各自的感受则是完全不同的。再想一想我们所看到的中国的棺材,那种沉重、压抑、凄凉、阴森、恐惧,简直令人喘不过气来。在新疆玛纳斯,坐车路过好几家棺材铺,从车窗里望出去,一眼就看见被漆成了红色的棺材。这当然可以解释为这个地方的风俗习惯。但对于从小只见过原木色、金黄色、米黄色和黑色的棺材——在我的家乡,只有老人才睡黑色的棺材——的我来说,这是我第一次见到红色的棺材,开始这让我感到有点刺目。但是我想,对于生活在这里的人们来说,大概红色的棺材就像我所见到的黑色的棺材一样平常吧!只是,我认为,从棺材的造型上,大概也能看出东西方文化的巨大差异。不同的文化环境,决定了不同的生活态度,也决定了对待死亡的不同形式。

　　这是一篇让人读起来倍感压抑的文字。您能耐心读完这篇文章,我衷心地谢谢您。这是我个人的生活世界,透过这个世界,我只是想,什么时候,我们中国棺材的形式也能做一次变革呢?虽然这只是个形式而已。

人生的最后一张照片
—— 一个很少作为话题的话题

　　大概很少有人就遗像这个问题专门写一篇文章。这总是一个多少让人觉得有点避讳的话题。

　　所谓遗像,就是死者生前的相片或画像。我从小是害怕看见遗像的,尤其是在晚上。只觉得遗像是与鬼魂和死亡联系在一起的。乡村社会对于鬼魂与死亡的神秘解释以及小孩天真的想象都使我难以认识到遗像只是一张照片而已,更难以想到它所寄托的亲人对于逝者的无限哀思。

　　外公去世后,他的遗像就摆放在屋子正中的桌子的中央。只要屋子的门开着,一抬头就能够看见。外公的遗像据说是根据另外一个和他长得很像的人的照片画的。听说"文革"期间,外公将自己的照片全部撕掉烧了。据母亲说是为了怕引起麻烦。这张照片,母亲、舅舅、姨妈都说很像外公生前的样子。白天时仔细端详,照片上的外公看上去确实是一个身材非常端正、面容和善的人,想象中他也一定是一个非常平和的人。然而这种端详也仅仅限于白天而已,晚上我就不敢去看了,甚至害怕自己一不留神看到了外公的遗像。所以总是强制自己不去看,并且睡觉的时候将头蒙起来。这种难以释怀的心理一直持续了很长的时间。当我实在不能忍受这种恐惧时,有一次便将自己的这种心理告诉了母亲。母亲听了我的诉说后说:"遗

像上的人都是自己的亲人,有什么可怕的?"面对一幅遗像,母亲也许真的不害怕,也许是在安慰我。可能正是母亲的这句话鼓励了我,以后对于遗像我也敢于慢慢地去看了。无论是外公的遗像,还是家里祖父的遗像,或者亲戚朋友家去世的亲人的遗像。后来随着阅历的增长,对于遗像的认识也就变得冷静起来。虽然不想看,可是有时还是不得不面对,甚至心底里又藏着那么一种想偷偷地看一眼而又装作没有看见的样子。有时好像为了练习自己的胆量,专门去盯着一幅遗像看上几分钟。

后来,遗像见得多了,恐惧感也就渐渐离我远去。相反,另一种对于遗像的感受却不断地涌上心头。分析一下自己为什么不喜欢看见遗像,除了遗像让人想到鬼魂、死亡这些恐怖的问题以外,许许多多的遗像似乎都是一副正襟危坐,不苟言笑的表情。再加上那种黑白的色彩,更让人变得沉重起来。

我常常想,为什么遗像上的人们都要做出这种千篇一律的表情呢?

在中国,三纲五常、贞妇烈女、"存天理,灭人欲"是千百年来绑在人们身上的几条粗壮的绳索。而像唐伯虎、纪晓岚等那样能够放浪形骸的才子在历史的沉闷云烟中毕竟只属于鲜而又鲜的另类。大多数人都是中规中矩,至少在表面上也要"正儿八经"。像遗像这样庄严肃穆的东西,如果嬉笑怒骂,定会被人斥为:"到死都没个正经样。"然而,这庄严肃穆的后面,又制造了多少扭曲的灵魂。我们中国人很重视长辈的形象,长辈似乎不苟言笑才是可以值得信赖和尊敬的长辈。长辈似乎也深谙此理。即使在同辈面前不妨开开玩笑,但在晚辈面前绝对要严肃庄重。如果当父亲的嘻嘻哈哈,做母亲的或其他长辈便会训斥道:"看你哪儿有点像当爹的样子。"生时尚且如此谨慎,死时自然不可大意。千万不可给子孙后代留下一个一点也不严肃庄重的样子。

我们中国的父母生儿育女,含辛茹苦。到头来,眉头都很难舒展一下。看韩国的一部电视剧,其中一位母亲有一句台词叫作:"儿女的生活就是生活,我们的生活就不是生活?"在我们中国则是:"我们的生活就是儿女的生活,儿女的生活就是我们的生活。"所以,为了儿女可以牺牲一切。于是表现在遗像上,我们中国的父母也表现为一种"含辛茹苦"的神情。清人汪辉祖《双节堂庸训》中关于生母逸事中的一则谈道:"吾母寡言笑,既病,画师写真,请略一解颐,吾母不应。次早语家人曰,吾夜间历忆生平,无可喜事,何处觅得笑来?呜呼!是可知吾母苦境矣。"此已对于我们中国人的遗像总是那么严肃的疑窦说得很清楚了。

千百年来,我们中国普通人的日子似乎从来就没有宽松过。许许多多鲜活的生命都消失在"几乎无事的悲剧"中了。所以我们有"居安思危""人无远虑,必有近忧"的生存哲学。这一种哲学观念也就很容易成为普通人的集体无意识,并且带到生命的最后一张照片里去,似乎也没有什么难以理解的。

大概上述因素决定了我们中国人的"遗像观"。所以我们中国人辞世后留给后人的遗像也就如同过去结婚时的照片一样,千篇一律,没有一丝活气。倒是刚出生时的照片还多少有点看头。

从遗像上大概也可以看出我们中国普通人的生存、生活和生命。

这样的表情,对于一个小孩来说,自然恐惧了。

现在,照相的时候,摄影师会说:"笑一笑。"可见,微笑对于照片来说是多么重要。也可见,微笑对于我们中国人有多么难。同时,说是笑一笑,其实不说还好,一说真比哭还难看。引用赵本山小品《昨天·今天·明天》里的一句台词,就是"一笑像哭似的"。不过,话又反过来说,微笑是生活中最美丽的花朵。一个衣衫褴褛的小孩对他贫困的母亲说,他想照一张照片。这让他的母亲很为难,因为他的衣服太破烂了。可是小孩的一句话却让他的母亲顿时释然。那个小孩对他的母亲说:"妈妈,不用怕,我照相时会笑的。"

过去的遗像都是黑白照,现在好像彩色的照片多起来了。当然,给人一种亲切的和蔼的形象的遗像倒是有的,但那大多都是一些重量级的人物。许许多多普通老百姓的遗像,还总是一副为生活而奔波而挣扎的苦相。也许,就像有人说的,人的脸本身就是一个"苦"字。也许吧!

倘若有一天,当我们见到每一张遗像都不再恐惧的时候,大概我们中国人的生活,尤其是普通人的生活就真的变得好起来了。

末了,讲我听到的一个与遗像有关的趣事。一个小孩突然闯入一个供着他的小伙伴的爷爷奶奶遗像的屋子。小孩忙不迭地说了一句:"老人家,不好意思,打扰了。"我觉得这是我听到的最有趣的故事之一。小孩的机灵可爱,也让那照片上正襟危坐的形象带来的恐惧感顿时烟消云散了。

唢呐声里的人生最后一程

唢呐,这是我长大后才知道的那种乐器的名称。小时候,频婆街上的大人小孩都将吹唢呐的人叫吹手——这一点就像将唱歌的人叫歌手一样。那时大人会对吃饭时贪玩的小孩说:"听,吹手来了,赶紧吃,吃完饭看吹手去。"现在,这些唢呐艺人们则是三水县的非物质文化遗产传承人。

吹手来了,可能是出殡的队伍从街那边过来了,也可能是娶亲的车从街的另一边过来了。

频婆街是三水县的四大古镇之一。作为三水县民间文化一部分的唢呐,频婆街自然少不了。三水县地分南北中三塬。频婆街属于西塬。频婆街的东西两面都是两个不大的乡,同属西塬。三个塬上都有属于自己的唢呐流派,而西塬的唢呐流派的根就在频婆街。生活在频婆街上的人只要一听到唢呐声,就知道是结婚还是送葬。

唢呐是三水县人生活的一部分,也是三水古老的历史文化的一部分。三水县人的一生中至少有两次要用到唢呐。一次是结婚时,另一次是去世时。

结婚和去世都是人生的大事。一喜一悲,都需要用唢呐来表达。这种感情只有唢呐才能表达得出来。

三水唢呐所表达的喜,也是染上了三水县的风土人情的喜。

不理解这里的风土人情的人,可能永远也理解与体会不出它的喜。这种喜是属于所有的亲戚朋友的生活的喜。但三水唢呐所表达的悲,就是没有到过三水县的人,也能够听出它的悲。这种悲是属于一个人一生的生命的悲。

　　三水县的吹手们很忙,忙得像赶场一样,一场接着一场。请他们参与红白喜事就像在饭店预订宴席一样,需要提前预订。三水县的人形容一个人很忙,常会打趣地说,你好像比周家的吹手还忙。周家的吹手指的就是三水县中塬的周派唢呐,它和吕派唢呐为中塬唢呐的代表。据说,周派唢呐不仅以曲目丰富而为人称赞,更以它在演奏风格上的丰满华丽、细腻迂回、富于韵味而闻名三水县。周派唢呐鼎盛时期的代表人物是第九代传人周车。周车已经作古了,周派唢呐的传人还在。

　　三水县的唢呐艺人们都很忙。因为三水县会吹唢呐的人并不多。镶嵌在三水大地上的唢呐艺人们并不像三水县上空的繁星一样多。许多时候,常常都是过事的主家托人去请他们。

　　无论是嫁娶还是丧葬,活跃在三水县及周边各县的唢呐艺人们前一天下午就到主人家了。他们一般都会有三到四个人。两个吹唢呐的,一个敲鼓的,有时还带一个弹奏电子琴的。这是最近十来年才添加上的。过去只有孤零零的两个唢呐。他们来了以后总是围坐在主人家院子的一角,夏天的时候常常搭起一个凉棚,冬天的时候,他们的脚下常常有一个用一根铁丝绞起三块胡基做成的火炉。他们的面前常常摆着一张低矮的小方桌,上面放着主人端来的烟和酒。吃过主人给他们端来的饭菜后,他们就开始吹起来了。当唢呐声一响起来,他们的周围常常围满了闲下来的知客,眉开眼笑地听着这些三水大地上的民间艺术家们的吹奏甚至演唱。这唢呐声就像三水县餐桌上独有的美味佳肴,让每一个知客都久久地站在那儿细细地品味着。唢呐声带给他们的回味让他们有时甚至忘记了主事安排给他们的差事。

为频婆街上的男男女女的人生最后一程送行的,除了亲友们的哭声,还有那两杆黄铜唢呐刺破苍穹的呜咽声。

似乎没有比丧事中的唢呐声更能吹出人生的况味了。也似乎没有比丧事中的唢呐更能体现频婆街上的一个人一生的不易的了。

时间是前一天的傍晚时分,当天空垂下黑色的大幕的时候,一阵呜咽低回的唢呐声从远处传来,频婆街上的人听到这声音都知道,这是频婆街上逝者的兄弟子侄们已经从坟上回来了,逝者第二天就要出殡了。三水县俗:午后时分逝者的兄弟子侄在灵堂化过纸,去逝者的墓地行招魂礼,请逝者已故的亲属入堂陪祭,是为"成主"。唢呐常常走在孝子们十几米开外的地方。当唢呐吹着走过来的时候,频婆街的两边已经站满了男男女女、老老少少。唢呐声让路人的心都碎了,逝者生前为儿女,为家庭所遭遇的一切不幸都融入在这唢呐声里了。唢呐声让路人想起了与逝者生前有关的一切。唢呐在前面荡气回肠地吹,孝子们在后面撕心裂肺地哭。孝子们当中,排在队伍最前列的是逝者的长子,一手拄着用白纸条糊的柳棍,一手将逝者的遗像端在胸前。他的哭声撼天动地,气断声绝。在他的旁边有一个人搀扶着,这个人是姑父或者姨父或者表弟。有谁比长子更应该报答严父或者慈母生前对他的养育之恩呢?走在队伍前面的还有一个人,手里提着一个用五块透明的玻璃做成的长方体的罩子,罩子底部的玻璃上蹲着一支白色的蜡烛。长子后面的孝子们依次按辈分年龄排列。有的人家兄弟子侄多,排

成了长长的一串，显得人气很旺的样子。有的人家稀稀落落，只有几个人，看上去孤零零的样子。遇到十字路口，孝子们停下来烧纸，唢呐就在前面停下来吹。

"成主"回来，一切安排停当之后，逝者的子、女、侄、甥、亲戚和朋友开始向吹手点曲子，以慰藉亡灵，俗称"吵祭"。一首曲子至少五块钱，吹手吹完后就停下了，直到下一个人再往桌子上撂上五块钱、十块钱、二十块钱甚至五十块钱、一百块钱，吹手就根据钱的多少一直吹下去，直到没有人再点为止。这时吹手一句话也不说，只是眼睛静静地看着桌子上的钱，决定停下来还是继续吹。如果再没有人撂钱了，他们一首曲子也不吹。这是他们的行规。勿须担心，逝者的子、女、侄、甥、亲戚和朋友不会和吹手去计较钱多钱少的问题，他们只是想着能让吹手给逝去的亲人多吹一会儿，以表达对逝者的一种慰藉。至于吹什么不吹什么，则由点曲子的人决定。点曲子都是点那些悲哀的，能表达对逝者的思念的曲子。吹手常吹的也就是这些。除了那些传统的唢呐曲子、秦腔曲牌以外，还有一些被人们广为传唱的现代流行歌曲。这些流行歌曲，他们也吹。经唢呐吹出来，这些听惯了的流行歌曲又具有了唢呐的味道。

"吵祭"中吹手们可以少则收入上百，多则几百。这是除了主人付给他们的基本报酬以外所获得的额外收入。基本报酬是确定的，额外收入因家而异。但"吵祭"不可缺少，相沿成习。

第二天的出殡是展示吹手们的主要舞台了。他们远远地走在出殡队伍的最前面。他们向天吹，向地吹，吹出逝者一世的艰辛，也吹出生者对于逝者的悲哀。人们与逝者生前所有的个人恩怨，因为斯人已去，都已经变得烟消云散。生者像逝者生前一样，都是普通的人，过着普通的生活，他们都有着人性的共同的弱点。生活不易。

　　出殡的这一段路是孝子们心中最漫长的一段路。一步三顿。整个频婆街上的人都站在了路边听孝子们的哀哭声,目送他们的乡邻人生的最后一段路程。悲哀的唢呐声感化了头顶的天空,也融化了脚下的土地。频婆街的山川河流、花草树木都在为她们的孩子呜咽。是她们养育了自己的孩子,可是她们的孩子现在却永远地走了。只留下了频婆街的山和水,也只留下了频婆街人们头顶的日月星辰。

　　在频婆街的唢呐声里,一个人的离去仿佛让频婆街上每一个听到了唢呐声的人都认真地思索了一次充满苦辣酸甜的人生之旅。听不到唢呐声的日子里,这样的问题仿佛显得很隔膜,甚至在为生存奔波的日子里人们根本就不去想这样形而上的人生问题。

　　当出殡的队伍走出了宽阔漫长的频婆街主街道后,孝子们就不再哭了,唢呐声也停止了。这时他们坐上准备好的另一辆车,车拉着他们到亲人的墓地去。他们没有一路哭到墓地。出殡这一天的时间安排很紧。当逝者入土后,他们还要回到家里招待前来祭奠的亲朋好友。

　　当逝者的棺木被运送到墓地后,唢呐就吹起来了。浩瀚无穷的苍穹呀!寂静荒凉的大地呀!你们听见了这一杆杆古老的黄铜唢呐所发出的这人世间的悲哀了吗?天父,地母,您的孩子同您经过了人世酸甜苦辣的阔别后又回到了您的身边,他(她)太累了,让他(她)在您的怀抱中静静地休息吧!

　　按照阴阳先生的指令,作为孝子的长子先下到墓坑用一把特别要求的糜子笤帚打扫墓室,放置好祭器祭品,点燃香烛,再由众人移棺入墓,墓门封好后,然后长子化过纸钱,村人便开始

铲土掩埋，同时一人在坟土中撒五谷。跪在墓前的孝子给村人不断磕头，表示感谢。当最后堆成一个鱼脊形坟堆时，环绕着坟堆插上亲友们送来的花圈、斗柜以及孝子们拄过的柳棍等。最后，孝子们还要跟着唢呐的乐声绕墓堆哭走三圈。

三圈，如此意味深长的三圈。

别了，生儿育女、恩重如山的亲人！好好安息吧，情深义厚、永世不忘的朋友！

…………

频婆街上的吹手们不知经历过多少人家的红白喜事。婚事中，看不出他们同主人一样的欢喜；丧事中，也看不出他们同主人一样的悲哀。他们总是显得好像一副面无表情的样子。也许，因为他们经见了太多的人生欣喜和悲伤，所以再也无法让自己变得欣喜和悲伤。那杆黄铜唢呐伴随着他们走遍了三水县的山梁沟峁，那杆黄铜唢呐伴随着他们走进了一个个的冬夏春秋。也许，就像准备着每一场婚礼宴席的饭店服务员，就像每天都可能面对死亡的医院的医生。在他们看来，婚礼也就是一场婚礼而已，死亡也就是一次死亡而已。人生不就这样吗？这一切他们见得太多了。他们只是在参与一项职业活动而已。可是，因为他们的唢呐声，其他的人却或悲或喜。三水县人在他们的唢呐声里，开始了他们的人生，也结束了他们的人生。

曾经，频婆街上有人为逝去的父母除了请唢呐以外，还请了外地的洋鼓洋号队。像各种庆典上的仪仗队员们一样，洋鼓洋号队的成员们都穿着统一的白色制服，号手们鼓着腮帮子吹，挣得满脸通红，鼓手们按着他们的节奏叮叮咚咚地敲着闪着银光的小鼓。同这些名贵的洋鼓洋号比起来，唢呐就像站立在一栋镶嵌着玻璃幕墙的高楼大厦旁边的一座破旧的茅草屋。可是无论鼓号手们敲打吹奏得怎样卖力,看上去多么的威严整齐,频婆街上的人们却说那声音听起来一点也不习惯。确实,这声音一点也不像听惯了的唢呐一样能吹到人们的心里,从而让每个人的心里因为这唢呐声而泛起阵阵感情的涟漪。那些洋鼓洋号,只是让频婆街上的人开了一次眼界而已。仅此而已!

后来,就没有多少人家请外地的洋鼓洋号。虽然他们并不缺钱。送葬的队伍前,只有两杆唢呐。

就是这两杆唢呐,才显得真的喜,也真的悲。

长精神，短精神

屋子里，豳之风一个人坐在炕上。电视开着，可是他似乎没有心情去看电视。自从父亲去世后，就剩下了他和母亲还有妹妹三个人。父亲在世的时候，他们父子两人一年到头也说不了几句话。可是现在，因为父亲的去世却使他强烈地感到屋子里空得让自己再也找不到以前那种心里很宁静的感觉，尤其是当他一个人待在屋子里的时候。

母亲出去了，说是和邻居几个大婶去给村上孙望子的岳母吊丧去。院子里，从墙角还没有消完的积雪那儿吹来一股冰凉的风，虽然外面的阳光让人感到是那样的温暖。

刚过完年，说起来已经叫作去年的农历腊月二十三——虽然过去了也才不到两周时间——频婆村里孙望子的岳母去世了。老人去世后就停放在孙望子家那孔漆黑得就像刚走进去的电影院一样的窑洞里。现在大概已经入殓了。孙望子家就在频婆街边上。按说他家也不算多穷，可是，他家临街的地方不像隔壁两边的邻家早已盖起了两三层明瓷当啷的楼房。人家坐在家里就等着收房租了。他家临街的地方仍然是砖砌的围墙。这样看起来和他家隔壁两边的两三层楼房显得很有点不协调。可是生活中不协调的事情不是太多了吗？不过，孙望子家毕竟盖了两对面的贴着白净的瓷砖的厦子。现在他们就住在厦子里。

按照频婆街人的习俗：对于去世的人来说，他们的姓常常决定着他们能否在当月安葬。其说法是：张王李赵六腊月，杂七杂八三九月。意思是姓张王李赵的人在六月和腊月去世以后当月不能安葬，必须等到下一个月，其他杂姓的人在三月和九月去世后也不能在当月安葬，也要等到下一个月。孙望子的岳母姓王，尽管她是三水县太谷街人，但既然长期住在频婆街上，人们也就按照频婆街上的风俗习惯来安排她的后事——虽然这种不知从什么年代传下来的古老的风俗习惯古怪得让人觉得一点道理也没有。

好在孙望子的岳母是在冬天去世的。频婆街上的冬天冷，灵柩在家里多停放几天也没什么。不像一些夏季去世的人，如果不赶紧埋掉就会散发出一种恶臭的味道来。

孙望子的岳母的墓年前就已经让人打好了，准确地说，是已经箍好了。现在已经不用人一镢头一铁锨地挖墓坑了，而是用挖掘机三两下就挖好了，只等着房木匠去箍就行了。箍好的墓坑上面苫着一片已经皴裂得像树皮一样的褪了色的彩条布，然后用一些枯黄的玉米秆压起来。从路边经过的人看到这样的场景，也就知道是怎么一回事了。既然是为一位已经去世的老人箍的，人们也就觉得没有那么伤心了。

一般情况下，在频婆街上都是人去世后主家找村上的青壮年劳力和房木匠去打墓、箍墓。可是也有例外，比如临近过年或正月初上，眼看着人不行了，家里人就得提前找人打墓、箍墓。因为腊月二十五以后到正月初五这段时间，人们都忙着走亲戚，不是年前当爹娘的给出嫁的女儿送核桃去，就是正月初二女儿女婿给岳父岳母拜年去。谁有时间去给你打墓、箍墓

呢？你找谁去给你打墓、箍墓呢？

听说孙望子的岳母准备到过完年后初九进行安葬。

初五过后，就有三三两两的女人们相约去给孙望子的岳母吊丧了。女人们刚走到孙望子家的门口就开始哭起来了。孙望子的几个女儿赶紧从他妈住的厦子里出来，搀着几个女人进了停放外婆灵柩的窑洞里。女人们在灵前哭上好一会儿，旁边的人就走到她们跟前搀着她们站起来。然后女人们一边掏出手帕擦一擦有点湿润的眼睛，一边说上几句安慰的话就出来了。在频婆街上，对于逝去的人，村里的男人常常为其送上一盒写有"×××敬化"的麻纸，并在其灵前奠酒、磕头，以示缅怀；女人们则三五成群地去吊丧。这一风俗习惯相沿了不知多少年，对于幽之风来说，他从小就濡染在这样的风土人情之中。

幽之风感到有点瞌睡，正准备下炕去关掉电视，这时母亲从外面进来了。幽之风怎么也没有想到，因为孙望子的岳母，他母子俩人还有后来的王婶之间开始了一场关于长精神与短精神的对话。

幽之风：回来了，妈！

母亲：回来了，今天外面好冷啊！

幽之风：大后天孙望子的岳母就要安葬了，现在他们家的人一定很多吧？

母亲：唉，别提了。院子里冷冷清清的，就像没什么事情一样。孙望子的丈母娘也真可怜，灵前的供桌上连个吃的也没有，香炉里只有孤零零的三根香，香炉的前面蹲着两根白蜡。老人一辈子没有个儿子，就一个女儿，老了以后就生活在女儿家。现在人殁了让人觉得挺可怜的。

幽之风：那的确也真有点寄人篱下的感觉！虽然人说一个

女婿顶半个儿,可毕竟不是自己的儿子。就因为中间隔那么个"亲"字。那她女儿也不给自己娘的供桌前做几个菜放着?哪怕是一碗没几根面条的清汤挂面、三个核桃大的包子也好呀!

母亲:她女儿一辈子就不做饭。以前,她娘活着的时候是她娘做饭,后来是她的几个女儿长大了轮流做饭。她不是有四个女儿嘛。

幽之风:一辈子不会做饭,那现在倒好了。看,她娘现在去世了,让人觉得多可怜!也挺短精神的!

幽之风不知怎么突然说起了频婆街上的人常说的一个词——短精神。这个词他已经差点给忘了。虽然短精神的事常常在他的周围发生。

母亲:不过,听说也不是她不想给她娘做——再不会做饭,也不至于对自己的娘的这点孝心都没有,只是她要做的时候被孙望子给挡住了。

幽之风:我看孙望子也不像个糊涂人,怎么会做出这样的事情来?

母亲:还不是因为他岳母一辈子没个儿子,老了就靠女儿养活。可是女儿到底不是儿子,女儿还得听女婿的话。他岳母活着的时候没人给长精神,人老了也短精神。人一辈子可怜地为儿子,还不就是为了老了以后能够有个给自己长精神的人。

幽之风母子俩正说着话,一个声音已经从院子里传进来了,是邻居王婶。王婶串门来了。幽之风的母亲赶紧对王婶说,上炕来坐,脚底下冷。她让幽之风去将放在电视机旁边的盘子端来,盘子里放着瓜子、花生和水果糖。

母亲:今天有日头,还是让人感觉挺冷的。今年初二,你们家小燕和她女婿给你和他叔拜年来了没有?

王婶：我说不让他们来他们偏要来。三十晚上下的那场雪让人感到天气一下子变了。初二那天一大早，我打电话给小燕他们说，这几天雪一时也消不了，天冷、路滑，不好走，孩子现在又小，过几天等天气暖和了，路上的雪消了你们再来，哪怕来了多待上几天。谁知那犟女子不听话，初二那天早上我们吃完饭，我正坐在炕上看赵本山今年演的那个小品，就听见小燕在院子里叫开了。女婿抱着娃，小燕提着大包小包的东西来了。看到他们一家三口人真是让我又好气又心疼！

母亲：可是，小燕他们一时不来吧，你心里也觉得好像少什么东西一样，觉得短精神吧？初二这一天天生就是女儿女婿来看父母的。

王婶：那倒也是。唉，人有时就这么怪。王婶歉意地笑笑。

幽之风：其实，王婶你还不是为小燕他们大人和小孩着想。

母亲：可是，你看初二那天天气尽管那么冷，人家飞龙和他媳妇还不都照样给丈人丈母娘拜年去了。你想，家里就剩下你和他叔两人，左眼瞪右眼，还有什么意思！女儿女婿正月初二来看你们，还不是给你们两位老人长精神。

王婶：你说的也是。其实，我虽然嘴上说是不让他们来，可是心里还是希望他们能来。人活到这个年龄，还不就是图儿女们能给自己长个精神。

母亲：可不是嘛！你不知道，前年过年，我堂兄弟国平两口子因为买房子的事生我二叔二娘的气，过年一家人都没有回家。国平只是在腊月二十八后响买了一袋面、一桶油、十斤肉，回家来给我二叔二娘放下，在家里待了不到一个小时就推说有事骑着摩托车走了。结果我二娘气得大年三十晚上坐着哭了整整一个晚上。我二叔气得对我二娘说，咱就等于没有那么个儿子。我们也不缺他拿回来的那些烂东西。那一年要是将那没良心的东西让车给撞死就好了！

王婶：你二叔那都是因为一时生气才那样说。那一年你堂弟国平真要有个三长两短，那你二叔二娘现在才可怜呢！

母亲：要真是那样的话，我二叔二娘真的才可怜呢！那过年才真的叫短精神呢！嗯，今年过年你们谁给小燕的孩子送核桃去了，你去了没有？

王婶：她爸，她二叔、三叔，还有飞龙和她媳妇都去了。我那天胃疼得实在受不了了，在家里挂吊针，没有去成。

幽之风：王婶，我看你们都可以组成亲友团了。

母亲：什么亲友团不亲友团的，小燕又不是去参加中央电视台的"星光大道"。看，你们家小燕多有福气。过年过节有这么多的人去给娃长精神。

王婶：可是，每年大大小小的节令都要去也泼烦呀！

母亲：唉，再烦也是别人烦。当爹当妈的去看自己的女儿再泼烦也乐意。我给你以前说过的我的那个嫂子从小就没了娘，一直是她爹拉扯着长大。结婚后几年，她爹每年过个节令的时候都来。可是，前年她爹因为胃癌去世了，也就没有人来给她送核桃了。她和我说总觉得她显得比别人短精神。以前，她每年过年都要去看她爹，现在她爹不在了，她也不想去了。她说如果娘家没有了自己人，还不如待在自己家里。

幽之风：妈，我们一会儿长精神，一会儿短精神的，那些从小没爹没娘的人就没精神了，他们就不活了？

王婶：傻孩子，活是能活，不过看怎样活着。有父母的人和没有父母的人还就是不一样。可是哪一个人不想让父母待在自己的身边呢？一天，我家飞龙坐在炕上看一本叫什么《读者》

的杂志,突然冒出一句话来,说是一位著名的哲学家说什么人无论在多大的年龄失去了父母,他从此也就成了一个孤儿。平时我最看不惯他那副大大咧咧的样子,可是他念的这句话却让我想了很久。这句话说得太有人情味了。

母亲:人没有爹娘的时候,狗拉下的别人都会说是你拉下的。

幽之风:人常说,人的命,天注定。可是,当没有人给你长精神的时候,那还不得你自己给自己长精神。还能问谁去要精神?你就是再感到短精神,又能怎么样呢?就说现在,孙望子她岳母躺在棺材里,在活着的人看来她是挺短精神的。可是外面冷清也罢,热闹也罢,长精神也罢,短精神也罢,对她来说又有什么意义呢?

母亲:当没人给你长精神的时候,当然得你自己给自己长精神。可是,活着的每个人谁不渴望身边能有个人给自己长精神呢?有人给自己长精神也好、短精神也好,对于已经去世的人是没有意义了,可是对于活着的人有意义。你可能还不知道那一年,你爷爷去世后的一些事情吧?

幽之风:什么事情?我爷爷去世已经十几年了,当时的许多事我都忘了。

母亲:你知道,你爷爷老家在陕南,年轻时被国民党抓去当兵。从此几十年,和他的老家就失去了联系。你爷爷去世时,按照咱们频婆街上的风俗习惯,你爷爷入殓的时候要有他的舅家人来。说白了,也就是在你爷爷去世后入殓时,对穿几套什么质料的寿衣,铺什么样的褥子,盖什么样的被子,墓窑用没有用瓷砖来贴这些事情上提要求。目的是让你爸、你叔他们满足他们舅家人的要求。尽管你爸和你几个叔叔都尽了最大的努

力让你爷爷走的时候穿盖得好一点。可是,终究因为你爷爷没有一个舅家人来长精神,最后大家找了一个和你爷爷很熟悉的老人充当舅家人。虽然人家也像舅家人一样象征性地提了一些意见,可是毕竟是外人,总让人心里觉得像缺少点什么。也让人感到你爷爷走的时候挺短精神的。

幽之风:也不知道除了咱们频婆街,其他的地方有没有这种习俗?

王婶:走到哪儿还不都是一样的,只不过是叫法不同而已。其实都是为了给去世的人长精神。

母亲:人们常常觉得,在家家抬埋老人时,让人最生气的就是舅家人给孝子们出各种各样的难题,提这样那样的要求。一些弟兄们多一点的人家因为这样的要求而可能弄得血里面捞骨头。真是,不过事没有事,一过事全是事。可是,反过来想一想,如果没有舅家人来给去世的人长精神,又有什么意思呢?人家给我们出难题,我们不是也给人家出难题了嘛。其实最终不都是为了给去世的人长一长精神吗?这样如果逝去的人有知的话,也知道虽然他们已经离开了人世,但在人世上还有人在关心着他们的离去。要不然,人死的时候多么的可怜啊!

王婶:也不知道孙望子他岳母的娘家人来了没有。眼看就到初九了,从孙望子家路过,看到院子里冷冷清清的,在大门外也看不到靠墙立起来的纸讣,好像还没有请知客。

母亲:人家肯定会出纸讣,请知客,要不然这人咋埋呢?只是孙望子他岳母的去世确实让人感觉到挺短精神的。我们娘们俩刚才还在谈论这事呢。确实让人感觉老人走的时候挺可怜的。

王婶:我也听建斌他妈回来说了。唉,不说这些了。又快到十五了!我们又得去给小燕家的娃娃送灯笼。

母亲:人说,小初一大十五。十五过完了,这个年也就过完了。过年过年,其实就是亲戚们、长辈和晚辈们之间的来来往往。

豳之风:想一想过年真挺累的!

母亲:可是人活着不也就这么一回事嘛。世上的事情就是这样的。

豳之风:嗯,对了,十五后晌,我和我几个叔叔还要一起去给我爷,还有我没有见过的那个大爷和我爸上坟,发灯。

母亲:那你当然得去!你小的时候,你爷爷每次从街上回来的时候,总要给你买个肉夹馍。你还记得吗?

豳之风:记得呀!那时我就说等我长大后,一定要好好孝顺我爷爷。可是还没等到我考上大学,我爷爷就去世了,也享不上我这个孙子的福了。

母亲:那就记着每年过年和十五的时候给你两个爷爷和你爸上坟,烧点纸,发个灯吧!咱们过年,过十五,你两个爷爷和你爸他们在那个世界也过年,过十五。不要让他们在那个世界短精神。

豳之风心里明白,对于每一个去世的人来说,他们只不过是化作了一粒尘埃而已,无所谓生活在另一个世界的。但他还是向母亲轻轻地点了一下头。

坟上笼

这是一个我现在依然不明白的习俗,就是在频婆塬上,人们要在去世的年轻人的坟顶上放一个笼。坟顶上的这个笼,也就成了区别青年逝者和老年逝者的坟的重要标志。

1988年秋天,频婆街上的廖乾义家,平整窑洞时,窑面突然坍塌。因为没有来得及跑掉,将在下面腾土的唐建设和廖乾义的儿子廖智诚埋在了下面。最终,两人命丧土窑下。我进到他家院子的时候,一具被人们刨挖出来的遗体已经盖上了白色的床单,安放在一扇门板上。后来,他们两人下葬的坟上就放着一个被土疙瘩压着的笼;

1993年麦收时节,那时我快要初中毕业,在百子沟煤矿上班的李建峰——他曾是我家过去的邻居——因为矿井发生瓦斯爆炸而丧命。我没有见到建峰的遗体,但是在安葬他的那一天,我去给他的墓坑里扔了几锹土,也算是送建峰一程吧!人们在埋葬建峰的坟顶上也放着一只被土疙瘩压着的笼。

这是我在频婆街上的公坟里见到的坟上的笼。

还有我在频婆街上没有见到的坟上的笼,它们一定还有很多很多。

…………

笼,是频婆塬上庄稼人日常生活中用来盛放诸如柴草、农作物的一种器具。烧炕时人们用它来装麦秸。收获苹果的时候人们贴着笼面缝上一层麻袋片用它来放苹果。这样可以避免苹果被碰伤。笼,常常用柳条或枸木条编织而成,也有用细长的竹条编成的。这种编笼的材料在幽地到处都可以看到。在我的印象中,笼是一种太熟悉也太普通的农具,就像我家院子靠着墙角的铁锨、扫帚一样。

这个时候我看到的笼是庄稼人朴实的生活。

但当我看到人们将这样一种本来十分普通的生活用具放上土疙瘩压放在一位年轻逝者的坟顶时,心底便突然有了一种极其悲凉的感觉。那种感觉是春天里寒风中飞扬的沙尘,是夏日里艳阳下忧伤的郁金香,是秋日里阴霾下萧瑟的冷风,是冬日里土地上冰凉的白雪。

我知道,在那些孤寂的坟头,多少从此黯然失色的家庭仿佛在诉说着什么,多少本来应该高远的飞翔却在瞬间折断了双翼。

唐建设去世后,他的妻、子与他的弟弟张建权组合了一个新的家庭;

张三成去世后,他的妻子嫁到了魏洛村,留下她的女儿和爷爷奶奶生活在一起;

李建峰去世后,他的父亲李百焕,频婆村里一个个子最高的人一下子弯成了一张弓。他的容颜很快变得苍老了许多,从此见人后沉默不言。

这些原本见了人爱说爱笑的人从此变得沉默寡言。奔腾不息的生活之河仿佛只顾自己往前流淌,而他们仿佛永远停留在了原来的那个地方。

频婆村里还有好几位这样的父母。他们失去了自己的孩子,在某一天,他们突然变成了沉默寡言的人。这种沉默寡言陪伴着他们剩下的人生。

频婆村以外的地方要多大有多大,可是那些失去了孩子的父母,那些失去了父母的孩子却要多一样就有多一样。幸福的家庭都一样,不幸的家庭其实有时也一样。

坟上的笼,这是我见到的频婆街大地上最苍凉的风景!

这片风景让我更加沉默!

味

人与书

找 书

寻找一本心仪已久的书是很困难的,但是应该树立一种信念。对于你渴望已久的书——它仿佛具有一种欲罢不能的魅力——你会持之不懈、翻山越岭地去寻找它。最后的结果是皇天不负苦心人,在浩如烟海的书籍里,你一眼就发现了它。这一点可以这样解释,因为你对这一本书的专注和神往已经遮蔽了其他书的存在。这时,人与书的关系,就像男女之间的爱情一样,我的眼里只有你。如果你对一本书已经真的不再有任何兴趣了,那么即使其置之眼前,你也会熟视无睹。

买 书

在书店我常常看到有那么多的人在读书,在买书,甚至有人一口气买了那么多的书,许多人都表现出一副求知若渴的样子。这让我自己也产生了一种读书、买书的冲动,这种氛围甚至让我也表现出一种嗜书如命的样子。后来,我很质疑许多人包括我自己买书时的这种样子。事实上,书店里人们对待书籍的态度多少有点虚伪,因为虚伪,又获得了一点虚荣。其实,我知道读书的感觉。读书大概也是世界上最孤独的事情之一,这种孤独与在书店我所感受到的那种热烈的氛围常常有天壤之别。如果一本书并不能吸引人，一个人又不能忍受孤独的话，可能一年或几年也读不完一本书——因为他(她)根本没有读这本书的欲望。但是真正有价值又有吸引力的书有多少呢？

窃 书

窃书不算偷，这句孔乙己的狡辩有时也被一些爱书的人拿来当作遮羞布。这句话常常让书本身蒙羞。因为书如果知道自己是被偷来的话，这已经是对它最大的一种亵渎。

鉴 书

对于一本书的判断不能靠主观的想象。主观的想象常常让一个人可能会与人类最优秀的声音对话的机会失之交臂。在对一本书的价值判断上，也不能像世俗意义上对待人的态度一样，喜新厌旧，以貌取书，嫌薄爱厚。对于那些装帧精美的新书、厚书尤其要保持警惕。

不要相信与书有关的宣传炒作，这是书商惯用的手段。他们的目的只是为了将书推销出去，从而获得更大的利润。要学会判断书中所传递的精神内容的价值。对于书籍的宣传是一回事，书籍本身的价值又是另一回事。

书本身的价值并不大，书的价值在于人对其所进行的实践。没有发挥作用的书籍，其实形同废纸或者只是文化家具而已。由此而言，一个只知藏书不知读书的人与一个只知攒钱不知花钱的人一样，他们让书的价值大大缩水。

读 书

人和书的关系如同人同人的关系。

读书是需要机缘的。机缘来到，你对于一本书的阅读渴望就像一位行走在沙漠中的旅行者对于水的渴望。机缘未到，即使事实上无论多么好评如潮的书放在你的眼前，你也会觉得面目狰狞。无缘对面不相识。

你在未来读什么书，取决于你过去读过什么书。如果沉醉于对经典巨著的鉴赏，那么要转向对通俗流行书籍的阅读就很困难。反之亦然。

读书的速度常常与一个人对书的着迷程度成正比。你之所以着迷，是因为你同书的作者在精神上产生了共鸣。你有一种生命中的知遇之感。没有这样的感觉，所谓读书，在某种意义上只是像认字一样，那是一种对自己高雅的折磨。

阅读的最高境界是，你只要一有时间，就想拿起一本书来翻阅，随便翻到书的哪一页都可以读下去。这已经证明了一本书的价值。

一本有个性的书如同一个有个性的人，都是作者真性情的自然流露。读这样的书，如同和这样的人面对面地进行交流。事实上，这样的书才真正获得了它们旺盛的生命力。

逢　书

人与书的重逢，并不易于人与人的重逢。这一点并不取决于人的愿望。情随境迁，多少因素成为人与书重逢的障碍啊！

面对我们真正读过的书，就像面对一位阔别已久的朋友。当我们再次见到它的时候，总有一种深情在我们的心中涌动，相信我们读过的这本书也有这样的感觉——如果它也会表达的话。只是它不会说话而已。此时无声胜有声。可是当我们面对没有读过的书，或者没有真正读过的书，就像面对一位陌生人。即使她打扮得再漂亮,我们也只是发出一声声简单的赞叹而已,我们无论如何也产生不了如同面对前者时一样的感情。因为没有什么情感的纽带能将我们和她联结起来。简单的赞叹和心中涌动的情感是两种不同的精神享受层次。而情感意味着一种真诚的付出。

留　书

随着生存、生活、生命的深化,一些书总要淡出我们的心底,被我们淘汰掉。但从情感上来讲,不应该淘汰掉那些在我们人生的每一阶段曾经对我们的生存、生活、生命产生过重大影响的书,它们都应该被保存下来放在我们的书架上。如果将这样的书按照我们所走过的人生阶段排列起来,它们显示的就是我们的精神所走过的轨迹。这样做是我们对那些曾经影响了我们人生的书籍所表达的一种敬意。

送　书

我宁可送给别人一本同样的新书,也不愿送我在上面写满密密麻麻的字迹的旧书。因为那些字迹是我辛勤的耕耘。我不想因为别人一时的不慎而丢失我的精神劳动成果。即使我这样做在别人看来很不合算,我也愿意这样去做,哪怕一些不理解的人觉得我这样做有点傻。在我理解来,一本新书在没有被真正阅读之前,只是一本没有生命的印刷品而已。它的生命需要读者去激发。这种激发本质上是读者精神上一种辛勤而艰苦的耕耘,它最终让读者和这本书之间建立了一种情感上的关系。

人把时间哄高兴了

　　走进一所因为装修、布置得豪华气派而令人有点眩晕的房子。房子里有最新款式的床、衣柜、茶几等一应俱全的家具,还有最新款式的空调、电视、冰箱等超乎想象的家用电器等。除了人是旧的以外,所有的东西都是崭新的。除了人是不舒服的以外,所有的东西都是舒服的。这一切似乎都在证明着它们紧紧地跟着时间,或者说和时间齐步走。这里的时间似乎在说,我只接纳和我接近的东西。这时是在叫作现在的时间里。

　　走进一间已经存在了将近三十年的屋子。屋子里是老式的电视、老式的洗衣机、老式的床、老式的衣柜。它们虽然也曾崭新过,但现在看来它们却可以老到它们在这个世界上出现的时间。但是,住在这间房子里的也是和这些家具、电器一样老的人。房子里所有的东西虽然经过了主人每天雷打不动的擦拭,却看上去仿佛仍然落满灰尘。灰尘是从岁月的空气里飞来的。这些东西都是老式的,但看上去却一点也不珍贵。屋子里的主人也没有将它们看作出土的文物或者祖先留下的纪念。这间屋子是充满了油盐酱醋的味道和锅碗瓢盆的影子的家。不是被从各个遥远的年代迎来的各种珍宝云集在一起的庄严肃穆的博物馆。所以这些东西看上去不仅不珍贵,甚至让第一次来到这间屋子的年轻人,觉得有点厌恶。这时也是在叫作现在的

时间里。

可是，住在这间屋子里的主人已经习惯了。他们在这间屋子里已经住了三十年了。他们不觉得。他们已经习惯了这些东西的陪伴。他们一点也没有想丢弃这些陈旧的家具电器从而换上新的家具电器的想法。这真让装修布置得豪华气派的房间的年轻人想不明白——也许他根本就不去想这些事情。因为每个人都活在不同的世界里。

就是在这间屋子里，年轻人在墙角看见一条搭在洗脸架上的毛巾，洗脸架已经锈迹斑斑，毛巾则薄得已经透明，透过毛巾可以看见洗脸架的影子；黑得如同抹布，不是主人不洗，而是因为它根本没有任何可能洗回原来的白。年轻人曾经在心里想，为什么不将这条擦起脸来并不舒服的毛巾换上一条新的呢？那能花多少钱啊！但他没有说出来。这句话只能在他心里想，不能说出来。而且，这样的一条毛巾也许还要在洗脸架上搭上很长一段时间。主人想让它搭多长时间就搭多长时间。而年轻人则恨不得立刻将它换掉，但不行。

年轻人也一天天变成不年轻的人。虽然年轻人也曾经年轻过。

过去他一直想不明白，那时他看不惯一切，那时他觉得自己是一只站在山巅俯视大地的雄鹰。

可是天空和大地证明他毕竟不是一只雄鹰，他只是一只麻雀。他的颜色和土地的颜色一样。

他曾经进去过许许多多看上去只能用"有钱"这个词来修饰的房子。他发现对于有钱的房子来说，吃穿住用行一切都讲究享受，都是为了满足房子精神上的需求。房子不能觉得自己落在了时间的后面。它们如果跟不上时间的话，它们心里就觉得自己没有脸见时间。

他也曾经进去过许多多看上去只能用"没有钱"来修饰的屋子。他发现对于没钱的屋子来说，吃穿住用行一切都是凑合。凑合什么？凑合着能使用更长的时间。屋子是在哄时间，哄时间让自己屋子里面的那些东西多待一会儿，让时间走得慢一点儿。

它们为什么要哄时间？因为穷。所以，它们想让时间多担待一会儿。

时间似乎并不是一个难说话的人，于是时间就理解了它们，走得慢一点儿，和那些东西多待一会儿。时间心硬起来是一瞬间，可是时间如果心软起来，那就要多长就有多长。

所以屋子里的主人就想办法要哄时间。主人把时间哄高兴了，时间就把屋子连同屋子里的东西带着走了很远，远到人的眼睛发疼，疼得不想再去看时间有多长。

对屋子来说，生活就是熬，时间带着屋子和屋子里的东西走了那么长的距离。回过头来，主人就高兴了，主人觉得这是人自己的成就。

人与时间的关系

人从在母体孕育的那一刻起,便与时间结下了不解之缘。人一生与时间同行。也许只有当人需要走很长的路并且回过头来进行反思的时候,才能理解自己与时间的关系,明白时间到底对自己意味着什么。

一

无聊是人经常不得不面对的一位不速之客。人无法预测无聊会在什么时候来造访自己。它来了,人并不能给它一些好吃的或说些好话打发走它。相反,当它来了以后,人被它纠缠着,而且变得束手无策,人没有办法回到自己那座安静、闲适的屋子里。

人经常有感到无聊的时候。无聊的时候,人的基本状态就是无所事事,就是不知道做什么,也不想做什么。无聊的时候,人处于失重状态。人觉得自己变成了一朵云。人不知道自己该朝哪个方向走,似乎朝哪个方向走都没有意义。就是不管朝哪个方向走,都会很快停下来,觉得应该朝另一个方向走。于是又朝另一个方向走,还是走不了两步,又停下。人这时候就是折腾自己。其实,人不想这样折腾自己,可是人又不知道怎样才能够不折腾自己,使自己平静地、充实地做自己想做的事情。

　　人在无聊的时候,从来想不到自己最对不起的是时间。人这个时候仿佛变成了一个一掷千金的花花公子,任大把大把的时间从自己坐立不安的样子前溜走。上帝看着人这个时候的样子觉得有点可笑。他想笑,可是没有笑出声来。

　　人在无聊的时候,可能会意识到自己最对不起的是时间,可是人却没有办法使自己能够和时间静静地坐下来谈心。时间看着人那种坐立不安的样子,觉得人让自己很生气,但又觉得自己很无奈。因为你生气就生气,人就根本不看自己一眼。想一想,人有时对自己好起来,恨不得把自己当成金子一样,价值连城。而在这时候,人似乎把自己扔在了一边,时间觉得自己好像变成了没爹没娘的娃。可那又能怎么样呢?

　　人在无聊的时候,是时间最孤独的时候。

　　后来人去睡觉了,时间也和人一起睡觉。在梦中,他们能够和解。一觉醒来,人和时间的关系又和好如初了。

二

　　有些人没有上过学,所以不一定知道"量变引起质变"这句话。但是,他们却不是不知道这句话告诉人们的道理。他们有自己的说法,叫作"时间长了"。在生活里,有那么多关于"时间长了"所留给我们的暗示:你看,时间长了,有人竟然也攒下了一笔数目不菲的钱。而有人一算账,竟然花出去了那么多的钱,而平时总觉得花的都是一块两块的根本没有必要放在心上的小钱。时间长了,他们两人之间原来亲密无间的感情竟然因为两地相隔而变淡了,而两个原来势不两立的冤家竟然也一个离不开另一个了。时间长了,他的身体因为每天坚持锻炼而越来越结实了,而他的朋友却一天天变得瘦削衰弱下去……在时间里,竟然发生了这么多好的或不好的变化。

瞬间是无力的,但把所有的瞬间连接起来,瞬间在自以为是的人的眼里,竟然变得固若金汤。人这时候还能说什么呢?人什么也说不出来,即使说出来了也不起任何作用。人得服食时间结出来的果实。时间不说话,人也不说话。人和时间这个时候变得像感情走到了边缘的情人。这个时候,谁都知道,人和时间是"此处无声胜有声"。人知道自己在时间面前已经一败涂地了。人最后叹息了一声说:日怕长算呀!这时,时间笑了,笑声中透露出一种胜利的喜悦,也透露出一丝胜利的狡黠。

想到"时间长了"这句话的分量,人的额头上不由得冒出了一层冷汗。人在自己心里说:太可怕了!

三

一个人的人生转机也许在于,突然有一天他意识到,他现有的生命长度只是一个相对的长度。

我们这样假设一下,一个人现在三十岁,当他想到在命运的安排下他也许可以活九十岁,那么现有的三十岁对他来说才等于活了生命的三分之一;如果命运安排他活到六十岁,那么他现有的三十岁就等于已经活了生命的二分之一;以此类推,如果命运安排他只活五十岁、四十岁,甚至三十五岁、三十四岁、三十三岁、三十二岁、三十一岁呢?那他已经存在的生命长度又占假如已知的整个生命长度的多少呢?

这道简单的算术题真令人额头会渗出一层冷汗,让人不敢再算下去。我们的生存生活生命中,有些事情不敢去细想。

人们似乎很少去想这样的问题。在许多人看来,这也许是一个庸人自扰的问题。他们对于自己能够达到的生命长度似乎信心百倍。他们的这种信心，来源于对于自己生命所依赖的社会的飞速进步和医学技术不断发展的无比信任。

　　这样的信任应当是无可置疑的，但谁也无法否认神秘莫测的死亡会对一个人进行突然的造访。这时，人们是否还那么信心百倍呢？正是基于这样的预测，我以为，提出个体现有生命的相对有限性，虽然有点杞人忧天和悲观沮丧，但倘若个体能够认识到这一点，也许从我们心中才会真正产生对于生命的危机感。这种危机感不是当下功利性的危机感，而是源于对于我们的生命终极性的自我关怀。意识到这一点，个体的生命也许能活得更紧凑一点，更充实一点，更有质量一点，从而使我们的人生之路更长远一点。这样，即使生命中的那个不速之客真的有一天突然造访，我们也许会显得更从容一点。而这样的话，又和一辈子活长活短有多少关系呢？也许当有一天我们的生命即将终结的时候，我们感到幸运的是：在我们已经走过的生命之旅中，我们庆幸自己没有遇上那位不速之客。

　　泰戈尔曾说："我的存在，对我是一个永久的神奇。"我想，泰翁这句话从接受理论的角度还可以解读为每一个生命长度本身都存在着一种巨大的张力，其神秘之处就在于直到生命的最后一刻我们才能明白它的真正长度。

　　也许，我们可以通过一生的努力让这种生命长度真正变得更长一点。

人和渐变的时空

每一天的早晨、中午、下午构成了人生存、生活和生命展开的时间背景,再加上人所处的特定的空间背景,这二者构成了人存在的时空背景。

在每一天不同的时间段里,人常常拥有不同的心情。早晨象征着充满希望的一天的开始,中午代表着热火朝天的一天的进行,下午意味着繁复忙碌的一天的收尾。如果说一天里以12点为界,那么人所有的想法和机会似乎都蕴藏在12点以前的时光里。12点以后,就这一天人要做的事情来说,不是人内心没有想法了,也不是没有机会了,只是人在自己内心已经隐隐地觉得,或者人在默默地告诉自己,本来今天要做的这件事情,时间已经有点紧张了,已经没有12点以前那样让人感觉到那么宽裕了。话又说回来,即使时间不紧张,人的内心也变得有点紧张了。伴随着12点以后的时间,出现了12点以后的空间。时间已经空间化。人一天的生活是这样,人一生的生活也是这样。人每天对早晨、中午、下午的品味,其实就是在一天里品味作为人的一生中的早年、中年、晚年的味道。

虽然一天当中12点前后的变化并不为人们所察觉,但毕竟一切都在开始默默地发生变化。就像中午的太阳,虽然前后变化不大,但以前是上升的,往后却是开始走下坡路了。从这一点我们就不难理解诸如生日这样的仪式性活动的标志性意义了。生日前后对一个人来说其实没有多少显而易见的变化。但人通过举行这样的标志性活动,主动让人自己承认时间的变化、空间的变化。这是人通过岁月的刻度为自己的生存、生活和生命所赋予的意义。

再说空间的时间化。每次坐火车的时候,常常听火车上有人说已经出了甘肃省界进入新疆境内了。这时候,对于没有多少地理经验的人来说只能跟着有经验的人的说法走。因为在飞驰而过的火车上我们实在很难看见毗邻两个省区标志清晰的边界线。毕竟这不是在一目了然的中国地图上,也不像在界石分明的国境线上。而事实上,刚刚进入了新疆的境内其实和刚才还在甘肃的境内并没有多大的区别。无论从毗邻两地表面的地貌观察还是从事实上的两地人民的语言甚至风俗习惯想象。但是,你却不能因为两个省区之间一时看不出有多大的区别,就还把新疆叫作甘肃。毕竟,在新疆的旅程已经开始了。慢慢地,你会发现一切都变了。空间变了,时间也变了,你的心情也变了。你可能因为长途的奔波,因为离目的地越来越近,你此前疲倦的心情也变得轻松起来了。

时间和空间的变化都是不能一下子分开的。时间也好,空间也好,它们都给了人一些过渡性的体验,这是时空对人的宽容。人应该记着时空对自己的这点好处。这种过渡就像色彩的渐变一样,慢慢地转换到另一种颜色,让人有个适应的过程。可是人应该让自己明白,没有永远过渡的时空。过渡的时空的出现,本身即意味着一个崭新的时空的到来。

时空是寄存人的生存、生活和生命的背景,也是展开人的生存、生活和生命的条件和舞台。

人的一生也有过渡。

人可以在人生的过渡中缓冲一下,积聚力量,但人不可在人生的过渡阶段里向自己的生存、生活和生命撒娇。因为一切都慢慢地变了,开始了。

我们为什么要坚持

"坚持就是胜利"这句话实在已经没有什么新鲜感可言了。一个人在很小的时候,他(她)的师长常常就会这样告诉他(她),鼓励他(她)。面对奄奄一息的热情之火,能够用坚持的扇子扇一扇,从而可以让这堆火更旺一些。火旺了,困难与挫折之冰也就慢慢地融化掉了。困难与挫折克服了,当然也就胜利了。

不知这样的比喻和解释对不对?

的确,"坚持就是胜利"这句话说给小孩听,最终确实能够达到鼓舞小孩走向胜利的目的。但这结果的取得,我觉得与其说是这句话的力量的结果,还不如说是小孩在肉体或精神上默默忍受的力量的结果。我总觉得要靠这一句话对一个小孩取得最后的胜利产生积极的影响基本上是没有意义的。这一句话的意义可能还不如师长的一句亲切的或者严厉的"不要停下来"来得有效。小孩的理解力有限,人生阅历也有限。"坚持就是胜利"这一句话基本上说了等于白说,最大的意义就是让他们记住了一句抽象的哲理而已。大概写作文的时候可以用来丰富自己的文章吧!

然而,"坚持就是胜利"这一句话却是对的。但是要理解这一句话,并去践行这一句话的时间,应该不是小孩子的年龄阶段,而是随着理解力和人生阅历的不断增长以后的年龄阶段。

人生大大小小的困难与挫折总是层出不穷的。为什么坚持就是胜利?它的理论依据是什么?这大概很值得我们好好思索一番。只有将这个问题想清楚了,我们才会好好去运用这一句话所赐予我们在人生道路上克服各种困难与挫折的力量。

我以为所有的热情都是会降温的。而逐渐缺失的热情则是克服人生道路上的困难与挫折的敌人。但热情的降温也算是人之常情吧!就像一个人总不可能天天都手舞足蹈,他(她)也有需要停下来休息的时候。人们对于一件事情开始之所以有热情,是因为这件事情对他(她)来说有意义,值得去做。但是这样的认识并不全面,相反其实很片面。因为除了有意义,还有做这一件事情需要付出努力。但是在付出努力的过程中,有的努力是他(她)能够理解的,能够做到的,有的则是他(她)无法理解,也无法做到的。而在这样的时候,对他(她)而言则面临着巨大的考验,这也是他(她)所做的这一件事情面临成败的一个转折点。何去何从,这是一个问题。坚持,还是放弃,这也是一个问题。在这样的时刻,大概是人生最痛苦的时候。这个时候,当人们再去想象当初的热情,就像初恋的情人,虽然回忆起来十分美好,但却也需要对这一段感情进行重新审视。

在这样的时候,人们最需要听到的声音就是"坚持就是胜利"了。将这句话翻译一下,就是忍着,不要喊疼。这时候,就是热情离我们渐行渐远,意志离我们越走越近的时候。这个时候,不要放弃,我们就要坚持。

在这样的坚持中,我们保持了冷静,我们渐渐将自己当初面对困难与挫折想要放弃时的心猿意马、人在曹营心在汉的思想慢慢地又收回到了我们当下所做的事情上来了,逐渐地我们变得心无旁骛。正是因为心无旁骛，我们才积聚了力量，积聚了决心，也积聚了信念。告诉我们自己一定要克服这个困难与挫折。这样的转变过程，是在时间的流逝当中进行的。当我们静心面对我们眼前的困难的时候，我们就不能做其他的事情。而这就意味着我们会失去一些别的宝贵的东西。想到我们失去的其他一些宝贵的东西，我们会慢慢地将希望的重心转移到通过我们眼下所做的事情得到一种补偿上来。慢慢地，时间已经不允许我们去做别的事情，我们只有将补偿的希望都押在我们所要做的事情上。这个时候，我们又会产生一种新的热情。这种热情已经不是我们当初所产生的热情，而是和我们所处的生命阶段或者整个生命的价值联系在了一起。想到已经付出了自己人生的一个阶段或者整个生命的代价这一点，恐怕当初的那些困难与挫折也就算不了什么了。能那样自觉地去想，去做，看来不胜利、不成功都不行了。

就是在这样的过程中，我们在坚持。正是在这样的意义上，我们才可以说："坚持就是胜利。"坚持就是因为失去其他的机会而希望通过眼下的努力希望获得弥补的一种逐渐变得清晰的心理状态。

一个还没有人生阅历的小孩能这样理解"坚持就是胜利"的深刻内涵吗？黑格尔说，同一句话，在历经沧桑的老人和不谙世事的小孩口中说出来是不一样的。当然，一个听到了这句话的小孩是幸运的，总比没有听到或者想到他（她）不能理解这句话而不让他（她）去听要好。而且，一个天真活泼的小孩也总要慢慢变成沧桑的老人的。我们每个人的人生都是这么走过来的。

人的一生很漫长，漫长的人生里有着无数的困难与挫折。

面对困难与挫折,当我们对自己说"坚持就是胜利",那么一定会比一个小孩对这一句理解起来要深刻,行动起来也更有力。我们也只有深刻地理解了这一句话,也才会真正能够坚持,最终也一定会获得胜利,从而到达成功的彼岸。不是吗?

心"动"

我发现自己的心慢慢地在动了,就像春天里路边的雪正在悄无声息地消融着一样。我的心开始活动了,别人不知道,但我知道。就像雪消了,人可能没注意到,但雪自己知道。

当然我的心一直在动着。对于见过我的人来说,这谁都知道。可是我身体以外的人知道的动,和我知道的动不一样。

我一直在动的那一颗心就像在马不停蹄地向前后左右上下奔突,它只能这样一直不停地奔突下去,只要我还作为一个人存在。这颗一直在动的心是想证明我和这个时代的关系。这颗心说它很累很累。这一点我也能体会到。但这也许是它的命运。对于属于命运的东西,听说,人似乎无法改变,那也许就是无法改变。这一颗心是那颗被抛于世的心。

而只有那一颗现在慢慢地在"动"的心,才突然让我意识到,我的一直在动的那一颗心原来是死的。

而只有那一颗现在慢慢地在"动"的心,才突然让我意识到,原来一个人有两颗心,或者更多的心。

这真是某一天里我从自己的生命中所获得的一个重大的发现。它震撼了我,而且我已经感觉到它正在向周围辐射,震动着所有和我一样的人。

现在我的那一颗心慢慢地"动"起来了。就像三十年前,我家院子里春天破土而出的向日葵的幼芽，就像三十年后我每天经过的路边上正在告别的融雪。这个秘密，只有我能感觉到。

也是慢慢地，我发现其实我的这一颗心也不是因为春天而"动"。在秋天，在冬天，在夏天，它也会"动"。但是当它"动"起来的时候，我才明白以前它都被冰冻后深埋在冬天的寒冰里。我也才明白，那样的冬天有多寒冷，那样的寒冰有多深厚。有多么寒冷，就有多么狰狞；有多么深厚，就有多么黑暗。

而现在春天来了，这是我的这一颗心所拥有的春天。它跟我的身体外面的春天不一样。因为这颗心的"动"，我觉得它能把我一直带到外面的春天、夏天、秋天和冬天。而外面的春天、夏天、秋天和冬天都被我内心的春天搅匀成了和它一样的春天。

因为这一颗慢慢"动"起来的心，我觉得我还有一种知觉，我觉得我原来还活在这个世界上。别人说，你矫情呀！你一直都活在这个世界上！可是，只有我知道，我虽然是一直都活在这个世界上，但却跟死了一样。

我用岁月里存储的水一遍一遍地清洗我的这一颗慢慢地动起来的心。慢慢地，我觉得它曾经长在我的身体里的某一部位，但后来，却被那一颗前后左右上下奔突的心所飞扬起来的尘土给一层一层地掩埋了，直到后来这颗心被这些土包围了起来。它已经失去了水分，它已经干枯了，而这些尘土也慢慢地板结成一层厚厚的硬壳。就像我小时候，在大人们挖的土坑里捡到的一个圆圆的土球。如果不小心摔在地上，会从里面露出一只黑色的屎壳郎。而人们还以为它是个宝贝。

就是这颗干枯的心，现在居然复活了。对我来说，这真是一个奇迹呀！

因为这颗心，我觉得一个我死了，而另一个我却活了！

野草不感叹

在一个夏日的午后，当炎炎的烈日变得柔和了许多的时候，我来到篮球场旁边那个煤渣铺就的跑道上。一眼望过去，我发现，跑道围起来的荒地上的野草已经高得极其符合荒地里的野草的模样。

篮球场那边，正在来回奔跑着抢球、投球的小伙子们，个个生龙活虎，挥汗如雨。

此时，我却独自慨然。

我知道，野草是一天天长成我看到的这个令人慨然的样子的，而我是在时隔许多天以后才见到野草的。

我明白，对于野草来说，它的生活只是按部就班地生长——如果不遭受意外的厄运的话。但在我看来，在野草的身上却发生了如此深刻的变化。野草按部就班的生长和我对其变化的慨然惊叹这般天然地结合在一起。

后来，我想我对野草现在的这个样子的慨叹是因为我在它一天天默默成长的日子里没有和它一起度过。我知道它是一天天长成这个样子的，但我却没有看着它一天天地成长。这是我的无奈，也是我的遗憾。

…………

人感叹野草的变化就像人惊叹其他一切的变化一样。

人不会经常慨叹自己的变化，因为人和自己如影随形地生活在一起。岁月在人的脸上一天天所刻画的皱纹,人都一一地承受过来了。当人偶然在镜子里发现自己的容颜变老时,人也只是在随后的一声叹息声中继续属于自己的风雨历程。人并没有将此作为在以后的生活中无法挥之而去的心病。其实,人即使将其作为自己的一块心病,又能怎么样呢?

我对野草的变化慨叹,野草用沉默回答。野草不感叹!

人在心里对另一个人的已然改变的容颜慨叹,另一个人用微笑面对。另一个人不感叹!

现实暗示了太多太多这样的生活隐喻。

有一天,一个人见到了阔别多年的朋友的孩子,慨叹着说了一句:"几年没见,孩子都长这么高了!"朋友笑了笑。

有一年,一位旅居海外的游子回到了阔别多年的祖国,慨叹着说了一句:"离开祖国好多年了,祖国的变化真大!"祖国沉默了。

…………

对于野草、孩子和祖国来说,一切都只是一步步地走在行进中的生活发展之路上,生活的按部就班是量的积累的另一种表述;对于我、那一个人和归来的游子来说,一切的发现都成为一种质变后的慨然的惊叹。按部就班的量的积累是野草、朋友的孩子和祖国的生活的常态,而慨然的惊叹则是来自我、那一个人、海外的游子对于前者的一种虚浮的言辞修饰——尽管说这些话时大家是那么发自肺腑。

然而:

野草不感叹!

孩子的父亲不感叹!

祖国也不感叹!

人的境遇·人的精神·人的中心

毛泽东曾说:"人活着总是要有一点精神的。"在日常生活中,关于我们每个人的精神的来龙去脉,我以为是一个很值得思考的问题。我想从两方面谈一谈我自己的看法。

首先,我以为人的精神不是从天上掉下来的,而是人的现实境遇推动的结果。常常是,一种现实的境遇呼唤着并催生了和其相应的精神。因为只有这种精神能够改造这一境遇,从而极大地改善人的物质及精神困境,最终使人走向安全和谐的精神高地。众所周知的2005年度"感动中国"十大人物之一的洪战辉的感人事迹恰如其分地诠释了这一点。一个人在其现实的处境中能够达到的被唤醒、激发和弘扬的精神高度,反映了一个人自身的精神自觉程度和精神更新能力。

其次,我以为只有那些我们所选择的适合自己的道路才可以产生一种精神。这种精神,就其对我们的感受来说,可以让人忘掉肉体的痛苦,忘掉奔波的疲倦,忘掉孤独的侵袭,忘掉物质的诱惑,忘掉流言的中伤,忘掉死亡的威胁。就其结果来说,则会带来生存的充实、生活的幸福、生命的满足。只有这样的精神,才是一种真正的精神,也才是一种真正有价值的精神。这种精神不仅因为能够实现我们个人的理想和追求而产生,而且因为能够推动社会的进步从而实现我们个人的价值而产生。

这种精神将个人和整个社会紧密地联系在了一起。

　　认识了人的现实境遇与人的精神的关系,我们再来看另一个问题。一些人为什么没有选择逃避或者离开那些在别人看来避之唯恐不及的生活境遇?我以为,这并不是因为他们麻木、愚昧,相反而是因为他们独具慧眼,或者说是因为他们大智若愚。因为他们明白,只有在他们所处的现实的境遇里才存在能够成就他们的气场。倘若离开这种境遇就是远离这种气场,离开这种气场就是放弃成功的希望。这种气场作为实现其生命价值的希望所在,他们有绝对的理由选择坚守这种气场。这一点对于有些旁观者来讲却是一个永远无法识破的秘密,因为一些旁观者只能以世俗的功利眼光来看待一个人的选择。而只有当事人自己明白其选择的价值并自得其乐。这种快乐是那些旁观者难以体会的,他们只有叹息和摇头。这一点,我们在炒鸡蛋时所看到的蛋汁与油锅的关系似乎已经给我们提供了一种暗示:给蛋汁带来煎熬与挣扎的是那滚烫的油锅,最终成就蛋汁辉煌前程的也是那滚烫的油锅。从这样的意义上,我们就可以对俚语"金窝银窝,不如自己的草窝"获得一种新的认识。其实在英语中也有同样的表达:East or West, home is best。

　　最后,我想说一说中心与角落的关系问题。辩证地看,我们每个人都存在于生活中的每一个角落。在这个角落融汇了我们的酸甜苦辣,悲欢离合。而正是这些无数的角落塑造了生活的风景,也诠释了我们存在的一切价值。那些从地理位置而言处于中心位置的人们,常常鄙夷并忽略这些角落的存在。虽然他们几经努力但后来却发现自己失败了。其实,他们忘记了,正是这些角落才让他们站到了生活的中心,并为他们精彩的人生提供了源源不断的力量。当他们醒悟过来后,最后他们又开始从中心位置上回过头来,重新审视和关注这些角落。这些角落又成为生活的中心。他们突然发现自己的属于中心的生活也变成了一时缺少人们关注的角落。最后,我们大家都明白了,我们每一个人都生活在这个世界的每个角落。所谓的中心与角落二者都不是绝对的。原来我们都那么孤独。所以,我们需要彼此温暖。在生活的大地上,有多少孤独的角落未曾被人们发现。我们就生活在每一个这样的角落。我们所生活的角落,不仅是我们自己心目中的中心,也会变成他人瞩目的中心。这一点不是没有可能。

　　将上述三方面联系起来是否可以这样说,人的现实境遇与追求呼唤并要求人产生一种精神,人的精神同人的境遇成就人的理想和追求,人的成就使人的境遇成为不再被别人视为角落的中心。

这也是一种人生

冬天,这里是一片雪国。从奔驰的火车窗口里向外望出去,大地仿佛曾经因为一种神秘的力量而被吹得掀起了一层凸起的褶皱,从而形成一片片高低起伏的大小土丘。土丘上密密麻麻地分布着一个个的小土堆。这些小土堆已经不再是被拉长的鱼尾形的样子了,而是一个个聚集起来的有点精致的锥体。

每个小土堆前竖立着的一块块黑色的墓碑告诉人们,这些显得有点精致的锥体小土堆是一座座的坟堆。

这里是被连成一片的,一个坟堆挨着一个坟堆的墓地。世上也许开始并没有什么墓地,只是埋的人多了,便有了像这样的一块块的墓地。

这是我在他乡看到的坟堆。这里埋葬着来自另一个他乡的人们。

这些坟堆,成了路过此地的人们一抬眼就会注意到的大地上的忧郁的风景。

在火车上,看到这些坟堆的大人们仿佛用他们的表情在告诉身边的幼小的孩子,这儿是一座座的坟堆,是安葬逝去的人的地方。在大人们看来,一个幼小的孩子还不知道坟堆到底意味着什么。坟堆与和它有关的人之间到底是一种什么样的关系?这一点,对于许多没有与坟堆建立一种情感关系的人来说,的确显得有点隔膜。因为这些坟堆,我想起了几年来我与远在千里之外的故乡的一座坟堆所逐渐建立起来的联系。那是在我的父亲去世之后,我终于开始觉得一座坟堆其实也是和它有关的人生活中的一部分。鲁迅先生说,如果一个人不能活在人们的心中,那他真的就死了。一座成为一个人生活中的一部分的坟堆,不就表明逝者对于生者而言的永恒存在吗?如果要对"坟"这个古老的中国象形文字赋予一种意义的话,那么它不正是体现着人类自身所能达到的文明程度的一种象征吗?所谓坟堆,就是一座人们用文化隆起的土堆。

在这块墓地里,那些来自他乡的一张张久远的陌生的面孔最终一个跟着一个都长眠在这块雪国的土地下了,最后他们也化作了泥土。呈现在大地上的是这样的一座座有名的无名的坟堆。这些坟堆代表他们曾经在大地上的存在。对于生者而言,这些坟堆是一缕缕通向天国的哀思;对于逝者来说,这些坟堆已经成为大地的一部分。

这一大片地方是许许多多来自他乡的人们的长眠之地。

比这一片坟场更辽阔的地方是这些已经长眠地下的人们生前曾经留下了他们的喜怒哀乐的家园。他们的家园也曾经是他们眼中的他乡。在他们曾经如歌的梦境里,多少次关于故乡的想象让他们醒来后常常泪流满面。后来,他乡却成了他们人生漂泊的最后一站,他乡最终成为他们的第二个故乡。在一天天风吹日晒的生存、生活、生命的奔波中,他们发现自己已经爱上了这个叫作他乡的地方。可是他们却也常常不由自主地向自己的孩子深情地讲起他们远在天边近在口中的故乡。故乡是他们一生永远无法割舍的记忆。可是,在他们的孩子想来,故乡,就像他们的一生最终浓缩成的坟堆对于路过此地的人来

说一样,也只是一个抽象的符号。也许他们的孩子永远无法想象那个叫作故乡的地方的模样,也永远无法呼吸到叫作故乡的地方上空里弥漫着的情感的空气。退一步说,就算他们真正见到了他们的父辈口中的故乡的模样,也呼吸到了他们父辈口中的故乡的空气,对于他们来说,又能怎么样呢?故乡,对于他们来说,是一种多么难以挤出的情感的汁液啊!虽然他们的身上也流淌着来自被他们已经视为他乡的故乡的父辈的血液。也许他们只知道,只有他们生存的地方才是他们心中真真正正在浇灌起来的家园。故乡的含义在不同人生旅程的父母子女之间永远不能取得真正一致的含义。

…………

我想,我是在和这些坟堆进行一场对话。这场对话只有我自己知道。

我相信,我的漆黑的迷茫只有在这些坟堆的光明的映照下,才能得到一种醍醐灌顶的彻悟。

我开始想我与这块依然觉得有点像他乡的土地的关系。

一个人经常面临选择的问题。有一天,我终于发现,不是进退为难的选择不叫选择。对于我来说,对于他乡的选择就是如此。

我不知道自己最终是这个他乡的一个曾经的过客,还是注定成为这个他乡的主人。离开,还是留下,这对于我,都是一个问题。我想,如果我注定是一个过客,我会永远想念这个生命中的他乡。因为他乡,我常常想象家乡。家乡,一个既令人觉得美好而又令人觉得厌烦的混合体。也许,家乡只有对于远在他乡的游子而言才具有非同寻常的意义,而对于那些终生厮守在家乡的土地上的主人来说,家乡也就是家乡罢了,既爱又恨的家乡罢了。虽然谁也不否认自己对于家乡的那种说不清道不明的挚爱。而对于一个游子来说,家乡则已经被他乡幻化成一个人间天堂了,剩下的似乎只有无尽的思念和想象了,就连那曾经的怨恨也变得如此柔软,柔软成一股淡淡的忧伤。我相信,这样一种感情对谁来说都真实得如同铁板上的钉子。

我想,如果我注定属于这个城市,那么我则生活在这个城市的某一个静静的角落。在生存、生活、生命的风吹日晒中,我会一天天慢慢地风化、枯朽,重复着许许多多的来到这块土地上的陌生的人们的已经发生的故事。然后,有一天,我也化作了一个别人眼中的坟堆,那个坟堆凝聚起了我一生的荣辱哀怨。在以后路过那个坟堆的人们眼里,那也仅仅只是一个坟堆而已。

也许在许许多多叫作他乡的地方,有许许多多像我这样的人。他们活着,他们被命运选择着。

有多少人,在他们故乡的土地上发出自己人生的第一声啼哭。这一声啼哭向这个世界宣告了他的到来和在一个漫长而又短暂的历史瞬间中的存在。然后,一天天的生活让他们开始了自己平庸或者非凡的存在。最后,又静静地离开这个世界,长眠在故乡的土地上,静静地凝望着自己的子子孙孙创造更加美好的未来。

又有多少人,生存、生活、生命的选择使他们背井离乡,在流离失所中开始艰辛的人生之旅。最后,他们停留在了一个叫作他乡的地方。最后,他乡成了他们的家乡。而给予他们生命的故乡,却成了他们无法辨认出的他乡。他们辨认不出曾经生养自己的故乡,而故乡也辨认不出远离自己的游子们。在他们看来,这也是一种人生。

这样的人生,确实也是一种人生。